Peter Osten
Die Anamnese in der Psychotherapie

Für Carmen, Kathi und Rosanna

Peter Osten

Die Anamnese in der Psychotherapie

Ein integratives Konzept

Ernst Reinhardt Verlag München Basel

Peter Osten, Psychiatrische Klinik der Ludwigs-Maximilian-Universität München. Psychotherapie, Paarberatung und Supervision in freier Praxis. Lehrauftrag am Fritz-Perls-Institut (FPI), Düsseldorf, Europäische Akademie für psychosoziale Gesundheit (EAG), Hückeswagen.

Die Deutsche Bibliothek – CIP-Einheitsaufnahme

Osten, Peter:
Die Anamnese in der Psychotherapie: ein integratives Konzept/Peter Osten.
– München; Basel: E. Reinhardt, 1995
ISBN 3-497-01349-8

© 1995 by Ernst Reinhardt, GmbH & Co, Verlag, München

Printed in Germany

Inhaltsverzeichnis

Geleitwort

Die Frage der Diagnostik in der Psychotherapie und der mit ihr verbundenen interventiven Prozedur – Anamneseerhebung, Tests, Explorationen etc. – war stets ein schwieriges Kapitel, aus theoretischer wie aus klinisch-praktischer Sicht. Daran haben die großen Diagnosemanuale z. B. der ICD-10, aber auch der differenzierte, multi-axiale Ansatz des DSM-III bzw. IV nichts geändert. Sie führen, wie jedes System „klassifikatorischer Diagnostik" zum Problem des „Labeling", der potentialen Stigmatisierung durch ein Krankheitsetikett. Weitere Schwierigkeiten sind die der Fixierung einer „Momentaufnahme" aus dem Leben eines Patienten, die zu einer generalisierenden Festschreibung werden kann. Ist ein Krankheits- oder Störungsbild fest-gestellt worden und wird dann nach den Ursachen gefragt, so gibt die „klassifikatorische-kategoriale Diagnostik" hierzu wenig Aufschluß und der Praktiker in der klinischen Situation ist auf Modelle „klassifikatorisch-strukturaler Diagnostik" zumeist psychoanalytischer bzw. tiefenpsychologischer Provenienz verwiesen. Auch diese gehen wie in der DSM-III bzw. IV von beobachtbaren Phänomenen aus, die klassifiziert werden. Gleichzeitig aber wird auf groß angelegte Theorieentwürfe zur Krankheitslehre zurückgegriffen, die retrospektiv anhand der Erfahrung mit eher kleinen Patientenpopulationen – bei Freud waren es nur Einzelfälle – gewonnen wurden. Vom Beobachtungsmaterial wird auf Strukturen geschlossen, die als Resultat pathogener biographischer Erfahrungen zur Ausbildung von spezifischen Störungsbildern bzw. Erkrankungen geführt haben. Die Behandlungskonzeption, die sich aus diesem diagnostischen Ansatz ableitet, ist eng mit dem therapeutischen Prozedere verbunden, aus dem diese Form der Diagnostik entwickelt wurde, und so besteht die Gefahr des Zirkelschlusses: man findet, was man sucht und das, was man findet, ist abhängig von den Möglichkeiten, die ein bestimmtes Behandlungsmodell (z. B. Couch-Setting) geboten hat: bestimmte biographische Konstellationen und die in diesen und durch diese – so nimmt man an – geformten Persönlichkeitsstrukturen. Sie werden zu generalisierten, monokausalen Erklärungsmodellen.

Erkrankungen von Patienten erfolgen aber in höchst differenten Lebensläufen, in denen vielfältige Einflüsse – traumatische Erfahrungen, kritische Lebensereignisse, Defizite aber auch salutogene und protektive Faktoren – über die gesamte Lebensspanne hin zur Wirkung gekommen sind. Weiterhin wird das krankheitsverursachende Milieu häufig in der frühen Kindheit gesehen, womit eine einseitige Gewichtung gesetzt wird und die aktuelle Problematik sowie Negativeinwirkungen aus späteren Abschnitten des Lebenslaufs (Adoleszenz, junges Erwachsenenalter, Erwachsenenalter, Alter) nicht ausreichend berücksichtigt werden. Die Pathogeneseorientierung der Betrachtungsweise verliert aus dem Blick, daß die Persönlichkeit eines Menschen – sei sie gesund oder gestört – in komplexen Entwicklungs- und Sozialisationsprozessen über die Lebensspanne hin geformt wurde, durch die

Gesamtheit der positiven, negativen und defizitären Erfahrungen und deren Interaktion. Das Leben schlägt nicht nur Wunden, es heilt auch.

Die Ergebnisse der empirischen, longitudinalen Entwicklungsforschung bzw. der „developmental psychopathology", die Lebenskarrieren von Menschen prospektiv untersucht, Risikogruppen mit Gruppen sogenannter „Normalbevölkerung" verglichen hat, zeigten in groß angelegten Studien, daß die Frage nach einer einzigen, isolierten Krankheitsursache mit mono- bzw. linearkausalen Erklärungsansätzen nicht beantwortet werden kann und auch eine alleinige oder doch dominierende Zentrierung auf „frühe Störungen" von Seiten der Forschung nicht gestützt werden kann. Hier ist eine plurale Kausalität gegeben, Lebensverläufe sind nicht-linear zu betrachten, Ketten widriger aber auch schützender Ereignisse (chains of adversive and protective events), zeitextendierter Streß, akkumulative Schädigungen eines Menschen durch die Einflüsse seines Kontextes sind zu betrachten, Milieufaktoren, wie ein schlechter „sozioökonomischer Status" – er ist als der massivste und gesichertste Risikofaktor zu sehen – müssen für die Ätiologie herangezogen werden und auch die Frage nach genetisch disponierter Vulnerabilität gilt es zu berücksichtigen. Damit wird eine biographisch orientierte Diagnostik, wird die Praxis der Anamneseerhebung breit anzusetzen haben. Sie kann nicht mehr nur auf die „Innenwelt" eines Menschen fokussieren oder auf ein bestimmtes biographisches Milieu. Sie muß die „Lebensspanne" in den Blick nehmen, Lebensverläufe als „interaktive Beziehungsbiographie" verstehen, denn der Mensch ist auf der Lebensstraße nicht allein, er „fährt im Konvoi". Die Erfahrungen, die er im Verlauf seines Lebens macht, verarbeitet er im Kontext kollektiver, sozialer Muster (représentations sociales) zu „subjektiven Theorien" über seine Gesundheit, seine Krankheit und ihre Ursachen. Auch diesen Aspekten kollektiver und subjektiver Krankheitstheorien hat moderne Diagnostik Aufmerksamkeit beizumessen. Sie setzt bei einer breiten Phänomenbeobachtung an und schaut dabei mehrperspektivisch: auf offenes Verhalten im kognitiven, emotionalen körperlichen und sozialen Bereich, auf die sozialen Netzwerke des Klienten, auf seine „coping"-Stile, seine subjektive Verarbeitung biographischer Einflüsse, seine Interaktionsmuster mit relevanten Personen des aktualen Lebensfeldes und im Prozeß der diagnostisch-therapeutischen Situation. Eine derartige „prozessuale Diagnostik" versucht von den „Phänomenen zu den Strukturen zu den Entwürfen" zu kommen: aspektiv die gegenwärtige Lebenslage zu betrachten, retrospektiv auf die Lebensgeschichte zu schauen und prospektiv Lebensentwürfe, Pläne, Hoffnungen, Ängste, Erwartungen in den Blick zu nehmen. In einem solchen prozessualen Ansatz kommt es zu höchst differentiellen Ergebnissen, was die Ursachen von Gesundheit und Krankheit anbelangt. Die empirische Lebenslaufforschung ist aufgrund ihrer Ergebnisse schon zu einem solchen differentiellen Ansatz gelangt (Thomae, Lehr) – mit höchst individualisierten Strukturbildungen, die aus einer gemeinsamen diagnostischen Durchdringung des Lebenszusammenhanges in der Kontinuumsdimension von Patient/Klient und Therapeut erarbeitet werden. Diagnostik ist damit ein hermeneutisches Unterfangen, eine sinnstiftende Auslegung der Lebensverhältnisse.

Das vorliegende Buch ist der Versuch, eine derartige „phänomenologisch-strukturale" Praxis der Anamneseerhebung und Diagnostik vorzulegen, die mehrperspektivisch ansetzt und multikausale Einflußlinien aufzuzeigen versucht. Auf dem Hintergrund einer breiten Darstellung der Theorie und Methodik der „Integrativen Therapie" wird hier ein komplexes Modell diagnostisch-anamnestischer Betrachtung und Vorgehensweise entfaltet, das herkömmliche Ansätze überschreitet, in dem es die Dimension des sozialen Netzwerkes, der Leiblichkeit, der Lebensspanne, des äußeren Verhaltens und der inneren Repräsentationen einbezieht. Dem Bereich „früher Schädigungen" in der Biographie wird genauso Aufmerksamkeit geschenkt, wie den im späteren Lebensverlauf auftretenden Traumata, Defiziten, Störungen, Konflikten und natürlich auch protektiven und salutogenen Einflüssen. Eine solche prozessuale „strukturale" Diagnostik vermag klassifikatorisch-kategoriale Ansätze (etwa des DSM-IV oder ICD-10) mit Perspektiven zur Genese zu „unterfangen" und die klassifikatorisch-strukturelle Diagnostik des tiefenpsychologischen Paradigmas zu ergänzen oder auch zu korrigieren. Der Ansatz macht in seiner Breite diagnostische Erhebungen oder „Fest-stellungen" nicht einfacher, aber er ist der komplexen Wirklichkeit von Menschen in ihren Lebenszusammenhängen angemessener. Er legt nahe, Diagnosen als vorläufige Ergebnisse aufzufassen, deren prognostische Aussagekraft eine möglichst geringe Festlegung implizieren und eine größt mögliche Offenheit für Entwicklungschancen eröffnen sollte, um Stigmatisierung und „self fullfilling prophecies" zu vermeiden. Denn Prognosen hängen nicht nur vom Krankheitsbild, sondern auch wesentlich von den vorfindlichen und möglichen Lebensbedingungen, den sozialen Netzwerken und Ressourcen ab, und nicht zuletzt von den Möglichkeiten und methodischen Ansätzen der Behandlung.

Der in diesem Buch vorgestellte Ansatz einer Integrativen Anamnestik und Diagnostik hält weiterhin fest, daß diagnostisch-anamnestische Explorationen immer auch „interventiven Charakter" haben und auf subtile Weise mit prozeßbestimmend sind. In der diagnostischen Situation wird immer auch versucht, den Patienten/Klienten von Anfang an zum „Ko-diagnostiker" zu machen, seine subjektiven Theorien, seine persönliche Sicht auf seine Lebenssituation, seine Störung, sein Krankheitsgeschehen einzubeziehen, seine Aufmerksamkeit auch auf die Interaktion im diagnostisch-therapeutischen („theragnostischen") Geschehen zu richten. Der Therapeut/Diagnostiker seinerseits steht nicht in der Rolle des objektivierenden Beobachters, sondern sieht sich in das explorative Geschehen eingebunden, verwendet seine inneren Resonanzen auf den Patienten und das von ihm vorgetragene Material aus Biographie und Zukunftserwartung. Der Diagnostiker sieht sich selbst „im Prozeß" und weiß darum, daß seine Persönlichkeit und ihr Charakter eine bestimmende Größe auch im Hinblick auf das psychische Material ist, das aufkommen kann und für die Art und Weise, wie es präsentiert wird.

Da integrative, prozessuale Diagnostik sich auf spezifische Beobachtungsfelder richtet und in ihnen Probleme, Defizite, Störungen aber auch Ressourcen und Potentiale zu entdecken sucht, führt sie aus dieser Optik unmittelbar zur Formulierung von Therapiezielen: Globalzielen, Grobzielen, Feinzielen mit kurzfristiger, mittelfristiger und langfristiger Ausrichtung für die Therapie. Sie vermag mit dem Blick auf die Lebenssituation des Klienten/Patienten, sein soziales Netzwerk, seine Motivation und seine Ressourcenlage, Inhalte für die therapeutische Arbeit zu selektieren und Methoden auszuwählen, durch die die Ziele erreicht und die Inhalte bearbeitet werden können. So entstehen aus der Ko-respondenz mit dem Patienten, d. h. unter seiner Mitwirkung, Behandlungspläne, die hoch anpassungsfähig und flexibel sind. Der Prozeß der Therapie wird beständig „adjustiert", zuweilen sogar sehr grundsätzlich verändert, abhängig von dem in diesem Prozeß neu auftauchenden Material, das unter mehrperspektivischer Sicht betrachtet wird – und Ansätze hierzu sollten schon im anamnestischen Setting spürbar werden. Die Therapie selbst wird damit über die ganze Behandlungsstrecke hin als ein Geschehen „prozessualer Diagnostik" aufzufassen sein, in der die Lebenswirklichkeit des Patienten, des Therapeuten sowie ihre gemeinsame Interaktion in den Blick genommen und in den Prozeß gemeinschaftlicher Hermeneutik gestellt werden, ein Prozeß des „Wahrnehmens, Erfassens, Verstehens und Erklärens" einer geteilten Lebenswirklichkeit.

Der in diesem Buch vom Autor sorgfältig und kenntnisreich vorgestellte Ansatz ist anspruchsvoll und bescheiden zugleich – bescheiden, weil er durch die entfaltete Komplexität deutlich macht, wie vielschichtig die Schicksale und Lebenswirklichkeiten von Patienten/Klienten sind, wie schwer es ist, Erklärungen für Störungen und Erkrankungen zu finden, die eine „hinlängliche Stimmigkeit" besitzen und die Grundlagen für konsistente Behandlungsstrategien bilden. Das Buch zeigt, daß klassifikatorische Diagnoseschemata zur Kommunikation zwischen Schulen verschiedener Provenienzen zwar wichtig sind, für sich allein stehend aber nur eine begrenzte therapierelevante Bedeutung haben können. Monokausal vorgehende Ansätze können dagegen in problematische Reduktionen führen, die der komplexen Lebenswirklichkeit von Patienten nicht gerecht werden. Die intersubjektivitätstheoretische Fundierung des Ansatzes, den der Autor hier vorstellt, trägt dazu bei, daß die Gefahren gemindert werden, Patienten zum „Objekt" diagnostischer Feststellungen zu machen und damit eine Qualität der Verdinglichung zu reproduzieren, die häufig auch als verursachend für somatische, psychische und soziale Erkrankungen zu sehen ist. Der Respekt vor der Integrität der Person, die entsprechend ihren Möglichkeiten stets in das diagnostisch/therapeutische Beziehungsgeschehen einbezogen wird – was von Seiten des Therapeuten ein Höchstmaß an klinischer Transparenz verlangt – ist ein Charakteristikum des in diesem Buch vorgestellten Ansatzes. Es ist zu hoffen, daß das Buch in seiner kompakten Darstellung für die Praxis im klinischen Feld große Verbreitung findet, denn es kann vielfältige Anregungen und Hilfen bieten, die diagnostische Situation und das therapeutische Geschehen wertschätzend und flexibel zu gestalten, um Patienten und Klienten die Hilfe geben zu können, die sie für ihre Gesundung, Bewältigung ihrer Lebenssituation und für die Aktualisierung ihrer Potentiale benötigen.

Düsseldorf, November 94   Prof. Dr. Hilarion Petzold

Vorwort

„Was weiß man also vom Du?"
„Nur alles. Denn man weiß von ihm nichts Einzelnes mehr."
(aus: Das dialogische Prinzip, Martin Buber 1973)

Die Anforderungen, die sich in den ersten Begegnungen in Beratung und Psychotherapie zwischen Patient und Therapeut stellen, sind so umfangreich und so vielschichtig, die Konsequenzen therapeutischen Handelns so weitreichend, darüber hinaus so schwer zu fassen und zu beschreiben, daß sie manchmal als eine fast unmögliche Aufgabe erscheinen.

Im Vergleich zur anschließenden Therapie, die sich konsekutiv den jeweils prävalenten Problembereichen nähern kann, erscheint die initiale Begegnung als hoch-symbolisierte und daher naturgemäß auch „chaotische" Interaktion über den vollständigen Gegenstand der Biographie unserer Patienten, die, verdichtet zu einigen wenigen Kulminationspunkten, uns in einigen wenigen Momenten der Begegnung dargeboten wird. Dies macht sie zu einem brisanten Unterfangen.

Solche Symbolisierungs-Prozesse haben indes auch ihren Reiz. Die initiale Phase der therapeutischen Beziehung war schon immer eine fachliche und auch persönliche Herausforderung an den Therapeuten. Wahrnehmung und Bewertung müssen hier vieles vereinen: der Therapeut muß seinen ganz persönlichen Anmutungen nachgehen, ohne seine leitenden Ziele aus den Augen zu verlieren, er muß mit der gleichzeitigen Involviertheit und Exzentrizität seiner Person arbeiten, darüber hinaus seine eigenen projektiven Tendenzen gut kennen, um das vielschichtige Material seines Patienten in einem Erkenntnisakt entflechten zu können. So erscheint die Aufgabe des Anamneseerhebenden als eine Re-Symbolisierung, auf einem Niveau, das im Groben die Strukturen von Lebenserfahrung abbilden kann, also Überblick verschafft; Überblick nämlich für weiteres professionelles Handeln.

Damit ist im Grunde alles über die Bedeutung der Anamnese für die Psychotherapie und die psychosoziale Beratung gesagt.

Das vorliegende Buch möchte den Anamnese-Begriff für den Bereich tiefenpsychologisch und humanistisch orientierter Psychotherapie erweitern und neu definieren. Die Anamnese wird als ein integrativ-therapeutisches Verfahren vorgestellt und in theoretischer wie praktischer Hinsicht ausgearbeitet. Das Buch ist sowohl Lehrbuch als auch Nachschlagewerk; es kann aufgrund seines kleinen Umfanges und komprimierten Inhaltes von therapeutisch und beraterisch tätigen Kolleginnen und Kollegen als Kompendium der Anamnese benutzt werden, und umfaßt alle wesentlichen Bereiche, die zur „Erkenntnisgewinnung im anamnestischen Prozeß" benötigt werden. Im Praxisteil findet sich eine Checkliste für die Anamneseerhebung, die die wichtigsten Bereiche der biographischen Exploration abdeckt und darüber hinaus ein Modell zur Erfassung initialer Phänomene darstellt.

Den Hintergrund dieser Arbeit bilden meine Tätigkeiten sowohl in der Psychiatrischen Universitätsklinik als auch in der freien psychotherapeutischen Praxis, in denen, durch den beständigen Durchlauf von Patienten, meine Hauptaufgabe darin besteht, in initialen Begegnungen – Erstkontakten, Erstgesprächen und Anamnesen – möglichst schnell und adäquat einen Überblick über die psychischen und sozialen Situationen von Patienten zu gewinnen. Um dieser Aufgabe gerecht zu werden, habe ich im Verlauf von mehreren Jahren das Instrumentarium entworfen und ausdifferenziert, das ich im nun folgenden darstellen werde.

Danken möchte ich an dieser Stelle Frau Dipl.-Psych. D. Amt-Euler, die mich zu dieser Arbeit inspiriert hat, meinen Lehrtherapeuten vom Fritz-Perls-Institut, Frau Dr. K. Huck und Herrn J. Lemke sowie meinem Analytiker Herrn Dr. G. Wiedemann. Herrn Prof. Dr. H. Petzold danke ich für vielfältige Anregungen. Herrn Christoph Schmidt-Lellek möchte ich für fachlichen Rat und freundschaftliche Unterstützung bei der Veröffentlichung des Buches danken. Nicht zuletzt gilt großer Dank meiner Frau, die mit mir in vielen Gesprächen meine Ideen diskutiert, mir beim Schreiben liebevolle Ermutigung war und auch in der Rolle der Lektorin Wertvolles geleistet hat.

In den letzten Jahren ist das Problem der männlichen versus weiblichen Schreibweise immer deutlicher in den Vordergrund getreten (vgl.: PatientInnen, Therapeuten/innen usw.). Ich empfinde beim Lesen von Fachbüchern oft, daß die neuen Schreibweisen zunehmend die Texte verunstalten – obwohl sie natürlich ein Problem zum Ausdruck bringen, das ich in unserer Zeit für sehr bedeutsam halte. Ich habe mich beim Schreiben für die „schriftdeutsche Form" entschieden, die natürlich vorwiegend männliche Attributionen vorschreibt. Meinen LeserInnen möchte ich jedoch sagen, daß ich sie damit genauso meine wie ihre männlichen Kollegen.

Peter Osten

I. Hinführung

1. Herkunft und Entwicklung des Anamnese-Begriffes

Erstmalig taucht der Begriff Anamnese in der griechischen Antike in der Philosophie Platons auf. Der Wortstamm „anamnesis" kommt ursprünglich aus dem Griechischen und bedeutet die „Wiedererinnerung der Seele". Für Platon (427–347 v. Chr.) stammte die Seele des Menschen aus einer jenseitigen Welt, wo sie „Ideen höchster Reinheit geschaut hat" (Schuster/Ricken 1992). Er bezeichnete mit dem Begriff den „Aufstieg des Geistes, der in einer durch die sinnlichen Gegenstände geweckten Wiedererinnerung an die in der Vorexistenz geschauten Ideen" besteht. Platon führte damit alle „sinnliche" Erkenntnis auf die Anamnesis zurück (Häcker 1991).

Aus dieser noch ganzheitlichen Sicht löste der Arzt und Eklektiker Galenos (129–199 n. Chr.), mit Blick auf ausgewählte Merkmale des Menschen, eine erste Persönlichkeitstheorie heraus. Er unterschied „die vier Temperamente: Saguiniker, Melancholiker, Choleriker, Phlegmatiker" (Brugger/Fisseni 1992). Mit diesem Schritt wurde nicht nur eine Reduzierung der Fülle menschlicher Daseinsformen und ihrer Leiden eingeleitet; mit der Einführung von Persönlichkeitstypisierungen wurde auch die Tradition des ärztlichen Blickes eingeführt, der mehr aktiv schaut und zuordnet, als sich die Dinge ins Auge fallen und sich von ihnen berühren läßt. Zu Gunsten der Exploration und des diagnostischen Blickes geriet das persönliche Erleben des Patienten selbst mehr in den Hintergrund. Gleiches Schicksal erlitt das Bezogensein des Arztes zum Patienten, dessen Bedeutung für die Heilung bis zum Aufkommen des tiefenpsychologischen Gedankengutes kaum mehr gesehen und deswegen auch nicht mehr theoretisch gefaßt wurde.

Der Prozeß dieser Loslösung von Lebens- und Krankengeschichte, der mit der Fokussierung auf pathologische Aspekte einherging (Blankenburg 1989c), wurde dann erst wieder unterbrochen von den französischen Phänomenologen und Leibphilosophen wie Marcel (1986), Merleau-Ponty (1966) und Ricoeur (1974, 1978), auf deutscher Seite von Hermann Schmitz (1989), die eine radikale Rückbeziehung menschlichen Erlebens auf den Leib als existentielle Grundlage verbreiteten, sich gegen Physiologismus und eine sensualistische Reduktion der Wahrnehmung stellten, die soziale Dimension als „Zwischenleiblichkeit" konstatierten und damit dem sinn-haften Spüren und Erleben des Patienten wieder eine apriorische Stellung einräumten.

2. Allgemeine Begriffsverwendung

Im allgemeinen versteht man unter Anamnese dreierlei: Den Prozeß der Datenerhebung, diese Daten selbst und schließlich wird der Begriff für die Krankheitsgeschichte im Ganzen verwendet. Es heißt dann etwa: „Patientin D. hat mehrere depressive Phasen in ihrer Anamnese" (Kemmler/Schelp 1987).

Der Begriff Anamnese wurde zunächst für den medizinischen Sprachgebrauch
übernommen. Hier meint er in erster Linie die Datensammlung, die zu einer Diagnose führt. In der Psychotherapie wurde er für die Erhebung biographischer, ätiologischer, psychologischer und für die Behandlung bedeutsamer Personendaten
eingeführt. Seiner ursprünglichen Bedeutung, aus der „Wieder-Erinnerung" eine
Erkenntnis zu gewinnen, kommt er dadurch deutlich nahe.

Es wurde eine große Anzahl von Zusatzbegriffen wie somatische (Schraml/
Baumann 1975), biographische (Kruse 1987), sozioökonomische und soziokulturelle (Dührssen 1990), szenische (Argelander 1989), Familien und Krankheits-
Anamnese (Dilling/Reimer 1990) usw. geschaffen, die allesamt die Aufgabe haben, eine Fokussierung in der Vielfalt möglich zu erhebender Daten zu setzen, und
sich darüber hinaus auch durch differentielles methodisches Vorgehen unterscheiden. Auch die psychiatrische Exploration gehört zu den anamnestischen Verfahren, ist sie von den oben genannten jedoch insofern abzugrenzen, als daß sie sich
explizit auf psychopathologische oder ätiologische Datenerhebung konzentriert,
die Beziehung zum Patienten weniger zentral setzt und mehr in Zielrichtung einer
nosologischen oder klassifikatorischen Diagnosestellung arbeitet (Fähndrich u. a.
1981; Dilling u. a. 1991).

Bei Durchsicht der Literatur erscheint als geringste Übereinstimmung, daß
unter Anamnese ein Vorgehen verstanden wird, mit dem diagnostisch und für die
Behandlung relevante Daten gewonnen werden sollen (Adler/Hemmeler 1988;
Dahmer 1973; Dührssen 1990; Ermann 1991; Grund 1947; Heinl/Petzold 1980;
Jüttemann/Thomae 1987; Kind 1989; Keil-Kuri 1993; Petzold 1993a; Rahm u. a.
1993; Schmidt/Kessler 1976; Schröder/Glücksmann 1993). Weit auseinander
differieren im Vergleich hierzu die Ansichten, welche Daten unbedingt durch eine
Anamneseerhebung in der Psychotherapie gewonnen werden sollen. Dies scheint
in der Natur der Thematik zu liegen, wenn man bedenkt, daß Umfang und Inhalte
von zu erhebenden Daten jeweils sehr spezifisch auf den Patienten, seine Krankheit und die Verwendung im gegebenen Praxisfeld abgestimmt sein müssen.

Über die Frage, wie – vor allen Dingen biographische – Daten erhoben und bewertet werden sollen, gibt es zwar einige Vorstellungen in Form von Fragebögen
und Testverfahren (Boerner 1982; Jäger u. a. 1976; Goergen 1975; Daily 1971;
Keil-Kuri 1993; Lugt-Tappeser/Tappeser 1993), im Hinblick auf eine detaillierte
halbstrukturierte Anamneseerhebung, die szenische, beziehungstheoretische, initi-
al-phänomenologische und psychodynamische Gesichtspunkte berücksichtigt,
aber kaum anleitende Literatur. Hier wird auf „Erfahrung" verwiesen sowie auf
phänomenologisch oder psychoanalytisch orientierte Fallbeispiele (Argelander
1989; Eckstaedt 1992). Erste fundierte Herangehensweisen an die Thematik, was

biographische Erinnerungs-Daten eigentlich sind und Auseinandersetzungen über die Art der Datengewinnung und Validierung von solchen finden sich bei Zurhorst (1987); Legewie (1987); Strube/Weinert (1987) und Schmidt/Kessler (1976).

3. Der Anamnese-Begriff in der Integrativen Psychotherapie

In der Integrativen Psychotherapie wird derzeit unter Anamnese vor allen Dingen die Datengewinnung durch das Verfahren des Erstinterviews verstanden, das unter phänomenologisch-strukturalen, tiefenhermeneutischen und in Rückbindung an die tiefenpsychologische Tradition unter szenischen und konflikt-dynamischen Gesichtspunkten durchgeführt wird (Petzold 1988). In Erweiterung dieser Modelle lehnt sich die Integrative Psychotherapie, wie oben schon kurz erwähnt, an die Konzepte der Leibphilosophie an und hat hier das „Atmosphäre-Konzept" übernommen, welches ich noch ausführlich beschreiben werde. Das Erstinterview der Integrativen Psychotherapie ist stark an persönlichkeits- und entwicklungstheoretische Vorstellungen gebunden (Petzold 1984, 1988; Petzold/Schuch 1992). Die theoretische Fundierung hierfür wurde erstmalig von Althen (1991) vorgenommen. Vorstellungen darüber, welche Daten und Beobachtungen in einer detaillierten Befragung oder in „probatorischen Sitzungen" erbracht werden können, wurden wirklich umfassend eher selten erarbeitet. Zwar wurden zum Beispiel bei Rahm u. a. (1993) sowie Petzold (1993a) verschiedentlich einige Ansätze gefertigt. Für eine geschlossene theoretische Begründung von Anamnese als eigenständiges Verfahren dürften diese jedoch nicht ausreichen. Es fehlt hier vor allen Dingen die Auseinandersetzung mit der Beschaffenheit des Gegenstandes der Anamneseerhebung, das meint beispielsweise die Frage, was Erinnerungen, Gefühle, Selbstkonzepte eigentlich sind, wie Krankheiten im allgemeinen und speziellen definiert und wie sie anamnestisch erkannt werden können. Es wird im Verlauf dieser Arbeit deutlich werden, daß Anamneseerhebung in einer Integrativen Psychotherapie neben der Erhebung pathogener und ätiologischer Faktoren immer die Erhebung von Ressourcen, protektiven und salutogenen Einflüssen mit einschließt (Petzold/Orth 1993a; Petzold u. a. 1993). Hierbei sollten krankheitsauslösende Faktoren stets im Verbund mit der Lebensgeschichte, vor allen Dingen mit den Personen aus dieser, also in einer Art „Beziehungs-Lebensgeschichte", in einer Synopse erfaßt werden. Anamnestisches Vorgehen in der Psychotherapie ist daher immer biographisch und phänomenologisch orientiert (Bühler 1959, 1989; Clauser 1963; Jüttemann/Thomae 1987; Blankenburg 1989a). In der vorliegenden Arbeit möchte ich vor diesem Hintergrund den Versuch unternehmen, für eine so konzipierte Anamnese eine konsistente theoretische und auch praktische Fundierung zu schaffen.

Der Anamnesebegriff soll im Rahmen dieser Arbeit erweitert und neu definiert werden. Anamnese hat nicht nur die Aufgabe, Daten zu erheben; sie soll in gleichem Maße die im initialen Prozeß noch hochsymbolisierten und szenischen Phänomene erfassen können, die am Anfang dieser spezifischen Beziehung stehen (symballein [griech.]: Zusammenballung). Hierzu brauchen wir ein Instrumentarium, das sich in differenzierter und stufenweiser Form solchen Verdichtungen annähern kann. Vom formalen Rahmen her soll im folgenden für die Anamnese eine Drei-Phasen-Einteilung mit jeweils unterschiedlicher Zielsetzung und Methodologie vorgenommen werden:

a) der Erstkontakt, die allererste, zufällige Kontaktaufnahme, z. B. am Telefon, auf Station, im Wartezimmer etc.;

b) das Erstinterview (ein terminiertes und weitgehend unstrukturiertes Gespräch, in dem sich die „initialen Szenen und Atmosphären" entfalten können und

c) eine detaillierte halbstrukturierte Anamnese-Erhebung, in der durch Aufforderung, Ermutigung oder Fragen diejenigen Daten erhoben werden, die im Verlauf der beiden vorgängigen Phasen noch nicht prägnant genug hervorgetreten sind, und die vom Therapeuten für eine therapiegerichtete Fokaldiagnostik und eine lebenslaufbezogene Perspektive noch benötigt werden (Heinl/Petzold 1980; Petzold 1993a). Auch dieser Schritt ist terminiert und für den Patienten gekennzeichnet und abgegrenzt.

Diese Vorgehensweise wird weiter unten deutlicher besprochen werden. Die Ausführungen dieser Arbeit beziehen sich in erster Linie auf die dyadische Einzelbehandlung (Petzold 1990e) und psychosoziale Beratung mit erwachsenen Klienten und Patienten. Zunächst möchte ich einen Überblick über die bestehenden verschiedenen Vorgehensweisen in der bestehenden Literatur schaffen, von wo aus ich dann die Konzepte einer Integrativen Psychotherapie weiter entfalten werde.

4. Zur gegenwärtigen Situation

Während in den letzten Jahrzehnten die Forschung, die sich mit der frühen Entwicklung des Menschen befaßt, immer mehr forciert wurde, blieb der analoge Bereich in der Psychotherapie, die „frühe Therapiephase", weitgehend hinter diesen Bemühungen zurück. Dies mag wohl daran liegen, daß die Phänomene, die sich in der initialen Phase der Beziehung zwischen Patient und Therapeut entfalten, von äußerster Dichte und Komplexität und demzufolge schwer zu beschreiben sind (Amt-Euler 1991). Wie daher nicht anders zu erwarten, gibt es nur wenige Autoren, die sich mit dem Thema beschäftigen; operationalisierte Raster, die versuchen, die Phänomene in Aufzeichnung zu bringen, oder Folien, auf die man sich eine Abbildung von „Wirklichkeit" überhaupt erst einmal vorstellen kann, gibt es wenig.

Einige interessante Ansätze, die sich mit der Problematik des Erstinterviews auseinandersetzen, sind indes verschiedentlich gefertigt worden (Althen 1991; Argelander 1989; Benz 1988; Burian 1983; Eckstaedt 1992; Esser 1982; Friedrich 1984; Hohage u. a. 1981; Hutterer-Jonas 1990; Kähler 1991; Kutter 1989; Moser 1989; Rudolf u. a. 1988; Schraml/Baumann 1975; Spieler 1988; Wolf 1983); die bedeutendsten hiervon werden anschließend in einer Zusammenfassung dargestellt.

Die theoretische Fundierung von Anamnese als weitergehende Befragung, in der Integrativen Therapie als „dialogische Exploration" konzipiert, blieb hinter diesen Bemühungen weit zurück (Grund 1947). Die Vernachlässigung der Thematik findet sich überdies auch in Ausbildung und Praxis: Nach einer Untersuchung von Fehr und Köllner (1986) haben Medizinstudenten, die für den Facharzt Psychiatrie/Psychotherapie immatrikuliert sind, nach Abschluß ihres Studiums zu 45% überhaupt noch keine Anamnese, zu weiteren 19% weniger als 5 Anamnesen durchgeführt. Nur 8% liegen zwischen 10 und 20 durchgeführten Anamnesen.

4.1 Übersicht

Geht man zunächst davon aus, daß unter anamnestischem Vorgehen jede Art der Datengewinnung zu verstehen ist, lassen sich grob zwei Bestrebungen unterscheiden:

a) nomothethisches Vorgehen: hypothesen- und klassifikationsgesteuerte Methode, deren Ziel eine Zuordnung zu Krankheitsbildern und beschriebenen Einheiten der Nosologie ist;

b) idiographisches Vorgehen: am Verstehen orientierte und individuell-kasuistische Methode, deren Ziel allein die Erfassung und Deutung des Einzelfalles ist;

Diese Begriffsbildung geht auf Windelband (1911) zurück und will zwei sehr unterschiedliche Ansätze verdeutlichen, die, dem Erhebenden zumeist unbewußt, allerdings in jeder Anamnese zu finden sind (Hubig 1987; Nestmann 1990). Wo die Grenzen zwischen beiden zu setzen sind, ist schwer zu bestimmen. Selbst wenn der Erhebende vorwiegend idiographisch orientiert ist, ist seine Wahrnehmung, sein Denken, Handeln, Erleben und Verstehen zumindest von impliziten Metatheorien geleitet. Vorwiegend nomothetisches Vorgehen ist beispielsweise in testpsychologischen (Brickenkamp 1975), vorwiegend idiographisches in biographischen Verfahren zu finden (Bühler 1959; Blankenburg 1989a; Jüttemann/Thomae 1987).

Anamnesen können sehr viele Strukturvarianten aufweisen. Angefangen von den bereits erwähnten testpsychologischen Verfahren, sind das Erstinterview und Fragebögen die geläufigsten Varianten. Es gibt aber auch sogenannte halbstrukturierte Befragungen, die neben einem festen Gerüst an Fragestellungen auch Raum für ein Verständnis schaffendes Gespräch lassen. Deutlicher noch hebt diesen Aspekt das „narrative Interview" (Wiedemann 1986) hervor. Patienten werden hier aufgefordert, in der Interaktion mit dem Therapeuten ihre „Narration" (Erzählung) darzustellen; über den Aufbau der erzählten Geschichte und über die Elemente der „partiellen Reinszenierung" derselben versucht man, zur subjektiven Wirklichkeit und ihrer Bewertung durch den Patienten vorzudringen. Einen Gegensatz hierzu stellt die psychiatrische Exploration oder Krankheits-Anamnese dar. Wie erwähnt, wird hier eine Fokussierung auf ätiologische Faktoren und die Krankheitsgeschichte des Patienten gesetzt und nicht auf die gesamte Lebensgeschichte. Die Verhaltensbeobachtung kann hier noch genannt werden, obwohl sie vielen der genannten Ansätze immanent ist.

Jeder dieser Varianten eignet ein spezifisches Vorgehen – und nicht nur das – für jedes Vorgehen sollte eine Indikation bestimmt werden, die sich am Praxisfeld und an den Bedürfnissen und Problemlagen des zu behandelnden Patienten orientiert. Die wichtigsten Vorgehensweisen und Indikationsprobleme sollen nachfolgend diskutiert werden.

Während in der klinischen Psychologie und der Psychiatrie neben der Exploration vorwiegend testpschologische Verfahren wie z. B. der MMPI (Minnesota-Multiphasic-Personality-Inventory nach Spreen 1963), das FPI (Freiburger-Persönlichkeits-Inventar nach Fahrenberg u. a. 1978) und der HAWIE (Hamburg-Wechsler-Intelligenz-Test für Erwachsene nach Wechsler 1964) in der Anamnese zur Anwendung kommen, hat sich in der Psychotherapie und Psychosomatik in erster Linie das Verfahren des Erstgesprächs oder Erstinterviews durchgesetzt. Zu den testpsychologischen Verfahren sei hier nur soviel gesagt, daß es zur Durchführung einer umfassenden Ausbildung und Erfahrung bedarf; darüber hinaus ist das Spektrum der Anwendbarkeit, verglichen z. B. mit dem Verfahren des Erstinterviews, relativ klein. Hohe Validität wird erst durch die Anwendung mehrerer Tests, einer sogenannten „Testbatterie", errreicht. Hauptsächlich dienen die Tests der Verifizierung oder Falsifizierung von diagnostischen Voreinschätzungen oder der Differentialdiagnostik. Ein Überblick über die Verfahren findet sich bei Brickenkamp (1975). Obwohl in der Integrativen Therapie solche Ansätze verschiedentlich ausgearbeitet wurden (Kames 1992), kommen psychologische Testverfahren kaum zur Anwendung, weil der (positivistische) Versuch, sogenannt objektive Daten zu gewinnen, vor allen Dingen mit den anthropologischen und therapietheoretischen Vorstellungen (Petzold 1988) nicht vereinbar ist.

Obwohl nun das Verfahren des Erstinterviews im Vergleich zu den Behandlungstechniken erst recht spät theoretisch fundiert wurde (Balint/Balint 1962; Argelander 1989; Schraml 1968), findet man z. B. bei Jaspers (1923, S. 687) schon differenzierte Ansätze. Hier heißt es etwa: „Bei der Untersuchung der Kranken muß man Entgegengesetztes vereinigen: sich der Individualität der Kranken hingeben und ihre Eigenart zu Worte kommen lassen und auf der anderen Seite mit festen Gesichtspunkten und leitenden Zielen untersuchen. Vernachlässigt man das letztere, so gerät man in ein Chaos von Einzelheiten, vernachlässigt man das erstere, so bringt man die einzelnen Krankheitsfälle in die wenigen versteinerten Fächer, die man im Kopf hat, sieht nichts Neues mehr, tut den Fällen Gewalt an".

Jaspers hat damit früh erste Hinweise auf die Vielschichtigkeit und Komplexität des Geschehens und die hohen Anforderungen an den Interviewer im Erstgespräch gegeben. Diese wurden von Balint und Balint (1962) interaktionstheoretisch begründet, noch später von Argelander (1970) konzeptionell weiter ausdifferenziert.

Die Bemühungen der Balints gingen vor allen Dingen dahin, deutlich zu machen, daß in der Diagnose und auch schon im Interview eine „Zwei-Personen-Situation" besteht, die in einer „Ein-Körper-Psychologie" (nämlich im Therapeuten) abgebildet werden muß (1965, S. 271). In „Wirklichkeit sei es die Wechselwirkung, die untersucht wird". Vor diesem Hintergrund schreibt Balint schon 1957, „daß die Bedeutung des Erstgespräches gar nicht hoch genug veranschlagt werden kann, weil erwartet werden muß, daß jede Änderung der Situation das Krankheitsgeschehen beeinflussen wird". In ihrer weiteren Arbeit entwickelten Balint und Norell (1975) im Rahmen von kurzzeit-psychotherapeutischen Forschungen die sogenannte „Flash-Technik". Auf der Suche nach Möglichkeiten, bei ihren Patienten schnell einen therapeutischen Fokus bestimmen zu können, machten sie die Entdeckung, daß dies nicht nur auf dem klassisch analytischen Weg der Beachtung von Übertragung und Widerstand geschehen konnte, sondern auch durch ein „Einstimmen des Arztes auf die Problematik des Patienten, das dann zu einem blitzartigen ‚Aha-Erlebnis' führt" (Wesiack 1986). Dies ermöglichte ihnen, spontan auftretende Regungen und Gegenübertragungsreaktionen im Therapeuten als Diagnostikum zu nutzen und sie als heilend in den therapeutischen Kontext zu stellen (5/10-Sekunden-Diagnostik nach Petzold 1993a). Das Bewußtsein über die Dichte, Symbolhaftigkeit und Bedeutsamkeit initialer Phänomene ist hier schon deutlich spürbar; später sollten diese Erkenntnisse dann in dem Konzept der „Gesamtdiagnose" ihren Niederschlag finden, die über somatische und psychopathologische hinaus auch psychodynamisch und sozial-anamnestisch relevante Daten beinhalten sollte. Die Balints ermutigten ihre Schüler, eine Atmosphäre zu schaffen, in denen Patienten sich zeigen und aussprechen konnten und sich verstanden fühlen; der Arzt sollte „seine Aufmerksamkeit einmal sich selbst, einmal dem Patienten zuwenden" (1962), um so die Wechselwirkungen und Gegenübertragungsreaktionen zwischen ihm und dem Patienten bewußt aufnehmen zu können (vgl. König 1993).

In Anlehnung an Balints Konzepte und in Rückbezug auf die Technik der „freien Assoziation" Freuds entwickelten Morgan und Engel (1977) die Technik der „assoziativen Anamneseerhebung", die ebenfalls diese Gedanken aufgriffen (Hoffmann/Hochapfel 1992; Rahm 1986).

Argelander faßte 1970 die Komplexität des initialen Geschehens in den Begriff der „Szene" und benannte Persönlichkeitsanteile, die eine Gesamt-Problematik sozusagen bildhaft und atmosphärisch, also nonverbal-symbolisch, darstellen konnten, die „Szenische Funktion des Ich". Er konzipierte das Ergebnis des Erstinterviews als „das Resultat einer Materialverarbeitung von Interviewinformationen" (Argelander 1989) und legte drei Ebenen von Informationsquellen fest:

a) die objektiven Informationen (persönliche Angaben, biographische Fakten, Verhaltensweisen),

b) die subjektiven Informationen (Bedeutungen, die der Patient den objektiven Daten beimißt; sie entstehen in der Situation und sind um so valider, je höher von beiden Gesprächsteilnehmern die „situative Evidenz" erlebt wird) und

c) die szenischen Informationen (alle Informationen, die ein Patient durch sein gesamtes geschlossenes Handeln und Wirken zum Ausdruck und in die Beziehung einbringt. Friedrich (1984) nannte diese auch die „dramatischen Informationen".

Für die Gesprächssituation gab er dem Therapeuten folgende Anweisungen: „Wir respektieren die Kompliziertheit des Vorfeldes, überlassen dem Patienten die Aktivität (...) statt persönlich betroffen zu reagieren, versucht der Therapeut keine Gelegenheit zu versäumen, etwas wichtiges über den Patienten zu erfahren", „... die Freigabe eines Spielraumes hat einen ‚Aufforderungscharakter' für den

Patienten". Und ähnlich wie bei Jaspers (1923) heißt es: „Während wir unsere Aufmerksamkeit auf die Inhalte des Krankheitsberichtes lenken und im Sinne der Anamnese diagnostische Überlegungen erwägen, beachten wir die persönliche Form der Darstellung. Sie entfaltet sich in der Aktion des Gespräches und bietet sich dazu an, die Störungen der Persönlichkeit freizulegen, sich über ihre Ausdehnung zu orientieren und ihre therapeutische Ansprechbarkeit abzutasten". Weiter heißt es: „Der Erstinterviewer kritisiert und urteilt nicht, sondern nimmt alles hin, wie es angeboten wird und forscht nur nach seinem Sinn". Über die Inszenierung schreibt er an anderer Stelle: „Dem Interviewer werden mit der psychischen Krankheit des Patienten unbewußte Konfigurationen in Form einer individuellen Gestalt präsentiert", „... in einem gut geleiteten Interview geht diese dramatische Szene ‚untergründig über die Bühne' und setzt geschulte Wahrnehmung voraus, um mit ihr in einen verwertbaren Kontakt zu treten" (Argelander 1989).

Auch für Lorenzer (1970) war das „szenische Verstehen" zentraler Forschungsgegenstand. In seinen Konzepten hat er die soziale Zwei-Personen-Situation um eine gesellschaftliche Dimension erweitert. Jedes Verstehen sei dabei auf gemeinsame ansozialisierte Interaktionssymbole (z. B. Sprache, Gesten) bezogen, die beide Teilnehmer des Gesprächs in verdichteter Form internalisiert haben (Pratsch/Ronge 1984). Erfaßt und auch therapiert werden daher eher „Interaktionsfiguren" als, nur eindimensional gesehen, Patienten. Mit diesem Hinweis auf das Subjekt-Subjekt-Verhältnis der therapeutischen Beziehung konstatiert er ein beiderseitiges Betroffensein und fordert vom Analytiker ein existentielles „Sich-Einlassen" auf das „szenische Angebot" des Patienten, gepaart mit steter kritischer Selbstreflektion (Althen 1991).

Ähnliche Ansatzpunkte finden sich bei Benz (1988), der für eine „szenische und synthetische Orientierung des Therapeuten im Erstinterview" plädiert. Nach dem holistischen- oder „Pars-pro-toto"-Prinzip seien in jedem Teilstück der erzählten Geschichte „die wesentlichen Organisationsmerkmale und Strukturen des Ganzen enthalten". Den drei Informations-Ebenen von Argelander fügt er eine vierte hinzu: die Ebene der Übertragungs- und Gegenübertragungs-Konfigurationen. In einer solchen „holistischen Wahrnehmung" soll der Therapeut im Erstinterview vor allen Dingen auf die ersten Sätze und Interaktionen achten, um frühzeitig individuelle Konfliktmuster erkennen zu können, das „Gefühl" sagt er, „klebe am Detail". „Die so gebildeten Hypothesen müssen laufend verifiziert oder falsifiziert werden". Dabei solle die „Strukturierung von Wahrnehmung, Denken und Handeln die Offenheit und Flexibilität des Psychoanalytikers nicht einschränken". Ähnliche Ansätze finden wir bei Friedrich (1984), früher noch bei Eckstein (1937).

Bei Eckstaedt (1992) finden sich exzellente Fallbeispiele psychoanalytischer Erstgespräche. Auch hier wird betont, daß mit der therapeutischen eine „Beziehung aufgenommen wird, in der die alten Beziehungen zur Wiederauflage, zu einer Architektur der Gegenwart drängen", die es „für beide Beteiligten in einem existentiellen Unterfangen" zu erfassen gilt. Die Erstgesprächssituation sei dicht gefüllt von „beginnenden Übertragungsangeboten, Fragmenten der Lebensgeschichte, Kindheitserinnerungen und dem Beweggrund zu kommen, dem Leiden als Motiv". Dieser Moment trägt auf beiden Seiten eine gesteigerte Erwartung in sich und schon hier spielen sich weitgehend Prozesse der Einstimmung im Sinne des attunement (Stern 1992) ab. Das Erstgespräch solle daher einen Einstieg in den unbewußten Konfliktraum bieten; und ebenfalls wird gefordert, daß der Psychoanalytiker sein „Unbewußtes dem Unbewußten des Patienten" begegnen lassen soll, dies in einer Haltung, die Freud die „gleichschwebende Aufmerksamkeit" genannt hatte (Freud 1912). Entsprechend heißt es: „Mein Verstehen teilt sich auf, in dem ich einmal für den Patienten da bin, seine Sache fördere, und in dem ich gleichzeitig innerlich eine diagnostische Linie verfolge".

Viele praktische Hinweise zum Verhalten des Therapeuten und mögliche Frage- und Beobachtungsebenen für das Erstinterview finden sich bei Keil-Kuri (1993, S. 30ff) und Geyer (1990). Ein Konzept für die biographische Anamnese unter tiefenpsychologischen Aspekten wurde von Dührssen (1990) vorgelegt. Auch bei Ballstaedt (1987) und Clauser (1963) finden sich Hinweise für die biographische Anamnese. Einen umfassenden Überblick über die Problematik des „psychosomatischen Erstinterviews" bieten Klußmann (1992) und Uexküll (1986). Entwürfe zu einem psychiatrisch-psychodynamischen Erstinterview in Erweiterung der psychopathologischen Exploration haben Buchheim u. a. (1988) vorgelegt. Die explizit psychiatrische Exploration läßt sich bei Scharfetter (1991), Moeller (1989), Dilling u. a. (1991) und Fähndrich u. a. (1981) nachlesen.

Eine Vielzahl von Autoren hat sich mit der Anamnese in Form von Fragebögen und Schemata befaßt Die neueste Literatur hierzu stammt von Margraf (1994; Mini-DIPS), Keil-Kuri (1993) und Schröder/Glücksmann (1993). Schmidt und Kessler (1976) haben unter Berücksichtigung der Fülle methodischer Probleme und möglicher Fehlerquellen über 60 Schemata beschrieben, von denen etwa 20 für die Erhebung mit erwachsenen Klienten und Patienten in der Psychotherapie geeignet sind. Diese sind leider teils schon etwas veraltet. Die Autoren wollen unter Anamnese „eine Sammlung, Systematisierung und diagnostische Verarbeitung von Informationen" verstanden wissen. Die Anamnese wird nicht als „Krankengeschichte" definiert, sondern als „Beschreibung der aktualen Situation des Individuums, als Darlegung der ablaufenden Prozesse" und als „Versuch einer Offenlegung der Interaktion des Individuums mit seiner Umwelt, Vergangenheit, Gegenwart und Zukunft". Bei den Beschreibungen von Fragebögen und Schemata wird deutlich, daß zur Datenaufnahme zwar immer die „implizite Verhaltensbeobachtung" gezählt wird; während aber die Autoren Objektivität, Reliabilität und Validität von Vorgehensweisen unter verschiedenen Gesichtspunkten, z. B. Interviewstil, Befragungstechnik, Wahrnehmung, Rapport, Interpretation, Behalten von Daten, Wiedergabe von Daten, äußere Bedingungen sorgfältig untersuchen, nehmen sie kaum Stellung dazu, wie und in welcher Weise der Therapeut während der Befragung mit dem Patienten in Beziehung steht, welche „Qualitäten" des Fragens zur Anwendung kommen sollen, bzw., wie es beispielsweise durch Übertragungen in der therapeutischen Beziehung möglicherweise zu Datenverfälschungen kommen kann.

Erfreulicher zeigt sich ein Werk von Adler und Hemmeler (1988). Hier wurde, zwar vorwiegend für die psychosomatische Medizin, ein Anamneseschema entworfen, das aber nichtsdestotrotz neben einem operationalisierten Vorgehen, ein inhaltlich geschlossenes System an möglichen Fragestellungen anbietet. Die Autoren nehmen auch zu den beziehungsdynamischen Problemen, bis hin zu denen der Körperuntersuchung, Stellung. Sie beschäftigen sich in diesem Werk hauptsächlich mit der Differentialdiagnose von psychosmatischen und konversionsneurotischen Syndromen.

Ein gut durchgearbeiteter und vollstrukturierter Anamnesebogen für die biographische Anamnese – zum Ankreuzen und ausfüllen – findet sich bei Lugt-Tappeser/Tappeser (1993). Die Nähe zu triebtheoretischen Konzepten kreiert hier allerdings einen unnötigen Überhang der sexuellen Anamnese, der mir unangemessen erscheint.

Neben dem sogenannten psychiatrisch-psychopathologischen Anamnesemosaik, das Dilling (1986) entworfen hat, findet sich überdies bei Dilling/Reimer (1990) noch eine andere Anamneseform: die „Biographische Leiter" nach Goldberg u. a. (1987). Hier werden in übersichtlicher Form auf einem Bogen von oben nach unten alle Lebensalter eingetragen; die jeweiligen Lebensereignisse werden daneben notiert, so daß man mit diesem Vorgehen einen gut gegliederten biographischen Überblick bekommt, nach der Devise: „wann war was?".

Zuletzt in diesem Abschnitt können die Beiträge aus der Life-Event- und Bewältigungsforschung genannt werden (Brüderl 1988; Engelhardt 1986; Erikson 1988; Faltermaier u. a. 1992; Filipp 1990; Halsig 1988; Ulich 1987). Obwohl es derzeit noch wenige ausgearbeitete Fragebögen oder Schemata zur Erfassung der Bewältigung von „critical-life-events", bzw. von krisenhaften Lebensläufen gibt, können hier viele Anregungen für mögliche Fragestellungen gewonnen werden.

4.2 Anamnese im Entwurf der Integrativen Therapie

Die Integrative Therapie hat zum Verständnis intersubjektiv erzählter Geschichte den Ansatz einer „diskursiv-narrativen" Hermeneutik entwickelt, die mit einer „dramatisch-aktionalen Hermeneutik" interagiert (Petzold 1993c). Dieses Konzept, das in seinem Ursprung der „interaktionalen Tiefenhermeneutik" Ricoeurs (1978) verpflichtet ist, und das wir als „narrative Praxis" entwickelt haben, nimmt dabei auf eine Vorstellung von „Lebenserzählung" bezug, deren leibliche Archivierung zu einer Konstituierung von Identität und so, wie oben schon kurz erwähnt, zu einem Bild von „Beziehungs-Biographie" führt. Damit werden erzähltheoretische, entwicklungstheoretische, persönlichkeitstheoretische und interaktionistische Perspektiven in einer interventionsrelevanten Weise zum Konzept der „dialogischen Anamnese" oder „dialogischen Exploration" verbunden. Sprache wird dabei als Handlung, Handlung als Sprache und Bewertung und Kommentierung des Gesprochenen verstanden, wie es für historische originäre Formen der Mündlichkeit charakteristisch ist. Das dargebotene Material wird hierdurch plastisch und konkret zugänglich (Petzold 1993a).

In der Integrativen Therapie wird unter Anamnese der Einstieg in die Erinnerungs- und Wachstumsarbeit einer erzählten – aber auch der nicht erzählten – Ge-

schichte verstanden (Amt-Euler 1991). Wie das Wort von sich aus schon zu verstehen gibt, handelt es sich bei der Erinnerung nicht nur um ein Abrufen von gespeicherten Gedächtnisdaten. Erinnern ist ein ganzheitlich-leibliches „Inne-wer-
den" von vergangenen Zeiten, Gefühlen, Situationen und Personen mit – sofern
die Wahrnehmung nicht geschädigt wurde – allen emotionalen und kognitiven
Konnotationen, die die vergangene Situation mit sich brachte. Autobiographisches
Memorieren ist daher ein Wandern in Bildern und Betroffenheiten, es ist eine Begegnung mit historischen Personen und Symbolen „außerhalb der Zeit". Der sich
Erinnernde sieht, wenn er in die historische Situation hineingeht, seine Bezüge
und seine Involvierung sozusagen aus einer exzentrierten Zukunftsperspektive,
und genau hierdurch wird schon im Erinnern Wachstum möglich.

Konkrete Erinnerungen tauchen zunächst aus dem Leib-Selbst auf als ganzheitliche, noch undifferenzierte atmosphärische Inseln im Bewußtsein des Menschen.
Sie weisen trotz ihrer „chaotischen Mannigfaltigkeit" (Schmitz 1989) durchaus
differenzierte Qualitäten und Stufen von Bewußtheit auf. Diese finden ihre dichte-
ste Form in „koperzeptiven, koreflexiven und mitbewußten Inhalten, Ahnungen,
die zwar nicht im Fokus des aktualen Wachbewußtseins stehen, aber durch Hinwendung jederzeit dorthin gelangen können, und führen über die voll reflexive
awareness oder Ich-Bewußtheit bis hin zu flüchtigeren Bewußtseinsinhalten wie
denen der Intuition und dem synoptisch-synergetischen Wahrnehmungs-Vermö-
gen (Petzold 1988). Zu diesen Zusammenhängen werde ich im Einzelnen weiter
unten kommen.

Der Mensch nimmt nun verschwommen die Ganzheit dieser Inseln wahr, kann
aber nur einen kleinen Teil des Erlebten bewußtseins- und äußerungsfähig als konkrete Erzählung im Gespräch mit dem Therapeuten aktualisieren und rekonstru-
ieren (Seiler 1987). Das Erzählen kann immer nur ausgewählte Teile verinnerlich-
ter Atmosphären erfassen. Mit dem Akt des Erzählens wird daher die erzählte Geschichte selektiv aus ihrem Gesamt-Erlebens-Kontext gelöst und fraktioniert
(Amt-Euler 1991). Sie verändert ihre Bedeutung durch das Erzählen.

Während die Geschichte nun retrospektiv auf die Vergangenheit bezogen me-
moriert wird, tritt eine aspektiv auf die Gegenwart bezogene innere Distanzierung
ein. Der Patient geht in eine exzentrische Position zu sich selbst (Plessner 1975)
und zu den Bezügen aus seiner Geschichte. Einerseits bringt dies bereits im Ana-
mnese-Setting die Chance der Neubetrachtung und Neuinterpretation durch beide
Beteiligten, den Patienten und den Interviewer, mit sich (diagignostein [griech.]:
genau erkennen, unterscheiden, beurteilen). Andererseits wird hier ganz deutlich,
daß Anamnese und Diagnostik die jeweils betrachtete Realität nicht unberührt lassen, immer Eingriff in die Lebens- und Leidens-Narration einer Person sind und
damit Intervention im therapeutischen Sinne (Amt-Euler 1991; Petzold 1993a;
Heinl 1985; Hohage u. a. 1981; Schelling 1989).

Bei der zumeist unbewußten Selektion der Erzählinhalte spielt die Person des
Interviewers eine nicht unerhebliche Rolle. Als manipulativer Faktor geht hier
zum einen die Haltung und das konkrete Handeln des Therapeuten ein. Dieser Teil
ist noch relativ kontrollierbar. Zum anderen ist der Therapeut Übertragungsfigur

und Projektionsfläche (Ludwig-Körner 1991; Peters 1977; Weiß 1989; König 1993). Selektionen, die durch dieses Agens eintreten sind im biographischen Material des Patienten determiniert und können durch den Therapeuten nicht mehr beeinflußt werden. Darüber hinaus ist den vielfältigen Phänomenen des Widerstands als beeinflussendem Faktor Beachtung zu schenken (Petzold 1981). So erscheint die erzählte Geschichte immer als die Geschichte, die dieser Patient zu dieser Zeit diesem Therapeuten erzählt. Das Ergebnis des anamnestischen Dialoges ist daher eine gemeinsame und intersubjektive Geschichte, ein neuer und auch kreativer Entwurf der Biographie, der „strukturierend aber nicht objektivierend erfaßt werden kann" (Amt-Euler 1991; vgl. Legewie 1987; Zurhorst 1987; Petzold 1992a).

In der Integrativen Therapie wird daher versucht, die individuumszentrierte Perspektive aufzulösen und sie um soziodynamische Gesichtspunkte zu erweitern (Althen 1991). Die phänomenologisch-struktural ausgerichtete Philosophie von Merleau-Ponty (1966) bildet den Hintergrund eines tiefenhermeneutischen Vorgehens, das versucht, im intersubjektiven Kontakt und in der „gemeinsamen Verantwortung", der „Ko-respondenz", mit dem Patienten in mehrperspektivischer Sicht nicht nur die Probleme des Individuums zu erfassen, sondern den Lebenskontext, die Lebensgeschichte und auch den kultur-historischen Hintergrund in solche Zusammenhänge zu reihen, daß ihnen ein Sinn entspringt, der für beide Beteiligten als Konsens evident und nachvollziehbar ist (Petzold 1988; Ricoeur 1978; Frankl 1972; Herzog/Graumann 1989). Vitale Evidenz ist hierbei als „Synergie von körperlichem Erleben, emotionaler Erfahrung, rationaler Einsicht und sozialer Bedeutsamkeit" zu verstehen (Petzold 1992a). Dieses Vorgehen nennen wir die „Kontext-Kontinuums-Analyse" (Petzold 1988).

Wie hier schon deutlich wird, liegt der Schwerpunkt der integrativen Anamneseerhebung weniger in einem individuumszentrierten und klassifikatorisch-diagnostischen Bereich sondern eher in der Erschließung von „Aspekten der Entwicklung im Lebensganzen, eingeschlossen der positiven Momente" (Rahm u. a. 1993), der „protektiven Faktoren und Prozesse" (Petzold 1993b). Sie führt damit zu einer prozeßorientierten, phänomenologisch-strukturalen Diagnose, die eher versucht, zu beschreiben als einzuordnen und festzulegen.

Grundlegend für das anamnestische Vorgehen im Erstinterview sind nach Althen (1991) in erster Linie persönlichkeits- und entwicklungstheoretische Vorstellungen und das spezifische Verständnis der Integrativen Therapie von Krankheit und Pathogenese (Petzold/Schuch 1992).

Diese Konzepte werden vor dem Hintergrund emotions- und gedächtnistheoretischer Überlegungen noch auszudifferenzieren sein, denn wo immer Erinnerungen erzählt werden, sind Gefühle als Bewertungs- und Orientierungsfaktoren mit im Spiel, und diese müssen als Gegenstand der Erkenntnis in den anamnestischen Prozeß mit einbezogen werden. In gleichem Maße sollten dabei die Vorgänge autobiographischen Memorierens immer unter den spezifischen Gesichtspunkten der Gedächtnisentwicklung ins Auge gefaßt werden (Petzold 1992a; Petzold/Orth 1993a). Erzählte Erinnerung ist, wie gezeigt werden konnte, die Wiedergabe intersubjektiv erlebter Historie, die auf dem Boden höchstindividueller Verarbeitungsvorgänge kognitiv interpretiert und auf allen Gedächtnisebenen repräsentiert ist, und die im aktualen Kontext – subtil beeinflußt von diesem – eine ko-kreative Neuauflage erfährt (Marcel 1986). Erinnerungen und Gefühle sind damit der zentrale Gegenstand anamnestischer Erkenntnis; ich werde sie in dieser Arbeit noch ausführlich beschreiben.

Als Vorstellungsmodell sich konstituierender Phänomene schlägt Althen (1991) den „Szenebegriff" von Moreno (1924) sowie das „Figur-Hintergrund-Konzept" von Petzold (1988) vor. Letzteres ist der klassischen Wahrnehmungs- und Gestaltpsychologie entlehnt (Murch/Woodworth 1977; Wertheimer 1963). Es wird in dieser Arbeit noch zu zeigen sein, daß es auch hier einer konzeptionellen Erweiterung bedarf, wenn die Komplexität initialer Wirklichkeits-Phänomene halbwegs geschlossen und realitätsgerecht abgebildet werden soll.

In der Integrativen Therapietheorie fungiert der Leib, die Körper-Seele-Geist-Einheit, als „totales Sinnesorgan" (Petzold 1990e), als „Archiv", in dem Lebensszenen, kognitive zusammen mit sinnlichen Erinnerungen holographisch abgespeichert sind. Wir nehmen hier bezug auf die Hologramm-theorie von Pribram (1979, 1986). Zum einen kommt es durch das Erzählen (mémoire), zum anderen durch spezifische Reize (reminder), zu mnestischen Resonanzen (retrievals), die biographische Szenen mit allen emotionalen Konnotationen abrufen (Petzold 1992a). Durch den Wunsch des Patienten nach Heilung und die spezifische Übertragung auf den Therapeuten werden gerade in der initialen Situation Schlüsselszenen, die zu diesem Vorhaben in Beziehung stehen – haben sie erst eine gewisse Prägnanzhöhe erreicht – evoziert und vom Patienten inszeniert. Aufgrund des hohen symbolischen Gehalts fast jeder Regung in dieser Phase der Therapie, können derlei Inszenierungen nur in einer synoptischen Schau atmosphärisch erfaßt und zu einem frühzeitigen Erkennen individueller Strukturen und Konfliktmuster verarbeitet werden (Benz 1988).

Im Zentrum des Erstinterviews und auch der Anamneseerhebung steht daher der Dialog zwischen Klient und Therapeut als szenisches Geschehen. Beide „sprechen miteinander in der unverstellten Berührtheit, die das Teilen bedeutsamer und bewegender Lebensereignisse kennzeichnet. Vom Therapeuten verlangt dies eine Bereitschaft, sich betreffen zu lassen und eine große Resonanz- und Tragfähigkeit. Er muß sein emotionales Spektrum und seine Personalität in einer sehr menschlichen, untechnischen Weise einsetzen können" (Petzold 1992a). Darüber hinaus muß er sich selbst beständig im Auge behalten und die Mehrdimensionalität der erzählten Geschichte in ihre zeitlichen und übertragenen Schichten auflösen können.

In der Integrativen Therapie nimmt der Therapeut im anamnestischen Prozeß eine Haltung der „selektiven Offenheit" ein und kann auch „partielles Engagement" zeigen (Petzold 1980). Der Prozeß intersubjektiver Ko-respondenz, so die Bezeichnung der Integrativen Therapie, ist definiert als ein synergetischer Prozeß direkter und ganzheitlicher Begegnung und Auseinandersetzung zwischen Subjekten auf der Leib-, Gefühls- und Vernunftsebene über ein Thema, unter Einbeziehung des jeweiligen Kontextes und der historischen und prospektiven Dimension, so daß die Haltung des Therapeuten nicht von (psychoanalytisch geprägter) Abstinenz gezeichnet ist (Petzold 1984).

Der Leib oder Körper wird hierbei nicht nur „mit einbezogen". Er steht als Leib-Selbst, als Zeichen gelebten Lebens (Bühler 1991), zentral mit all seinen leiblich objektivierbaren – fazialen, muskulären, behavioralen, respiratorischen, emotionalen, vokalen – Ausdrucksebenen der Wahrnehmung beider Teilnehmer jeweils zur Verfügung. In einem „continuum of awareness" (Petzold 1988) geht es im anamnestischen Prozeß darum, die latenten Sinngehalte der Narration zu erspüren (Ballstaedt 1987). Der Weg des anamnestischen Vorgehens und der prozessualen Diagnostik (Petzold/Schuch 1992) verläuft hierbei über eine hermeneutische Spirale (Petzold/Sieper 1988) vom szenischen Wahrnehmen und Erfassen bis hin zum Erkennen, Verstehen und Erklären der vorgefundenen und dargestellten Sachverhalte. Ziel der Anamnese ist zum einen das Beschreiben von individuellen Konfliktmustern und -Strukturen, malignen Lebensnoxen und Narrativen sowie von pathogenen Verläufen multipler Genese. Zum andern werden beschützende Erfahrungen und Beziehungen exploriert, denn die Therapie muß an Punkten ansetzen, die hoffnungsspendende Potentiale mitbringen. Zuletzt sollen sowohl isolierte als auch prolongierte Mangelerfahrungen erkannt werden, denn an diesen wird – und dies ist ein Spezifikum der Integrativen Therapie – spezifisch Nachsozialisation betrieben, nicht zuletzt, um auch den Trauerprozeß über Verlorenes in Gang zu bringen (Petzold/Schuch 1992; Petzold u. a. 1993; Hicklin 1987).

Da das Gefühl als Orientierungs- und Bewertungs-Agens hierbei – auch beim Therapeuten – niemals fehlt, werden auch in diesem Bereich emotionsgeleitete Vorgänge noch näher zu durchleuchten sein.

Anamnese ist als Vorgehensweise ebenso longitudinal wie prozessual aufzufassen, gleich dem Konzept der prozessualen Diagnostik in der Integrativen Therapie (Petzold 1988); als Verfahren und Methode aber steht sie am Anfang einer therapeutischen Beziehung und hat hier klar umrissene Aufgaben zu erfüllen.

Im folgenden werde ich zunächst die Grundlagen anamnestischer Arbeit besprechen. Dabei werden uns folgende Fragen beschäftigen: Welche Erkenntnisse können Anamnesen erbringen, welche Rolle spielen hierbei unser Bewußtsein und unsere Wahrnehmung und wie kann die „Wirklichkeit des Anderen" von der Wahrnehmung des Therapeuten überhaupt erfaßt werden?

II. Grundlagen anamnestischer Arbeit: Bewußtsein, Wirklichkeit und Erkenntnis

1. Anamnesen als theoretisch gewonnene Perspektiven

Um die Fülle möglich zu erhebender Daten zu strukturieren und sich hierbei auf das nötigste Maß beschränken zu können, werden von Anamnese-Erhebenden implizite und explizite Raster für die Datengewinnung entworfen. Dies können Modelle und Konzepte für das Erstinterview, also Anweisungen für ein konkretes Handeln und Beobachten (Balint/Balint 1962; Benz 1988; Argelander 1989), aber auch Fragebögen und Fragenauflistungen (Lugt-Tappeser/Tappeser 1993; Schmidt/Kessler 1976) oder psychologische Testverfahren (Brickenkamp 1975) sein. Nicht zuletzt gehören auch die Klassifikationsmodelle zu den Versuchen, die Vielfalt und Komplexität von Wirklichkeit zu begrenzen und zu strukturieren (Dilling u. a. 1991; Fähndrich u. a. 1981; Scharfetter 1991; Leonhard 1991; Jaspers 1923). Raster und Modelle sollen einen vermeintlich vollständigen Überblick über die Sachverhalte, Situationen und Problemlagen von Patienten vermitteln und auch eine Benennung derselben ermöglichen.

Darüber hinaus haben Therapeuten, neben ihrem Fachwissen, zum großen Teil unbewußte und ganz persönliche Vorstellungen darüber, wie Erkenntnisse gewonnen werden (Erkenntnistheorie), von welcher Art der Mensch und das menschliche Dasein sind (Anthropologie, Ontologie), was eigentlich Gefühl ist (Emotionstheorien), wie der Mensch seine Potentiale entwickelt und wie seine Persönlichkeit strukturiert ist (Entwicklungs- und Persönlichkeitstheorie); weiterhin davon, was Gesundheit, Krankheit und Therapie eigentlich sind oder wie Interventionen heilend wirken (Krankheitslehre, Therapietheorie, Interventionslehre). Diese Vorstellungen gehen auf natürliche Weise in die Behandlungsmethodik mit ein. Unabhängig davon, welche anamnestische Strukturvariante zum Einsatz kommt, handelt es sich bei diesen Rastern immer um theoriegeleitete Konstrukte, mit denen man sich erhofft, der Wirklichkeit ein Stück Wahrheit entlocken zu können. In solcherlei Konstrukte geht ein ganzer Stamm an Metatheorien ein; sie geben dem „Stück Wahrheit" ihre ganz bestimmte Färbung.

Bei dem Bild, das von Patienten durch ein anamnestisches Vorgehen entworfen wird, handelt es sich also weniger um eine „objektive Sicht von Problemlagen", bei den Geschichten, die erzählt werden, auch nicht um die Abbildung „historischer Wirklichkeiten"; vielmehr ist das Bild eine theoretisch und intersubjektiv gewonnene Perspektive, ein kleiner Ausschnitt, der ein Modell der Person mit seiner Historie entwirft und allenfalls Grobstrukturen von Lebensgeschichte abbilden kann. Die Strukturen hinter den Phänomenen sind nicht sichtbar; sie müssen hypothetisch erschlossen werden. Deswegen bedarf ein solches Modell einer beständigen „metahermeneutischen Transformation", einer „ko-respondierenden" oder „kommunikativen Validierung" (Petzold 1990e; Fisseni 1987; Lechler 1982).

Die Integrative Therapie versteht sich als eine phänomenologisch ausgerichtete Therapeutik und Anthropoplastik, in der der Therapeut versucht, durch systematische Heuristik und durch eigene Anmutungen zur Erhellung von inneren Sinn- und Motivationszusammenhängen zu gelangen (Klix 1972; Walch 1990; Wyss 1984). Dadurch sind Erkenntnissubjekt und Erkenntnisobjekt nicht in der Weise stringent zu trennen, wie das in einer positivistischen und empirischen Psychologie versucht wird, die den Menschen „auf einen jeweils ahistorisch-mechanistisch definierten Ist-Zustand, auf eine punktuelle Faktizität festlegen will" (Bottenberg 1991). Vielmehr ist das Selbst des Therapeuten, spätestens mit dem Konzept der Gegenübertragung, immer in den Wahrnehmungs- und Erkenntnisprozeß mit einbezogen, Erkenntnis ist also immer subjektiv (Priebe 1989). Patient und Therapeut sind in gleicher Weise, durch ihr Erleben, ihre Selbstexploration und ihre Interaktion, aktiv an der Formierung einer „gemeinsamen und intersubjektiven Geschichte" beteiligt.

Auch im Konzept des Leib-Selbst sind Innen und Außen ineinander verschränkt (Petzold 1988; Waldenfels 1976); die volle Definition des Leibes geht weit über den absoluten Ort des Körpers und die Körpergrenzen hinaus in die Wahrnehmungs- und den Sinngebungsraum des Menschen, so daß das Vorhaben, objektivierende Diagnostik zu betreiben, zumindest eingeschränkt werden muß (Schmitz 1985, 1989; Merleau-Ponty 1966). An eine stringente Trennung von Subjekt und Objekt ist nicht zu denken.

Menschliche Entwicklung wird in der Integrativen Therapie nicht allein unter der Perspektive der Determinierung durch frühe Kindheitserlebnisse gesehen, sondern unter dem Blickwinkel einer lebenslänglichen Entwicklung. Die Persönlichkeit ist „temporal bestimmt" (Petzold 1990e). Im Krankheitsbegriff der Integrativen Therapie erscheint daher auch Krankheit nicht nur als Folge und Auswirkung von „frühen Schädigungen", schon gar nicht von „ödipalen Konflikten". Es wird vielmehr von einer „prolongierten Karriere von Polytraumatisierungen" bei Fehlen von geeigneten Bewältigungspotentialen gesprochen, und von einem „Modell multipler Pathogenese" ausgegangen, von Schädigungen also, die in unglücklicher Abfolge über die ganze Lebensspanne hin erfolgen, bei weitgehender Abwesenheit von protektiven Faktoren und Beziehungen.

Wenn also für die anamnestische Phase von Therapien menschliche Lebensläufe in Einzelbereiche zergliedert werden, dann nicht nur um der Daten Willen, die hierdurch gewonnen werden können. Wir tun das auch mit der – eben theoretischen – Vorstellung, daß unsere Wahrnehmung zwar auf verschiedenen Ebenen und in verschiedenen Intensitäten fungiert, die Explikation des Wahrgenommenen aber immer nur partikulär und aspektivisch sein kann (Walch 1990). Anamnesen werden durchgeführt mit dem Ziel, durch den fortwährenden Erzählfluß der Narration „Lebensmelodien" zu erkennen, um so, gemeinsam mit dem Patienten, in immer tiefere, latente Sinnzusammenhänge der Geschichte blicken zu können. Nur so kann der Sinn von Krankheiten und Störungen als „vitale Entwicklungsblockaden" verstanden werden (Walch 1990).

Zu erkennen, daß anamnestische Daten immer nur intersubjektive Perspektiven eröffnen können, ist wichtiger Bestandteil Integrativer Psychotherapie. Im folgenden möchte ich mich nun dem Funktionieren unserer Wahrnehmung und unseres Bewußteins zuwenden, denn von hier aus nähern wir uns den „fremden" wie auch den „eigenen" Wirklichkeiten an.

2. Bewußtsein und Wahrnehmung

Wir sind es gewohnt, die Gegenstände der Wahrnehmung und des Bewußtseins in unserem Alltag wie selbstverständlich zu behandeln. Was wir über uns selbst, unsere Umwelt und andere Menschen wissen, haben wir über unsere Wahrnehmung und ihre Verarbeitung, die Bewußtwerdung, erfahren.

Im anamnestischen Dialog nun sind wir mit Wahrnehmungs- und Bewußtseinsprozessen in einer doppelten Weise konfrontiert: zum einen sind sie unser eigenes Instrument, zum anderen gehört es zu den zentralen Aufgaben von Anamnese, die Wahrnehmungs- und Bewußtseintätigkeiten, -fähigkeiten, -intensitäten oder auch -blockierungen unserer Patienten zu erfassen.

Das Konzept des wahrnehmenden Leibes ist daher für das anamnestische Vorgehen ein grundlegendes theoretisches und praktisches Problem. Zur Ausbildung von Psychotherapeuten gehört es, daß sie ihre ganz spezifisch-individuellen Wahrnehmungskanäle kennenlernen, differenzieren, und blockierte oder unterversorgte Bereiche integrieren, um so zu möglichst ganzheitlichen Eindrücken zu gelangen. Indes, Wahrnehmung allein kann nicht unser Wissen über die Dinge erklären; erst die an den bewußten Leib gebundene Wahrnehmung, die erlangte Bewußtheit über die wahrgenommenen Gegenstände, kann zur Erkenntnis führen. Wir erlangen Bewußtheit über die Gegenstände, indem wir Neues in kognitiven und emotionalen Vorgängen an bereits Gewußtes binden. So kann Fremdes nach und nach integriert werden.

Hier gilt es nun, eine Differenzierung zwischen den Begriffen Bewußtsein und Bewußtheit einzuführen. Hierzu sind verschiedene Ansätze gemacht worden, die hier aber nicht weiter diskutiert werden. Der Begriff Bewußtsein wird im Rahmen dieser Arbeit im Sinne eines „Seins-Zustandes im Prozeß" verwendet; mit dem Begriff der Bewußtheit hingegen werde ich ein jeweilig aus Wahrnehmung und Verarbeitung gewonnenes Bewußtseins-Produkt bezeichnen. In letzteren Begriff geht das Subjekt als „Bewußthaber" mit ein (Schmitz 1989).

Nun gibt es Phänomene, die uns den beinahe paradoxen Schluß nahelegen wollen, daß es auch so etwas wie „unbewußte Wahrnehmung" gäbe: Wir reagieren auf uns umgebende Atmosphären oft in unwillkürlicher Weise. Wenn uns z. B. „Stimmungen überfallen", wenn wir ohne Reaktionszeit „aus dem Bauch heraus" handeln, oder uns in „Aha-Erlebnissen" plötzliche Erkenntnis zufällt, ohne daß wir zuvor mit langen Verarbeitungsprozessen beschäftigt gewesen wären; hier reagieren wir „feldabhängig", um mit Bergius (1991a) zu sprechen. Dieser Effekt wird schon lange in den Konzepten zur diagnostischen Verwertung der Gegenübertragungen genutzt, ohne daß er theoretisch oder empirisch weiter abgesichert wäre

(Freud 1912; Peters 1977; Ludwig-Körner 1991; König 1993). Die Frage nämlich, ob Wahrnehmung, wie Kognitivisten und Physiologisten glauben machen wollen, tatsächlich nur über die Sinneskanäle – Sehen, Hören (Gleichgewicht), Riechen, Schmecken, Haut (Druck, Schmerz, Temperatur) – läuft oder ob wir nicht noch weitere, „transzendente" Wahrnehmungskanäle besitzen, muß noch offen bleiben (Sheldrake 1990; Brennan 1987). Leib-Philosophen haben dieses Phänomen einstweilen mit dem Begriff der „Einleibung" benannt, aber leider ohne seine Inhalte und sein Funktionieren weiter zu erklären (Schmitz 1989).

Aus unserem Alltagserleben zumindest kennen wir verschiedene Stufen und graduelle Unterschiede von Bewußtheit, Wachheit und Aufmerksamkeit; und auf jeder dieser Stufen sind andere Wahrnehmungsqualitäten möglich. Die Differenzierung und Integration dieser Bewußtseinsstufen ist ebenfalls eine primäre Aufgabe bei der Ausbildung von Psychotherapeuten und die Einschätzung derselben bei Patienten eine wichtige Aufgabe im anamnestischen Prozeß.

Nachfolgend sollen zunächst einige herkömmliche Definitionen von Bewußtsein und Wahrnehmung dargestellt werden; danach werde ich ein integratives Modell einführen.

2.1 Bewußtsein

Freuds Verdienst war es, um die Jahrhundertwende (1912), das Konzept des Unbewußten erstmalig in den Bereich der Psychotherapie eingeführt zu haben. Hier wurde eine bis dahin nur in der Philosophie bekannte, durch Heraklit, Leibniz, Schelling und Schopenhauer – um nur einige zu nennen – eingeführte Trennung von menschlichen Erfahrungsbereichen in „Bewußtsein" und „Unbewußtsein" konzipiert, die später in eine Dreiteilung erweitert wurde: Unbewußtes-Vorbewußtes-Bewußtes. Unter dem Vorbewußten verstand Freud diejenigen Inhalte, die zwar nicht aktuell im Fokus des Bewußtseins stehen, aber jederzeit durch die innere Hinwendung dorthin gelangen können. Das Unbewußtsein dagegen stellte er als die hiervon durch eine starke Trennung abgehobene Seins-Ebene der Triebe dar. Die Trennungslinie glaubte Freud durch das Phänomen des Widerstands gekennzeichnet. Die Inhalte des Unbewußten waren für Freud am besten durch die Träume, die Übertragungen und die Fehlleistungen zu erfassen. Später, mit dem Auftauchen der Leib-Philosophie, wurden die Zusammenhänge zwischen dem Leib und dem Unbewußten untersucht (Frostholm 1978).

Eine übergreifende Definition von Bewußtsein gibt es aufgrund der Verständnisweisen verschiedener Fachrichtungen wie Psychologie, Psychiatrie, Philosophie nicht. Im allgemeinen jedoch versteht man hierunter das „Gesamt der Bewußtseinsinhalte, das in klarer Vergegenwärtigung gegebene Wissen von Seinsinhalten wie Erleben, Erinnerung, Vorstellung, Denken, das begleitet wird von einem Wissen, daß das Subjekt (das Ich) es ist, das diese Inhalte erlebt" (Peters 1990). An anderer Stelle wird auch vom „Haben von Erlebnissen" gesprochen (Bergius 1991d). Deutlicher noch hebt Schmitz (1989) diesen Aspekt hervor: für ihn ist das Subjekt ein „Bewußthaber".

Die Aufteilung bewußt-unbewußt, auch die in bewußt-vorbewußt-unbewußt, birgt große theoretische Probleme. Sind alle Erlebnisse bewußt oder gibt es auch unbewußte Wahrnehmungen, Präperzeptionen, oder wie immer man diese Phänomene nennen mag? Hierüber besteht keine Einigkeit. In jedem Falle unterscheidet man verschiedene „Klarheitsgrade des Bewußtseins" und „quantitative Merkmale", etwa Helligkeit, Eintrübung, Stärke, Geschwindigkeit, Zentriertheit, Prägnanz, Enge, Weite, Peripherie usw.

2.2 Wahrnehmung

Die Lehre von der Wahrnehmung hat ihren Ursprung im antiken Griechenland. Von Demokrit, Platon und Aristoteles wurde sie in einem ausschließlichen Physiologismus und einer „atomistischen Psychologie" als Ergebnis der Verschränkung von Sinnesdaten interpretiert (Willwoll 1992c; Schmitz 1992). In der neueren Wahrnehmungsforschung wird dies nicht mehr in dieser Absolutheit gesehen. Wenngleich diese Wurzeln noch vereinzelt spürbar sind, etwa in der Vorstellung, daß es sich bei Wahrnehmungsprozessen nur um eine Verarbeitung von (Sinnes-) Reizen handle (Ries 1991), geht doch das Verständnis zumindest dahin, daß Wahrnehmung durch ein Zusammenspiel von Reizen aus der Umwelt und gespeicherten Erfahrungen zustande kommt. Gestaltpsychologisch konnte gezeigt werden, daß „Wahrnehmung über Sinnesempfindung und Erkennen hinaus die Verarbeitung des Erkannten und die Integration in das Gesamterleben umfaßt" (Tölle 1991). Dies mündet in der Vorstellung, daß der Wahrnehmende in Form seiner Erwartungen, Stimmungen und Interessen, aktiv am Wahrnehmungsprozeß beteiligt ist und Wahrnehmung daher als ein psychologisch-dynamisches Phänomen einzustufen ist (Murch/Woodworth 1977).

Wie erwähnt, ist der Streit darum, ob allein die fünf Sinne als Wahrnehmungskanäle betrachtet werden können, ob Wahrnehmung als eine rein geistige Funktion aufgefaßt werden soll, wie sich hierbei das Leib-Seele-Problem lösen lasse, oder ob Wahrnehmung nicht weit über den Bereich wahrgenommener Sinnesdaten hinaus, nämlich ganzheitlich, als „leiblicher Eindruck" oder wie bei Schmitz (1992) als „Einleibung von Bewegungssuggestionen und Atmosphären" gesehen werden muß, noch nicht beigelegt. Tatsache ist, daß wir, selbst wenn die Theorie der Sinnesdaten die richtige sein sollte, niemals einzelne Sinnesdaten, als isolierte Qualitäten oder Intensitäten, in unser Bewußtsein aufnehmen, sondern die Gegenstände des Da-Seins, auch wenn sie sich in unserem Körperinneren befinden sollten, uns immer als Ganzheiten, als Synergien begegnen. Selbst wenn wir den Wahrnehmungsfokus nur auf ganz bestimmte „Inseln des Leibes" oder „Gegenstände der Seinswelt" richten, bleiben die sie umgebenden Atmosphären im Mitbewußten erhalten. Auf diese Weise sind Wahrnehmungsinhalte gemäß der Wirkung von Gestaltfaktoren strukturiert und stellen den Betrachter stets vor die Aufgabe der Diskriminierung von Einzeldaten (Köhler 1971; Walter 1977).

Vielfach wird der Wahrnehmungsprozeß unterteilt in einen primären und einen sekundären. Während der erste für die Gestaltauffassung zuständig sei, nehme der zweite eine Zuordnung der Bedeutungsinhalte vor. Das Ergebnis eines solchen Wahrnehmungsprozesses wird als „Perzept" bezeichnet (Murch/Woodworth 1977). Allerdings ist fraglich, ob die beiden Stufen wirklich hintereinander ablaufen. Wie ich weiter unten zeigen werde, ist diese Auffassung strittig. Allein die holistische Theorie würde dem widersprechen (Pribram 1979).

Wahrnehmungsinhalte werden nun nicht nur nach den jeweiligen Sinnsystemen aufgeteilt, sondern auch nach der Art der Reizaufnahme. So können exterozeptive (von außen kommende), interozeptive (vom Inneren des Körpers kommende) und propriozeptive (aus der Bewegung des Körpers kommende) Wahrnehmungen unterschieden werden (Murch/Woodworth 1977).

2.3 Ein Integrations-Modell

Die Konzepte zum Bewußtsein und zur Wahrnehmung wurden in der Vergangenheit kaum miteinander verbunden. Die theoretischen Probleme entstanden mitunter dadurch, daß die Modelle aus phänomenologischer Sicht eine Wirklichkeit, in der hochdifferenzierte Formen von Bewußtsein, Wahrnehmung und Erkenntnis bestehen, nicht befriedigend beschreiben konnten. Daß Wahrnehmung und Bewußtsein in ihren qualitativen und quantitativen Aspekten als Teile eines umfassenderen Bewußtseinsspektrums zu verstehen sind, darauf hat Petzold (1988) in seinem Konzept des „komplexen Bewußtseins" hingewiesen.

Hiernach teilt sich Bewußtsein auf in sieben Stufen unterschiedlicher Dichte, Funktion und Qualität. Die jeweiligen Stufen kann man sich modellhaft in konzentrisch angeordneten Kreisen vorstellen, in deren gemeinsamen Mitte das Wachbewußtsein (WBW) als perzeptives (proprio-, extero- und interozeptives), sensorisches, mnestisches und affektives Wahrnehmungszentrum steht (Abb.1). Von dort aus breitet es sich in einem an Dichte abnehmenden Wahrnehmungshorizont sowohl in Richtung des Unbewußten (UBW) als auch in Richtung des Nichtsbewußten (NBW) aus. Das Wachbewußtsein wurde schon früher mit dem Begriff der awareness bezeichnet (Perls u. a. 1951; Perls 1980; Polster/Polster 1987).

Die einzelnen Stufen des Bewußtseins sollen nun näher erläutert werden. Sie sollen als Durchgangsstadien eines breiten Bewußtseinsspektrums vorstellbar werden, und zwar in der Form, daß spezifische Bewußtseinsinhalte der einen Stufe zu anderen Stufen hin durchdringen, durchfiltern, aber – z. B. bei traumatischen Einwirkungen – auch unwillkürlich durchbrechen können.

Zu den jeweiligen Bewußtseinsstufen werde ich klinische und psychopathologisch relevante Aspekte nennen. Darüber hinaus werde ich den Versuch unternehmen, den einzelnen Ebenen, vor einem phänomenologischen Hintergrund auch leibliche, emotionale und kognitive Erlebensbereiche zuzuordnen.

2.3.1 Das Unbewußte

Unter dem Unbewußten werden die apperzeptiven und areflexiven, in ihren ultimativen Erstreckungen unzugänglichen „Tiefen und Dunkelheiten" des Menschen mit ihren individuellen, ontogenetisch gegründeten und kollektiven, phylogene-

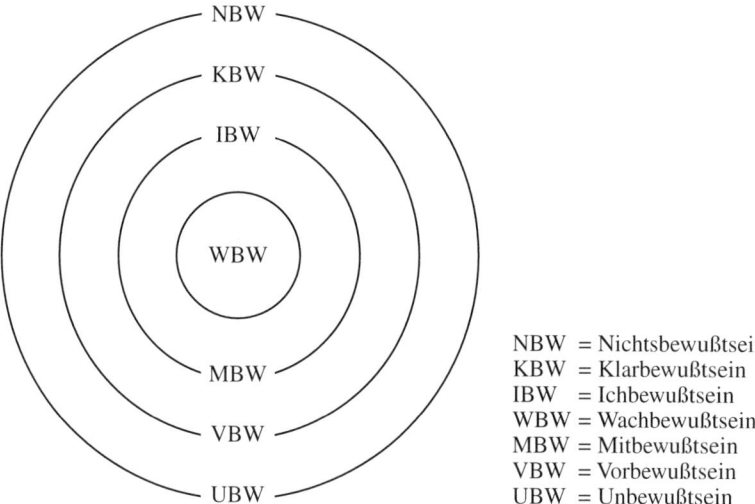

NBW = Nichtsbewußtsein
KBW = Klarbewußtsein
IBW = Ichbewußtsein
WBW = Wachbewußtsein
MBW = Mitbewußtsein
VBW = Vorbewußtsein
UBW = Unbewußtsein

Abb. 1: Konzept des komplexen Bewußtseins nach Petzold (1988); vereinfachte Darstellung.

tisch gegründeten, Strebungen verstanden. Diese Definition deckt sich mit dem Freudschen Verständnis des Unbewußten und zeigt darüber hinaus Ähnlichkeiten mit dem Begriff des „Fleisches" bei Merleau-Ponty (Frostholm 1978). Es ist das „rohe ungestaltete Sein".

Das Unbewußte (und auch das Vorbewußte) sind Repräsentanten der größten „leiblichen Dichte" und somit Wirkungsfelder auch der somatischen Therapie.

Aus klinischer Sicht könnte man auf dieser Ebene die Konsistenz und Kohärenz des Selbsterlebens veranschlagen, das Verwurzeltsein im eigenen Selbst und in der Lebenswelt, also das Ur- oder Grundvertrauen. Die frühe Lebensgeschichte ist über die frühkindliche Amnesie zum großen Teil unbewußt (Kruse 1991). Auch der Traum und die Kreativität, aber auch die „Fehlleistungen" entspringen dem Unbewußten.

Die in psychopathologischen Zusammenhängen genannten Begriffe des Antriebs, der Antriebs- und Vitalitätsstörungen sind hier verwandt; ebenso psychovegetative Störungen. Wahninhalte, hier verstanden als Durchbruch von archaischem oder kollektivem Material, haben einen Bezug zum Unbewußten (Jung 1976).

Der leibliche Erlebensbereich besteht im konkreten Spüren von Regungen im und am eigenen Körper, im Grundvertrauen und der Widerstandskraft.

2.3.2 Das Vorbewußte

Das Vorbewußte enthält Materialien aus den oberflächlicheren Schichten des Unbewußten, oder abgesunkenes Material, das sich noch nicht in den Abgründen des Unbewußten verloren hat. Es ist präperzeptiv und präreflexiv. Das Vorbewußte zeichnet sich durch die Qualität des „Erahnens" aus („Ereignisse werfen ihre

Schatten voraus"). Seine Inhalte werden zum größten Teil in unwillkürlichen Symbolisierungsprozessen und Inszenierungen zum Ausdruck gebracht (Buchholz 1993; Argelander 1989). Sie können aber auch – z. B. durch Bewußtseinsarbeit in der Therapie oder durch critical-life-events – zum Wahrnehmungsbewußtsein (WBW) und zum Ichbewußtsein durchdringen oder in Krisensituationen gar durchbrechen. Von mitbewußten Inhalten unterscheiden sie sich dadurch, daß sie nicht durch einfaches Hinwenden der Aufmerksamkeit ins Wachbewußtsein gerufen werden können.

Aus klinischer Sicht sind hier zunächst allgemein der Affekt und die affektive Grundgestimmtheit zu nennen. Das vorbewußte Agieren, Inszenieren, die Dissoziation, die Verschiebung als Abwehrmechanismen sind verwandt (Freud 1936). Die vorbewußte Übertragung und das feldabhängige Handeln nach systemischen Ordnungskriterien der Lebenswelt müssen zugeordnet werden. In salutogener Hinsicht repräsentiert diese Bewußtseinsebene das Zentriertsein im eigenen Gefühl, die sexuelle Anziehungskraft und Lust, wie allgemein die Leistungsfähigkeit.

Psychopathologisch können hier demnach die Aktivitätsstörungen, die affektiven Störungen, Angststörungen, Phobien und andere histrionische Störungen, die psychomotorischen Störungen (die nicht medikamenten-induzierten) sowie Störungen der Sexualität zugeordnet werden. Auch das Spiel- und Explorationsverhalten des Kindes müssen in Beziehung zum Vorbewußten gesehen werden.

Leibliche Erlebensbereiche wären daher der Affekt, die Attraktion (Anziehungskraft), die Leistungskraft und die Sexualität.

2.3.3 Das Mitbewußte

Das Mitbewußte ist koperzeptiv und koreflexiv. Es enthält Material, das nicht im aktuellen Fokus des Wachbewußtseins steht aber jederzeit durch die Hinwendung der Wahrnehmung zugänglich werden kann. Es ist durch eine Schwelle vom Vor- und Unbewußten abgetrennt. Diese Schwelle garantiert das reibungslose Arbeiten des Ichs und der Ich-Funktionen dadurch, daß archaische Inhalte nicht ungehindert in das Aktualbewußtsein eindringen können. Diese Schwelle verkörpert der Widerstand, verstanden als das vitale Vermögen, störende Inhalte aus dem Bewußtsein zu verdrängen.

Bei sensitiven Persönlichkeitsstörungen z. B. ist diese Schwelle herabgesetzt, sie ist entwicklungspsychologisch durch einen symbiotischen, konfluenten Erziehungsstil oder durch Traumatisierungen nicht prägnant genug als Abgegrenztheit herausgebildet worden (Kruse 1991). Bricht die Schwelle durch traumatische Ereignisse oder durch die Exacerbation hereditärer Veranlagungen, kommt es zu Ich-Überflutungen, zu psychotischem Erleben oder Wahnbildung.

Auf klinischer Ebene sind hier das Aggressionsverhalten sowie das Macht-, Besitz- und Geltungsstreben relevant. Über den Kanal des Mitbewußten werden die periverbalen emotionalen Botschaften im Kontakt mit anderen sowohl transportiert als auch aufgenommen („da zieht sich einem der Magen zusammen"). Das Mitbewußte ist als die Ebene des nonverbalen Kontaktverhaltens zu betrachten, auf der man sich jemandem öffnen oder aber verschlossen sein kann. Wenn wir Patienten auf ihre periverbalen Expressionen hinweisen, arbeiten wir auf der Ebene des Vorbewußten.

Psychopathologisch sind hier Störungen des Konsistenz- und Kohärenzerlebens, Aggressivitätsstörungen, Impuls- und Zwangshandlungen sowie abnorme Gewohnheiten wie der Spieltrieb u. a. zuzuordnen.

Leibliche Erlebensbereiche sind daher die Emotion, Macht, Geltung, Besitz, aber auch die Beherrschung und Kontrolle der eigenen Person.

2.3.4 Das Wachbewußte

Das Wachbewußte oder Wahrnehmungsbewußte ist das Zentrum unserer Aufmerksamkeit, das sich, wie oben erwähnt, mit allen Qualitäten (Sensorium, Mnestisches und Affektives) auf alle Bereiche des Leibes und der Lebenswelt richten kann. Das Wachbewußte kann sowohl präperzeptiv und koreflexiv (MBW-UBW) als auch vollperzeptiv und vollreflexiv (WBW-NBW) sein. Es kann sich also in beide Richtungen, zum Unbewußten und zum Nichtsbewußten hin, in abnehmender Wahrnehmungsdichte ausbreiten. Es entspricht dem „wahrnehmenden Leib-Selbst", der vollen „awareness", dem „Leib als totalem Sinnesorgan" in der Persönlichkeitstheorie der Integrativen Therapie (Petzold 1988).

Klinische Beobachtungbereiche wären hier die Kontaktfähigkeit, die emotionale Schwingungsfähigkeit, die empathischen Potentiale, die Liebesfähigkeit, die Abgegrenztheit und Autonomie im Sinne der Fähigkeit des Handelns um Grenzen mit Anderen sowie das Selbst-Verständnis oder die Identität der Person.

Psychopathologisch sind auf dieser Ebene Demarkationsstörungen, Wahrnehmungs-, Bewußtseins- und Auffassungsstörungen sowie die Illusionen relevant.

Leibliche Erlebensbereiche sind die Wahrnehmung, das Gefühl, die Liebes- und Hingabefähigkeit; die Fähigkeit, Freude zu erleben („da geht einem das Herz auf"), aber auch zu trauern und Schmerz zu ertragen.

2.3.5 Das Ichbewußte

Im Ichbewußten spitzt sich die awareness zu, sie gewinnt an Schärfe und Prägnanz. Sie verläßt die passiv-rezeptive Sinneswahrnehmung (es fällt mir ins Auge) und stellt in aktiver Perzeptivität fest: ich bin es, der hinschaut, hinhört und handelt. Diesem Schritt wiederum folgt die volle Bewußtheit: Ich bin mir bewußt, daß ich und wie ich schaue, höre und handle. Damit ist im Bewußtsein eine Metaebene erreicht, ein Wissen um sich selbst, das phylogenetisch durch die kortikale Schicht in unserem Gehirn entstanden ist. Das Ichbewußtsein enthält Schichten der Selbstkonzepte, also kognitive und emotionale Bilder der eigenen Person. Das Ich-Bewußtsein kann zum Teil auch schon intuitives Vermögen besitzen. Durch seine Erinnerungsfähigkeit integriert es Vergangenheit, Gegenwart und Zukunft und kann so eine Identität als zeitübergreifendes und stabiles Ich-Konzept der Person flexibel abspeichern. Durch das Heben von Bewußtseinsinhalten aus den unteren Bereichen verliert das Ichbewußtsein allerdings auch an Volumen. Ihm fehlt das direkte Verbundensein im Affekt (VBW), im Gefühl (WBW) und in den Wurzeln des Seins (UBW).

Das Ichbewußte ist mit diesem Blickwinkel nicht nur organismisch, sondern auch intersubjektiv konstituiert. Es entsteht und wächst durch die Erfahrungen mit dem Du (Buber 1973), oder, um mit Mead (1973) zu sprechen, mit dem „generalizised other". Im klinisch-therapeutischen Setting sind wir mit dem Ichbewußtsein am meisten in Ko-respondenz. Auch wenn die anderen Bewußtseinsebenen das Material liefern (UBW-WBW), und intuitive- sowie Glaubensvorgänge (IBW-NBW) ein große Rolle spielen, findet die Verarbeitung und Integration der Bewußtseinsinhalte im Ichbewußtsein statt. Wir arbeiten auf dieser Ebene hauptsächlich mit den Ich-Funktionen.

Psychopathologisch werden hier die Identitätsstörungen (Selbstbild und Selbstkonzept), Orientierungsstörungen (Ort, Zeit, Situation, Person), z.T. die Störungen des Denkens, des Sprechens und der Sprache, Gedächtnisstörungen sowie psychotische Ich-Störungen (Depersonalisation, Derealisation, Gedankenausbreitung und -entzug) zugeordnet.

Leiblicher Erlebensbereich: Wissen um das eigene Dasein, Integrationsfähigkeit, kognitiv-emotionale Synthesen- und Synopsenbildung.

2.3.6 Das Klarbewußte

Können Wachbewußtsein und Ichbewußtsein integriert werden, so tritt eine neue Ausdehnung und Fokussierung des Bewußtseins ein; es kann wiederum eine Schwelle überschritten werden, die einen hyperreflexiven Zustand möglich macht. Das Klarbewußte umfaßt das intuitive und synoptisch-synergetische Vermögen, das wir in kreativem und kontemplativem Tun erreichen können. Das Klarbewußtsein wird durch die Metaphern der Helle und Weite gekennzeichnet. In ihm werden Überschreitungen, komplexe Synopsen, weitausgreifende Mehrperspektivität, Synästhesie und Synergie in der Mitmenschlichkeit möglich. Aus klinischer Sicht sind auf dieser Ebene die Flexibilität der verarbeitenden Kognitionen, die „Helligkeit des Denkens und Intuierens" angesprochen, und damit die Fähigkeit, zur eigenen Person in Exzentrizität zu treten (Plessner 1970). Wer nicht in Distanz zu sich selbst und seinen Bezügen gehen kann, dem bleibt es verwehrt, tieferliegende Sinnzusammenhänge von Ereignissen und Sachverhalten zu erfahren. Diese aber für Patienten erkennbar zu machen, ist eine der wichtigsten Aufgaben von Psychotherapie. Auch für den Anamneseerhebenden spielt die Arbeit im Klarbewußtsein eine zentrale Rolle. Wir müssen, gerade am Beginn einer therapeutischen Beziehung, in den initialen Momenten des Erstkontakts und des Erstinterviews hohe synoptisch-synergetische Leistungen erbringen, weil wir möglichst schnell und adäquat auf die Kontaktangebote und Problemlagen des Patienten eingehen sollen und gleichzeitig schon diagnostische Linien verfolgen müssen. Teilweise müssen wir auf mehreren Bewußtseinsebenen auf einmal wach sein, was sehr anstrengend ist.

Psychopathologisch werden auf dieser Ebene die Denkstörungen, Konzentrations- und Merkfähigkeitsstörungen (Kurzzeitgedächtnis) zugeordnet, aber auch die Wahnbildung, Halluzinationen und andere psychotische Störungen wie z. B. die Phoneme. Die Bewußtseinseinengung beim präpsychotischen oder präsuizidalen Syndrom werden ebenfalls hier repräsentiert.

Leibliche Erlebensbereiche sind die Intuition, das Denken, die Kognition, die synergetische Verarbeitung sowie grundsätzlich die Fähigkeit zur Synopsenbildung.

2.3.7 Das Nichtsbewußte

Was im Lichte unseres Bewußtseinsfeldes für uns greifbar wird, bricht sich zum einen an der Schwelle zum Unbewußten, zum anderen an der Schwelle zum Nichtsbewußten. Wie das Unbewußte, ist auch das Nichtsbewußte apopathisch. Obwohl wir von unserer Bewußtseinskonstitution her zu beiden Seiten hin ahnen oder phantasieren können, also nach beiden Seiten hin prinzipiell offen sind, die Pole für uns also auf eine paradoxe Weise existent sind, kann von beiden letztlich nichts ausgesagt werden; sie entziehen sich unseren cerebralen und pathischen Fähigkeiten (die Ausdehnung des Universums oder die Herkunft des Lebens z. B. bleiben letztlich unfaßbar). Während das Unbewußte nun, wie erwähnt, das „rohe ungestaltete Sein", die „Dunkelheit" und die „Tiefe" repräsentieren, wird das Nichtsbewußte durch die Metaphern der „Höhe", der „Helligkeit" und des „Lichts" gekennzeichnet. Petzold (1988) spricht hier von „transreflexiver Partizipation am Sein, am Absoluten, am Nichts, von dem die Mystiker des geistigen Lebens berichten und deren Qualität allenfalls durch ein meditatives Versunkensein näherungsweise erahnt werden kann".

In klinischer Hinsicht hat diese Ebene, obwohl von einer empirischen Psychologie und Forschung vielfach unterschätzt, eine bedeutende Rolle. Es handelt sich hier um die Glaubensbereiche des Menschen, aus denen tiefste Sinndimensionen erwachsen können – oder eben nicht, wenn sie in einer materialistischen Umwelt unbeachtet verkümmert sind. Dabei geht es in keiner Weise nur darum, religiös zu sein. Glaube in der Wirkungsweise, die hier gemeint ist, ist unspezifisch und kann sich auf vielerlei Gegenstände des Daseins beziehen. Er repräsentiert die „Brille", durch die wir selbst aber auch unsere Patienten die Welt sehen (Amt-Euler 1994). Um die Wirklichkeit unserer Patienten überhaupt erfassen zu können, müssen wir diesen Bereich sorgfältig explorieren, etwa mit der sensiblen Frage: „was macht für Sie in Ihrem Leben Sinn?". Wer sich diese Frage zunächst selbst stellt, wird erahnen, wie tief sie geht und in welch verletzbare Bereiche sie vordringt. Hier sind Vorsicht und Behutsamkeit angebracht.

Psychische Krankheiten entstehen u. a., wenn dem „Leben der Sinn verloren geht", wenn alltägliches Handeln durch Entfremdung als nicht mehr eingebunden in sinnstiftende Zusammenhänge erlebt werden kann.

Um uns die Bedeutung dieser Ebene noch einmal deutlich zu machen, müssen wir uns nur in Erinnerung rufen, daß vor jeder empirischen Untersuchung ein Glaubenssatz und eine Glaubensgemeinschaft steht (vgl.: religio). Erst langsam erkennt man hier, daß das Verbundensein des Untersuchers mit dem zu Untersuchenden und der Untersuchungssituation in keiner Weise zu trennen ist (Capra 1983; Hawking 1988; Untersuchungen zur Psychologie der Situation bei Schott 1991).

Auch als Therapeuten brauchen wir, wenn wir auf Dauer nicht selbst erkranken wollen, einen sinnstiftenden Hintergrund, eine Gemeinschaft (z. B. Supervisionsgruppen), aus denen heraus wir Kraft, Ideen und Motivation für neues Handeln schöpfen können.

Psychopathologisch muß dieser Ebene der Wahn im allgemeinen, der religiöse Wahn und z.T. auch der Größenwahn zugeordnet werden.

Leibliche Erlebensbereiche sind der Glaube im Sinne von Spiritualität sowie Sinn- und Solidaritätserfahrung in der mitmenschlichen Welt (Moreno 1989).

2.4 Die parallele Induktion

Betrachten wir uns nun die konzentrisch angeordneten Kreise, auf denen sich die verschiedenen Bewußtseinsebenen befinden noch einmal näher, können wir feststellen, daß sich jeweils zwei Ebenen auf einem Ring befinden. Ausnahme ist das im Zentrum befindliche Wachbewußtsein.

Wenn wir nun in der anamnestischen Situation mit unserem Wahrnehmungsfokus beim Patienten eine bestimmte Ebene aktivieren, können wir davon ausgehen, daß die auf dem Kreis gegenüberliegende Bewußtsseinsebene mit aktiviert wird.

Um dies verständlich zumachen, möchte ich einige Beispiele anführen: Wenn wir mit anderen Personen in Kontakt sind, z. B. in einer angeregten und interessanten Diskussion, bewegen wir uns als gesunde Menschen in aller Regel auf der Ebene des Ichbewußtseins (IBW), weil dort die größte Fokussierung, Sammlung, und Abgrenzung möglich ist. Gleichzeitig wird – und dies gilt im besonderen für Therapeuten in der anamnestischen Situation – unser Mitbewußtsein (MBW) aktiviert: wir achten darauf, was uns der Gesprächspartner nonverbal und periverbal „zwischen den Zeilen" sagt, wie seine Emotion und Intention auf uns gerichtet ist und wir versuchen, die Übertragungen und Affekte des Patienten herauszuspüren. Wenn uns – nun wieder im allgemeinen – an einem Gespräch etwas liegt, oder wenn wir uns aus anderen Gründen in der Kontrolle halten wollen, müssen wir die Schwelle zum Vor- und Unbewußten beherrschen, damit uns nicht Material aus diesen Bereichen überflutet. Oder wir entspannen uns, weil die Kongruenz der Bewußtseinsinhalte des Ichbewußten und des Mitbewußten uns ein Wohlgefühl der „Stimmigkeit" mit dem Partner vermitteln.

Ein anderes Beispiel: Wenn wir im anamnestischen Vorgehen auf der Ebene des Klarbewußtseins (KBW) Szenen, Atmosphären und ihre Bedeutungen synoptisch und intuitiv erfassen wollen, müssen wir – oder besser gesagt, das tun wir automatisch – die Ebene des Vorbewußtseins (VBW) mit einbeziehen: wir achten auf das, was ein Patient in uns auslöst, welche Erinnerungen aus unserer eigenen Biographie mit auftauchen, welche affektiven Konnotationen damit verbunden sind, welche Anziehung oder Abstoßung ein Patient mit seiner Geschichte bei uns bewirkt usw. Wir benutzen diese Gegenübertragungen als Diagnostikum (König 1993; Ludwig-Körner 1991). Ähnliches, nur begrifflich different, ist damit ausgedrückt, wenn Freud in seinen behandlungstechnischen Schriften schon 1912 fordert, daß der Therapeut „sein Unbewußtes dem Unbewußten des Patienten begegnen lassen soll" (Eckstaedt 1992).

Ein letztes Beispiel noch möchte ich für den äußeren Ring anführen: Gerade in einem Zeitalter, in dem eine wachsende Befreiung aus moralisch-rigiden und historisch gefestigten Bezügen in ein neu aufbrechendes Bedürfnis nach Verbundenheit, Spiritualität und Religiosität möglich ist (NBW), wo für immer verschlossen geglaubte Grenzen (!) in der ganzen Welt geöffnet werden (Ost-West-Öffnung), müssen wir erleben, daß uns die Grausamkeit des Krieges (Golfkrieg, Bosnien, GUS) – sprich die rohen, ungestalteten Seiten des Menschen – besonders deutlich vor Augen geführt werden. Die sich gegenüberstehenden Parteien legen eine über alle Grenzen und Erfahrungen hinweggehende Uneinsichtigkeit an den Tag, die zumindest wir westlich geprägten Menschen nicht mehr für möglich gehalten haben. Hier bricht sich die Zweiteilung der Welt in Ost und West (vgl.: Gut und Böse?) in eine neue Variante, in der die unermeßlichen Tiefen und Dunkelheiten der menschlichen Existenz (UBW) genauso zu Bewußtsein gebracht werden wie die hohen, einsichtigen und vernünftigen Bemühungen etwa zur Entspannung der weltpolitischen Lage. Die Inhalte des Nichtsbewußten können nicht erfahren werden, ohne daß Inhalte des Unbewußten mit angerührt und induziert werden. Eine Weisheit, die die östlichen Philosophien schon lange erkannt haben. Ein Lehrspruch von Lao Tse bringt uns diese Verbindung näher:

Was Du zusammendrücken willst,
das mußt Du erst richtig sich ausdehnen lassen.
Was Du schwächen willst,
das mußt Du erst richtig stark werden lassen.
Was Du vernichten willst,
das mußt Du erst richtig aufblühen lassen.
Wem Du nehmen willst,
dem muß Du erst richtig geben.
Das ist Klarheit über das Unsichtbare.
(aus: Kopp 1983)

2.5 Projektionen auf den Leib

Mit einer letzten Betrachtung möchte ich nun die verschiedenen Bewußtseinsebenen als „Projektionen auf den Leib" bzw. auf bestimmte interkulturell festgelegte „Leibesinseln" vorstellen (Schmitz 1989). Wahrnehmung und Bewußtsein sind nicht in direkter Weise miteinander verbunden. Rein auf die Sinne bezogene Wahrnehmung geschieht, wenn man so will, an den Perzeptorenenden. Unser „phantasmatisches Bild" vom Leib und die Wahrnehmung des eigenen Leibes „von innen her" entspricht jedoch nur in wenigen Bereichen der Art, wie unsere Biologie angeordnet ist. Hier entstehen Bilder und Vorstellungen, die zum Teil erheblich vom konkreten biologisch-anatomischen Bild des Körpers abweichen – ganz deutlich in krankhaften Wahrnehmungsveränderungen z. B. bei psychosomatischen Patienten und noch drastischer bei psychotischen. Diese Zusammenhänge konnte der Leibphilosoph Herrmann Schmitz (1989) in hervorragender Weise herausarbeiten. In unserer westlichen Welt sind wir es gewohnt, unseren Körper so wahrzunehmen, wie er von außen her aussieht, also wie wir ihn beispielsweise im Spiegel se-

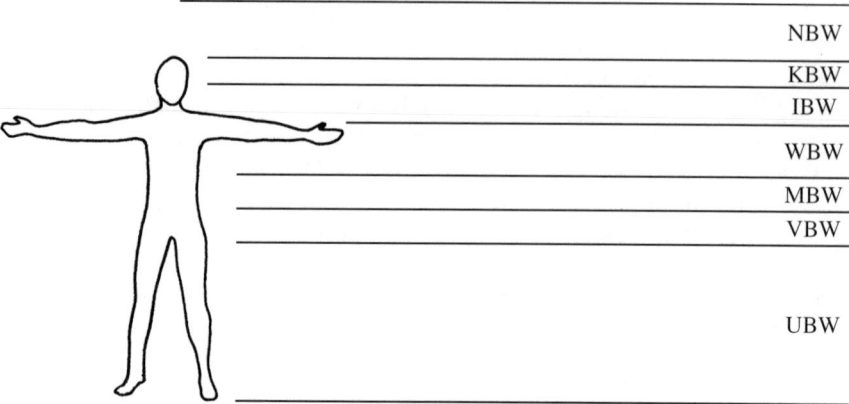

NBW
KBW
IBW
WBW
MBW
VBW
UBW

Abb. 2: Interkulturelle Projektion auf den Leib

hen. Im Gegensatz zu diesem von außen betrachteten „biologischen Körper" nehmen wir jedoch den Leib „vom Spüren her" eher in Form von „verschwommenen
Inseln mit undeutlichen Rändern" wahr. Vom Spüren her bleibt der Leib auch nicht
„gleich" er verändert sich ständig, und diese Prozesse sind affektiven und kognitiven „states" unterworfen. Unterschiedliche Gefühlsqualitäten, leibliche Regungen
und Erlebnisse „projizieren" wir somit – zumeist unbewußt – auf bestimmte Leibesregionen.

Hierzu möchte ich einige Beispiele anführen. Das intensive Gefühl der Liebe
projizieren wir interkulturell auf die Herzregion, Das Herz „springt vor Freude"
und „bricht vor Kummer". Der Spruch „Liebe geht durch den Magen" deutet an,
daß uns das Gefühl nährt wie eine Mahlzeit, die Gefühle „sitzen" gemäß unseren
Leibprojektionen je nach Intensität in der Brust (sie ist „vor Stolz geschwollen"
oder „von Schmerz erfüllt"), oder sie kommen wie die Wut „aus dem Bauch heraus", ähnlich wie „Unbewußtes" in diesen Vorstellungen aus den „Tiefen des Leibes emporsteigt". Das „Denken" dagegen „ist im Kopf" und übergeordnete Mäch-
te, übersinnliche Kräfte „schweben" sogar noch über dem Kopf: man denke hier
an die „Krone des Königs" („… von Gottes Gnaden"), die Haube des Papstes etc.

In einem Experiment möchte ich nun die vertikale Anordnung der Bewußtseinsebenen neben einen menschlichen Körper stellen und überprüfen, inwieweit leibliche „Inseln" und Regionen den Leibprojektionen einzelner Bewßtseinsebenen
entsprechen, bzw. inwieweit diese nicht ohnehin schon, nur unbewußt, aus unserem Alltagsverständnis heraus einen „Platz im Leibe" einnehmen. Dieser Versuch
soll eine Form von analogen und projektiven Zuordnungen darstellen, und ist nicht
im Sinne von konkret körperlichen Verortungen der Bewußtseinsebenen oder
Emotionen zu verstehen. Das intersubjektiv-hermeneutische Vorgehen in der Anamnese eignet sich in hervorragender Weise dazu, diesen Analogien und ihren möglicherweise pathologischen Implikaten experimentell nachzugehen.

Projektionen verteilen sich, den Bewußtseinsebenen analog, auf den Leib folgendermaßen: Dem Unbewußten wird der tiefste leibliche Raum, die Füße, der Kontakt zur Erde, die Beine als Halt- und Standgebende Organe und der Beckenboden zugeordnet. Hier sind wir es gewohnt, tiefste Regungen unseres Daseins zu verorten, oder aber das Gefühl des Verwurzeltseins mit der Erde wahrzunehmen.

Der Bereich des Vorbewußten wird auf das Innere des Bauches projiziert, dem physischen Schwerpunkt. Hier sind wir es gewohnt, Affekte zu verorten, wir reagieren „aus dem Bauch heraus", so sagt man, wenn die Emotion ohne viel Kontrolle aus uns heraustritt. Von hier aus leben wir aber auch unsere Anziehungskraft, Lust, Erotik und Sexualität, ganz deutlich zu sehen z. B. im Bauchtanz. Von hier aus beziehen wir unsere Leistungskraft, wenn wir uns leiblich-zentriert an ein Aufgabe heranmachen.

Den Bereich des Mitbewußten finden wir projiziert auf der Höhe des Solarplexus, dieses empfindlichen Nervengewebes, das uns Zurückweisungen und Enttäuschungen sofort spüren läßt: die Dinge „schlagen uns auf den Magen", „es zieht sich einem alles zusammen". Wir sind auf dieser Ebene angewiesen, uns zu verteidigen, wenn die periverbalen Implikate unserer Gegenüber uns kränken oder sie uns in eine Falle locken wollen, denn die „zwischenmenschliche Nahrung" muß „verdaubar" gemacht werden. Wir beherrschen uns entweder oder wir verschaffen uns Geltung, Ansehen und Macht, um uns zu schützen. Im besten Falle erleben wir die Stimmigkeit im Kontakt mit einer Person als entspannenden Genuß.

Wie schon erwähnt, finden wir die Projektion des Wach- oder Wahrnehmungsbewußtseins auf der Höhe des Herzens. Auch hier sind wir vertraut mit der Vorstellung, daß hier die intensivsten Begegnungen mit anderen Perosnen und Dingen möglich sind: „Es geht einem das Herz auf", wir können empathieren, mitschwingen, uns austauschen oder hingeben. Im pathologischen Sinne können wir uns hier aber auch „anästhesieren", uns verengen und betäuben, damit kein Schmerz uns mehr trifft (Herzphobien und Asthma). Auch in Stressituationen verengen wir uns, um durch weniger „Gefühl" und „Weite" leistungsfähiger zu werden. Im Weitegefühl aber erleben wir etwas vom Licht der höheren Ebenen. Weil sich hier in den interkulturellen Leibprojektionen das Geistige mit dem Leiblichen trifft, glauben wir gerade in diesem Gefühl die größte leibliche Integration zu erfahren.

Das Ichbewußtsein finden wir auf den Halsansatz projiziert, dieser leiblich engsten Stelle unseres Körpers. Hier gehen die „körperlich-leiblichen" Gegenstände der Wahrnehmung über in die „geistigen". Die Wahrnehmung aus den unteren Bereichen zu verdichten, zu Ich-bewußtsein, also zu Identität und zu Selbstkonzepten, ist eine Reduzierung des Materials, der Komplexität, eine Verengung und Ausdünnung. Das Material aus den unteren Regionen des Leibes wird verdichtet, symbolisiert und tritt in kommunizierbarer Form als Sprache, als Tönen oder als schmerzvoller Schrei aus uns heraus. Eine bittere Entsprechung dieser Leibesprojektion finden wir z. B. in den Tötungen der französischen Revolution: die Entwicklung des aufbrechenden Ich-Bewußtseins der Arbeiter und Bauern wurde symbolgerecht am Hals – durch die Guillotine – abgehackt.

Das Klarbewußtsein finden wir auf die Stirne projiziert. Diese Projektion findet sich in vielen Religionen der Welt, z. B. als das „dritte Auge" in Indien oder in dem

Auge des Zyklopen in der griechichen Mythologie. Wenn uns im alltagssprachlichen Sinne aus der Intuition heraus eine „Erleuchtung" zufällt, ziehen wir in unserem „Aaah ..." die Augenbrauen hoch und bedeuten auf diese unwillkürliche Weise, wo wir eben genau dieses Erleben am deutlichsten wahrnehmen.

Das Nichtsbewußte schließlich hat in unserem Experiment eine Projektion auf das Oberhaupt erhalten. Dies ist eine Leibesinsel, der die Mönche und Priester aller Menschenzeiten eine besondere Stellung einräumten. Nicht nur um ihre Rückverbindung in der Gemeinschaft (vgl.: religio) zu demonstrieren, sondern auch um die Reinheit ihrer Absichten und die Verbundenheit mit ihrem Gott zu zeigen, wurde diese Stelle, der Haarwirbel (vgl. die tiefen Symbolbedeutungen der Spirale) kahlrasiert: die Verbindung nach „oben", zu den reinen Ideen.

So wird deutlich, daß es Leibesregionen gibt, die über die ganze Menschheitsgeschichte und viele Kulturen hindurch mit bestimmten Erlebens- und Daseinsqualitäten besetzt wurden. Die analog-projektive Betrachtung dieser Leibesinseln zusammen mit den Bewußtseinsebenen bringt uns im anamnestischen Vorgehen eine Fülle möglicher diagnostischer Betrachtungen.

2.6 Konsequenzen für die anamnestische Betrachtung

Zur Verdeutlichung des nun folgenden möchte ich dem Leser ein kleines Experiment anbieten: Bringen Sie die Spitzen Ihrer beiden Mittelfinger etwa auf der Höhe des Herzens miteinander in Berührung. Durch Heben und Senken der Hände und Arme können Sie nun spielerisch die sieben Bewußtseinsstufen anspüren. Heben Sie die Hände/Arme auf die Höhe einer bestimmten Bewußtseinsebene, die Sie im Moment interessiert und spüren Sie auf genau dieser Höhe Ihren leiblichen Empfindungen, Gefühlen und Phantasien nach. Dann wechseln Sie die Ebene und spüren den Unterschied und wiederum auf dieser Ebene ihren Resonanzen nach. Nach und nach werden Sie feststellen, daß Ihnen jede Höhe eine andere Erlebensqualität eröffnet.

Im anamnestischen Procedere müssen wir die Wachheit, Vitalität, Konstistenz, Funktion und Integriertheit einzelner Bewußtseinsstufen erfassen, um so zur Indikationsstellung für spezifisch-individuelle „Wege der Heilung" zu kommen (Petzold 1988). Wir müssen vor allen Dingen Defizite, Konflikte, Störungen und Traumata in ihren leiblichen Niederschlägen erst einmal wahrnehmen können, also ein Instrumentarium hierfür entwickeln. Erst dann ist es möglich, entsprechende Interventionsebenen festzulegen, etwa zu entscheiden, ob „Bewußtseinsarbeit", also das Heben von Un-ge-wußtem (z. B. Konflikten), oder „Erlebnisaktivierung", also ein Stimulieren, Substituieren oder Evozieren von ungenutzten oder unterversorgten Anteilen (Defizite) indiziert ist. In gleicher Weise erfassen wir diejenigen Bereiche und Ebenen, die gesund sind, um hier sowohl im Hinblick auf therapeutische Bemühungen als auch in Krisenmomenten zurückgreifen zu können.

Wie erwähnt, muß der Therapeut zunächst bei sich selbst die unterschiedlichen Bewußtseinsstufen kennenlernen und vertraut mit ihnen werden (nach der Devise: wo spüre ich eigentlich was?). Erst mit dieser Grundlage kann er darangehen, seinen leiblichen Resonanzen als Gegenübertragungen zu trauen und sie im anamnestischen Prozeß diagnostisch zu nutzen.

Darüber hinaus hat uns als erste die Bioenergetische Analyse gezeigt, daß die gesamte Biographie verleiblicht wird, der Körper als Leib Zeichen – im Sinne von Symbol – gelebten Lebens ist und daß sich Konflikte, so die Sprache der Bioenergetik, in „Charakterpanzerungen" niederschlagen können (Reich 1973; Lowen 1981; Heinl 1985; Bühler 1991).

Diese Konzepte haben weite Verbreitung gefunden und sind in verschiedenen Richtungen modifiziert und ausdifferenziert worden. Schmitz (1989) spricht in diesem Zusammenhang von „dissoziierter Leiblichkeit", was den Sachverhalt m.E. am besten beschreibt. Wir alle kennen die unterschiedlichsten Formen und Gestalten menschlicher Leiber. Wir sind weniger gewohnt, sie genau zu beobachten, sie auf ihr Gewordensein hin zu untersuchen und unseren Bildern und Phantasien diesbezüglich zu trauen. Wir nehmen die Leiber einfach so hin, wie sie eben sind. Dabei bietet die Leiblichkeit, allein in ihrer Haltung und Bewegung, spezifischer in Mimik und Gestikulation, auch in ihrer jeweiligen Geschlechtlichkeit, einen herausragenden Ankerpunkt anamnestischer Betrachtungen – vor allen Dingen, wenn wir die leiblichen Analogien und Projektionen zu den Bewußtseinsebenen als Instrumentarium mit einsetzen.

Eine habituell hochgezogene, verspannte Schulter, ein lahmer schleppender Gang, ein Nesteln und Verstecken der Hände, unruhige Blicke, das grimmig vorgeschobene Kinn, ein angstvoll eingezogener Bauch, ein von angehaltenem Atem aufgeblähter Brustkorb, die herabhängenden Mundwinkel, ein gekrümmter oder militärisch aufgerichteter Rücken, ein zugekniffenes Hinterteil, das streng durchgedrückte Knie, die Nase, die sich zum Himmel reckt, ein Arm, der schlaff und leblos zur Seite herunter hängt, die Hände, die sich trostspendend streicheln – all diese leiblich objektivierbaren Momente sind, wenn wir uns davon betreffen lassen wollen und unseren Bildern und Phantasien nachgehen, immer ganzheitliche Eindrücke, die uns Bände der Befindlichkeit und der Biographie erzählen können, die vor allen Dingen aber auch auf uns wirken, ohne daß wir sie bewußt wahrnehmen. Uns vermittelt sich davon manchmal vielleicht nur eine Atmosphäre, ein unbestimmtes Gefühl: eine Gegenübertragung.

Im Normalzustand befindet sich unsere gesamte Muskulatur in einer vitalen Grundspannung, der Eutonie. Kränkungen, Schmerzen, Konflikte, Defizite und Traumata haben immer köperliche Affektkorrelate, die sich in leiblichen Regungen und Spannungen zeigen und regelrecht Zentren der Betroffenheit bilden, dort nämlich, wo wir uns vor (eben nicht nur körperlichen und nicht nur emotionalen) Schmerzen krümmen, der Schrecken sich in uns bohrt, uns zerreißt, die Wut sich ballt, der Druck am größten ist oder die Einsamkeit und der Mangel am deutlichsten zu spüren sind und eine Leere, ein „Loch" hinterlassen. Wenn derartige Erlebnisse nicht gespürt, erstgenommen und aufgearbeitet werden, bleiben sie als „verballte" Spannungen (vgl.: Symbol, von sym̱ballein [griech.] = Zusammenballung) in der leiblichen Ökonomie bestehen und dissoziieren diese auf ihre spezifische Weise. Bei schweren unaufgelösten Traumatisierungen kann sich die ganze

Leiblichkeit um diese Verballung herum vermeidend oder isolierend organisieren; der vitale Sinn der Dissoziierung besteht darin, daß das Trauma bzw. seine Unaufgelöstheit nicht noch einmal erlebt werden müssen. Der Preis aber ist, daß sich der Leib um die traumatischen Zentren krümmt, erstarrt und fühllos wird; in Fällen resignativer Reaktion werden ganze Leibesinseln ausgelassen (Erschlaffung, Depression). Geschieht dies in mehreren Abfolgen in der gesamten Biographie und auf verschiedene Weisen, z. B. in prolongierten traumatisierenden Karrieren, haben wir Patienten vor uns, die leiblich deutlich sichtbar, in verschiedenen Ebenen und Leibesregionen geschädigt sind. Wie erwähnt, sprechen wir in derartigen Fällen anstatt von Charakterpanzerungen besser von „dissoziierter Leiblichkeit" (Schmitz 1992). Es wäre an dieser Stelle notwendig, körper-diagnostische Modelle vorzustellen oder sogar Einteilungen vorzunehmen, was bislang selbst von körperorientierten Schulen leider nicht in konsistenter Weise vorgenommen wurde. Von der Phänomenologie her möchte ich an dieser Stelle nur vier Arten leiblichen Geschädigtseins differenzieren, die auch gleichzeitig und nebeneinander, in verschiedenen Leibesregionen, bestehen können:

a) Die Erstarrung: ein stereotypes Gehaltensein, eine tonische Verspannung, sozusagen eine „Beschwörung" von Traumata oder Aggressionen in der leiblichen Ökonomie. Ziel ist die Kontrolle, möglicherweise von Spaltungs- und Isolierungsvorgängen oder aggressiven Impulsen. Dabei ist häufig eine Atemdepression beteiligt.

b) Die Überspannung: eine stereotype und chronische Überspannung der Muskualtur, die von biographischen Prägungsmustern her gegeben sein kann („… setz Dich endlich mal gerade hin!") oder der leiblichen Verdrängung sanfterer Gefühlsregungen dienen kann.

c) Die Einkrümmung: eine auf bestimmte Leibesinseln zentrierte und konfliktbezogene Vermeidungshaltung, eine Verkürzung der Muskulatur durch Krümmungen, die eine Reduktion der leiblichen Ökonomie mit dem Gewinn der Beruhigung oder Anästhesierung mit sich bringt; die Einkrümmung kommt beispielsweise bei retroflektiver Dynamik vor.

d) Die Auslassung: eine resignative Entlassung der Leibesinsel (des Traumas) aus der Verantwortung und der leiblichen Ökonomie, die betroffenen Körperteile hängen leblos am Körper, oft einhergehend mit einer Fühllosigkeit, mit dem Preis des Verlustes von Vitalität („läppisch"), z. B. bei archaischer Regression und Depression. Generalisierte Auslassung findet sich beispielsweise beim anorektischen Syndrom.

Nachdem nun die Konzepte der Wahrnehmung und des Bewußtseins bezogen auf die Leiblichkeit vorgestellt wurden, möchte ich mich nun der Wirklichkeit zuwenden, die sich scheinbar „außerhalb" der Leibesgrenzen des Therapeuten befindet, die aber „vom Leibe her" anamnestisch erfaßt werden soll. Ich werde hierfür acht ordnende Begriffe verwenden und so ein Modell einführen, mit dessen Hilfe wir uns der „komplexen Wirklichkeit" annähern können.

3. Eine Annäherung an den Wirklichkeitsbegriff

Wirklichkeit ist immer ungeteilt. Unsere verarbeitende Wahrnehmung dagegen immer aspektiv und fokussiv. Das ungeteilte Ganze der Wirklichkeit können wir, außer vielleicht in veränderten Bewußtseinszuständen, nicht wahrnehmen. Wenn wir also in der initialen Phase der therapeutischen Beziehung versuchen, die Wirklichkeit unserer Patienten zu erfassen, teilen wir durch unsere Wahrnehmung ein primär immer Ungeteiltes; unsere Wahrnehmungsinstrumente erlauben es gar nicht anders. Wenn wir daher unsere Wahrnehmungsfoki für die Anamnese mit Patienten in Oberbegriffe und Sparten aufteilen, ist das ein spekulatives Vorgehen und es sollte in einer Weise geschehen, daß das Bild, das sich durch die wieder zusammengesetzten Einzelaspekte ergibt, die Wirklichkeit in einer möglichst adäquaten und übersichtlichen Weise wieder abbildet. Ganz offenbar gibt es im intersubjektiven Raum Unterschiede von jeweils wahrgenommener Wirklichkeit, über die wir mit Patienten dann auch verhandeln müssen. Aus welchen Konstituenten besteht aber nun die Wirklichkeit, die wir vermeintlich wahrzunehmen glauben, über die wir verhandeln und die wir in der Psychotherapie schließlich zum Besseren hin zu verändern trachten?

Wie, und hier sei ein Teil schon vorweggenommen, in welchem Raum, soll man sich menschliches Handeln denken? Zu dieser Frage gibt es seit Heidegger, Freud und seinen Nachfolgern einige Konzepte, die allerdings bislang nicht in befriedigender Weise miteinander verbunden wurden. Im Psychodrama stellt man sich menschliches Handeln beispielsweise in einer Szene (Moreno 1924) vor, in der eine Figur (Person) vor einem Hintergrund oder sozialen Kontext bestimmte Rollen agiert (Petzold 1988; Walter 1977; Wertheimer 1963). Rollen werden indes nicht nur gespielt oder agiert; sie werden von Individuen (den Protagonisten) auch beständig an andere vergeben und übertragen (an Antagonisten); und dies nach Regeln, die größtenteils unbewußt sind, gemäß systemischen Ordnungskriterien der biographischen und aktualen Lebenswelt der jeweiligen Personen. Wir sollten uns dabei bewußt machen, daß der Therapeut in diesen Systemen zunächst immer in die Rolle des Antagonisten gesetzt ist, was er in seiner Übertragungs-Diagnostik nutzen muß. Moreno (1924) behandelte vor diesem Hintergrund nie einzelne Individuen mit einer augenscheinlichen Krankheit, sondern immer „soziale Atome", also die Menschen samt ihrer Umgebung und den Personen, die im unmittelbaren Konfliktumfeld vorkamen.

Mitunter verwendete man in Rekurs auf die Feldtheorie Lewins (1963) und die Gestaltpsychologie von Wertheimer (1963) und Walter (1977) den Begriff des Feldes, um den sozial-interaktionellen Kontext der Person in seiner Qualität als suggestiven Faktor zu kennzeichnen. Situationen, Interaktionen und konkretes Handeln werden als beeinflußt von und strukturiert durch biographisch entstandene Folien und Narrative konzipiert, die auch den Hintergrund höchstindividueller Interpretations- und Erlebensmuster bilden (Petzold 1988).

In dieser Betrachtung des Wirklichkeitsbegriffes wird der mit-menschliche Kontext, das Erleben, Fühlen, Handeln und Agieren sowie die interpersonelle und intrapsychische Dynamik des Menschen eher als holistisch, ana-logisch und räumlich angeordnet betrachtet, als flächig, punktuell oder linear (Petzold 1990e). Hierauf haben schon Smuts (1926), Moreno (1973) und Pribram (1986) hingewiesen. Die therapeutische Situation – im Erstinterview ganz besonders – ist durch eine Vielzahl auftauchender Atmosphären, Szenen und Übertragungen strukturiert. Nahezu in jedem beliebigen Zeitpunkt können alle nur denkbaren lebensgeschichtlichen, kulturspezifischen oder archetypischen Inhalte evoziert werden (Schott 1991). Gegenwart ist dann zwar in gewissem Sinne neu, aber beständig durchdrungen von suggestiven Faktoren aus dem Kontext aller Beteiligten – auch aus dem historischen Kontext. Zu diesen Zusammenhängen werde ich im Kapitel über die Übertragung noch einzeln kommen. Die Evokation von Bewußtseinsinhalten verläuft in der initialen Szene des Erstinterviews aber auch in allen nachfolgenden Anamnesesitzungen „chaotisch-mannigfaltig" im Sinne von „unvorhersehbar" und diese Geschehnisse bedürfen in aller Regel des absichtlich-bewußten Nachforschens, um in das aktuale Bewußtsein aufgenommen werden zu können (Schmitz 1992). Zu ähnlichen Ergebnissen sind auch Forschungen auf anderen Fachgebieten vorgedrungen, z. B. die Chaos-Forschung (Capra 1983; Hawking 1988) oder die Forschungen zur „Synchronizität" (Combs/Holland 1992) oder zu den „morphogenetischen Feldern" (Sheldrake 1985, 1990). Bohm (1985) spricht von „impliziten Ordnungen", die das Auftauchen von Phänomenen, das Handeln und Erleben strukturieren. In der klassischen Gestalttherapie wurde hierfür das Figur-Hintergrund-Konzept entworfen, was aber, wie wir sehen werden, die Komplexität der Phänomene allein nicht fassen kann (Perls 1980; Polster/Polster 1987; Petzold 1988).

In der Integrativen Therapie wird von einer leibgegründeten Hologramm-Theorie des Gedächtnisses ausgegangen, weil diese den beobachtbaren Phänomenen im therapeutischen Setting am nächsten zu kommen scheint. Als Gedächtnisspeicher dient dabei nicht nur das Gehirn. Der Leib ist prinzipiell in der Lage, auf einer unbewußten oder vorbewußten Ebene Berührungen, Bewegungen, Stimmqualitäten, Blicke, Gerüche, Geräusche, Geschmäcker, ja ganze Szenenabfolgen derselben mit ihren Atmophären als ganzheitliche Eindrücke zu deponieren. Durch holographische Anordnung der einzelnen Gedächtnisinhalte ist es innerhalb dieser Theorie möglich, daß eine „Einzeladresse" einer im „Leibarchiv" abgespeicherten Szene (z. B. eine Berührung, ein Geruch, eine bestimmte Bewegung oder eine „Tonart") die ganze Fülle historischer Daten mit ihren emotionalen, kognitiven, interaktionellen und archetypischen Eindrücken evoziert. Dieses Phänomen wurde an anderer Stelle das „Pars-pro-toto-Prinzip" genannt (Petzold 1988; Benz 1988). Es wird implizit schon lange in der Gegenübertragungsdiagnostik angewandt.

An dieser Stelle wird deutlich, daß und wie die jeweilig wahrgenommenen Wirklichkeiten der Interviewpartner ineinander verschränkt sind. Der Therapeut muß sich klar machen, daß er mit seinem Raum, seiner Atmosphäre, seinem Zeit(er)leben, seiner Leiblichkeit, seiner Haltung und Bewegung, seiner Sprache und seiner Sprach-Bilder, die er verwendet, ja mit seinen ganz persönlichen Projektionen eine Situation herstellt, die es ihm nicht mehr erlaubt, zu behaupten, das alles sei ausschließlich vom Patienten „mitgebrachtes" Material. Er muß sich selbst und seinen Kontext, seine emotionale Lage mit in das diagnostische Prozedere einbeziehen, wenn er zu einer annähernd adäquaten Sichtweise der „gemeinsamen Wirklichkeit" mit seinem Patienten gelangen will. Ein rein positivistisches Vorgehen – die forschende Psychologie beispielsweise blendet derartige Überlegungen völlig aus – wird damit ausgeschlossen. Im Gegensatz dazu wird ein Verzicht auf Objektivität zugunsten von Intersubjektivität gefordert (Walch 1990; Bottenberg 1991).

Vor allen Dingen Moreno (1973) versuchte in seinem Werk eine adäquate Darstellung von „phänomenologischer Wirklichkeit" zu erreichen. Sein Anliegen war, Vorstellungen von Objektivität, Linearität, Faktizität und Flächigkeit aufzulösen zu Gunsten von räumlichen und holistischen Modellen.

In Erweiterung dieser Ideen möchte ich im folgenden den Versuch unternehmen, die holistische Anordnung menschlicher Wirklichkeit in einem Vorstellungsmodell zu erfassen. Ich werde hierfür acht Ordnungsbegriffe verwenden, die die oben genannten „wirklichkeits-konstituierenden" Konzepte beinhalten und versuchen, diese zu integrieren.

Wirklichkeit soll in einem zirkulären Modell vorstellbar werden, das ich nun in acht „Stationen" darstellen werde:

1. Raum   5. Projektion
2. Zeit   6. Situation
3. Leib, Gestalt, Figur   7. Szene
4. Sprache, Metapher, Symbol   8. Atmosphäre

3.1 Raum

Wirklichkeit benötigt zuallererst einen Raum, in dem sie sattfinden kann (Kruse 1974; Sheleen 1983). Diesen Raum möchte ich zunächst näher definieren. Ein wichtiges Spezifikum ist, daß er faktisch nicht begrenzt ist, er ist „randlos" (Schmitz 1992). Stellen wir uns einen Raum vor, in dem ein Erstinterview stattfindet. Dieser Raum befindet sich in einem Haus als dem nächst größeren Raum. Das Haus befindet sich in einer Stadt, die Stadt in einem Land, das Land auf einem Kontinent, dieser wiederum auf der Erde, diese im Universum. Alle entweder begrenzenden oder suggestiven Faktoren, die wir im Erstinterview vielleicht wahrnehmen können, entstammen einem dieser vorgenannten Räume. Die Begrenzung des aktuell vorschwebenden Raumes geschieht daher immer durch die im Raum befindlichen Personen. Sie sind es, die Betrachtungsstrukturen in den Raum legen und so ihre Wahrnehmungstätigkeiten auf ein verarbeitbares Maß eingrenzen. Der Anamnese-Erhebende, der durch seine Betrachtung Begrenzungen in den Raum setzt, um Überblick zu bekommen, tut dies in der Rolle des „ko-agierenden Betrachters". Zum Raum selbst kann er niemals eine vollkommen exzentrische Position einnehmen. Er setzt Grenzen durch a) seine persönliche Wahrnehmung, b) seine theoretische Perspektive (Fachwissen, Fokus) und c) durch sein konkret leibliches Dasein und Handeln, das auf den anderen wiederum begrenzend oder strukturierend einwirkt. Bei dieser Betrachtung wird aber deutlich, daß es sich bei den Räumen nicht nur um örtliche Räume handelt, sondern auch um soziale, kulturelle und interaktionelle.

Nehmen wir nun die im Raum befindlichen Personen näher in Augenschein, stellen wir fest, daß jede aufgrund ihres Körpers auch über einen persönlichen Raum verfügt, den Körper-Raum, einen Raum im Raum, der durch die Haut auch eindeutig begrenzt ist. Dieser aber steht im Gegensatz zum Leib-Raum. Die Konzepte der Leibphilosophie, z. B. bei Schmitz und Merleau-Ponty, erlauben eine weiterreichende Definition. Hier kann der Leib durch die fünf Sinne des Körpers zum Teil erheblich in den absoluten Raum ausgedehnt werden. Der „Augenraum" beispielsweise kann eine Weite bis zum Horizont einnehmen, beim Hören reicht der Leibraum bis zum leisesten Geräusch, das wir gerade noch wahrnehmen können, beim Riechen spannen wir unseren Leibraum um Geruchspartikel aus, die wir so „einleiben" (Schmitz 1989). Wenn zu den Leibpotentialen denn auch das Denken gerechnet werden kann, so kann der Leib, wenn er über das Universum nachsinnt, bis an die Grenzen des absoluten Raumes und des Vorstellungsvermögens ausgespannt werden. Auch hier kann also die Person durch ihre Bewußtheit Grenzen in der räumlichen Ausdehnung setzen.

Dieser Raum ist nun gefüllt von einer Unzahl weiter nicht differenzierter Faktoren, die aber in ihrer Ballung (vgl. symballein) trotzdem suggestive Kraft auf die im Raum befindlichen Personen ausstrahlen. Wir nennen diese Faktoren in ihrer Verdichtung die „Atmosphäre"; sie entsteht aus der interaktionellen Wirklichkeit aller Beteiligten, was ich im folgenden noch einzeln ausführen werde (Schmitz 1992; Lewin 1963; Wertheimer 1963; Köhler 1971). Als weiteres Ergebnis dieser Überlegungen kann zunächst nur festgehalten werden, daß es im absoluten Raum zu „Überlappungen" der Leibräume kommen muß, zu dem Phänomen der „Einleibung" (Schmitz 1989).

3.2 Zeit

Der so definierte Raum ist strukturiert durch die Zeit, so daß er nun auch noch ein zeitlicher, ein historischer und geschichtlicher, narrativer Raum wird. Die Zeit ist eine Art der Dauer. Die Dauer unveränderlicher Wesen wäre die Ewigkeit, die Dauer vergänglicher Wesen ist die Zeit. Zeit kann für den Menschen immer nur „physische Zeit" oder „Leib-Zeit" sein, denn „seine" Zeit bemißt sich an Geburt und Tod (Junk/Brugger 1992; Petzold 1993d). Wohl kann er sie als Ganzes erfassen und gestalten. Wie der Raum ein „Nebeneinander in der Ausdehnung" aufweist, so kann die Zeit durch ein „Nacheinander in der Dauer" definiert werden. Die Zeit ist eine Erstreckung, Aufeinanderfolge oder Sukzession von der Vergangenheit über die Gegenwart in die Zukunft. Vergangenheit ist dabei das, was selber nicht mehr ist, aber aufbewahrt wird. Zukünftig sind die Dinge und Ereignisse, die „noch nicht selber sind", aber in der Gegenwart schon wirken. Gegenwart ist der Schnitt- oder Berührungspunkt der beiden vorgenannten Dauern, ein Moment oder Jetztpunkt, der unteilbar ist, eben keine Dauer hat und fluktuiert. Deswegen läßt die Zeit selbst sich nicht aus Zeitpunkten gedacht aufbauen.

In der Psychotherapie sind wir es gewohnt, in Vergangenheit und Gegenwart objektive Determinanten zu sehen; aber auch die Zukunft ist, wenn man sie nun ersehnt oder sie befürchtet, ein reales Strukturelement der Zeit. Für die Wirklichkeit eines Menschen ist es bedeutsam, zu welcher „Zeit" er die Welt erblickt, in welche kulturgeschichtliche Epoche er hineingeboren wurde, welche Werte und moralischen Vorstellungen dort herrschten, welche Ereignisse in der Zeitepoche stattfanden und welche Antwort die jeweilige Gesellschaft zu dieser Zeit auf ihre spezifischen Herausforderungen gefunden hat. Weil hier die Quantität und die Qualität der Zeit direkt ineinandergreifen, benutzen wir alltagssprachlich auch den Begriff des „Zeit-Raumes".

Was kein Dasein hat, hätte auch keine Dauer. Zeit entsteht also erst durch den wahrnehmenden und mit Bewußtsein ausgestatteten Leib. Die Erstreckung der Zeit ist stetig und hat eine nicht umkehrbare Richtung (Junk/Brugger 1992). Menschliches Bewußtsein hingegen kann, auch wenn die Zeit voranschreitet, in das, „was nicht mehr selber ist" zurückgehen. Eben hierdurch kann der Person eine Persönlichkeit, eine Identität erwachsen, die das Erlebte in ein sinnzusammenhängendes Kontinuum reiht. Die Person selbst ist es, die feststellt, was vergänglich ist und was im Gegensatz hierzu als Invariante oder überdauernde (Persönlichkeits-) Struktur bleibt (Stern 1992). Nichts hat dabei von sich aus Sinn, sondern Sinn wird von der Person in variierenden bewußten und unbewußten Anteilen an die Seins-Gegenstände vergeben. Die Zeit strukturiert somit nicht nur den Raum, die Personen (Figuren) und, wie wir sehen werden, auch Szenen, Situationen, Projektionen und Atmosphären. Auch der Leib ist durch die Zeit in Lebensabschnitte unterteilt, ja, er trägt alle historischen „Zeit-Räume" mit all ihren emotionalen und kognitiven Konnotationen beständig bei sich. Würden wir diese Theorie nicht implizit unterstellen, würde der Leib „seine Zeit" mit ihren jeweiligen Qualitäten nicht beständig und gegenwärtig bei sich tragen, wir wären nicht in der Lage, nach einem Erstinterview zu behaupten, daß wir mehr über die Person, ihre Geschichte und ihr Geworden-sein erfahren haben.

3.3 Leib, Gestalt, Figur

In dieser holistisch angeordneten Raum-Zeit steht nun der Mensch leiblich als Figur, oder besser gesagt: die Menschen als Figuren (Wertheimer 1963; Köhler 1971; Murch/Woodworth 1977). Sie nehmen, begründet durch ihre Körperlichkeit, einen absoluten Ort im Raum ein; das heißt, daß die Figur wie erwähnt über einen „persönlichen Raum" verfügt, sie ist „Leib im Raum und gleichzeitig Raumkörper" (Schmitz 1989; Petzold 1985). Durch ihre leiblichen, charakterlichen und historisch geformten Eigenheiten erscheinen die Figuren abstrakt betrachtet als „Gestalten" (Perls u. a. 1951; Perls 1980). Die Persönlichkeit oder Identität der Figur ist dabei nicht als eine absolute Struktur, eine „statische Ikone" zu verstehen; als „gewordene Gestalt" eignet der Figur stets Beweglichkeit: „Person ist nicht, sie ereignet und formiert sich fortwährend" (Schraml 1968). Der Begriff der Figur faßt den Menschen in seiner Konstitution als ein sich selbst bewußtes Körper-Seele-Geist-Subjekt, als „Wahrnehmungs-Leib, als Raum-Leib und als Zeit-Leib. Von Geburt an „verleiblicht" die Person Rollen, zuallererst ihre Geschlechtsrolle: „es ist ein Mädchen ..."; von dieser einfachen Feststellung aus formen sich alle folgenden phantasierten, bildlichen und leiblichen Einstellungen der Betreuungspersonen eines Kindes und gehen in den Prozeß der Identitätsbildung ein. Und hier entsteht auch der „Rollenleib", dem alle spezifischen Rollen angetragen werden und der sich hieraus über Fremd- und Selbstattributionen aus seinem „Leib-Selbst" eine eigenständige Identität formt.

Schon im Begriff der Figur überlappen sich also die „persönlichen Räume" und der jeweils „sozial-historisch-interaktionelle Raum" der Person. In der Figur wird sozusagen Geschichte fortgeschrieben. Hier wird deutlich, daß und wie die historischen und persönlichen Räume und Zeiten der einzelnen Figuren (Personen) beständig miteinander in Verschränkung gebracht werden. Denn der persönliche Raum endet mit der obigen Leib-Definition bei Schmitz (1989) und Merleau-Ponty (1966) nicht an den Körpergrenzen. Der Leibbegriff umspannt körperliche, seelische und geistige Prozesse sowie die Prozesse der Selbst-Bedürfnisse, so daß der Leib durch seine Angelegtheit auf Sozietät, seine Fähigkeit zur Wahrnehmung und seinem Potential zur Sinngebung, weit in den „interpersonellen Raum" ausgespannt ist.

Im Raum nimmt nun jede Figur sich selbst und andere Figuren wahr. Eben hierbei „überschneiden" sich mit der Definition von Schmitz und Merleau-Ponty die Leiber, so daß Wahrnehmung immer mehr als nur „Sinnesdatum" ist; sie ist immer „Einleibung" und gleich Sinngebung (Schmitz 1992). Nur oberflächlich betrachtet, scheint es so zu sein, daß jede Figur ihren eigenen Raum und Kontext besitzt; ab einer bestimmten Betrachtungsebene stehen alle Figuren im gleichen Kontext (Zeit, Gesellschaft, Kultur, Kosmos). Dieser Kontext ist nicht nur passiv vorhanden; wie wir gesehen haben formt er gleichzeitig beständig eine „Situation in der Zeit" mit den spezifischen Handlungantworten der „Zeitgenossen".

3.4 Sprache, Metapher, Symbol

Von seiner Phylogenese und Anthropologie her ist der Mensch auf Sozietät ausgerichtet. Auch wenn er dies verhindern wollte, käme er nicht umhin, seine „innere Wirklichkeit" beständig durch Symbolisierungen verschiedenster Art nach außen zu produzieren. Wie tritt diese Wirklichkeit uns nun entgegen? Wie dringen wir in das „Ungeteilte" der Wirklichkeit des anderen ein? Wie verbinden wir die Bruchstücke, die uns unsere Wahrnehmungen liefern, in die persönliche Vorstellung – dann – unserer Wirklichkeit? Wir mußten feststellen, daß Wirklichkeit sich nicht unmittelbar zeigt, sie verbirgt sich vielmehr: hinter der Sprache, der Metapher, den Symbolen und Bewegungen. Damit besitzen wir auch einen Sprach-, Metaphern- und Symbolisierungs-Leib, der es uns überhaupt erst erlaubt, Emotionen auszudrücken, Gedanken zu produzieren und in Kontakt mit anderen zu treten.

Als Menschen können wir nicht umhin, beständig Symbole und Metaphern zu produzieren. Die Sprache allein ist eine hochdifferenzierte und vielfältige Metaphern-, Bilder- und Symbolwelt; und der Mensch, der die Worte benutzt, sie mit seinem persönlichen Bedeutungshof umgibt, sie schließlich an einer bestimmten Stelle mit einer bestimmten Stimmqualität einsetzt, ist ein kontinuierlicher – bewußt und unbewußt – sorgfältig auswählender Metaphernproduzent. Dies trifft in gleicher Weise auf den Leib des Menschen zu: er ist für sich genommen schon Symbol, und seine Bewegungen, seine Mimik und Gestik sind stets „sinnträchtig" im besten Sinne des Wortes. Der Leib spielt im Sinne unbewußter Symbolisierungsprozesse ein besondere Rolle. Im Erstinterview nutzen wir diese unbewußte, teils vor- oder mitbewußte „Sprache des Körpers", um etwas über die Emotionen, die Begleitaffekte, Bedeutungen und Bewertungen des gesprochenen Wortes zu erfahren. Die Zusammenhänge von Leib und Unbewußtem wurden von Frostholm (1978) sehr gut beschrieben und ausgearbeitet. Die Rolle der Emotionen in Symbolisierungsprozessen werde ich im Einzelnen weiter unten noch ausführlich darstellen. Bis hierhin aber können wir bereits feststellen: Wirklichkeit – erinnernde, emotionale, gedankliche, sinnliche und handelnd-expressive – benötigt Metaphern, sie muß Symbole konstruieren, um so erst erkannt werden zu können, erlebbar und kommunizierbar zu werden.

In der Psychotherapie haben wir es ständig mit Metaphern, mit verräumlichten Sprachbildern zu tun: z. B. das Unbewußte, die Be-handlung, das Selbst (wie sieht Ihr Bild von Ihrem Selbst aus?), das „fragmentierte" Selbst, die Ich-Konsistenz, die Abgrenzungsfähigkeit (wie sieht Ihr Bild von Ihrer Ich- oder Identitäts-Grenze aus?), die Ich-Stärke, die Identität, das Selbstwertgefühl, die Vitalität, der Zwang, die Angst (=Enge), das Borderline-Syndrom als Grenz-Metapher usw.

Die stärksten und gleichzeitig die gewöhnlichsten Trägerkräfte von Symbolisierungsprozessen sind also die Sprache, das Sprechen und die Bewegung. Von Sprache und Sprechen gehen nicht nur Worte und deren unmittelbare inhaltliche Bedeutungen aus. Stets ist das gesprochene Wort an der Stelle, an der es erscheint, auch Symbol, auch Bild, also Metapher. Metaphern aber sind Doppelgänger. Sie führen ein Drama der Verwandlung vor, indem sie konkret-inhaltliche und implizite Bedeutungsdimensionen miteinander verknüpfen. Es eignet ihnen die Fähigkeit, heterogene Kontexte so miteinander zu verbinden, daß Bedeutungen aus dem einen in den anderen „übertragen" werden können, und so erfüllen sie den Inhalt ihrer wörtlichen Übersetzung aus dem Griechischen (Metapher = Übertragung). Metaphern sind gleichzeitig Schöpfer und Geschöpf in einem, sie sprechen die Sprache der Wissenschaft und gleichzeitig die der Poesie, sie verkleiden die Wirklichkeit, damit sie erkannt werden kann. Auf diese Weise wird uns die Metapher – je nachdem, wie fest oder locker wir an ihrer profanen inhaltlichen Bedeutung haften – entweder gar nichts oder doch einiges zu Verständnis bringen können (Buchholz 1993).

Metaphern und Symbolisierungen bilden – auch wenn wir uns dessen nicht stets bewußt sind – den Hintergrund unseres Handelns und Erlebens. Von sprachlichen Metaphern, und spürbarer noch von Bewegungen, gehen Suggestionen aus.

Beide grenzen die Wirklichkeit auf bestimmte Wahrnehmungsfoki und Themen ein, sie legen Strukturen für die Auseinandersetzung unter den beteiligten Personen einer Situation fest. Wie kann dies vonstatten gehen? Der Metapher eignet die Fähigkeit, den logischen Verstand und das wache Bewußtsein zu unterwandern, um eine erlebte Wirklichkeit einem Gegenüber in verdichteten Bildern und Atmosphären zum Ausdruck bringen zu können und sie erlebbar zu machen. Nehmen wir das Beispiel eines Patienten, der uns erzählt: „mir geht es so grauenhaft …"! Obwohl das Grauen in der gegenwärtig vorschwebenden Situation in keiner Weise faktisch da ist, kann es uns sofort ergreifen, denn wir alle tragen Bilder des Grauens in uns – und die Metapher sucht auf subtile Weise den Anschluß an diese Bilder. Auch wenn wir uns sträuben würden, uns von dem Bedeutungshof der Metapher „anstecken" zu lassen, grenzt uns ihre Suggestion doch zumindest so ein, daß wir uns gegen sie wehren – wir bleiben also auf sie bezogen.

Von metaphorischen Bildern sind wir angezogen und gleichzeitig kämpfen wir mit ihnen; wir wollen ihren emotionalen Gehalt, ihren kognitiven Sinn, ihre Motivation verstehen und fragen danach, auf welche Wirklichkeit sie verweisen – und nehmen zur Kenntnis, daß wir schon wieder Metaphern verwenden und daß wir das gar nicht vermeiden können, vielleicht auch gar nicht sollten, denn Metaphern deuten jenen poetischen Überschuß an, der uns eine Ahnung vom Transzendenten vermittelt, das dann ja immer noch sprach-immanent ist (Buchholz 1993). Ein Beispiel: „Ein schwieriger ,Fall' und dessen ,Lösung'" ist eine Sherlock-Holmes-Metapher, sie enthält sowohl kriminalistische als auch psychotherapeutische Atmosphäre und beide Seiten sind in der Tat in der psychotherapeutischen Situation gegeben.

Wenn Metaphern auf der Bühne der therapeutischen Situation auftreten, müssen wir feststellen, daß alle Beteiligten sie benutzen und alle in gleicher Weise an ihrer Entschlüsselung arbeiten, die, wie man sich nun denken wird, sehr unterschiedlich ausfallen kann. Gleich nachdem die Metapher konstruiert wurde, wird sie von allen Beteiligten einer Situation wieder dekonstruiert.

An dieser Stelle wird erkenntlich, daß sich die Bedeutung von Metaphern und Symbolen nicht allein darin erschöpft, nur Suggestion zu sein. Ich sprach davon, daß Metaphern von einem Bedeutungshof, einer Atmosphäre umgeben sind. Diese sind nun keineswegs homogen. Ist das Grauen, um das obige Beispiel noch einmal zu beanspruchen, als Sprach-, Bewegungs- und Bedeutungs-Metapher einmal geboren, verbinden alle in der Situation beteiligten Personen diese „Suggestion" mit ihren persönlichen Bildern und Bedeutungen, sie projizieren ihre eigene erlebte und vergangene Wirklichkeit in die Metapher hinein und reichern sie so mit ihren Bedeutungen an. Und so wird deutlich, warum die gleiche Wirklichkeit sich beständig neu und endlos vielfältig verkleiden kann, dabei immer noch dieselbe bleibt – aber vielfältigen Täuschungen unterworfen sein kann. Auf diese Weise wird die Rolle der Projektion im Wirklichkeitsbegriff hervorgehoben, zu der ich nun im nächsten Abschnitt etwas sagen werde.

3.5 Projektion

Was hat Projektion mit Wirklichkeit zu tun? Nach meiner Ansicht: viel. Wenn wir uns im Erstinterview der Wirklichkeit unserer Patienten annähern wollen, muß danach gefragt werden, wie ein solches Unterfangen glücken kann. Können wir die Wirklichkeit des anderen erfassen? Und: wenn ja wie? Wenn wir uns hier dem Wirklichkeitsbegriff annähern wollen, müssen wir auch nach den jeweils subjektiven „Anteilen" der Wirklichkeit fragen, konkret: welche Anteile des Wirklichkeitserlebens beim Individuum sind Projektion, welche nicht (Amt-Euler 1994)? Wenn wir „Richtiges" erkennen, ist das dann Wirklichkeit oder eine Vereinbarung zwischen Patient und Therapeut, eine Wirklichkeitskonstruktion? Welches Wahrnehmungssubstrat ist die „tatsächliche Wirklichkeit"? Was hat das Wahrnehmungssubstrat mit der Geschichte des Wahrnehmenden zu tun? Gibt es eine „absolute Wirklichkeit"? Und um letzteres gleich vorwegzunehmen: es gibt sie nicht; schon allein deswegen, weil dem Menschen aufgrund seiner beschränkten Wahrnehmungspotentiale das Erkennen einer solchen versagt bleiben würde. Wie ich auch noch im erkenntnistheoretischen Teil dieser Arbeit darlegen werde, wird Wirklichkeit „intersubjektiv konstruiert" und hat auch nur so lange Bestand, wie die an ihr beteiligten Subjekte an dieser konsensuell, koordinativ und kooperativ festhalten.

Bevor ich die Fragen zur Projektion weiter vertiefe, möchte ich einige Dinge über die allgemeine Bedeutung des Projektionsbegriffes herantragen, dann eine Spezifizierung für den Wirklichkeitsbegriff vornehmen.

Der Begriff Projektion ist lateinischen Ursprungs und bedeutet: „proicere" – vorwerfen, in Erscheinung treten lassen. Er wird definiert als ein Vorgang, durch den etwas von einem Ort zum anderen verlagert wird, von einem Zentrum auf die Perpherie oder von einer Person auf die andere oder einen Gegenstand. In der Psychoanalyse wird er verstanden als unbewußtes Hinausverlegen von Innenvorgängen, von eigenen Vorstellungen, Eigenschaften, Wünschen und Gefühlen in die Außenwelt. Einer Person oder einem Gegenstand werden Eigenschaften verliehen, welche der Betreffende bei sich selbst verkennt. Die Projektion ist dann ein Prozeß, der den subjektiven Vorstellungen den Charakter der Objektivität verleiht. Die Projektion dient im psychoanalytischen Sinne haupsächlich dem (Abwehr-) Mechanismus der Verdrängung.

Subjektive Qualitäten werden in der Projektion als Eigenschaften äußerer Dinge erlebt. Das heißt aber: Wer die Projektionen des anderen erkennt, kann etwas über dessen innere Wirklichkeit erfahren. Nun wird dieser Mechanismus bei den sogenannten „projektiven Testverfahren" aktiv eingesetzt. Die Ergebnisse der Testverfahren aber haben wiederum stark interpretativen und projektiven Charakter, sie beinhalten die Projektionen der Untersucher, die leider nicht mehr weiter hinterfragt werden. Deswegen erfährt man genaugenommen vom Prüfer ebensoviel wie vom Probanden und steht am Ende vor dem gleichen Problem: wem gehört nun was und welches ist die Wirklichkeit?

Am psychoanalytischen Projektions-Begriff ist aus diesem Grunde zurecht Kritik geübt worden. Hier wird bei genauerem Hinsehen implizit eine rigide Trennung von Innen und Außen zugrunde gelegt, die in phänomenologischer Hinsicht nicht haltbar ist. Wie wir weiter unten sehen werden, muß die Person, auf die die Projektion fällt, zumindest einen Aufhänger für diese bieten.

Zunächst aber gibt es noch einige andere Ansätze, die jeweils versuchen darzustellen, wie Wirklichkeit im Beziehungsraum wahrgenommen werden kann. Im leibphilosophischen Konzept der Atmosphären geht man beispielsweise davon aus, daß nicht allein die Person projiziert, sondern daß Personen und Gegenstände von einem Bedeutungshof umgeben sind, von ihnen tatsächlich eine „Qualität“, oder wie wir es später nennen werden, eine Atmosphäre ausgeht, die von anderen Personen auch wahrnehmbar und intersubjektiv verifizierbar ist (Schmitz 1989; Merleau-Ponty 1966). Um ein profanes Beispiel zu nennen: eine Standuhr ist von einem anderen Bedeutungshof umgeben als eine Sahnetorte. Von der Phänomenologie her kann dieser Sachverhalt nicht wirklich im Ernst bestritten werden. Derartige Phänomene als individuelle Projektion zu bezeichnen ist unzulässige Vereinzelung und Individualisierung.

Im leibphilosophischen Konzept der Wahrnehmung, das anderenorts schon besprochen wurde, wird die Wahrnehmung der „Außenwelt“ dem Leib selbst zugeschrieben: dort, wo noch etwas wahrgenommen werden kann, ist auch noch ein irgendwie strukturierter Leib, nämlich ein Wahrnehmungsleib, zu verzeichnen (Waldenfels 1976). Im Beziehungsraum überschneiden sich die Wahrnehmungsleiber räumlich. Bei Schmitz (1989) finden wir diese Theorie in das Konzept der „Einleibung“ gefaßt: Sich auf dem Bürgersteig einander entgegenkommende Fußgänger stoßen deswegen nicht zusammen, weil sie sich gegenseitig schon von weiterer Entfernung gegenseitig „einleiben“; ein gutes Orchester ist „ein Leib“, die Musiker leiben sich in koagierener Tätigkeit beim Musizieren gegenseitig ein usw. Leib und Unbewußtes scheinen hier zu koagieren (Frostholm 1978).

Einen wieder anderen Zugang bietet uns die transpersonale Psychologie: hier wird angenommen, daß das „Selbst“, bildlich gesprochen, wie in einem Kegel, an einem Ende zu einer „Wahrnehmungs- und Handlungsspitze“, nämlich dem „Ich“ zusammenläuft und hier die größte Konzentration von Ich-Funktions-Tätigkeit möglich ist. Am anderen Ende laufe es offen aus, sei konfluent und mit den kollektiven Schichten des Daseins verbunden. Die Person könne nun, sofern sie genügend Ich-Stärke besitze, „abtauchen“ und „das Fremde“, das „Selbst des anderen“ auf einer „kollektiven“ oder „katathymen“ Ebene wahrnehmen oder gar erkennen. Diese Theorie ist weder abenteuerlicher noch gewagter als die der Einleibung oder der Projektion. Letztere ist lediglich etablierter.

Alle diese Konzepte erleichtern indes nicht die Antworten auf die Frage, was am Wahrnehmungsergebnis subjektiv und welches tatsächlich Wirklichkeit ist. „Die Wirklichkeit“: bin ich das ganz alleine (Projektion)? Wieviel „Atmosphäre“ geht doch vom Anderen, von Gegenständen aus und ist durchaus von mehreren Personen wahrnehmbar (leibphilosophischer Ansatz)? Kann ich den anderen durch mein eigenes Selbst erkennen (transpersonale Psychologie)? Wie ist meine wahrgenommene Wirklichkeit durch beziehungs- und systemdynamische Gesichtspunkte determiniert (Intersubjektivitätsparadigma)? Oder ist die Projektion, wenn man sie von dem pathologisierenden Voruteil, das ihr anhängt, befreit, dann doch die einzige Möglichkeit, in die „Welt des Fremden" vorzudringen? Diesen Standpunkt möchte ich nun weiter verfolgen und aufzeigen, warum die intersubjektive Validierung von Wahrgenommenem und Projiziertem ein unerläßliches Instrumentarium der Wirklichkeitskonstruktion ist.

Jede Metapher, jede Bewegung, jedes Symbol ist von einem Bedeutungshof umgeben, der vielfache Auslegungen zuläßt. Diesen Hof nennen wir Atmosphäre. Die Atmosphäre, zu der ich weiter unten noch ausführlicher kommen werde, ist eine den Dingen je gegebene Qualität, die sie als Phänomen, das nicht im Ernst bestritten werden kann, auch ausstrahlen (der Stein, der Ball, das Ei usw.). Atmosphäre ist Verdichtung von vielen, noch nicht differenzierten Einzelinformationen. Die Projektion dagegen ist eine jeweils von einer Person getätigte Selektion, eine Festlegung auf nur eine einzige Bedeutung (Frage: worauf reagieren Sie bei Ihren Patienten in aller Regel als erstes?).

Da es uns als Menschen versagt bleibt, alle Bedeutungsinhalte von Metaphern und Symbolen auf einmal in Diskurs zu bringen, sind wir gezwungen, auf Einzelnes bezug zu nehmen, allenfalls mehrere Bedeutungsdiskurse in ein „Hintereinander" zu reihen. Und dies bedeutet nun wiederum, daß wir uns im „intersubjektiven Raum" an je beliebigen Stellen in der Vielfalt der Bedeutungsmöglichkeiten gegenseitig „einhaken" – und die Betonung liegt hier auf dem Wort gegenseitig. Auch die Metapher des „Einhakens" verwende ich bewußt, um deutlich zu machen, daß wir uns in mehr oder weniger bewußten und unbewußten Anteilen auf eine bestimmte zu verhandelnde Wirklichkeit einigen, ja, uns gemeinsam an ihr festhalten, und dann nicht ohne weiteres – zum Teil auch anstrengendes – Zutun wieder von ihr lassen oder auf andere „Bedeutungsinseln" wechseln können: denn in manchen Situationen „ver-haken" wir uns. Auf der anderen Seite wird deutlich, daß die Auswahl der je einzelnen Bedeutungsgebung zwar in verschiedenen bewußten und unbewußten Anteilen geschieht, immer aber mit unserer Person und Geschichte untrennbar verknüpft ist. Projektion gilt eben nicht nur für Patienten, und hier möchte ich den Projektionsbegriff auch etwas ausweiten: die Stelle, an der wir uns in der Geschichte des Patienten „einhaken", hat ausschließlich mit uns selbst zu tun. Sie ist unsere Angelegenheit und wir müssen Verantwortung für sie tragen, denn: wir können sicher sein, daß dieser Patient, der vor uns sitzt, bei einem Kollegen eine andere Geschichte erzählt hätte oder aber zumindest die gleiche in anderer Form, oder daß ein anderer Therapeut sich an einer anderen Stelle „eingehakt" hätte und damit ein anderer Prozeß zustandegekommen wäre.

In der Integrativen Therapie schließen wir hieraus, daß der Therapeut mit den eigenen projektiven (Übertragungs-) Tendenzen gut vertraut sein muß. Dies kann nun nicht einfach durch die Lektüre eines Fachbuches erlernt werden. In der Ausbildung zum Therapeuten muß der Analysand mit den eigenen Projektionen und der Dynamik, die sie im Einzelnen und auch regelhaft auslösen, vertraut werden. Und das wird nur möglich sein, wenn er sich getraut, „viel zu projizieren" und – möglicherweise in seiner Ausbildungsgruppe – gezielte Feed-backs und Korrekturen seiner Kolleginnen und Kollegen erhält. Diese Rückmeldungen kann er dann in das entstandene Bild seiner Wirklichkeit integrieren – und auch hierin muß er „flüssig" und flexibel werden. In der Ausbildung ist der „Mut zur Projektion" gefragt, die Ausbildungkandidaten müssen die Grenze überschreiten, um genau diese ins Gespür zu bekommen. Mehr darüber im Abschnit über die Voraussetzungen beim Therapeuten.

Eine „tatsächliche" Wirklichkeit besteht als Ergebnis dieser Überlegungen also darin, daß es sie nicht gibt. Wir müssen uns mit der Beantwortung der Frage, welches der Dinge nun wirklich ist, in den intersubjektiven Diskurs mit demjenigen begeben, dessen Wirklichkeit wir als Anamneseerhebende erfassen wollen, denn Wirklichkeiten können nur im intersubjektiven Raum Bestand haben. Das, was wir im nächsten Abschnitt die Situation und die Szene nennen, auch was wir üblicherweise mit (Rollen-) Übertragungen meinen, ist voll von Verschränkungen von höchstindividuellen Metaphern, Projektionen und Atmosphären – mit den sich ihnen anschließenden Diskursen. Wie wir sehen werden, ist die Situation und die Szene selbst der Diskurs über die verschiedenen Bedeutungen von je veräußerten Metaphern und deren auffolgenden realen oder antizipierten Projektionen.

3.6 Situation

Fassen wir kurz zusammen: Wirklichkeit benötigt einen Raum, der von Zeitstrukturen durchdrungen ist. Weiterhin bedarf sie eines wahrnehmenden und sich selbst bewußten Subjektes, das mit seinem abgegrenzten Leib- und Zeit-Raum in ihm agiert. Der Leib spielt dabei nicht nur die Rolle des Wahrnehmenden, er ist gleichzeitig ein beständiger Metaphern- und Symbolproduzent. Ist die Metapher, das Symbol einmal konstruiert, schränkt sie die Freiheit aller in ihrer Nähe befindlichen anderen Figuren ein, sie begrenzt das grenzenlose Dasein auf eine ihr inneliegende Thematik. Diese Prozesse sind vielfach überlagert. Metaphern und Symbole sind von einem verdichteten Bedeutungshof umgeben. Tritt dieser hervor, „haken" sich die in seiner Nähe befindlichen anderen Figuren (Personen) an einer beliebigen Stelle in die sie umgebende Atmosphäre ein und versuchen – alle auf die ihnen eigene Weise – die Metaphern zu dekonstruieren, um ihren Sinn zu erfassen. Der Modus, mit dem dieser Vorgang geschieht, ist die Projektion. Die Projektion grenzt so die Thematik noch enger ein, so daß ein intersubjektiver, interfiguraler Diskurs beginnt. Durch die Projektion, die immer Selektion ist, und den ihr angeschlossenen Diskurs, entsteht eine Situation. Die Projektion stellt mit ihrer Begrenzung die Situation her. Von der Situation können wir daher sagen, sie ist eine „anthropologische Raum-Zeit-Einheit".

Nehmen wir weiter an, die Figur stehe in einer inneren und äußeren Situation (Schott 1991; Graumann 1975; Hoefert 1982; Bottenberg 1991). Mit Schmitz (1989) könnten wir noch präziser sagen, sie stehe in einer „persönlichen Eigenwelt" und einer „persönlichen Fremdwelt". Innere und äußere Situation, Eigenwelt und Fremdwelt sind nicht immer durch Bewußtsein und Bewußtheit präzise voneinander getrennt. Vielmehr stellt die Projektion eine spezifische Verbindung her, von einem beliebigen Punkt aus der persönlichen Innenwelt zu einem beliebigen Punkt in der persönlichen Außenwelt. Begegnen sich die Projektionen der beiden Partner, entsteht ein Gefühl der Evidenz; es mag dann sein, daß sie sich in dieser Situation auf eine Sicht „gemeinsamer Wirklichkeit" einigen können. Gehen die Projektionen – auch haarscharf – aneinander vorbei, entsteht ein Moment der Spannung oder aber der Erregung. Die beiden Partner kämpfen dann entweder darum, sich durch Konkurrenz und Korrekturen ein Stück gemeinsamer Wirklichkeit zu erarbeiten oder sie wenden sich enttäuscht voneinander ab. Im therapeutischen Setting kann Widerstand darin bestehen, daß eine Person sich stets vom Therapeuten „verfehlen" läßt, das heißt, sich so stellt, daß ihn die Projektionen (Empathierungen) des Therapeuten gerade nicht erreichen können. Es kann Ärger entstehen. Bei narzißtischen Störungen finden wir uns oft in dieser Situation vor. Wir werden behandelt, als ob wir nur dazu da wären, die Wirklichkeit des Patienten in höchst präziser Weise zu erraten (zu spiegeln). Trifft die Empathierung nicht exact, reagiert der Patient in dargestellter Weise und verhüllt sich weiter.

Situationen, betrachtet in dieser Verschränkung, enthalten eine Vielzahl determinierender Faktoren. Bei Schmitz (1989) finden wir die Bezeichnung „chaotisch-mannigfaltige Ganzheiten", aber nicht im Sinne des „Ungeordneten", sondern in dem Sinne, daß die Ordnung solcher Situationen vom Menschen nicht in einem Blick überschaut werden kann. Aber nicht nur die Projektionen oder die Emotionen sind es, die die Situationen herstellen, auch „Eindrücke sind Situationen; ein Eindruck hat vieles zu sagen, das er dem Betrachter gleichsam (von innen her und auch von außen) auf die Zunge zu legen scheint, ohne daß dieser in der Lage wäre, das alles einzeln zu sagen. Von dem gegenständlich vorschwebenden Eindruck geht daher eine Zumutung sprachlicher Explikation aus" (Schmitz 1989, 1992).

Nehmen wir nun weiter an, daß die äußere Situation des Individuums durch vorangegangene historische Interaktionen und Sachverhalte vorstrukturiert ist, die, nicht nur, aber auch, von dieser Figur ausgegangen sind: persönliche Geschichte, Beziehungserfahrungen, soziale Welt, Gesellschaft, Zeitgeist, Kultur, Archetypen usw. Bottenberg (1991) spricht in diesem Zusammenhang vom „Anthropinon der Kulturalität". Die innere Situation sei deshalb gekennzeichnet durch die individuelle Verarbeitung historischer und kulturaler Bezüge der Figur (Biographie), sowie durch eine Resonanz auf die aktuale äußere Situation (Schott 1991). Dabei wird aber deutlich, daß die „individuelle Verarbeitung" weder in der Biographie noch in der Gegenwart als gänzlich vom Kontext losgelöst zu denken ist; sie geschieht in Verschränkung und Auseinandersetzung mit ihm, in ihm und so ist auch das Erzählen und aktuelle Erinnern stets von ihm durchdrungen. Auch das Erstinterview ist eine Situation, die durch beiderseitige Projektionen strukturiert ist; sie ist nie wertfrei, so „reizarm" ein Therapeut oder sein Therapieraum auch gestaltet sein mag.

Der Situationsbegriff „überspannt so die Subjekt-Objekt-Spaltung (auch die Figur-Hintergrund-Spaltung!), indem er beides immer schon in sich aufgenommen hat; die Situation ist die Einheit der Aktualität von Subjekt und Welt im Augenblick" (Finke 1955, Einfg.d.Verf.). Der Begriff Hintergrund und auch der Begriff des Kontext können also im Situationsbegriff aufgehen; im Situationsbegriff wird die unmittelbare Gegenwärtigkeit des Hintergrundes und des Kontext als suggestiver Faktor gegen die Figuren deutlich hervorgehoben.

Dieser Situation therapierelevante Daten zu entnehmen, vermag allein der Therapeut, der die Komplexität in einer solchen Weise begreift, und sich darüber hinaus aus der Situation heraus in innere Distanz begeben kann, um so zumindest einen Teil der „gemeinsamen Projektionstätigkeit" sozusagen aus der Ferne betrachten kann. Diese Position nennen wir die partielle Exzentrizität (Plessner 1975).

3.7 Szene

Wie wir uns nun unschwer vorstellen können, laufen die Diskurse und Auseinandersetzungen über die von den Projektionen (Personen) festgelegten Themen in höchstindividueller Projektions- und Übertragungs-Verschränkung ab. Kein Mensch ist neutral und kein Mensch reagiert neutral. Im Gegenteil: wir können davon ausgehen, daß die Qualität der Auseinandersetzungen in der vorschwebenden Situation in höchstem Maße vorgeprägt ist von den biographischen Vorerfahrungen der Personen, die jeweils auch noch unter vergangenen und gegenwärtigen beziehungstheoretischen Gesichtspunkten aus betrachtet werden müssen. Wenn wir weiterhin annehmen, daß aktuelle Situationen die vergangenen nicht unberührt lassen, sondern die in ihnen enthaltenen emotionalen und kognitiven Muster geradezu evozieren, wird verständlich, warum wir es in der gegenwärtig vorschwebenden Situation mit einer Szene zu tun haben.

Als erste Definition der Szene können wir sagen: die Szene ist eine Bühnenmetapher und wo eine Bühne ist, ist immer auch ein Zuschauerraum. Die Szenen-Metapher impliziert daher eine Distanz des Betrachters von der Situation. Als Therapeuten sprechen wir nur dann von einer Szene, wenn wir aus einer Perspektive der partiellen Exzentrizität auf die gegenwärtig vorschwebende Situation blicken können. Tun wir das nicht, erkennen wir auch keine Szene, sondern wir sind dann „in der Situation", involviert und ohne Distanz. Im integrativen Anamnesesetting sind beide Seiten von Bedeutung. Einerseits müssen wir involvieren, um in genügender Weise präsent zu sein, Übertragungsangebote wirksam werden zu lassen und die „Situation zu erspüren". Wir nennen dies die Haltung des partiellen Engagements. Andererseits müssen wir innerlich in Distanz gehen, so tun, als ob wir im Zuschauerraum säßen, um hier wiederum die „Szene zu erfassen" und unseren Phantasien und Übertragungen genügend Raum geben zu können. Denn das „figürliche Handeln" der Person in einer Situation impliziert immer mannigfaltige Verweise auf den Hintergrund dieses Handelns. Und diagnostisch relevante Hypothesen werden durch einen Schluß vom figürlichen Handeln auf dessen hintergründige Implikate aufgestellt. Als zweite Definition der Szene dürfen wir nun behaupten: um eine Szene handelt es sich da, wo das vordergründige (figürliche) Handeln einer Person auf einen immanenten Hintergrund verweiset, der dem Handeln aus der Sicht des Beobachters (Zuschauerraum) gleichzeitig einen spezifischen Sinn verleiht (Pöppel 1985, Klöckner 1994). Nach einer solchen Hypothesenbildung nähern wir uns wieder an (Involvierung) und „haken" uns mit der in der Distanz überprüften Projektion (Wahrnehmungs-Selektion) wieder in die Situation und in die Szene ein.

Was die Figuren also aus der Auseinandersetzung mit ihrer inneren und äußeren Situation heraus ver-halten oder in actio bringen, nennen wir die Szene. Die Situation beinhaltet die Szene. Ihr Charakter ist gefärbt durch eine Vielzahl vorgängiger Situationen und Szenen und immer abhängig von den in ihr teilnehmenden Figuren. In der Szene findet eine intersubjektive und sich verschränkende Projektion statt; sie ist daher auch eine Momentaufnahme eines Verarbeitungs- und Begegnungsprozesses von (in der therapeutischen Situation) mindestens zwei Personen. Diagnostisch wirksam ist einzig und allein, daß der Therapeut sich zur Verfügung hält und dem Patienten gegenüber einen Vorsprung dahingehend aufweisen kann, daß er flexibel in Exzentrizität gehen kann und mit dem Charakter seiner Projektionen vertraut ist.

[Anmerkung zum Konzept der „szenischen Funktion des Ich" von Herrmann Argelander (1970, 1989): Dieser Terminus technicus ist vom theoretischen Standpunkt aus betrachtet problematisch, zum einen, weil das Ich qua Definition eine an Bewußtheit gebundene Instanz ist, Inszenierungen sich aber größtenteils unbewußt oder mitbewußt manifestieren; zum anderen werden beständig auch Szenen aus dem präverbalen Bereich – z. B. in Form von Atmosphären, Atem- und Bewegungsikonen – inszeniert, zu denen das Ich entwicklungstheoretisch keinen Zugang haben kann. Wenn wir Inszenierungen mehr von der Phänomenologie her betrachten, wäre daher besser von einer „szenischen Aktualisierung des Selbst" zu sprechen (Shostrom/Montgomery 1987).]

Wir können also nicht davon ausgehen, daß die im anamnestischen Vorgehen gegenwärtig vorschwebende Szene allein eine Sache des Patienten ist. Projektion und Übertragung zwischen Therapeut und Patient laufen vom ersten Moment an, und hier, aufgrund der noch wenig strukturierten Situation sogar in großer Heftigkeit. Der Therapeut kreiert die Szene selbstverständlich mit, durch sein Auftreten, seine Leiblichkeit, seine Raumgestaltung, seine Kleidung, seinen Händedruck, seinen Blick, natürlich sein Verhalten und durch seine Fokussierungen (Projektionen).

Aufgrund dieses hohen Übertragungsanteiles in der Szene, geht in den Szenebegriff auch der Begriff der Rolle mit ein (Moreno 1924; Petzold/Matthias 1982; Petzold 1993e). Die Rolle ist der Platz und die Qualität, welche/n die Person zu dieser bestimmten Zeit in diesem Raum, in dieser Situation einnimmt (Sheleen 1993). Die Person, die Persönlichkeit – betrachtet als Prozeß – ist eigentlich immer „Figur in einer Szene" (Petzold 1985; Watzlawik u. a. 1969). Dabei kann die Inszenierung weit über den Rahmen von Verbalität hinausgehen; jeder Blickkontakt, jede Mimik, jede Bewegung ist eine „ikonische" oder „dramatische" Inszenierung oder Symbolisierung, die jeweils den Prozeß nicht unangetastet läßt. Keine menschliche Geste ist ohne Bedeutung, sie ist immer „Zeichen" (Sheleen 1983; Lantermann 1980). Die sich in der Szene vollziehenden Rollenverleiblichungen und das Handeln in der Rolle bringen stets auch ein Bedürfnis im Sinne eines beginnenden oder endenden Kontakt-Zyklus und einen Gestaltverlauf zum Ausdruck

(Petzold 1988; Wyss 1973). Sie haben damit immer eine intentional-aggressive Richtung auf ein Gegenüber. Diagnostisch interessant dabei ist, welche Person aus der Geschichte des Patienten gemeint ist. Und wir müssen uns als Therapeuten dafür sensibilisieren, ob wir als Großmutter, kleiner oder großer Bruder, Onkel oder Großknecht angesprochen sind oder ob uns das Verhalten der Patienten an das Schwesterchen, die Tante oder den Vater erinnert.

Rollen werden also nicht nur gespielt oder agiert, sie werden, gemäß psychodynamischen und systemischen Ordnungskriterien der „Spieler", in gleicher Weise an andere, an den Therapeuten, vergeben. So entstehen „chaotisch-mannigfaltige" Eindrücke, Situationen und Szenen, in denen Protagonisten und Antagonisten zum einen Rollen selbst verleiblichen, zum anderen sich gegenseitig Rollen in Doppel- und Mehrfachbesetzungen zuschreiben – und dies in größtenteils unbewußten Prozessen. Die Interaktionen in der Szene sind dann nicht mehr und nicht weniger als der Diskurs der Individuen über die Metamorphosen dieser Projektionen und Rollenbesetzungen. Dabei steht dieser Diskurs immer unter dem Zeichen des „Aushandelns von persönlichen Grenzen"; er kann glücken aber auch mißlingen.

In der Integrativen Therapie sind wir weit davon entfernt, Szenen oder Inszenierungen als krankheitswertig („hysterisch") anzusehen; ganz abgesehen vom diagnostischen Wert der Szene, bekommen wir hier ja in verschlüsselter Form vom Patienten Material angeboten, das wir therapeutisch verwerten können – worüber wir dankbar sein können: unsere Arbeit besteht darin, die szenischen Informationen zu entschlüsseln und, an geeigneten Stellen, sie dem Patienten in gut „verdaubarer Form" wiederzugeben.

Von einem übergeordneten Standpunkt aus betrachtet ist die Szene gleichsam die Inszenierung oder das aktuale Drama, das als Antwort auf die geschichtlichen und kulturalen Bezüge aller Beteiligten in diesem Moment von allen Beteiligten einzigartig, neu und ko-kreativ entworfen wird. Und noch einmal: der Therapeut ist im anamnestischen Setting eben nicht außen vor, sondern er ist „Teil der Szene" (Schuch 1991). Er kann allenfalls versuchen, sich die Inhalte der Szene in einer Haltung der „Exzentrizität bei gleichzeitiger Zentrierung und Involvierung" zu vergegenwärtigen (Petzold 1986).

3.8 Atmosphäre

Dieser anthropologischen Verdichtung von Raum, Zeit, Leiblichkeit und Sprache, den Symbolisierungen und Projektionen, den aus ihnen entstehenden Situationen und Inszenierungen entspringt eine je unverkennbare, ungeteilte Qualität, die wir die Atmosphäre nennen. Sie ist die undifferenzierte und extreme Verdichtung und Symbolisierung der in sie eingehenden einzelnen Einflüsse. Die Atmosphäre ist eine „anthropologische Synergie" (Petzold 1988).

Die Atmosphäre füllt den Raum und ist gleichermaßen randlos in den Raum ergossen (Schmitz 1992). Vom Menschen kann sie unmittelbar und ganzheitlich erfaßt werden – und dies gilt auch in umgekehrter Richtung: sie ist eine „Gefühlsmacht", von der der Mensch ergriffen wird. Allerdings kann die Person sich durch die Wahrnehmung eines subjektiven Affekts zu ihr in Distanz und Exzentrizität begeben. Wir begegnen diesem Phänomen z. B. „wenn ein ‚Lustiger' in eine Atmosphäre bedrückender Traurigkeit gerät, die ihn zunächst verdutzt".

In den leibphilosophischen Ansätzen von Husserl, Merleau-Ponty und Schmitz erscheinen Atmosphären als „von Menschen und Dingen in den Raum geworfene Suggestionen", was den oben ausgeführten anthropologischen Gedanken sehr nahe kommt. Atmosphären gehen allerdings nicht nur vom Menschen, sondern von allen Seins-Gegenständen aus: von Räumen, Formen, Farben (vgl. Kunstwerke, Skulpturen), Landschaften, Rhythmen usw. Die Produktion von Atmosphären durch das Handeln (Symbolkonstruktion) und ihre Wahrnehmung und Verarbeitung (Dekonstruktion) sind eine anthropologische Konstituente des Menschen.

Die Atmosphäre, als Ergebnis menschlicher Aktion, kann Orientierung sein (z. B. im Erstinterview), aber eben auch Suggestion. Sie entfaltet sich im anamnestischen Raum zwischen den Teilnehmern der Szene und wirkt zugleich – als ganzheitlicher Eindruck, der meist nicht in seiner ganzen Fülle und Bedeutung bewußt wahrgenommen werden kann – auf die gegenwärtigen Figuren ein. Sie ist selbst prozeßhaft und verändert gleichzeitig laufend den qualitativen Beziehungs-Raum, die Situation, den „inter-projektiven Prozeß" und treibt damit sozusagen den Verlauf anthroplogischer Metamorphosen voran, schafft neuerliche Atmosphären, die ihrerseits wiederum suggestiv auf die laufende „Wirklichkeitskonstruktion" einwirken.

An dieser Stelle wird deutlich, daß der Raum, wie ich ihn am Anfang dieses Abschnittes beschrieben habe, nicht einfach nur Raum oder gar „leer" war. Immer ist der Raum bereits gefüllt von Atmosphären vergangener Wirklichkeitskonstruktionen, von Suggestionen, die schon wirken, bevor die Wahrnehmungstätigkeit überhaupt erst einsetzt, ja, die die Wahrnehmung selbst schon in gewisser Hinsicht determinieren. Es wird weiter deutlich, daß es sich hier um ein zirkuläres System handelt und Definitionen von Anfang und Ende eine untergeordnete Rolle spielen.

Begrenzungen und Distanzierungen, die wir als Therapeuten vornehmen, dienen demnach der Abgrenzung gegenüber den Beeinflussungen durch diese atmosphärischen Suggestionen. Durch solche Abgrenzung können wir uns teilweise der „primitiven Gegenwart" entheben (Schmitz 1989) und versuchen, in ein fraglich „feldunabhängiges" Denken, Empfinden und Fühlen zu gelangen.

4. Situation als metamorphisches Moment

Eine der vorangegangenen Ordnungen soll ihrer zentralen Bedeutung wegen hier noch einmal herausgegriffen werden. Therapeutisches Handeln ist ein Voranschreiten von Situation zu Situation, wir intervenieren in Situationen, in „günstigen Momenten" und müssen für diese Momente auch unser ganzes Wissen zur Verfügung halten können. Was ist nun eigentlich eine solche Situation, wie ist sie begrenzt und definiert? Welchen Nutzen können wir als Anamneseerhebende aus der Auseinandersetzung mit dem Situationsbegriff ziehen? Diese Fragen möchte ich jetzt eingehender diskutieren.

Die Definition des Situationsbegriffes ist eine der schwierigsten therapietheoretischen Aufgaben überhaupt. Der Begriff selbst ist ja eher ein „Leerbegriff", der mit allen möglichen Inhalten gefüllt werden kann (Schott 1991). Situation läßt sich zwar in Momenten erleben, sie ist aber von theoretischen Standpunkten aus schwer einzugrenzen.

Das Problem beginnt damit, daß die Situation, ähnlich wie der oben beschriebene Raum, potentiell randlos oder unbegrenzt ist. In die Situation, die sowohl persönlich als auch interindividuell sein kann, gehen eine Unzahl von situationsbestimmenden (Mikro-, Meso- und Makro-) Faktoren ein: biographische, psychologische (vgl. Denksituation, Gefühlssituation, intrapsychische Dynamik), familiäre, berufliche, psychosoziale (beziehungstheoretisch begründete), figurale (Leib, Gestalt) und szenische Faktoren; weiter Faktoren des unmittelbaren Umfeldes (z. B. Therapieraum), gesellschaftliche Faktoren (Kultur, Moral), Faktoren des Zeitgeistes und der Historie, politische, weltpolitische, ökologische, ontologische, phylologische Faktoren usw.

Man könnte unter diesem Blickwinkel von einer „geschachtelten Hierarchie der Situation" sprechen: eine Hierarchie überspannt und beinhaltet die nächst kleinere. Die Situation erscheint auch deswegen potentiell randlos, weil der Betrachtungsrahmen zu jedem Zeitpunkt von den Teilnehmern der Situation ausgeweitet, um Hierarchien erweitert werden kann; es entstünde hierdurch eine „Situations-Ausweitung".

Damit sind wir bei einer zentralen Frage der Situationspsychologie angelangt: gibt es eine Situation ohne einen Teilnehmer (Betrachter)? Zu dieser Frage sind viele Antworten versucht worden (Schott 1991). Aus der Sicht der Integrativen Therapie aber lautet die Antwort: Nein. Eine Situation entsteht erst dann, wenn sie durch mindestens ein Subjekt als Betrachter als eine solche erlebt werden kann. Außerhalb subjektiver oder intersubjektiver Betrachtung gibt es keine „objektiven" Situationen. Die Konstituierung der Situation ist in wechselseitiger Abhängigkeit interdependent verknüpft mit einem Betrachter, der sie – bewußt oder unbewußt – als eine solche definiert.

Situationen werden durch ein Subjekt, das selektiv einige Merkmale des Seins (Menschen, Sachverhalte, Probleme) betrachtet, aus dem Gesamt-Sein herausgelöst, von diesem hierdurch abgetrennt, eingegrenzt und definiert. Im gleichen Moment aber entstehen „situationsimmanente psycho-logische Strukturen", deren Regeln der spezifischen Selektion entsprechen und sich ändern, sobald auch der Bezugsrahmen, die Begrenzung der Situation, wieder verändert (erweitert oder eingeengt) wird. Die Situation kann somit als ein dynamischer Prozeß bezeichnet werden (Schott 1991; Jüttemann 1991).

Mit der Frage nach der Begrenzung von Situationen entsteht ein weiteres theoretisches Problem: wo beginnen Situationen und wo enden sie?

Situationen haben sowohl räumliche als auch zeitliche Ausdehnung. Sie treten hervor, durch eine „Wahrnehmungsspitze", die aus der „primitiven Gegenwart" (Schmitz 1989) der Person herausragt, also durch eine Fokussierung, eine Zuspitzung der Wahrnehmungstätigkeit, durch die ein „Eindruck" beim Individuum entsteht. Damit besitzen Situationen nun auch eine qualitative Ausdehnung. Im Konkreten heißt das, die Situation entsteht:

a) durch eine selektive Hinwendung der Wahrnehmungstätigkeit des Subjekts, durch eine

b) räumlich-projektive Eingrenzung des Betrachtungsrahmens sowie die Formulierungen eines impliziten oder expliziten Themas (qualitative Ausdehnung), und sie ist definiert durch die

c) Zeit, in der die Fokussierung der Wahrnehmungstätigkeit einsetzt und durch das Wechseln des Fokus wieder abflacht, abbricht oder übergeht in die nächste Wahrnehmungsspitze (quantitative Ausdehnung).

Es wird nun deutlich, daß in der realen Lebenswelt Situationen, die in solcher Weise voneinander abgegrenzt sind, eher selten vorkommen. Vielmehr sind wohl immer mehrere Situationen gleichzeitig vorhanden, sie gehen beständig ineinander über, so daß man von „Situationsübergängen" sprechen kann. Darüber hinaus kann es zu „Situationsüberlappungen" kommen, die von den Situationsteilnehmern entweder Neuorientierung verlangen oder zu „Konfliktsituationen" führen (Lewin 1963). Überlappungen entstehen beispielsweise, wenn zu einer bereits bestehenden Situation zwischen drei oder vier Personen eine fünfte hinzukommt, die Aspekte mit einbringt, die den Rahmen der bisherigen Situation übersteigen. Wenn die fünfte Person auf Integration drängt und diese gelingt, ist eine neue Situation entstanden. Wenn dies nicht gelingt, ist aber auch eine neue Situation entstanden (Konflikt, Trennung); die Teilnehmer können sich also in keiner Weise vor einer Situationsänderung (Überlappung, Ausweitung, Konflikt) schützen. Auch das Beharren auf der alten Situation würde diese nicht mehr herbeiführen können. Heraklit (535-465 n.Chr.) hat dieses Phänomen in einem Aphorismus formuliert, der zu einem Paradigma der Integrativen Therapie wurde: pánta rhei (griech.: alles ist im Fluß).

Daneben gibt es auch Überlappungen oder Übergänge, die auf der Zeitachse zu bestimmen sind. Zu diesen werde ich weiter unten noch kommen.

Nun ist es nicht gesagt, daß drei oder vier Personen, die sich über die gleiche Sache unterhalten, sich auch in der gleichen Situation befinden. Die oben beispielhaft genannte Übereinstimmung der Personen geht eher auf eine intersubjektiv entstandene Konsensbildung zurück, als auf die Konstituierung einer geschlossenen Situation. Jeder der Teilnehmer trägt zwar ein Stück zur augenscheinlich vorschwebenden Situation bei; die „objektive Situation" aber bleibt ein theoretisches Konstrukt, eine Vorstellung, daß es sie gäbe. Sie kann von keinem der Teilnehmer in ihrem Grund je erfaßt werden. Als Teilnehmer können wir eine Situation zwar „ausweiten", indem wir eine exzentrische Position, eine Metaebene einführen. Der Blickwinkel eines jeden Teilnehmers bleibt jedoch individuell, weil wir uns nie gänzlich aus der Zentriertheit im eigenen Leibe lösen können. Das Individuum bleibt so (nur) „Teilhaber" einer „größer" definierten Situation (Haerlin 1987). Die Größe dieser „objektiven Situation" bleibt letztlich unauslotbar. Daher ist offen, wie die Summe der individuellen Situationsanteile oder Blickwinkel aussehen würde.

Die Entscheidung und Beurteilung, wann eine Situation nur ausgeweitet ist oder dann übergeht in die nächste, ist ein Moment, das dem Gefühl des Subjekts überlassen bleiben muß; es hat hier den „privilegierten Zugang" (Habermas 1973).

Bildlich gesehen könnte man sich die Situation als ein Nadelöhr vorstellen, in das vorgängig eine unermeßliche Fülle von Einflüssen eingeht. Sodann taucht, durch Kriterien, die oben genannt wurden, eine beliebig definierte Situation auf, in der eine thematisch eingeengte, fokussierte Ko-respondenz mit der Lebenswelt geschieht: ein Austausch also. Wir können davon ausgehen, daß dieser Austausch im Individuum Spuren hinterlassen wird: Spuren der prozeßhaften Veränderung, des Lernens und der Metamorphose. Weil in die Situation Einflüsse eingehen, die weit über das Fassungs- und Produktionsvermögen der in der Situation befindlichen einzelnen Menschen hinausgehen, könnten wir auch sagen: die Situationen selbst bewirken Veränderung; sie haben ein „metamorphisches Potential". Damit eignet der Situation auch eine spezifische Ausströmung, das Ergebnis des Austausches, die modifizierte personale und sachbezogene Wirklichkeit.

Wenn wir Patienten in unseren Anamnesen nach biographischen Daten fragen, werden wir vor dem Hintergrund dieser Überlegungen immer nur Teile einer Gesamtbiographie zu hören bekommen. Informationen über das ungeteilte Ganze spiegeln sich allenfalls in den Atmosphären, die während des Erzählens entstehen, wider: das sind Grundstimmungen, Gefühle, Szenen und Bilder, die in uns beim Zuhören auftauchen und auf die wir in ganz persönlicher Weise resonieren.

Konkret aber hören wir von historischen Situationen. Innere Bilder repräsentieren primär nicht Objekte (Personen, Seinsgegenstände), sondern Situationen oder handelnde Subjekte in Situationen und Ereignissen (Schott 1991; Petzold u. a. 1993). Die Situationen bilden zusammen mit ihren Ereigniskontexten – den Ereignisketten, den Gegenständen und Personen – atmosphärische Ganzheiten. Erst wenn diese dem Bewußtsein auf verschiedenen Bewußtseins-Ebenen vorschweben, werden einzelne Teile (Personen, Gefühle, Eindrücke, Gedanken usw.) ausgegliedert und mit ihren immanenten Qualitäten selektiv erinnert.

In der Anamnese untersuchen wir sowohl die Gegenstände als auch die Qualitäten. In der therapeutischen Situation versuchen wir, Patienten dazu zu bewegen, historische Situationen aus noch anderen Perspektiven zu sehen (z. B. aus der eines anderen Teilnehmers im Rollentausch). Wir begleiten Patienten, wenn sie Situationen wiedererleben, Situationen werden betrauert, manchmal wird ihnen vielleicht sogar ein glücklicherer Ausgang angedichtet. Lebenssituationen haben höchste Relevanz darin, daß sie Erfahrungen einschließen, die auf eine Vielzahl nachfolgender Situationen hin wieder angewendet werden. Auf dem Grund der Situationen liegen daher nicht nur ihre konkretistischen Inhalte, sondern auch eine bestimmte Charakteristik der Lern- und Entwicklungsgeschichte. Diese Situationsaspekte werden in der Anamnese erforscht, in der Psychotherapie bearbeitet.

· Hier aber wird nun deutlich, daß wir in Situationen leben, uns von Situation zu Situation entwickeln und verändern, daß Situationen Verdichtungen und Verengungen sind, die ihren Konstellationen gemäß pathogene oder salutogene Veränderung bewirken, daß sie also Durchgangsstadien und Stationen der Metamorphose sind. Die Situation selbst entläßt uns aus ihrer Enge in die Weite der Möglichkeiten: mit einer Ausströmung von Erfahrungen gehen wir aus ihr hervor und müssen das Erlebte in eine neue Wirklichkeit integrieren – oder eben nicht, wenn die Erfahrungen traumatisierend waren, die Bewältigungspotentiale und die Unterstützung von anderen zu gering, oder wenn wir es schlicht nicht gelernt haben, Erfahrungen im Sinne persönlichen Wachstums zu verarbeiten.

Die Anamnese, begonnen schon mit dem Erstkontakt, ist eine solche Situation; mehr noch: sie ist eine Situation, in der Situationen ausgefaltet und erzählt werden sollen. Die anamnestische Situation stellt den Therapeuten in ein „Spannungsfeld zwischen Sachlichkeit und Lebendigkeit: er hat stets zu entscheiden, wie er sein Wissen und Können auf die konkrete Situation hin einsetzt" (Schott 1991; Mladek 1991). Er muß in der Lage sein, sein ganz persönliches Situations-Verhalten aufgrund seines Wissens um die Situationsgebundenheit des Patienten auf das Verhalten des Patienten einzustellen, und das bedeutet, daß er sein eigenes Bezugssystem zugunsten desjenigen des Patienten relativieren können muß (Petzold 1993a). Hierdurch erfährt das anamnestische aber auch das therapeutische Vorgehen eine Potenzierung. Wir sind als Therapeuten aufgefordert, die historische, die gegenwärtige, die persönliche und die intersubjektive Situation getrennt zu halten.

Die Spannung, die sich aus dieser Aufgabe ergibt, erzeugt spezifische Gefühle und Regungen im Therapeuten: die Gegenübertragung. Patienten hingegen gestehen wir eine situative Vermischung zu: ja, wir fördern sie sogar und nutzen sie, um das dargebotene Material in der gegenwärtigen intersubjektiven Situation zu diagnostizieren. In der situativen Vermischung geschieht Übertragung. Übertragung ist eine Überlappung von historischen und gegenwärtigen Situationen.

Aus dieser Sicht wird es nicht genügen, allein ein vom Patienten vorgetragenes Material aufzunehmen, vielleicht noch zu erklären. Die historische wie auch die gegenwärtige Situation muß auf ihre Determinanten und Einflüsse hin analysiert und diagnostiziert werden; und das heißt, daß eine möglichst große Vielfalt der in sie eingehenden Faktoren abgelöst und den jeweils zugehörigen Situationen zugeordnet werden müssen. Situationsanalyse ist ein komplexes Unterfangen. Die schwierigste Aufgabe des Therapeuten besteht dabei darin, die gegenwärtige und die historische Situation jeweils zu erkennen und auseinanderzuhalten. Nur hierdurch kann die Situationsüberlappung (die Übertragung des Therapeuten) aufgelöst werden und ein authentischer Kontakt zwischen Therapeut und Patient entstehen.

Die Faktoren der Situationsanalyse können etwa wie folgt umrissen werden: Zeit, Ort, Umfeld, Person/en, Thema und Handlung und Gefühlsqualität (Atmosphäre). Das führt uns zu den Fragen: wann, wo, in welcher Umgebung und mit wem entstand die Situation, worum drehte es sich und wer hat dabei was getan/gesagt etc.? Schließlich: mit welchem Ergebnis und welchem Gefühl wurde sie abgeschlossen oder beiseite gelegt? Wurde sie zu Ende geführt oder einfach nur abgebrochen?

Weitere Phänomene können nun beobachtet werden: mitunter weigern sich Patienten, in eine „neue Situation" überhaupt einzutreten (z. B. in den Kontakt mit dem Therapeuten). Das heißt nun nichts geringeres, als daß sie unbewußt in vergangenen, meist unaufgelösten oder Sicherheit bietenden Situationen, verhaftet sind. Psychische Krankheit (in Form von Neurosen) ist ein chronisches Verhaftetsein in vergangenen Situationen, das den Betroffenen unfähig macht, neue Situationen zu erfassen und zu bewältigen. Die Erfahrungs- und Verarbeitungsmodalitäten der alten Situation werden immer wieder in neue Situationen hineingetragen oder „projiziert". Schott (1991) spricht in diesem Zusammenhang von „pathologischer Situationsbewältigung". Dieser Sachverhalt ist dem Patienten in so interpretierter Form nur nicht bewußt; die emotionale, kognitive aber auch die handlungsrelevante Verhaftung in der alten Situation ist dann habituell geworden. Unaufgelöste Situationen haben also, wenn die Metamorphose nicht gelingt, ein fixierendes Moment. Die Beharrlichkeit, mit der Patienten an derartigen Situationen (unbewußt) festhalten, ist ein Aspekt dessen, was wir Widerstand nennen (Petzold 1981). Von Übertragung und Widerstand soll weiter unten noch die Rede sein. Zunächst möchte ich in einem klinisch-philosophischen Sinne noch einige Aspekte zur Erkenntnis von Wirklichkeit und Situationen aufzeigen.

5. Erkenntnis

Alles Sammeln von Daten, Eindrücken und Informationen, alle Anmutungen, von denen wir in Situationen, Stimmungen und Atmosphären im anamnestischen Prozeß berührt und ergriffen werden können, ergeben einzig und allein dann einen Sinn, wenn sie in einer Erkenntnis über die Sachverhalte und Problemlagen des Patienten münden (Herzog/Graumann 1989; Petzold 1988). Was aber ist ein Erkenntnisakt, wie geht er vonstatten und von welcher Beschaffenheit sind menschlich zu gewinnende Erkenntnisse? Dieser Frage soll im folgenden Abschnitt nachgegangen werden.

Da Erkenntnis nur vollzogen werden kann von einem Menschen, der in dieser Welt faktisch anwesend – ein „sujet incarnée" (Merleau-Ponty 1984) – ist, ist die prinzipielle Grundlage des Erkenntnisaktes der lebendige Körper, der zum Leib wird, der wahrnimmt, denkt und kommuniziert (Petzold 1988). Dieser Leib ist ein zugleich „… sehender und sichtbarer. Er, der alle Dinge betrachtet, kann sich zugleich auch selber betrachten, er sieht sich sehend, er betastet sich tastend, er spürt sich spürend und kann durch solches Innensein immer die ‚andere Seite' seines Sehvermögens erkennen. Da er aber sieht und sich bewegt, hält er die Dinge in seinem Umkreis, sie bilden einen Anhang oder eine Verlängerung seiner selbst, ja, sie bilden einen Teil seiner vollen Definition" (Merleau-Ponty 1984). Der Mensch, der die Dinge erkennt, erkennt auf diesem Wege also auch immer sich selbst. Wir können deshalb mit Apel (1985) vom „Leib-Apriori der Erkenntnis" sprechen.

Genausowenig wie aber das „Belebtsein des Körpers nicht nur das Aneinandergefügtsein seiner Teile" ist (Merlaeu-Ponty 1984), ist Erkenntnis nicht nur eine Summe von Sinnesdaten (Schmitz 1992). Erkenntnis ist immer an einen reflektierenden und fühlenden, also sich selbst bewußten Leib gebunden. In der Integrativen Therapie sprechen wir daher als zweites vom „Bewußtseins-Apriori der Erkenntnis" (Petzold 1988).

Das Bewußtseins-Apriori und die vorangegangenen Definitionen des Leib-Begriffes haben weitreichende therapeutische Implikate und Konsquenzen. Der Leib des Menschen (nicht der Körper), endet mit ihnen nicht an den Körpergrenzen, sondern zunächst an den Grenzen seines sinnlichen Wahrnehmungsraumes (vgl. die Entfernungen vom Leibe durch das Sehen, Riechen und Hören). Hierdurch ist Schmitz' Konzept der Einleibung als Erkenntnisakt begründet. Nun sind Wahrnehmung und Erkenntnis aber nicht nur durch Sinnesdaten determiniert, sondern auch durch die Dimension der Sinnesdatenverarbeitung und Sinn-Gebung. Da Bewußtsein kein monolithes Phänomen ist, können durch differenzierte Bewußtseinszustände auf einem Bewußtseinsspektrum (II/2.) auch differenzierte Sinngebungsdimensionen erschlossen werden. Mit dieser erweiterten Definition endet der Leib nicht mehr nur an den Grenzen des Wahrnehmungsraumes sondern erst an den Grenzen seines Sinngebungsraumes. Sinn ist in dieser Vorstellung nicht primordial in der Welt vorhanden; vielmehr wird er in individuellen und intersubjektiven Akten an die „Gegenstände des Daseins" vergeben, wodurch diese in einer Umkehrung erst wiederum Bedeutung und Sinn für das Individuum erlangen (Coenen 1986). Aufgrund dieser Betrachtung gehen in den Leibbegriff auch die Dimensionen der Religiosität und Spiritualität als sinngebende und damit erst grenzgebende Faktoren mit ein. Eine solche Leib-Definition bildet nicht nur die Grundlage integrativer Erkenntnistheorie; sie ist darüber hinaus Basis noo-therapeutischer Arbeit und theoretische Folie transzendenter und transpersonaler Erfahrung.

Solche durch Wahrnehmung und Sinngebung der Wirklichkeit und dem bewußten Leibe entnommene und erfaßte Phänomene – des Fremden und des Eigenen – werden gewöhnlich in schneller Weise individuell, also entwicklungspsychologisch, gesellschaftlich und kultural beeinflußt, interpretiert („verstanden, erklärt"). Spätestens an dieser Stelle wird die soziale Dimension von Erkenntnis deutlich, so daß in der Integrativen Therapie als drittes vom „Sozialen Apriori der Erkenntnis" gesprochen wird (Petzold 1988). Demgemäß sind Wahrheit und Wirklichkeit keine „statischen Zustände", die von einem Subjekt „erkannt" werden könnten; vielmehr wird Wirklichkeit durch Ko-respondenzprozesse, die unter den Beteiligten zu Kon-sens führen (= gemeinsame Sinngebung!), zu Wirklichkeits-Konzepten verdichtet. Wahrheit und Wirklichkeit sind somit ein psychosozialer Prozeß, der von Konsensgemeinschaften jeweils nur eine gewisse Zeit getragen wird und sich beständig in Wandlung befindet.

Petzold (1992b) hat in Erweiterung der hermeneutischen Ansätze von Dilthey (zit. ebd.) ein erkenntnistheoretisches Konzept vorgelegt, das oben schon kurz erwähnt wurde und hier, ergänzt durch Bezüge zur Leiblichkeit, noch einmal dargestellt werden soll: die „hermeneutische Spirale". Das Individuum eignet sich hiernach seine Wirklichkeit hermeneutisch in sechs Schritten an:

1) Wahrnehmen   4) Verstehen
2) Erfassen   5) Erklären
3) Begreifen   6) Beschreiben

Die Schritte der hermeneutischen Spirale können in einem philologisch-phänomenologischen Sinn wiederum dem Leibe zugeordnet werden. Die Begriffe, die uns aus der Alltagssprache durchaus geläufig sind, sind auch geeignet, uns die Leibbezogenheit von Erkenntnis näher zu bringen: wahr-nehmen kann dabei im Sinne von „für-wahr-nehmen" eines Eindrucks verstanden werden, er-fassen in dem Sinne, daß ein Seinsgegenstand zunächst mit der Hand ergriffen und an-gefaßt wird; dies ist eine eher männliche Qualität. Be-greifen kann in dem Sinne verstanden werden, daß der Seinsgegenstand erforschend abgetastet wird; dies ist eine eher weibliche Qualität (zu den Qualitäten vgl. Jung 1976). Das Ver-stehen kann in dem Sinne leiblich sein, daß der Seinsgegenstand als völlig integriertes Wissen im Leibe präsent ist und die Person im so durchdrungenen Seinsgegenstand steht (vgl. „der steht mitten im Leben", „das stehe ich durch" oder „ich kann das nicht ausstehen"); er-klären kann im Sinne von Klärung herstellen, kognitiv verarbeiten verstanden werden und be-schreiben im Sinne von schreiben, aufs Papier bringen, was soviel bedeutet wie: der Seinsgegenstand ist so durchdrungen worden, daß er nun von der Person wieder expliziert werden kann. Dies ist erst dann möglich, wenn er im Individuum einen prägnanten Eindruck hinterlassen hat (Sheleen 1993).

Erkennen im anamnestischen Prozeß heißt also, Wahrheit und Wirklichkeit in „kommunikativem Handeln" zu erschließen, das eigene Interesse in den Erkenntnisprozeß mit einzubeziehen und damit auf „Herrschaftsverhältnisse" und alleinige Deutungsmacht zu verzichten (Habermas 1973). Die anamnestisch gewonnenen Daten und Phänomene werden so in einem hermeneutischen Sinne mit den Patienten ausgehandelt, gemeinsam erfaßt und in bedeutungsgebende und sinnstiftende Zusammenhänge gereiht (Rahm u. a. 1993). Denn das letzte Wort zur Evaluierung wahrgenommener Wirklichkeit muß im anamnestischen wie therapeutischen Setting der Patient haben, er besitzt den „privilegierten Zugang" zu seiner Wirklichkit (Habermas 1973). Erkenntnis ist auf dieser Ebene immer diskursiv gewonnene Erkenntnis; wobei sie durchaus auch dissensuell ausfallen kann. Diskursive Erkenntnis wird als Ergebnis von ähnlich Gespürtem, Erlebten und gemeinsam Ausgelegtem definiert.

Wahrgenommen, erfaßt, erkannt werden zunächst Phänomene. Sinn erhalten sie, wenn sie vor dem Hintergrund anderer Wirklichkeiten, die bereits vorhanden und repräsentiert sind, in Analogie gesetzt und (damit) „vital-evident" verknüpft werden können. Diese anderen Wirklichkeiten nennen wir Strukturen. Sie tauchen auf als Persönlichkeits-, Interaktions-, Abwehr- und Wertestrukturen sowie als Strukturen der Entwicklung (Narrative). Sie bilden die „real-explikativen" Gegenstände anamnestischen Erkennens (Petzold 1988; Petzold/Heinermann 1991).

Wer nun „erkennt" ohne zu ko-respondieren, befindet sich auf einer Ebene der privativ gewonnenen Erkenntnis. Er hat, im Sinne des Leibbegriffes bei Merleau-Ponty, ausschließlich „sich Selbst" erkannt. Dies heißt nun nicht, daß es sich hierbei um falsche Erkenntnis handle; der diskursiv gewonnenen Erkenntnis kommt durch die sozial-intersubjektive Dimension nur mehr Wirklichkeitsgewicht zu. Alle z. B. durch Anmutungen und Analogien evozierten Phantasien, Gedanken und Bilder des Therapeuten sind daher, obwohl sie der Qualität einer Erkenntnis durchaus nahekommen, eher auch Phänomene, die im intersubjektiven, anamnestisch-narrativen Kontext auftauchen. Alle Einreihungen von Phänomenen in bestehende Ordnungs-Systeme sind denn auch eher Zuordnungen als Erkenntnisse (vgl. Krankheitsbilder, Diagnosen, ätiologische Theorien, Persönlichkeitstheorien und Handlungsstrukturen etc.).

Da in der Integrativen Therapie sehr stark an entwicklungsbestimmenden Atmosphären gearbeitet wird, kommt dem Erkennen solcher große Bedeutung zu. Wie im vorangegangen Kapitel schon deutlich wurde, setzen sich Atmosphären aus einer Unzahl von determinierenden Faktoren zusammen. Eine große Anzahl nicht voneinander isolierter Faktoren (Eindrücke) ergibt eine Atmosphäre. Der Begriff ist so eine Sammelbezeichnung für synoptisch-synergetisch erfaßte Daten, die zugleich bewußt und unbewußt aufgenommen werden, und in ihrer Gesamtheit eine spezifische Gefühlsqualität produzieren.

Was nun die Wahrnehmung derartiger Amtosphären betrifft, nehmen wir hier Rekurs auf das Konzept der „Einleibung", wie es von Schmitz (1989, 1992) beschrieben wurde. Die Konzepte der Projektion und Übertragung gehen von einem stark mechanisierten Bild des Getrenntseins von Individuen aus, das wir so nicht mehr vertreten können. Atmosphären und Eindrücke aber „durchdringen" unseren Leib. Während unsere Körper (nicht die Leiber!) nun tatsächlich getrennt und abgegrenzt voneinander sind, trifft dies für das psychische Erleben des Menschen in dieser Weise nicht zu. Wir spüren unseren Leib niemals so, wie wir ihn z. B. im Spiegel sehen (Petzold 1990e); vielmehr nehmen wir gemäß unserem Fokus von Aufmerksamkeit beständig wechselnd nur „Leibesinseln" wahr. Einleibung „ereignet sich im Alltag unablässig als Verschmelzung auf einander eingespielter oder sich einspielender Leiber, z. B. beim Sichanblicken, ebenso beim Händedruck und besonders auffällig beim ‚Koagieren ohne Reaktionszeit' in gut eingespielter Kooperation bei gemeinsamer Handwerksarbeit, gemeinsamem Musizieren, usw." (Schmitz 1992). Wenn also Atmosphären „ergreifende Gefühlsmächte" sind, die als Suggestionen, nicht als private Gefühle, „randlos in den Raum ergossen sind", ist Einleibung die Grundlage für die Erkenntnis solcher Atmosphären.

Auf dieser theoretischen Basis assoziieren wir im anamnestischen Setting mit Bildern, Gefühlen, Szenen und Phantasien, um zu ganzheitlichen und konkretleiblichen Eindrücken des Dargebotenen zu gelangen und bleiben, je nach Interventionsmöglichkeit in der privativen Erkenntnis oder wir wenden diese in die soziale Dimension (dikursive Erkenntnis), indem wir sie mit Patienten kommunikativ validieren (Fisseni 1987).

Bis hierhin wurden nun die wichtigsten grundlegenden Probleme der Erkenntnisgewinnung im anamnestischen Prozeß besprochen. Im nächsten Abschnitt werde ich mich den klinischen Perspektiven einer integrativen Anamneseerhebung zuwenden.

III. Klinische Perspektiven Integrativer Anamneseerhebung

1. Entwicklungs- und persönlichkeitstheoretische Positionen

Um jeweils erkennen und beurteilen zu können, welche Wege der Heilung mit Patienten beschritten werden müssen, interessieren uns als Therapeuten in erster Linie die Möglichkeiten der gesunden wie pathogenen Entwicklung: wie entwickelt der Mensch allgemein seine Potentiale? Hierzu gehört die theoretische Frage, welche Funktionen eine gesunde Person hat und braucht. Des weiteren interessiert im Speziellen, unter welchen Umständen, in welcher Atmosphäre der Patient groß geworden ist, welche Möglichkeiten der Entwicklung er hatte und welche nicht. Schließlich müssen wir aus dem Gesamtbild einschätzen können, was hiervon als „gesunde", was als „pathogene" Entwicklung zu werten ist. Wo die Grenzen zwischen beiden Bereichen verlaufen, bzw. wie diese Grenzen beschaffen sind, ist dann wieder sowohl eine allgemeine als auch auf den einzelnen Patienten bezogene Frage. Diese grundlegenden real-explikativen Positionen sollen im folgenden in einer Überschau dargestellt werden (Petzold 1993b; Petzold/Heinermann 1991).

Die Integrative Therapie geht aufgrund ihres anthropologischen Ansatzes nicht von einer solipsistischen oder frühkindlich fixierenden entwicklungstheoretischen Position aus, wie das z. B. Mahler u. a. (1978) vorgeschlagen haben, sondern von einem Konzept des „emergierenden Selbst in Kontext und Kontinuum", das heißt, von einer Entwicklung von Persönlichkeit in ihren Formen des „Weltbezugs" über die ganze Lebensspanne hin. Wir nehmen dabei bezug auf die Ergebnisse neuerer Säuglingsforschung (Stern 1992; Lichtenberg 1991, Lebovici 1990), auf Longitudinalstudien (Grawe 1988, Petzold u. a.1993) und Ansätze einer prognostisch orientierten Entwicklungspsychopathologie (Achenbach 1982). Theoriebildend in der Vergangenheit war überdies hauptsächlich die Auseinandersetzung mit den Werken von Piaget, Rogers, Mahler u. a., Kegan, Kruse sowie denen der allgemeinen Entwicklungspsychologie (Oerter/Montada 1987).

Die neuere Babyforschung scheint die lebenslauf-bezogene Sichtweise der Integrativen Therapie zu bestätigen. Daniel Stern (1992), von dessen Forschungen Beeinflussungen auch auf die Entwicklungstheorie der Integrativen Therapie ausgingen, hat die „traditionellen klinischen Entwicklungsthemen wie Oralität, Abhängigkeit, Autonomie und Vertrauen aus der Fixierung in einem spezifischen Ursprungspunkt oder einer bestimmten Phase der Entwicklungszeit herausgelöst. Die Themen werden zwar beibehalten, aber eher als Entwicklungslinien betrachtet, als lebenslange Themen. Sie durchlaufen keine sensiblen Phasen, in denen relativ irreversible Fixierungen eintreten könnten". Die Entwicklung der Person wird in Anlehnung an diese Konzepte auch in der Integrativen Therapie als zusammengesetzt aus verschiedenen „Linien" oder „Strömungen" verstanden. Stern (1992) nennt vier Hauptentwicklungslinien: das Empfinden eines auftauchenden Selbst, das Empfinden eines Kern-Selbst, das Empfinden eines subjektiven Selbst und das Empfinden eines verbalen Selbst. Allenfalls bilde das Auftauchen der jeweiligen Selbst-Empfindung eine sensible Periode. Darüber hinaus kann der tatsächliche Entstehungspunkt für jedes traditionelle klinische Problem überall auf einer der fortlaufenden Entwicklungslinien liegen. „Natürlich setzen die (pathologischen) Muster an einem frühesten Punkt im Laufe der Entwicklung ein; aber das heißt nicht, daß der Einfluß dieses Beginns quantitativ oder auch qualitativ stärker sein müßte als der Einfluß, der sich aus akkumulativen Noxen über die Lebensspanne hin ergibt".

Dies ist ein Novum, das bis hinein in die konkrete therapeutische Situation das Handeln des Therapeuten beeinflußt. „Der Therapeut kann mit dem Patienten nun ungebundener die Lebensalter und die Bereiche der Selbstempfindungen durchstreifen, um herauszufinden, wo die Rekonstruktionstätigkeit am intensivsten vonstatten geht, er steht weniger unter dem theoretischen Zwang, an einem bestimmten entwicklungstheoretischen Punkt anzukommen". Die „therapeutische Schlüsselmetapher", der „narrative Entstehungspunkt" muß nicht mehr nur allein in der „frühen Kindheit" oder in einer „ödipalen Phase" gesucht werden. Die „organisierenden Narrative" (Petzold 1988) können ihr pathogenes Potential über die gesamte Lebensspanne hin entwickeln.

Die Ausführungen von Stern beziehen sich in erster Linie auf das intersubjektive Entwicklungsgeschehen. Die anamnestische entwicklungspsychologische Betrachtung hat indes auf sehr komplexe Weise auch noch andere Ebenen mit in den Blick zu fassen: a) die neuro- und sensumotorische Entwicklung; b) die emotionale Entwicklung; c) die sprachliche Entwicklung; d) die kognitive Entwicklung und auf e) ökologische Entwicklungsfaktoren (Petzold/Heinermann 1991). Für die Ausführungen in dieser Arbeit müssen jedoch Beschränkungen getroffen und auf die Primärliteratur verwiesen werden.

Nachfolgend möchte ich in einem Abriß das Konzept des auftauchenden Selbst darstellen, wie es in der Säuglingsforschung von Petzold (1990e, 1992b, 1993f) und in Anlehnung an Stern (1992) in sieben Figuren entwickelt wurde.

1.1 Grundvertrauen

Petzold (1990e) nimmt in einem „tentativen entwicklungstheoretischen Modell" ein primäres, primordiales Grundvertrauen an, das ein Leben lang trägt und anhält, weil eine „intrauterine thalassale Geborgenheit im Urmeer des mütterlichen Schoßes", die hierfür konstituierend sei, „kaum nachhaltig gestört werden könne. Der Föte sei durch den ‚protektiven Megafaktor' des uterinen Schutzraumes optimal gesichert". Ein Urvertrauen wie auch die Möglichkeit der Zerstörung eines solchen nehmen wir nicht an.

„Die Sinnesorgane und das Cerebrum des Kindes entwickeln sich zunächst, was den sensorischen Informationsfluß anbetrifft, unabhängig voneinander, wodurch der Föte unter einem cerebralen Schutz steht; die Feinabstimmung der Synapsen ist noch nicht auf komplexe Lernprozesse und Gedächtnisfunktionen gerichtet und das heißt, daß Sinneseindrücke noch nicht gespeichert werden können". Dabei sei der Föte aber keineswegs von seiner Umgebung abgekoppelt; ab dem vierten bis fünften Gestationsmonat reagiere er auf ‚sensorische Stimuli'; ja, um genetisch vorgegebene Entwicklungsschritte in Gang zu halten, benötige er von außen kommende Reize und Störmomente. Er lebe in Kommotilität mit der Mutter und sei auf Problembewältigung eingerichtet. Demzufolge wird in der Integrativen Therapie auch der Symbiosebegriff, wie z. B. bei Freud (1912) oder Mahler u. a. (1978) in Frage gestellt. Da die Differenzierung, wie durch intrauterine Photographien gezeigt werden konnte, in „Eigenes" und „Anderes" beim Föten schon sehr früh einsetzt, verliert er zumindest ein Stück seiner bisherigen Bedeutung (Der Föte reagiert im Uterus auf die Berührung mit der Nabelschnur oder der Gebärmutterwand jeweils mit einem Zucken oder „Tasten"). In gleicher Weise darf angenommen werden, daß auch die Geburt kein „Trauma" ist (Rank 1924). Wie Petzold u.a (1993) feststellen, machen frisch Geborene durchaus nicht den Eindruck von Traumatisierten. „Es gibt keinen Grund, den Geburtsvorgang in dieser Weise zu pathologisieren".

Nachfolgend werde ich nun verkürzt die Entwickungsstufen und -Linien darstellen, wie sie von Petzold beschrieben wurden:

1.2 Der Körper als organismisches Selbst – die Welt sensumotorischer Erfahrung und organismischer Perzeptivität (0-6 Monate pränatal)

Ab dem dritten Schwangerschaftsmonat sind taktile, propriozeptive, vestibuläre und kinästhetische Wahrnehmungen funktionsfähig, was zwar nicht heißt, daß sie in komplexer Form gespeichert werden. Der Föte ist reizempfindlich (16. Woche), ja reizsuchend (24. Woche), seine genetisch vorgegebenen Bewegungsprogramme ermöglichen ihm Orientierung in der uterinen Mikroökologie. Motorik und Perzeption funktionieren als ein verschränktes System. Diese ‚organismische Perzeptivität' bildet den Ausgangspunkt einer Entwicklung, die auf ein leibliches Selbstgewahrsein hinausläuft, einen Selbstvorläufer oder ein organismisches Selbst. Die kommotible Bewegtheit in der uterinen Koexistenz, der originäre Konfluenz-Zustand, wird durch beginnende Eigenbewegungen immer wieder unterbrochen, so daß hier schon der Beginn der Differenzierung der Konfluenz durch Kontakt anzusetzen ist, eine Unterscheidung von Eigenes und Anderes.

1.3 Der Leib als archaisches Leib-Selbst – die Welt der affektiven Erfahrung und eigenleiblichen Selbstempfindung (6. Gestationsmonat bis 3. Monat postnatal)

In den letzten vorgeburtlichen Wochen sind alle Sinnessysteme weitgehend ausgebildet, so daß die Wahrnehmungsaktivität post partum gut vorbereitet ist. Das pränatale Wahrnehmungsgeschehen ist dabei schon kontextorientiert. Im letzten Schwangerschaftstertial beginnt sich durch Monästhesien, Polyästhesien und Synästhesien, durch kommotible (Motorik-Perzeption) und möglicherweise schon durch ko-affektive Aktivität sowie mono- wie intermodale Wahrnehmung des „Körpers im Kontext" das auszubilden, was wir als archaisches Leib-Selbst bezeichnen. Dieses verstehen wir als leibgegründetes, das heißt, in evolutionären Programmen wurzelndes, an die grundsätzliche Intentionalität gebundenes Organisationssystem, das Innen- und Außenwelt verschränkt, also relational und prozessual gesehen werden muß (der Leib als „social body"). Die Frage nach dem Vorhandensein von ‚Grundaffekten' ist dabei nicht eindeutig geklärt, weil die von Wissenschaftlern beobachteten Vorläuferemotionen „gelesen" und aufgrund von Erwachsenengefühlen und -empfindungen interpretiert und benannt wurden. Petzold geht hier von „archaischen affektiv-motorischen Zuständen" aus, die wahrscheinlich mit ihrem Auftreten auch mnestisch gespeichert werden und zu „emotionalen Lagen" oder „Grundstimmungen" führen (diese wiederum werden später in emotionaler Differenzierungsarbeit aufgefächert). Neben den Affekten tragen auch die wahrgenommenen Sensationen aus dem eigenen Körper, besonders der Hunger, die Schmerzen, die motorisch-respirationsmuskulären aber auch die vokalen Reaktionen auf diese Empfindungen zur Ausbildung des archaischen Leib-Selbst bei.

Nach der Geburt werden motorische Aktivitäten und affektive Äußerungen des Neugeborenen in der Regel durch „ko-respondierende Aktionen" der caregivers beantwortet, z. B. durch Laut- und Berührungsspiele („vokal tennis"). Wir sprechen hier von einer „kommunikativen Affektsynchronisierung" auf einem noch reflektorischen Niveau. Das Leib-Selbst gründet aber damit schon fundamental im interpersonellen Raum; es öffnet sich ihm mehr und mehr. Der Säugling kann dabei – trotz seiner Präferenz für die Hauptbezugsperson (Mutter) – schon in den ersten Lebenswochen unterschiedliche caregiver durch die melodische Konturierung der Stimme und der Sprache differenzieren. Er kann ab ca. der 11. Woche der Umwelt sein „Interesse oder Desinteresse, seine Freude am Erfolg, seine Erschöpfung, Ambivalenz oder Ablehnung" in feinen Nuancierungen mitteilen. Ab dem 2. Lebensmonat entwickelt sich hieraus, beginnend, eine innere Vorstellung vom Anderen als relativ sicheren Begleiter, ein evoked companion" (Stern 1992). Stern legt in diese Phase (ab 0–3 Monate) das „Empfinden eines auftauchenden Selbst".

1.4 Das archaische Ich – die Welt interpersonaler Erfahrungen und intrapersonaler Daseinsgewißheit (3. bis 7. Lebensmonat)

Für den folgenden Zeitraum stellen wir die interpersonelle Erfahrung in das Zentrum der Betrachtung. Das Interaktionsverhalten betrachten wir als Artikulation eines „archaischen Ich", das sich aus dem archaischen Leib-Selbst mit seiner perzeptiven, motorischen, affektiven und mnestischen Ausstattung herausbildet. Durch die multiple Stimulierung, durch eine „empathisch kompetente Mutter" oder andere empathic caregivers, kann dem archaischen Leib-Selbst und dem archaischen Ich beginnend ein Gefühl der Daseinsgewißheit erwachsen. Hierfür sind folgende Perspektiven grundlegend: a) die perzeptuelle Differenzierung, b) zunehmende mnestische Leistungsfähigkeit, c) die zunehmende mastery in der Kontrolle von Haltung, Bewegung und Mikroumwelt (z. B. das Greifen und Tasten von Spielsachen) und d) die Interaktions- und Empathieerfahrung von seiten der Bezugspersonen. Das Auftauchen von Daseinsgewißheit hängt auch eng mit der Ausbildung eines Körperbildes (Imago) zusammen. Der Säugling versucht zunehmend, seine Umgebung durch Laute und Aktionen intentional zu motivieren, zu „triggern", die auf das Auslösen von Gefühlsreaktionen und -antworten abzielen. In diesen Interaktionen macht das archaische Ich Erfahrungen mit lustvoll und unlustvoll erlebten Resonanzen, und beides ist wichtig, weil Dissonanzen, sofern sie nicht traumatisch sind oder chronisch erfolgen, für die Entwicklung notwendig, ja förderlich sind. Über die Gesichtsmimik und die Prosodik kann der Säugling sogar schon stimmige von nicht stimmigen Ko-Aktionen (mismatches) unterscheiden und beantworten. Stern (1992) legt in diese Phase ab dem 3. Monat das „Auftauchen eines Kernselbst". Ab dem 3. Monat empfinde der Säugling zunehmend die a) eigene Urheberschaft (das Gefühl, Urheber der eigenen Handlungen zu sein und der Nicht-Urheber derer des Anderen); b) ein Gefühl der Selbstkohärenz (das Empfinden, ein körperlich Ganzes zu sein und sowohl in Ruhe als auch in Bewegung über Grenzen zu verfügen); c) eine Selbst-Affektivität (das Empfinden regelmäßiger innerer Gefühlsqualitäten) und eine d) beginnende Selbst-Geschichtlichkeit (ein Gefühl der Dauer und des fortwährenden Seins, in denen man sich verändern, aber trotzdem derselbe bleiben kann).

1.5 Das subjektive Leib-Selbst – die Welt der intrapersonalen Erfahrung; das Entstehen von Selbstgewißheit (8. bis 12. Lebensmonat)

Die beständigen empathischen Akte der „caregivers", die sich auf die affektiven Regungen des Säuglings einlassen, sollen ihn bestätigen, spiegeln, kontrastieren, so daß das Kind ein permanentes feedback über seine affektiven Zustände bekommt. Hierüber kann es zur Entwicklung von rudimentärer Selbstempathie kommen, eine über bloße Daseinsgewißheit hinausgehende Selbstgewißheit. Das Kind lernt, seine „affective states" von denen anderer, etwa der Mutter, zu unterscheiden, es bildet „kognitiv-affektive Repräsentationen", die zwar noch nicht reflexiv sind. Mutter und Säugling stimmen ihre Affekte in „mutueller Resonanz" ab, also nicht im Sinne einer vollentwickelten Empathie. Dieses interpersonelle Resonanzphänomen, in dem Säugling und Mutter ihre affektiven Lagen gegenseitig vorübergehend übernehmen, um dann (evtl. modifiziert) zu ihren eigenen Stimmungslagen zurückzukehren, bildet die Grundlage für die Annahme, daß Subjektivität in Intersubjektivität wurzelt, daß Individuation und Differenzierung „über den Anderen zu sich Selbst kommen ..." (Mead 1973) heißt; eine Entwicklung, die mit der vollständigen Ausbildung eines reifen Ich, das sich zum Selbst in bewußte Beziehung zu setzen vermag, abgeschlossen ist.

Sind die Bezugspersonen emotional flexibel und differenziert, wird ein reiches Spektrum nuancierter Gefühle im Verlauf des ersten Lebensjahres ausgebildet. Sind sie aber gefühlsarm und kalt, emotional blockiert, depressiv oder ängstlich, kann es zu einer eingeschränkten Ausbildung des Affektlebens kommen oder zur Übernahme von Fremdaffekten. Sogenannte „delegierte Gefühle" sind Gefühlslagen, die von den Bezugspersonen nicht offen gelebt werden können, die aber als subtile Spannungszustände, Gefühlstönungen und Gestimmtheiten (Atmosphären, Felder) vom Kinde aufgenommen und so als Problempotential weitergegeben werden. Sie bilden die übergreifenden Atmosphären und Tabus, in denen Kinder aufwachsen (z. B. im Zeitgeist oder in den Familienmythen, vgl. Heinl 1994; Heimannsberg/Schmidt 1992; Eisen 1988; Palazzoli u. a. 1991; Andolfi u. a. 1986).

1.6 Archaische Identität, reifendes Ich und verbales, symbolisches Leib-Selbst – die Welt der Symbol- und Spracherfahrung, das Entstehen des Selbstwertgefühls (12. bis 18. Lebensmonat)

In den affektgetönten Interaktionen wird der Säugling immer wieder angesprochen, beim Namen genannt; die Eltern versuchen, dem Kind zu verdeutlichen, daß es gemeint und geliebt ist, und gleichzeitig ihm mehr und mehr zu zeigen, wer sie selbst sind: „Das bin ich, deine Mama, sag Mama!". So wird mit der Sprache das Selbst benannt, mit Attributionen versehen. Die Sprache „durchtränkt den Leib" und der benannte Körper verwandelt seine Qualität, er wird Sprachleib und Symbol-Leib, in dem Mimik und Gestik als informationsvermittelnde Zeichen eingesetzt werden. So entsteht die Welt des Symbolischen, in der der Sprache eine kardinale, wenngleich nicht ausschließliche Rolle zukommt. Die Bedeutung von nonverbalen Symbolisierungen darf nicht unterschätzt werden, denn die periverbale Mimik und die Intonation transportieren einen Großteil von ‚affektiver Ladung' des Gesprochenen.

Das archaische Ich gewinnt durch die attributiven und identifizierenden Botschaften der Eltern immer mehr an Kohärenz und an Exzentrizität (Plessner 1975); das Kind begreift, daß die Identifizierungen einen Bezug zu ihm haben, was nun bereits im Langzeitgedächtnis gespeichert und reproduziert werden kann. Das Kind lächelt sich ab dem 6. Lebensmonat im Spiegel an, ab dem 12. Monat kann es den Reflexionscharakter des Spiegels einschätzen, und vom 20. Monat an erkennt es sich regelhaft darin. Die Identifizierungen sind also repräsentiert. Sind sie liebevoll, spürt das Kind ganz konkret durch Berührungen, Ansprache und Blicke, wie wertvoll es ist. Die Internalisierung und Archivierung des positiven affektiven Zustroms und die auf sie folgenden Resonanzen des Wohlbefindens werden im Leibgedächtnis festgehalten. Das Zusammenwirken all dieser Momente tönt das Selbstgefühl positiv (oder, wenn unglücklich verlaufen, negativ) zum Selbstwertgefühl. Die Identifizierungen kommen von außen, aus einem anderen Selbst, werden aber vom nunmehr ausreichend reifen Ich mit dem eigenen Selbst verbunden, das heißt, mit Identifikationen belegt und internalisiert. So entstehen erste, rudimentäre Selbstbilder. Das Kind muß also hier eine doppelte Balancierung bewältigen: zum einen unterscheiden zwischen der Identifizierung (Fremdattribution) und der Identifikation (Selbstattribution), und zum anderen zwischen aktualen Handlungen, Regungen und memorativ bzw. antizipativ-imaginierten Aktivitäten und Situationen. Dabei besteht Exzentrizität beginnend, aber noch nicht in vollem Umfang, und Rollenübernahmen erfolgen nicht im Sinne einer komplexen Identitätsleistung (Plessner 1975).

1.7 Reifes Selbst mit reifem Ich und reifer Identität – die Welt der Identitätserfahrung, das Entstehen von reflexiver Selbsterkenntnis und Rollenhandeln (18. Lebensmonat bis 4. Lebensjahr)

Das Ich des Kindes wird zunehmend kohärenter; seine Syntheseleistungen werden komplexer, und es vermag gegenüber dem Leib-Selbst und seiner Umgebung volle Exzentrizität zu gewinnen. Es kann zu seinem subjektiven Leib-Selbst eine ähnliche Beziehung aufnehmen, wie die Bezugsperson zum Selbst des Säuglings, das heißt, daß die dialogischen Erfahrungen mit den relevanten Bezugspersonen internalisiert wurden. Für die Ausbildung eines reifen Selbst ist erforderlich, daß ein reifes, reflexives Ich vorhanden ist, und mnestische Fähigkeiten, die Ereignisse und soziale Interaktionen in einem zeitlichen Rahmen festhalten; weiterhin ein linguistisches System, das mit Verben und Zeitadverbien dies alles zu benennen vermag. Ab etwa dem 23. Monat kann das Kind ein Wir aus dem Ich und Du erkennen. Dieses geht – zusammen mit dem Selbst als Zeitgröße, als Zeit-Leib – in die Bildung einer inneren, äußeren und gemeinsamen Erzählstruktur ein: in den Fluß der Narration, der zu einer inneren Vorstellung vom Leben wird, zu einer Geschichte, in der man definiert wird, zunehmend aber auch selbst definiert. So formiert sich Biographie als „aufgezeichnete Geschichte des Selbst in actu". Das Kind kann sich als „Selbst in Situationen" und in „temporalen Horizonten" erkennen. In der Welt der Identitätserfahrung bekommt es in verbalen und nonverbalen Handlungsdialogen nun Rollen zugeschrieben, und in diesen entwickeln sich zunehmend positive wie negative Selbstbilder, die vom – wie auch immer getönten – Selbstgefühl unterfangen sind. Diese Rollen werden beginnend mit dem 30. Monat verleiblicht, sie sind symbolisch-interaktional-konkrete Handlungsmuster, die der narrativ-dramatischen Organisation der Lebenswelt entfließen und die in die Entwicklung eines „reifen Rollenselbst" münden.

Mit der Erweiterung des Erfahrungs- und Erprobungshorizontes des Kindes nehmen auch die Spielmöglichkeiten und Spielvariationen drastisch zu (Rahm u. a. 1993). Das Kind nähert sich im sensumotorischen Spiel (1-2 Jahre), im Explorationsspiel (ab 1. Jahr), in Konstruktionsspielen (ab 2. Jahr) im Symbol- oder fiktiven Spiel und schließlich im Rollenspiel sich selbst und seiner Umwelt identifikatorisch an. Seine Sinnerfassungskapazität wächst dadurch beständig und „... wenn das reife Ich die Selbstbilder zu einer Reihe von Identitäten synthetisieren kann, ein Vorgang, der im vierten Lebensjahr ein Niveau erreicht hat, das für die Identitätsarbeit in komplexen sozialen Bezügen ausreichend ist, sind reflexive Subjektivität und volle Intersubjektivität gegeben – auf einer kindgemäßen Ebene natürlich – die im weiteren Entwicklungsverlauf beständig an Differenziertheit und Komplexität gewinnen" (Petzold 1992b). In diesem Prozeß gewinnt der Schritt der Bewertung (valuation, appraisal) zunehmend an Bedeutung, denn das vierjährige Kind nimmt die Attributionen aus seinem sozialen Kontext nicht mehr nur als bloßen Zustrom auf. Es gewichtet sie auf dem Boden der schon gewonnenen Erfahrung, kann sie diskriminieren und somit seine Identität stabilisieren (Petzold/Orth 1993a).

1.8 Geschlechtsrollenexploration, Reflexivität und repräsentierte Geschlechtsidentität – die Welt der Strukturen, Entscheidungen und Regeln (ab dem 3. Lebensjahr)

Im Zuge wachsender reflexiver Selbsterkenntnis werden in diesem Alter vermehrt die Potentiale des Leibes exploriert, wodurch die Entwicklung und Differenzierung der Geschlechtsrolle einen entscheidenden Vorschub erhält. Im Gegensatz zu den herrschenden Vorstellungen, die hauptsächlich durch die Psychoanalyse geprägt sind, gehen wir in der Integrativen Therapie nicht davon aus, daß spezifisch geschlechtliche Rollenübernahmen im Alter von ab etwa 4 Jahren Formen konkurrierender „ödipaler Konflikte" zwischen Eltern und Kindern auslösen. Seit in den sechziger Jahren „unzählige Untersuchungen aufgezeigt haben, daß der Säugling keine ‚tabula rasa‘, kein ‚hirnrindenloses Reflexwesen‘ ist, sondern als aktiver und sozial kompetenter Interaktionspartner angesehen werden muß" (Chasiotis/ Keller 1992; vgl. Stern 1992; Petzold 1992b; Rutter 1992), ist deutlich geworden, daß es auch in Bezug auf die Theorienbildung um die ödipale Problematik grundlegender Umschreibungen bedarf. Seit auch Säuglingsforscher den Schwerpunkt ihrer Beobachtungen auf die Gegenseitigkeit, die intersubjektive Beziehung, die Interaktion und das was zwischen den Partnern „paßt" legen, und sich weniger ausschließlich mit isolierten Trieben, Konflikten und Aggressionen befassen, hat im grundlegenden Verständnis der Rollenentwicklungsvorgänge eine Anschauung wieder Platz gefunden, die schon wesentlich älteren Datums ist: Merleau-Ponty schrieb 1966 in seinem Werk „Phänomenologie der Wahrnehmung": „Wo ein Leib ist, da kann kein anderer sein". Dieser folgenschwere Satz bedeutet nun im Hinblick auf die sogenannte „ödipale Phase" vielerlei, was ich im folgenden beschreiben möchte. Wir müssen uns verdeutlichen, daß die Auseinandersetzung mit der Geschlechtsrolle des Kindes bei den Eltern schon weit vor der Geburt desselben ansetzt. Die Einstellung auf die je nach Geschlecht zu erwartenden Themen in der Familie beginnt schon sehr früh in der Form, daß man sich sowohl mit der einen als auch anderen Möglichkeit auseinandersetzt. Das heißt aber, daß „ödipale Themen", wenn man sie schon so nennen will, von Anfang an präsent sind und das Kind vom ersten Tage nach der Geburt an nicht nur sozialisationsspezifische Rückmeldungen auf seine Geschlechtlichkeit, sondern auch die spezifischen Übertragungen der beiden Elternteile und der Geschwister als Projektionen und Identifikationsangebote mitbekommt (Orban 1986). Der „ödipale Konflikt", wenn man so will, ist daher vom ersten Tage an vorhanden – aber nicht als Konflikt des

Kindes, sondern als konkurrierender Übertragungskonflikt von Eltern und Geschwistern. Das Baby, das nicht nur mit seinem Körper, noch viel deutlicher durch sein Angewiesensein auf Umsorgung, noch konkreter durch sein Wollen und Schreien, die Handlungsabläufe der Familie, speziell die der Mutter gerade in der ersten Zeit völlig kontrolliert, ist in einer Weise leiblich präsent, die von niemandem mehr ernstlich abgestritten werden kann – und nicht nur das: das Konkurrenzerleben des Vaters und der Geschwister wird nicht zuletzt dadurch geschürt, daß der Umfang der Aufmerksamkeit, das es bekommt, in keinem Verhältnis zu seiner konkret leiblichen Größe steht („dieses winzige Ding terrorisiert uns alle derart!"). Derlei Überlegungen mögen zunächst ungewöhnlich erscheinen – man muß sich diese Dinge auf der Zunge zergehen lassen, um ihre Aussagekraft erschließen zu können. Die leibliche Präsenz des Säuglings ist so massiv, daß dagegen kein anderes Familienmitglied wirklich mit Erfolg und gutem Gewissen ankommen kann.

Neuere Untersuchungen der kindlichen Entwicklungsphase um das fünfte Lebensjahr zeigen überdies, im Gegensatz zur herrschenden Meinung, daß bei den Kindern eben gerade nicht der Ausdruck gleichgeschlechtlicher Konkurrenz vorherrscht, sondern daß sie vielmehr eine „erhöhte Präferenz für das gleichgeschlechtliche Elternteil an den Tag legen, weil sie sich diesem ähnlicher zu erleben beginnen" (Bischof 1990; zit.b. Chasiotis/Keller 1992). Kinder werben also nicht um den gegengeschlechtlichen Elternteil, weil sie konkurrieren wollen – dies ist eher eine Erlebnisform des Erwachsenen – sondern vielmehr weil sie in der Identifizierung mit dem gleichgeschlechtlichen Elternteil ein Imitationsbedürfnis entwickeln und die neu entdeckte Rolle explorieren wollen. Vor diesem Hintergrund muß die Frage, auf wessen Seite das „ödipale Problem" liegt, noch einmal gründlich untersucht werden. Es sieht nach diesen Ergebnissen eher danach aus, als wäre die Postulierung des „ödipalen Konfliktes" eine große Projektion aus einer Elternrolle heraus, die nicht adäquat auf ein nunmehr immer selbständiger werdendes Kind reagieren kann, das langsam eigene Identifizierungen, Bezüge und Koalitionen wählt und aufbaut. Mögliche Konflikte zwischen Vater und Sohn beispielsweise lassen sich bereits in der frühen Kindheit ansiedeln und können auch mit der Mutter zu tun haben, sie sind aber nicht auf die sexuelle Rivalität, schon gar nicht auf die des Kindes, zurückzuführen; eine viel bedeutsamere Rolle spielt die zeitliche und emotionale Investition des jeweiligen Elternteils für das Kind. Die Handlungsmuster des Kindes sind auch im vierten und fünften Lebensjahr noch als Ausdruck der „ultimativen Strategien des Kindes zu werten, soviel parentale Ressourcen wie möglich zu erhalten" (Chasiotis/Keller 1992).

Größte Schwierigkeiten und Probleme haben Eltern überdies nicht erst, wenn das Kind 4 oder 5 Jahre alt wird. Sie beginnen dort, wo eine Mann-Frau-Dyade in eine Vater-Mutter-Kind-Triade aufbricht. Bereits hier treten Konkurrenzphänome massiv auf, und sie sind auf natürliche Weise durch geschlechtsspezifische Übertragungen – der Eltern – gefärbt. Diese Überlegungen machen nicht nur deutlich, daß Konflikte mit ödipaler Einfärbung von Anfang an in der Beziehung und Interaktion zum Kind eine bedeutsame Rolle spielen; sie zeigen auch, wie wenig bei der Theorienbildung in der Vergangenheit vom Erleben des Kindes ausgegangen wurde. Zuletzt – und das scheint mir hier das bedeutsamste zu sein – wird mit diesen Überlegungen der Konflikt auf eine andere „Bühne" verschoben, nämlich auf die der Eltern. Im Zusammenhang damit, daß in psychoanalytischer Tradition die Ursache aller Konflikte in der ausreifenden Sexualität des Kindes gesehen wird, kann die Theorienbildung um den ödipalen Konflikt nunmehr als eine große Externalisierung der Elternübertragungen auf das Kind betrachtet werden. Ein gänzlicher Verzicht auf die weitere Konzeptuierung der ödipalen Phase wäre hieraus eigentlich die schlüssigste Folgerung.

Nun ist zu fragen, wie diese Phase der Kindheit neu zu definieren wäre. Natürlich erreicht die Fähigkeit des Kindes zu differenzieren hier ein Niveau, das es ihm erlaubt, mit zunehmender Eindeutigkeit Geschlechter zuzuordnen. Die früheste Leistung des Kindes besteht dabei darin, daß es die Erwachsenengeschlechter zuordnen lernt. In Anlehnung an und Erweiterung von Eaton und v. Barge (1981, zit. b. Rahm u. a. 1993) könnte man diesen Vorgang in fünf Stufen beschreiben:

a) Geschlechtserkennen: das Kind erkennt zunächst, daß Vater und Mutter unterschiedliche Geschlechter und Rollen besitzen;
b) Geschlechtsidentität: das Kind stuft sich selbst und andere als Junge/Mädchen ein;
c) Geschlechtsstabilität: das Kind erkennt, daß das Geschlecht über längere Zeit erhalten bleibt;
d) Geschlechtsmotiv: das Kind begreift, daß sich das Geschlecht nicht verändert, auch, wenn man es wünscht;
e) Geschlechtskonstanz: das Kind erkennt, daß das Geschlecht unverändert bleibt, auch wenn sich Einstellungen, Aktivitäten und äußere Erscheinungen verändern.

Spätestens mit diesem Geschehen sind auch die Eltern in eine qualitative Beziehungs-Veränderung involviert. Sie sind es, die nun – vikariell für die sich ausbildenden Fähigkeiten des Kindes – das Kind eindeutiger in seiner Geschlechtsrolle identifizieren und sich auch selbst eindeutiger dem Kind in ihrem jeweiligen Geschlecht präsentieren müssen. Wie sie dies vollbringen können, hängt aber weitgehend von ihren eigenen Prägungen und Vorstellungen ab. Ob und wie, in welcher Eindeutigkeit und Prägnanz, sich Eltern in ihrer jeweiligen Geschlechtsidentität dem Kind zeigen können, wird weitgehend darüber bestimmen, ob das Kind einer „Traumatisierung" oder besser Fehlidentifizierung unterzogen wird oder nicht. Was in der ödipalen Theorie als Konkurrenzverhalten und Ambivalenz gedeutet wurde, ist nicht mehr und nicht weniger als das Explorationsverhalten des Kindes, das versucht, mit unterschiedlichen Identifikationen, leibliche, emotionale und schließlich auch kognitive Eindrücke von den jeweiligen Geschlechterrollen zu bekommen; und diese Prozesse beginnen schon wesentlich früher. Der Umgang der Eltern mit dem spezifischen Explorationsverhalten des Kindes und die Massivität der Elternübertragungen wird daher für die Bewertung dieser Entwicklungsaufgabe in erster Linie von Bedeutung sein. Die Bewältigung solcher „events" ist daher bei weitem nicht nur Aufgabe des Kindes; sie ist in gleicher Weise eine Herausforderng an die Eltern, eine Hinterfragung eigener historischer geschlechtsspezifischer Bezüge und Determinierungen. Schließlich stellt sich für die Eltern die aktuelle Aufgabe, aus der identifikatorischen, dyadischen und androgynen „Konfluenz mit dem frühen Kinde" in die Differenzierung und Distanzierung der Geschlechterrollen mit dem reifenden Kinde überzuwechseln. Dies bedeutet aber, sich den Herausforderungen der Triade zu stellen.

Aus neueren entwicklungstheoretischen Perspektiven geht hervor, daß die Übernahme der Geschlechtsrolle für das Kind ab dem 4. Lebensjahr gerade keine dramatische Wende im Selbsterleben bedeutet, sondern daß diese Prozesse eben von Geburt an vorhanden sind und sich z. B. schon über die Stimmodulation des Vaters (dunkle Stimme) und der Mutter (helle Stimme) beginnen auszudifferenzieren (Chasiotis/Keller 1992; Rutter 1992; Petzold 1992b; Lebovici 1990; Lichtenberg 1991).

Natürlich besteht die Entwicklungsaufgabe für das Kindes auch darin, aus der dyadisch-konfluenten Bezogenheit in eine triadische überzuwechseln, was im Vergleich mit einem Mehr an Konflikten einhergeht. Dennoch sprechen alle Anzeichen dafür, daß Kinder hierfür hervorragend ausgebildet sind, wenn sie nicht durch eben die genannten Übertragungen ihrer Eltern in ihrem Explorationsverhalten traumatisiert wurden oder es durch Fehlidentifizierungen zu „frühen Identitätsverzerrungen und -verstörungen" gekommen ist. Das Kind muß nun seine Bedürfnisse differenzieren und seine Rolle in verschiedenen Bezügen explorieren. Sein bis hierhin gewonnenes Selbstbild ist damit auf die Probe gestellt, wodurch eine bestimmte Sensibilisierung der Phase eintritt. Das Ausmaß der Sensibilisierung kann jedoch nicht hin zu derart starren Annahmen über Fixierungen wie denen der Psychoanalyse führen. Im Lichte der Longitudinalforschungen sind die Fixierungstheorien ohnehin als verfehlte Vereinfachungen zu werten (Petzold u. a. 1993; Petzold 1993a).

Noch ein Wort möchte ich an dieser Stelle zu den viel beschriebenen „Todeswünschen gegen den gegengeschlechtlichen Elternteil" sagen. In guter – projektiver – analytischer Tradition wurden diese immer wieder mit der Qualität von Todeswünschen von Erwachsenen überbewertet. Es handelt sich hierbei aber viel eher um Bewältigungsversuche auf kindgemäßem Niveau, die allerdings von einer auf Triebe und Aggressionen spezialisierten Psychoanalyse in ihrer Bedeutung für die Krankheitsentstehung maß- und ziellos aufgebläht wurden. Wenn es in konkurrierenden Situationen darum geht, emotionale Präferenzen zu verteilen, ist das Kind ist in großem Maße darauf angewiesen, daß die Eltern ihm gegenüber ihre Rollen gut ersichtlich, differenziert und für das Kind auch verständlich aufteilen können: „Dir gehört die Mama, mir die Frau". Wichtig erscheint auch, daß trotz „harter Kämpfe" Zärtlichkeit mit beiden Elternteilen möglich ist. Dies scheitert eben genau da, wo Eltern in überzogenen Ängstlichkeiten oder projektiven Aggressionen auf die auftauchende Geschlechtlichkeit und die mit ihr verbundenen Änderungen von Interessen ihrer Kinder nicht adäquat reagieren können und „Todeswünsche" projizieren.

Das Kind lernt langsam, unterschiedliche Wahrnehmungen zu balancieren, sie miteinander zu verbinden oder zu trennen, so daß es in diesem Alter zu einer der wichtigsten Aufgaben gehört, Ambivalenzen zu ertragen, ohne die Orientierung zu verlieren. Innere Zerrissenheiten und Ängste werden dabei häufig nach außen verlagert, Menschen, Gegenständen und dem eigenen Ich werden zuweilen Magie zugesprochen. Umstände und Personen werden im Sinne der Bewältigung in einem Belebungsprozeß animiert (Piaget 1957) oder, wie erwähnt, in Todesphantasien zerstört. In engem Zusammenhang mit dem reaktiven Verhalten der Eltern und der Bewältigung dieser Aufgaben steht daher die Ausbildung und Formierung der „Wertestruktur des Selbst". Erikson (1988) formulierte die Bewältigungsaufgabe dieser Phase als einen Konflikt zwischen „Initiative und Schuldgefühl". Wie ich im emotionstheoretischen Teil dieses Buches noch zeigen werde, besteht hier eine Verwechslung oder fehlgeleitete synonyme Verwendung der Begriffe Schuld und Scham. Aus heutiger Sicht müßte es vielmehr heißen: Initiative gegen Schamgefühl. Hierzu jedoch mehr weiter unten. Mit dem 5. Lebensjahr etwa ist dieser Entwicklungsabschnitt beendet und geht über in die „späte Kindheit".

Im Alter von 5-12 Jahren etwa lernt das Kind, sich aus dem familiären Eingebundensein mehr und mehr zu lösen und wird in seinen aktiven Rollenübernahmen deutlicher. Freud nannte diese Zeit die „Latenzzeit" und meinte damit eine gewisse „Triebruhe" im Handeln und Erleben des Kindes. Im Kontext der Integrativen Therapie vermeiden wir aus diesem Grund diese Begrifflichkeit und sprechen von „später Kindheit" (Petzold, mündl. Mitt.).

Im Mittelpunkt der Interessen des Kindes steht nun das Nachvollziehen und Verstehen dessen, was es konkret wahrnimmt (Rahm u. a. 1993). Es sucht nach den Regeln und Determinanten seiner Umwelt. Mit dem Eintritt in Kindergarten und Schule lernt es eine Welt von Regeln und Rollen kennen, in der ich-bezogenes Verhalten immer weniger toleriert wird. Die „peer relations" werden bedeutsamer und in diesen formieren sich, in der Auseinandersetzung mit Gleichaltrigen, Normen und selbstgeschaffene Orientierungen in Abgrenzung von denen des primären sozialen Kontext (Familie). Diese werden in unzähligen Ritualen, Spielen und Abmachungen immer wieder eingeübt (und gebrochen); das Kind lernt, sich mit Regeln auseinanderzusetzen. Ab dem Alter von 10 Jahren ist die geschlechtsspezifische Rollendifferenzierung am deutlichsten zu beobachten; gegengeschlechtliche Kontakte werden von Geschlechtsgenossen häufig negativ kommentiert.

Zwischen dem 10. und 18. Lebensjahr stehen in Pubertät und Adoleszenz als Entwicklungsaufgabe die körperliche Entwicklung und Veränderung im Zentrum. Mahler u. a. (1978) beschrieben den Konflikt mit „Identität und Genitalität versus infantile Bindungen und Identitätsdiffusion". Die körperlichen Veränderungen werden häufig herbeigesehnt und mit Spannung verfolgt, dann aber werden sie wieder als sehr unlustvoll und irritierend erlebt (Rahm u. a. 1993). Kaplan (1988) bezeichnet die Pubertät und auch die Adoleszenz als „die zweite Geburt des Menschen", in der alle früheren Konflikte zu einer Neuauflage drängen und in der hierdurch sowohl die Chance der Neuorientierung besteht als auch die Gefahren einer Labilisierung. In bezug auf die Ablösung von den Eltern und die Umlenkung „triebhafter" (Mahler u. a. 1978) Bedürfnisse nach außerhalb der Familie trägt der Jugendliche zwei gleich starke aber entgegengesetzte Bedürfnisse in sich, einerseits möchte er selbständig und frei sein, andererseits immer wieder klein und abhängig (triebtheoretische Konzepte kommen in der Integrativen Therapie zwar nicht zur Anwendung; man könnte aber in Parallelität von diametralen Selbst-Bedürfnissen reden). Ganz deutlich strukturiert sich in dieser Phase durch die reifende Geschlechtlichkeit die Identität des Jugendlichen völlig neu. Sehr einfühlsam hat diese Prozesse der Wandlung Louise Kaplan (1988) in ihrem Buch „Abschied von der Kindheit" erfaßt. Zur Exploration der entwicklungsspezifischen Phasen werde ich im Praxisteil 2 noch ausführlich kommen.

An diesem Punkt soll die entwicklungstheoretische Betrachtung im Rahmen dieser Arbeit abgeschlossen werden, obwohl für die Anamnese wie für Therapie im allgemeinen eine lebenslange und chronosophische Perspektive erst konstituierend ist (Petzold 1992b). Es kann hier weiterführend nur auf ein Werk von Faltermaier u. a. (1992) verwiesen werden, das sich mit der Entwicklungspsychologie des Erwachsenenalters befaßt und sehr übersichtlich geordnet ist.

1.9 Persönlichkeitstheoretische Positionen

Die Vorstellung von Persönlichkeit kann mit Blick auf diese Entwicklungsperspektive in die konstituierenden Begriffe des Selbst, des Ich und der Identität gefaßt werden.

Der Leib in seinen Dimensionen als „Raum-Leib, Zeit-Leib, Rollen-Leib, Sprach- und Symbolisierungs-Leib, Traum-Leib, sozialer Leib, als phantasmatischer Leib, expressiver, perzeptiver und memorativer Leib" (Petzold 1988; Petzold/Schuch 1992) wird als hierfür grundlegend betrachtet. Wir sprechen deshalb auch vom Leib-Selbst, das nicht nur ein Einzelnes ist, sondern – mit Blick auf den interpersonellen Aspekt von Entwicklung und in Einbeziehung des phänomenologischen Leibbegriffes – in der Kollektivität (chair commune) gründet (Ludwig-Körner 1992). Das Selbst umschließt alle angeborene Ausstattung des Menschen sowie alle „fleischgewordene" Geschichte und alle kollektiven Vorstellungen, die im Laufe eines Lebens hierin eingegangen sind. Aus diesem „einfachen Da-Sein" (Schmitz 1992) entwächst dem Selbst durch das Entstehen selbstreflexiver Bewußtheit auf verschiedenen Ebenen (Petzold 1988) und durch das Entstehen von propriozeptiven, perzeptuellen und motorisch-räumlichen Leib-Schemata (Rahm u. a. 1993) eine exzentrische Instanz, die als Ich mit bestimmten Ich-Funktionen sowohl die Lebenswelt als auch das eigene Selbst mit in den Blick nehmen und agieren kann. „Das Ich ist ein flüchtiges Phänomen, ein Jetzt-Zustand wacher, bewußter Wahrnehmung und Handlung; es entsteht im Kontakt und wird auch als das ‚Selbst in actu' bezeichnet" (Petzold/Matthias 1982; Schraml 1968). Als reifste Stufe bringt das Ich im Laufe seiner Entwicklung durch vier „Identitätsmatrizen" in der Dyade, der Triade, des sozialen und ökologischen Kontext als hochdifferenzierte Integrationsleistung von identifizierenden und identifikatorischen Zuschreibungen eine Identität hervor, die – neben ihrer aspektivischen Gegenwärtigkeit – durch regressives Zurückschauen (das Geworden-Sein) und progressives Antizipieren (die Entwürfe) – sowohl eine historische als auch futurale Dimension aufweisen kann. „Identität wird als eine Syntheseleistung des Ich gesehen, das Informationen aus dem Bereich des Leib-Selbst und des sozialen und ökologischen

Kontextes im Zeitkontinuum integriert" (Petzold 1993a). Eine stark repräsentierte Identität, ein starkes Gefühl von „Ich selber" (Rahm u. a. 1993) ist die stabilisierende Komponente des Menschen, die Frustrationen, Abgründe überbrücken kann, solange sie flexibel genug ist, und solange das Ich über genügend funktionale „Daseins-Techniken" und „Bewältigungsstrategien" verfügt (Thomae 1988).

2. Gefühl als zu bestimmende Dimension

Mecheril und Kemmler (1992) stellten in einer vergleichenden Untersuchung über den Umgang mit Emotionen in Psychoanalyse und Gestalttherapie fest, daß „etwa 79 Prozent aller Äußerungen in psychoanalytischen Psychotherapietranskripten und etwa 90 Prozent in den untersuchten gestalttherapeutischen das emotionale Geschehen zum Gegenstand" haben. Diese „Ergebnisse können als Hinweis darauf gewertet werden, daß Therapie psychischer Störungen in erster Linie in der Therapie emotionaler Aspekte besteht". Emotionen stehen im Zentrum psychotherapeutischer Arbeit (Petzold 1992a).

In Anbetracht dieser Sachlage ist allein der geradezu gleichgültige wie „promiscue" Umgang mit Begriffen wie Gefühl, Empfindung, Stimmung, Affekt, Emotion, Spüren usw. schon beunruhigend. Gefühlsforschung erweist sich in der wissenschaftlichen Arbeit des Psychologen als peripher und in der Erarbeitung theoretisch konsistenter Konzepte von „Gefühl" oder „Emotion" bleibt noch viel zu tun (Bottenberg 1991; Petzold 1992a). Dies beginnt allein bei der Frage der Emotionsentwicklung, das heißt, bei der Frage, wie Gefühle angelegt sind, wie sie weiter entwickelt und sozialisiert werden zu „emotionalen Schemata" (Ulich 1992) oder „emotionalen Stilen" (Petzold 1992a) und unter welchen Faktoren und Prozessen dies vonstatten gehen mag.

Im Hinblick auf die Anamnese-Erhebung haben wir auf Emotionen besonderes Augenmerk zu legen, weil allein das Arbeiten der sogenannten Ich-Funktionen (Impulskontrolle, Realitätsprüfung, Abgrenzung, Dispositionsfähigkeit etc.) wie generell alles Erleben von Wirklichkeit in einem Maße von der Adäquanz von Gefühlen abhängt, das es uns nicht erlaubt, über diesen Gegenstand einfach hinwegzugehen oder ihn im therapeutischen Kontext als Alltagsphänomen wie selbstverständlich zu handeln. Die Differenzierung und Verarbeitung des eigenen Gefühls wiederherzustellen, ist ein wesentlicher Schritt der Gesundung beim Patienten. Daher ist emotionale Differenzierungsarbeit ein wesentlicher Bestandteil therapeutischer Arbeit. Vor diesem Hintergrund möchte ich im folgenden Definition, Bedeutung, Entwicklung und Sozialisation von Emotionen in einem Abriß darstellen. Ich werde mich dabei hauptsächlich auf eine Arbeit von Otto Kruse (1991) beziehen, der hier diffizile Forschung betrieben und die Ergebnisse im Hinblick auf Krankheitsentstehung systematisiert hat.

2.1 Begriffsbestimmungen

Für Gefühle gibt es keine allgemein verbindlichen Definitionen, wohl aber eine ganze Anzahl von Versuchen, diesen Gegenstand begrifflich unter verschiedenen Gesichtspunkten, wie z. B. physiologischen, kognitivistischen, phänomenologischen, psychologischen, sozialpsychologischen und soziologischen zu operationalisieren (Englert 1987). Es ist hier zwar nicht der Ort, diese Ansätze grundlegend zu diskutieren; einige sollen dennoch genannt werden:

Jaspers (1923) unterschied Gefühle nach folgenden Gesichtspunkten: a) phänomenologisch, nach der Art ihres Seins (Lust-Unlust, Spannung-Lösung, Erregung-Beruhigung, b) nach den Gegenständen, auf welche sie gerichtet sind (z. B. innere Annahmen oder äußere Gegenstände), c) nach ihrem Ursprung (z. B. lokalisierte Empfindungsgefühle, totale Leibgefühle), d) nach der Bedeutung des Gefühls für das Leben (z. B. Förderung, Hemmung), e) nach der Unterscheidung von partikulären- und Totalgefühlen (kurze Momente eines Ganzen oder Verschmelzen aller trennbaren Qualitäten zu einem Ganzen) und f) nach Intensität und Dauer von Gefühlen (Gefühl, Affekt, Stimmung etc.).

Lersch und Thomae (1968) unterscheiden a) Gefühle des lebendigen Daseins (z. B. Schmerz, Lust, Langeweile, Freude, Entsetzen, Trauer), b) Gefühlsregungen des individuellen Selbst (z. B. Egoismus, Vergeltung, Eigenmachtstreben) und c) transitive Gefühlsregungen (z. B. mitmenschliche, noetische, verpflichtende und enthebende Gefühle).

Mehrere Autoren gehen von der Existenz sogenannter „Grundemotionen" oder „diskreter Emotionen" aus. Diese Annahme hat sich durch phänomenologische Studien weitgehend bestätigen lassen und viele Autoren stimmen hierin weitgehend überein.

Izard (1981) nimmt in seiner Theorie der „Entwicklung diskreter Emotionen" an, daß es angeborene, neuronale Erregungsmuster für zehn grundlegende diskrete Emotionen gibt. Diese primären Gefühle seien: a) Neugier-Interesse, b) Überraschung-Schreck, c) Freude, d) Furcht-Angst, e) Kummer-Trauer, f) Ärger-Wut, g) Widerwillen-Ekel, h) Verachtung-Geringschätzung, i) Scham, k) Schuld". Wie auch andere Autoren (Lersch, Kruse) nimmt er an, daß diese, ähnlich den Farben, sich zu Mischtönungen kombinieren lassen.

Bei Stern (1992), der sich ebenfalls an das Konzept der Grundemotionen hält, findet sich folgende Differenzierung: Ausgedrücktes Gefühl bestehe aus a) der Grundemotion, bzw- einer Mischtönung, b) physiognomischen Komponenten (Gesicht, Gestik, Bewegung), einer c) hedonischen Tönung (angenehm, unangenehm), d) einem bestimmten Aktivierungsgrad (Intensität) und einem e) Vitalitätsaffekt (z. B. aufwallend, verblassend, flüchtig, explosionsartig, sich hinziehend usw.). Der Vitalitätsaffekt sei eine Informationsebene, auf die schon der Säugling durch „amodale Wahrnehmung" reagieren könne und daher die früheste Ebene der Emotion (vgl. hierzu die Studien zur Depression, etwa bei Sulz 1986).

Otto Kruse (1991) hat in Anlehnung an Izard (1981) ein modifiziertes Konzept der Emotionsentwicklung entworfen und es in Beziehung zur Neurosenentstehung gesetzt. Er stellt „elementare Emotionen" (im wesentlichen biologisch präformierte, prototypische und kulturunabhängige Reaktionsmuster) den „sozialisierten Emotionen" gegenüber und benennt Emotionskomponenten, aus denen emotionale Reaktionsmuster jeweils bestehen:

a) die subjektive Komponente, b) die evaluative Komponente, c) die Handlungskomponenten, d) die Ausdruckskomponente, e) die somatische/physiologische Komponente und f) Komponenten des Emotionsauslösers.

Wie hier zu sehen ist, werden bei der Abhandlung von Theorien als Oberbegriffe meist die Termini Gefühl oder Emotion („Emotionstheorie") verwendet. In der Tat könnten die Begriffe synonym verwendet werden, wenn unter Emotion nicht nur das „Heraus-bewegen" (lat.: emovere) von Gefühlen sondern auch das „Bewegtsein der Seele in sich selbst" (Willwoll 1992a) verstanden würde, denn nicht alles was gefühlt wird, bewegt sich in gleicher Weise nach draußen. Bei der Verwendung der Begriffe im psychotherapeutischen Kontext ist auf Differenzierung zu achten. Wie zu zeigen sein wird, haben verschiedene Disziplinen (Psychologie, Psychiatrie, Philosophie) auch sehr unterschiedliche Definitionen der einzelnen Begriffe.

Gefühle können zum einen nach ihren Komponenten und ihrer Ausdehnung in Raum und Zeit eingeteilt werden, zum anderen nach ihrer Phänomenologie, das heißt, nach der Art, wie wir sie konkret leiblich erleben. Schließlich können sie theoretisch gewonnenen Perspektiven zugeordnet werden. Unter dem Begriff Gefühl wird so meist ein „länger andauerndes, situationsspezifisches und sowohl bewußtes als auch unbewußtes Geschehen" verstanden, dem in Abgrenzung zu Affekt und Emotion weniger „energetische Ladung" zugedacht wird (Petzold 1992a; Bergius 1991b; Ciompi 1982). Gefühl kann aber auch als eine „verinnerlichte, abstrahierte oder antizipierte Empfindung oder Berührungserfahrung" verstanden werden (Rahm u. a. 1993). In einer solchen Theorie des Gefühls würden leiblich-biographische (Vor-) Erfahrungen eine große Rolle spielen.

Emotion dagegen wird sowohl im alltagssprachlichen als auch wissenschaftlichen Gebrauch oft als „gesamtorganismische Erregung mit gleichzeitiger Entladung" definiert. Hier wird schon deutlich, warum der Überbegriff „Emotionstheorie" Ungenauigkeiten mit sich bringt.

Ähnlichen Problemen begegnet man bei der Analyse des Begriffes „Affekt". Hierunter versteht man im allgemeinen ein eher intensives aber relativ kurz andauerndes Geschehen mit periphernervösen Erregungen bei zentralnervöser Erregung, das mit Organempfindungen verknüpft ist (Bergius 1991b). In der Psychiatrie und der Psychopathologie wird unter dem Affekt sowohl eine kurz andauernde als gleichzeitig eine relativ stabile und teils sogar länger andauernde, auch habituelle Stimmungslage verstanden, die im Zusammenhang mit der allgemeinen Antriebslage diskutiert wird („Der Patient ist im Affekt erheblich herabgestimmt"; Fähndrich u. a. 1981). Hier kann man also beobachten, daß allgemeine Definitionen (Peters 1990; Dorsch 1991) und allgemeiner Sprachgebrauch zum Teil erheblich auseinanderlaufen.

Die Begriffe Empfindung und Spüren werden gewöhnlich in die Nähe der Wahrnehmung von leiblichen Regungen und Sinneseindrücken (Perzeptionen, Interozeptionen, Propriozeptionen) gerückt (Bergius 1991c; Fröbes 1992). Der Begriff Stimmung kann als eine situationsübergreifende, durch äußere, atmosphärische Einstimmungen aus dem Kontext (Schmitz 1989) oder durch das Aufkommen erinnerter Atmosphären induzierte, evozierte und länger andauernde oder auch langsamer verlaufende Gefühlslage verstanden werden (Jaspers 1923; Lersch/Thomae 1968; Petzold 1992a). Die Stimmung färbt alle übrigen Erlebnisinhalte in ihrer spezifischen Weise mit ein (Peters 1990).

Beispiel: Gegenstand unserer Wahrnehmung ist nicht nur die Summe unserer Sinnesdaten; immer erschließt sich uns mit der Wahrnehmung von Sinnlichem auch eine sinnhafte Dimension, eine Sinngebung, eine emotionale und kognitive Bewertung und Einordnung in bestehende Sinn- und Inhaltssysteme, die individuell internalisiert und kulturell ansozialisiert sind. Wenn wir also zu Patienten sagen „spüren Sie mal dahin" evozieren wir ein gänzlich anderes Material, als wenn wir sagen „wie fühlt sich das an?" Im ersteren Falle geht es uns eher darum, eine (internalisierte, ansozialisierte) Sinnverknüpfung vom Sinnesdatum selbst zu lösen, nur die körperlich-leibliche Regung spüren zu lassen, um vielleicht zu einer Neubewertung dieser zu kommen (z. B. bei Schmerzpatienten). Im zweiten Falle evozieren wir gerade diese Sinn-Konnotation, wir lassen das Sinnesdatum selbst in den Hintergrund treten, um etwas über die Qualitäten und die Bewertungen zu erfahren (z. B. bei Alexithymiepatienten). Der Begriff Empfindung greift m.E. genau die Mischung dieser beiden Komponenten auf; also das leibliche Empfinden, z. B. „kauen wir auf der faden Abgeschmacktheit einer polemischen Bemerkung herum", „empfinden die bleierne Schwere der Müdigkeit" oder den „Schmerz der Trennung" etc.; hier greifen also das Sinnesdatum und die Sinngebung ineinander und verschmelzen im Begriff der Empfindung (allgemein bei emotionaler Differenzierungsarbeit mit schon gebesserten Patienten).

An der Grenze zum Geistigen und zur Kognition befindet sich der mit seiner hohen Dichte aber auch Flüchtigkeit gekennzeichnete Begriff der Intuition. Intuition kann definiert werden als ein kreatives Zusammenwirken von aktualer, durch Beobachtung gewonnener Informationen und vorgängiger Erfahrungen (Petzold 1988). Sie besteht aus zum Teil un-, vor- und mitbewußten Vorahnungen und Antizipationen. Intuition entsteht mit einem Gefühl der Gewißheit im akutalen Kontext, sie ist eine Synergie der Situation und hängt eng damit zusammen, wieviel Ressourcen an Vitalgefühl beim Patienten vorhanden sind (Interesse, Aha-Erlebnis).

Eine andere Herangehensweise an dieses Thema findet man bei dem Leibphilosophen Schmitz (1989). In die vorangegangenen Definitionen des Begriffes Atmosphäre geht im Grunde schon eine Vorstellung ein, in der für die Begriffe Gefühl und Stimmung die Schranke zwischen privativer Innenwelt und überpersönlicher Außenwelt annulliert wird. „Eindrücke, und damit auch Gefühle und Stimmungen, überschreiten die Grenze zwischen Subjekt und Objekt; daß man zwischen diesen eine scharfe Grenze zu ziehen versucht", sagt er, sei „eigentlich die Fortsetzung des tendenziösen Anschlags, die Eindrücke und Situationen zu zersetzen und das, was davon in der kulturspezifischen Vergegenständlichung auf der Objektseite nicht unterkommt, in der dem Subjekt zugewiesenen Seele auf Halde zu legen". Bei Schmitz kann Gefühl sowohl eine Atmosphäre oder Stimmung sein, von der der Mensch betroffen und erfaßt wird, als auch ein privatives Gefühl, das ihn genau dieser Gegenwart enthebt. Eine solche Sichtweise, die Gefühl nicht mehr nur allein privativ setzt, hat behandlungstheoretisch weitreichende Konsequenzen.

Emotionen haben für das Individuum eine motivierende, orientierende, wertende, selbstregulatorische und sinnstiftende Funktion und für die Umwelt eine orientierende und Bewertung ermöglichende Funktion im Hinblick auf den inneren Zustand eines Individuums (Petzold 1992a). Angstfreies Ausdrücken emotionaler Reaktionen führt zu einer Reduzierung von Spannungen und Überforderungsgefühlen. Die Bedeutung des Gefühls im Ganzen des Seelenlebens kann kaum stark genug hervorgehoben werden. Es wirkt sich im Erkennen und Urteilen wie in der Zielrichtung, der Kraft und Schwäche des Wollens als eine Großmacht aus (Willwoll 1992a). Das Scheitern emotionaler Sozialisation im Sinne emotionaler Differenzierungsarbeit, das Fehlen ko-emotiver Resonanzen mit den frühen versorgenden Personen und der Mangel an emotionaler Sicherheit und Nahrung sind zentrale Momente in der Entstehung von Pathologie (Petzold 1992a).

Weil Gefühle für die Interpretation wahrgenommener Wirklichkeit unabdingbar sind, kommt dem anamnestischen Erkennen von gestörten, defizitären, blockierten oder inkonstanten emotionalen Stilen große Bedeutung zu, denn „… wo immer das Geistige wertend ist, sind Gefühle im Spiel" (Petzold 1992a). Vor diesem Hintergrund wird das Emotionskonzept nun mit folgenden Dimensionen umrissen:

a) Emotionen sind komplexe, das gesamte Leibsubjekt ergreifende Prozesse, Thymosregungen, die mit variierender Intensität, Tönung und Bewußtheit als Affekt, Gefühl, Passion, Stimmung, Grundstimmung oder Lebensgefühl vom Selbst eigenleiblich gespürt werden. Sie sind komplexe Synergeme von Erregungsmustern. Sie kommen auf als Resonanz auf Einflüsse der aktualen Umwelt oder als autochthone Impulse der aktualen Innenwelt.

b) Emotionen bestehen aus körperlich-physiologischen, subjektiv-psychologischen, geistig-kognitiv-reflexiven, behavioral-aktionalen und sozio-ökologischen Komponenten und kommen in Form von Erleben-Verhalten und Expression zum Tragen. Sie haben motivationale und kommunikative Funktionen und bewirken Handlung (Bottenberg 1991).

c) Emotionen werden aus genetisch disponierten, basalen affektiv-expressiven Mustern (Vorläuferexpressionen) zu stabilen, transkulturell identifizierbaren Erregungs- und Ausdrucksmustern (Grundemotionen) ausgebildet. Dabei formen sich vor dem Hintergrund kollektiver Stile des Fühlens und charakteristischer Anlagen persönliche emotionale Stile und ein Lebensgefühl aus. Gefühle sind eine anthropologische Konstituente des Menschen.

d) Emotionen werden in kollektiver emotionaler Differenzierungsarbeit ausgeprägt, gewertet, gefördert oder eingeschränkt, so daß die Grundemotionen im Verlaufe der Biographie (lebensalterspezifisch und kontextbedingt) unter der life-span-developmental-perspective enkulturiert und sozialisiert werden und sich zu komplexen Emotionen mit spezifischer subjektiver Charakteristik ausbilden (Petzold 1992a).

2.2 Die diskreten Emotionen: Entwicklung, Funktion und Pathologie

Psychotherapie hat viel mit dem Sichtbarmachen, Klären, Differenzieren, Deuten und Aufarbeiten von Gefühlen zu tun. Emotionen sind ein zentrales Moment der psychischen Organisation. Sie stellen determinierende motivationale Größen dar, beherrschen die Ausdrucks- und Aktivierungsfunktionen, prägen maßgeblich die sozialen Beziehungen und machen aus neutralen Eindrücken durch ihre „hedoni-

sche Tönung" angenehme und lustvolle oder aber unangenehmne und schmerz-
volle Erfahrungen (Kruse 1991).

Emotionen sind ein vielschichtiges Konstrukt, das mehrere Komponenten von
Erleben, Aktivierung, Ausdruck und physiologischen Prozessen umfaßt. Dies würde auch in den verschiedenen Definitionen schon deutlich. In dem Bestreben, in
diese Vielfalt eine Ordnung zu bekommen, sind in der Vergangenheit mehrere Autoren von „diskreten" oder auch elementaren, fundamentalen oder primären Emotionen ausgegangen, die zunächst als weitgehend kulturunabhängig eingestuft
wurden. Bestätigung erhielten diese Theorien vor allem aus Untersuchungen, die
zeigen konnten, daß sich Emotionen anhand ihrer mimischen Ausdrucksmuster
gut diskriminieren lassen (Tomkins 1962; Ekman/Friesen 1971; Friesen/Ellsworth
1972; Charlesworth/Kreutzer 1973; Plutchik 1980; Izard 1981; alle zit.b. Kruse
1991). Die Benennung der primären oder diskreten Emotionen differiert je nach
Autor und Untersucher geringfügig. Kruse (1991) nennt zehn Grundemotionen :

1. Neugier – Interesse;   6. Ärger;
2. Freude;   7. Ekel;
3. Überraschung – Schreck;   8. Schamgefühl;
4. Furcht – Angst;   9. Schuldgefühl;
5. Kummer – Trauer – Trennungsschmerz;   10. Selbstwertgefühl.

Die unmittelbare Verbindung der Emotionen mit mimischen, vokalen und körperlichen Ausdrucksformen hat sich in einem evolutionären Prozeß herausgebildet.
Sie ist ein Ausdruck der Tatsache, daß die Emotionen evolutionär im Dienst sozialer Koordination entstanden sind, und als Produkt eines Ritualisierungsprozesses
verstanden werden können, in dem bestimmte Verhaltensweisen regelhafte Ausdrucksformen angenommen haben" (Buck 1984).

Die einzelnen Emotionen treten dabei nicht unmittelbar nach der Geburt und
auch nicht gleichzeitig auf. Während das Neugeborene nach Auffassung der gegenwärtigen Forschungsmeinung nur zu einem undifferenzierten Lust- und Un-
lustaffekt fähig ist, gehen die Ergebnisse neuerer Säuglingsforschungen durch In-
trauterinphotographie in die Richtung, daß sich diskrete Emotionen wie Furcht,
Neugier, Ärger, Kummer, Freude bereits ab dem 3. Monat pränatal zeigen (Petzold
1992a).

Zwar sind mit etwa zwei Jahren die wichtigsten Emotionen in das Verhaltens-
repertoire des Kindes integriert, die ganze Palette diskreter Emotionen aber ist erst
beim drei- bis vierjährigen Kind voll entwickelt. Die Angaben über die Auftretenszeitpunkte einzelner Emotionen aus unterschiedlichen Studien divergieren
beträchtlich. Dies ist zum Teil dadurch bedingt, daß man das Auftreten von Emotionen unterschiedlich, etwa durch die Beobachtung mimischer Zeichen, durch
Vokalisierungen oder aber durch experimentelle Evokationen, untersuchen kann.
Bei Kruse (1991) findet sich eine schematische Darstellung der Auftretenszeitpunkte von Emotionen, die versucht, die Ergebnisse zu mitteln:

Emotion	Auftretenszeitpunkt in Monaten
Ekel	0 —
Schreck	0 —
Neugier	0 – 2
Freude	1 – 5
Ärger	3 – 4
Kummer	5 – 8
Furcht	7 – 12
Positives Selbstwertgefühl	16 – 20
Negatives Selbstwertgefühl	22 – 24
Schamgefühl	36 – 48
Schuldgefühl	36 – 48

Petzold (1992a) spricht für den frühen Bereich, ab dem 6. Monat pränatal bis zum 3. Monat postnatal, in dem mimische Beobachtungen noch der Gefahr von Spekulationen unterliegen können, vorsichtigerweise von „Vorläufer-Emotionen" oder „Affektpatronen", die vor dem Hintergrund von physiologischen Parametern, der sogenannten Affektmotorik, differenziert werden können. Wie diese Benennung schon deutlich macht, sind Gefühle zu solch frühem Zeitpunkt eben nicht nur an der Gesichtsmimik erkennbar. Die Affektmotorik ergreift den ganzen Leib, so daß von „emotiver Expression" die Rede sein kann. Petzold nennt zunächst vier solcher basaler Expressionen:

a) aggressive Expression (z. B. Hunger, Schmerz),
b) evasive Expression (z. B. Schreck, Widerwillen);
c) exitierte Expression (z. B. Lust, Interesse);
d) irenische Expression (z. B. Wohlbehagen, Entspannung)

Diese Betrachtung macht deutlich, daß der Erlebenskern von Emotionen, besonders die hedonische Prägung der Emotion, aus ihrer Entwicklung heraus präkognitiv einzustufen ist. Lust, Unlust, Hunger, Schmerz und Interesse drücken sich unmittelbar, ohne Vermittlung durch kognitive Prozesse im Bewutßsein, nämlich leiblich, aus. Emotionen können schon beim Kind unabhängig voneinander auftreten und sich gegenseitig beeinflussen. Gleichzeitig auftretende Emotionen, wie z. B. Hunger und Ekel oder Wohlbehagen und Interesse, können einander verstärken, die Gesamtemotion modifizieren oder, wenn sie gegenläufig sind, in späteren Entwicklungsabschnitten zu Ambivalenzen führen. Kruse (1991) spricht in diesem Zusammenhang von „Affektdynamik".

Hinsichtlich der Interaktion von Emotionen und Kognitionen favorisiert die gegenwärtige Forschung eine Position, die „eher von einem interdependenten oder dialektischen Verhältnis zwischen beiden ausgeht. Die Emotionen determinieren in vielfacher Weise Erscheinungsformen und Auftretensweisen der kognitiven Prozesse, wie umgekehrt Kognition und Wahrnehmung an der Herstellung der subjektiven Qualitäten der Emotionen, ihrer Auslösung und Evaluation Anteil haben". Auch die emotionale und kognitive Entwicklung bedingen einander. Die Entstehung jeder einzelnen Emotion setzt kognitive Fähigkeiten voraus, wie umgekehrt jede kognitive Leistung der motivationalen Kraft der Emotionen bedarf

(Piaget 1957). Auf diese Weise kann man unschwer erkennen, daß Emotionen und Kognitionen arbeitsteilig zusammenwirken: „Furcht beispielsweise hebt die Qualität ‚Gefahr' in einer gegebenen Situation hervor. Scham signalisiert, daß eine Intimitäts- oder Distanzgrenze überschritten worden ist, Ärger zeigt an, daß ein Hindernis im Wege steht und Anstrengung nötig wird, um eigene Interessen zu behaupten. Emotionen reduzieren auf diese Weise die Vielfalt der Informationen auf zentrale Informations- oder Reaktionsklassen" (Kruse 1991).

Der Entwicklung der diskreten Emotionen gegenüber steht ihre individuelle und soziokulturelle Ausformung im Sinne der Sozialisation. Beide Prozesse gründen tief im beziehungstheoretischen Raum. Bei der Entwicklung zu emotionaler Reife ist das Kind auf Resonanz angewiesen, auf lebendig verbale, nonverbale und prosodisch ko-emotive Interaktion, ohne die es stumpf, undifferenziert und ohne Tiefenintensität bleibt (Petzold 1988). Entwicklung von Grundstimmung und Lebensgefühl, die ihre Wurzeln im Grundvertrauen haben, ist unlösbar in soziale Situationen eingebunden. Sie beginnt rudimentär mit der Ausbildung einer Daseinsgewißheit (6. Monat) und eines Selbstgefühls, Basis späteren Selbstvertrauens und sich entwickelnder Selbstsicherheit, und mündet erst im zweiten Lebensjahr (18.–24 Monat), wenn das Kind zunehmend Außenattributionen mit sich selbst verbindet, erste Selbstbewertungen stattfinden, in die Entwicklung eines Selbstwertgefühls (Petzold 1992a; Stern 1992).

Bereits beginnend ab dem 12. Monat werden die diskreten Emotionen über die gesamte Lebensspanne hin zu komplexen Emotionen in sozialisationsspezifischer Weise ausdifferenziert (Orban 1986). In voranschreitender Differenzierung gewinnt die Persönlichkeit erst durch die Bildung einer reifen Identität (die sich aus Fremd- und Selbstattributionen formiert) ein – positives oder negatives – Gefühl für sich selbst, ein „selbstreferentielles Gefühl", darüber hinaus eine exzentrische Position zum eigenen Gefühl, eine Meta-Emotion, um mit Bottenberg (1991) zu sprechen. Schnyder (1974, zit.b. Petzold 1992) nennt dieses Phänomen auch „selfmonitoring"; es führt zu einem „emotional management", der reifen Handhabung von Gefühlen.

Dies geschieht über hochdifferenzierte Vorgänge. Der Lernvorgang, der mit dem Erwerb eines konsistenten Repertoires von emotionalen Auslösern verbunden ist, ist immer auch ein Integrationsvorgang. Emotionales Lernen läßt sich unter anderem als ein Prozeß beschreiben, in dem immer differenziertere Auslöser der einzelnen Emotionen ausgebildet werden. Die Aufgabe beim Erwerb neuer emotionaler Reaktionen besteht indes nicht nur darin, daß diese in den existierenden Bestand integriert werden; vielmehr müssen auch alte Reaktionsweisen wieder „verlernt" und neutralisiert werden (Kruse 1991).

Emotionales Lernen wird im Kleinkindalter zu einem beträchtlichen Teil über die nonverbalen emotionalen Äußerungen der Pflegeperson gesteuert. Das Kind sucht von Geburt an aktiv nach emotionaler Information, das ihm Hilfe bei der Bewertung von Ereignissen gibt. Dabei sind in diesem Alter die Berührung, der jeweilige Gesichtsausdruck und die Stimmintonation der Pflegepersonen wahrscheinlich die informationsreichsten sozialen Stimuli, die es gibt. Die Pflegeperson berührt das Kind aus ihrer eigenen Berührtheit heraus und je nachdem, wie diese „gestimmt" ist, wird die leibliche Begegnung zu einem „fit" oder einem „mismatch" zwischen beiden (Eisler 1991). Die Berührung ist naturgemäß die intensivste Kontaktstelle zur Vermittlung von Gefühlslagen. Die Hände sind dabei ein äußerst subtiles Medium emotionaler Interaktion. Das Gesicht dagegen kann festgelegte soziale Bedeutungen vermitteln, aber auch mehrere Emotionen gleichzeitig ausdrücken. In mehreren Untersuchungen bei Gauda (1992) und Petzold (1992a) wurde die Bedeutung des Blickkontaktes für die emotionale Lage des Kindes untersucht und als signifikant bedeutsam für die Entwicklung eines positiven Selbstwertgefühls erkannt. Ein weiterer wichtiger Kanal emotionaler Vermittlung ist die Stimme (Buck 1984). Sie überträgt die „Stimmung" auf unbedingte Weise in ihren „Partnerleib" (Schmitz 1992; Abresch 1988). Da das Kind die Worte nicht von Anfang an verstehen kann, reagiert es vorwiegend auf die „vokalen Qualitäten" der Stimme; diese Präferenz bleibt lange erhalten und erlischt auch dann nicht, wenn die Sprache hinzukommt (Tischer 1993). Mit Erweiterung der Wahrnehmungskapazitäten des Kindes gehen auch die Körperhaltung und -bewegung in die Rezeption nonverbaler emotionaler Vorgänge mit ein. Das Kind richtet seine kommunikativen Anstrengungen auf die Personen, die sich ihm zuwenden, lernt dabei immer mehr, die einzelnen kommunikativen Modi zu koordinieren und integriert sie zunehmend in kognitive Prozesse, die in ihrer Gesamtheit später das „Wissen und die Erfahrung der Welt" konstruieren und konstituieren. Die Fähigkeit, z. B. die Mimik zu erkennen und die emotionalen Botschaften zu entziffern, nämlich „unbewußt" auf sie zu reagieren, beginnt bereits sehr früh, wesentlich früher jedenfalls, als die Fähigkeit, diese kognitiv zu interpretieren. Diese Entzifferung funktioniert, wie verschiedentliche Untersuchungen zeigen konnten (Bühler/Hetzer 1928; Spitz/Wolf 1946; Charlesworth/Kreutzer 1973; alle zit. b. Kruse 1991), sehr wahrscheinlich über eine genetisch angelegte, imitative mimische Decodierung; das heißt, daß die Säuglinge, mindestens bis zum 6. Lebensmonat, in anderen Untersuchungen bis zum 10. Lebensmonat, die jeweils von Untersuchern vorgegebenen Gesichtsausdrücke spontan imitierten und auf diese Weise zu „leiblichen Eindrücken" dessen kamen, was ihnen gezeigt wurde. Hier nun wird die kommunikative Schnitt- oder Übergangsstelle zwischen Betreuungsperson und Kind, an der sowohl pathogene als auch salutogene Faktoren ansetzen, sehr deutlich. Berührungen können zärtlich eingängig oder abständig und grob sein, die Mimik kann eindeutig, wohlwollend oder grausam und vieldeutig sein, der Blick kann weichen oder stechenden Charakter besitzen, die Sprache kann in ihrer Dialogik von wie und was synchron oder völlig widersprüchlich verlaufen und divergierende Botschaften enthalten, schließlich kann die Summe aller Ausdrucksformen adäquate Reaktion auf die Signale des Säuglings sein oder aber völlig an diesen vorbei gehen. Gemäß diesen Qualitäten wird der Säugling dann eigene, adäquate oder verzerrte, Kommunikationsformen ausbilden.

Entwicklungspsychologisch beginnt der emotionale Dialog in der Regel mit vokalen Lauten, etwa ein „fordernder Laut, Laute die Frustration ausdrücken, grüßende Laute und Laute, die Überraschung ausdrücken (Ricks 1979; zit.b. Kruse 1991). In der Regel gehen die Pflegepersonen in einem „Intuitive-Parenting-Verhalten" auf derartige „prosodische Kommunikation" ein (Petzold u. a. 1993), etwa durch das Wiederholen einfacher Laute oder durch Gurren und Lächeln und bestätigen so den „affektive state" des Säuglings. Studien von Bugental u. a. (1979, zit.b. Kruse 1991) heben die Bedeutsamkeit vokal-prosodischer Interaktion hervor; sie belegen, daß Säuglinge und Kleinkinder in weitaus größerem Maß akustischen Eindrücken folgen als visuellen. Bei diskrepanten Informationen blenden sie eher die visuellen Eindrücke aus.

Über die Entwicklung des Körperausdrucks von Emotionen gibt es, vermutlich aufgrund der Komplexität dieses Gebietes, wenig verläßliche Untersuchungen. Daß die emotionale Entwicklung eng mit den ausreichenden taktilen und sensumotorischen Stimulierungen des Säuglings zusammenhängt, konnte durch viele Deprivationsstudien belegt werden. Dabei wurde auch deutlich, daß sensorische Überstimulation ebenso mit Streß verbunden ist wie Unterversorgung (Goldberger 1982; zit.b. Kruse 1991). Trevarthen (1986; zit.b. Kruse 1991) konnte zeigen, daß expressive gestische Bewegungen von Säuglingen hochgradig reaktiv auf die mütterlichen Vokalisierungen und Gesichtsbewegungen ablaufen. Denkbar wäre jedenfalls, daß multiple emotionale und leibliche Stimulierungen und emotionale Aufnahmebereitschaft der Pflegepersonen Expressivität fördern, Strenge und Depressivität die spontanen Bewegungsabläufe des Säuglings dagegen eher hemmen. Damit wird die interaktive und sozialisationsspezifische Komponente der Emotionsentwicklung noch einmal deutlich hervorgehoben. Defizite an Bindungsangeboten, an Zuwendung, an positiver emotionaler, sensorischer und motorischer Stimulation sowie an sozialen und explorativen Anregungen, die sich ja alle leiblich manifestieren – und hierbei sei durchaus auch an die unadäquaten Angebote überprotektiver Eltern gedacht – genauso wie prolongierte emotionale Frustrationen, Enttäuschungen, Traumatisierungen und Konflikte, führen zu weitreichenden Störungen der emotiven Perzeptivität und Expressivität. Auf diese werde ich weiter unten noch näher eingehen.

Während nun die diskreten Emotionen des Säuglings zunächst in primärer Intersubjektivität mit den Pflegepersonen stimuliert und in die soziale Welt einbezogen werden, ist die Imitation wie oben genannt ein erster Schritt zum Erwerb und zur Modifikation mimischer, gestischer, leiblicher und später auch vokaler Ausdrucksmuster. In einem weiteren Schritt, den Kruse (1991) „Voluntarisierung" nennt, werden diese angeborenen Ausdrucksformen in willkürlich steuerbare Expressionen überführt, womit schon eine Erweiterung und beginnende Differenzierung einsetzt, die natürlich vom jeweiligen sozialen und ko-emotiven Umfeld mit beeinflußt ist. Jenseits der motorischen Kontrolle der Ausdrucksphänomene beginnen dann weitere soziale, auch sprachlich vermittelte Lernprozesse, die zunehmend die Regeln des Emotionsausdrucks zum Thema haben. Diese sind sehr kulturspezifisch und kontextabhängig; sie beziehen sich zum Beispiel darauf, wie Emotionen zu interpretieren sind, wie sie benannt werden, wann und wie sie auszudrücken sind und wie mit ihnen im sozialen Kontext umzugehen ist. In diesem Prozeß werden im günstigsten Falle eigene Motive, subjektive Regungen und kontextuelle Bedeutungen in bezug auf das Umfeld so adaptiert, daß weder Selbstbestimmung (Egozentrik) noch Fremdbestimmung (Despotismus) überhand nehmen.

Wegen der elementaren Bedeutung der Emotionsentwicklung für die Sozialisation und Individuation der Persönlichkeit, werde ich im folgenden ausführlich auf die Entwicklung, Funktion und Pathologie der einzelnen diskreten Emotionen eingehen.

2.2.1 Furcht und Angst

Furcht und Angst sind die im Entwicklungskontext am besten untersuchten Emotionen. Dabei konzentrierte sich die Forschung in erster Linie auf die Fremdenfurcht, die Trennungsfurcht sowie Kindheitsängste. Verschiedentlich wurden Angst und Furcht differenziert; in der Form, daß Furcht einen Gegenstand besitze, Angst dagegen nicht. Diese Trennung ist aber nicht konsequent durchzuhalten und steht in mehrfachen Widersprüchen zu allgemeinen Diagnoseschemata (vgl. ICD-10; DSM-3-R), so daß hier die Begriffe synonym verwendet werden.

Der erste Auftretenszeitpunkt der Emotion Furcht wird etwa in die zweite Hälfte des ersten Lebensjahres fixiert, also etwa ab dem 6. Lebensmonat. Vielfach untersucht wurde die Fremdenfurcht oder „Acht-Monats-Angst" (Spitz 1950; zit.b. Kruse 1991). Obwohl nun einige Untersuchungen diese Form der Furcht mit 60–92% bestätigen konnten, wurden die Ergebnisse bisweilen auch bezweifelt (Rheingold/Eckermann 1979; zit.b. Kruse 1991). Dies geschah mitunter vor dem Hintergrund der Annahme, daß die Fremdenfurcht weniger ein primäres Phänomen ist als vielmehr ein intrakulturelles. In unserer Kultur jedenfalls tritt die Fremdenfurcht überzufällig häufig auf.

Voraussetzung für die Fremdenfurcht sind die beginnenden Erkenntnisleistungen des Kindes, vor allem seine Fähigkeit, die Gesichter und Stimmen der Eltern von denen Fremder zu unterscheiden. Dabei lächeln Kinder schon mit vier Monaten Familienmitgliedern gegenüber häufiger als gegenüber Fremden. Sie vergleichen Gesichter und Gegenstände mit dem Ergebnis, daß sie mit zunehmender Wahrnehmungstätigkeit Fremdem gegenüber einen ernüchterten Gesichtsausdruck zeigen. In Piagets (1957) Theorie der sensumotorischen Entwicklung finden sich ab dem 8. Lebensmonat Ansätze einer „Objektpermanenz". Das Kind behält einen Gegenstand im Gedächtnis, auch wenn er aus seinem Blickwinkel verschwunden ist.

Nicht nur fremde Personen, sondern das Fremde allgemein, kann als ein wichtiger Auslöser der Angst bezeichnet werden. Die Furcht steht damit in direkter Konkurrenz mit der Emotion Neugier/Interesse, die eben das Fremde mit positiven Attributionen belegt.

Etwas zeitversetzt zur Fremdenfurcht setzt die Trennungsfurcht ein. Kinder zeigen einen bekümmerten Gesichtsausdruck, beginnen zu weinen oder zu schreien, wenn eine Person, die sich ihnen zuwendet, sie verläßt. Nach einer Untersuchung von Stayton u. a. (1973; zit. b. Kruse 1991) setzt das Weinen erstmals mit ca. 5 1/2 Monaten ein. Dabei unterscheiden die Säuglinge genau ob es die Mutter, das Geschwister oder eine fremde Person ist, die den Raum verläßt. Den Rückgang dieser Reaktion mit etwa 8 Monaten erklären die Autoren mit der neu gewonnenen Fähigkeit zu krabbeln; die Babys nutzen die neue Beweglichkeit, um der Mutter zu folgen, anstatt zu protestieren.

Zur dritten Form der Ängste gehören die sogenannten Kindheitsängste. Sie scheinen so weit verbreitet, daß sie eine alltägliche Erscheinung sind, deren Übergang zu pathologischen Prozessen nur schwer zu bestimmen ist. Phantasien und Vorstellungen fungieren als Angstauslöser sowie umgekehrt Angst die Phantasie stark zu beeinflussen scheint. Kinder haben Ängste vor Tieren wie Hunden und Schlangen, Spinnen, aber auch vor dunklen Räumen, Monstern, Hexen, Leichen und Gespenstern, vor dem Alleinesein in unvertrauten Umgebungen, vor fremden Geräuschen, Licht und Schatten. Die Palette ist schier endlos, ebenso die Hintergründe. Schauermärchen, die von Erwachsenen erzählt werden (Erziehungsmaßnahmen!) aber auch die Schule, ihre Lehrer und die Mitschüler können eine entscheidende Rolle spielen, in Form von Ängsten vor Strafen, Repressalien und Ungerechtigkeiten, von Schmach, Bloßstellungen und vieles mehr. Leider wurden diese Ängste der Kinder bislang wenig untersucht, so daß anamnestisch der Einzelfall immer genau zu prüfen ist.

Die Funktion der Furcht liegt darin, daß sie als „Signal-, Vital- oder Realangst" (Tölle 1991) bei äußeren Gefahren und Bedrohungen ein Warnsignal setzt. Sie mobilisiert den Körper und bereitet Aktion vor. Sie kann auch motivierend wirken, etwa wenn man aus Angst vor einer Prüfung sich auf diese vorbereitet. Wenn die Angst allerdings zu stark wird, blockiert sie derartige Vorgänge. Man nennt diese letztere Form der Angst auch die „Binnenangst", weil sie vorwiegend intrapsychischen Konflikten entwächst. Zu unterscheiden ist die Realangst von der Existenzangst (Kierkegaard), der allgemeinen Erfahrung des Menschen als ein Lebewesen, das sich im Laufe seiner Phylogenese weitgehend aus der primordialen Verbundenheit mit der Natur herausgelöst hat.

Die Furcht interagiert sehr stark mit anderen Emotionen. Sie ist eine Art Vorschalt-Emotion, die vor bestimmten Situationen schützen soll (Kruse 1991). Die Furcht-Kummer Verbindung besteht beispielsweise darin, daß Kinder sich vor Situationen, in denen sie Trennungsschmerz ausgesetzt sind, zu fürchten beginnen. Die Furcht-Scham-Verbindung entsteht da, wo Kinder gezwungen werden, gegen ihre eigenen Scham- und Schuldgefühle zu handeln. Schüchternheit und Gewissensängste können Ausdruck solcher Verbindungen sein. Die Furcht-Ekel-Verbindungen finden sich häufig bei den genannten Ängsten vor Insekten, Ratten usw. Auch hypochondrische Ängste vor Krankheiten, Vergiftungen und Bakterien sind oft über die Verbindung dieser beiden Emotionen vermittelt. Zuletzt gibt es auch noch die Furcht-Furcht-Verbindungen, die „Angst vor der Angst", auch Phobophobie genannt.

Die Pathologie der Furcht wurde vielfach untersucht und beschrieben (Mentzos 1993; Gray 1971; Riemann 1986; Dilling u. a. 1991; ICD-10; DSM-3-R). Pathologisch einzustufen ist Furcht aber nur unter drei Aspekten: wenn sie a) mit einem bestimmten Objekt dauerhaft verknüpft ist (Phobie), wenn sie b) zu häufig auftritt und den sozialen Lebensvollzug des Patienten massiv einschränkt (generalisiertes

Angstsyndrom) und c) wenn sie in hoher Intensität anfallsartig auftritt (Panikattacken).

2.2.2 Kummer, Trauer und Trennungsschmerz

Kummer ist ein charakteristisches Ausdrucksmuster. Das Innere der Augenbrauen wird angehoben, die Stirn, besonders im mittleren Teil, in Falten gelegt, die Mundwinkel werden herabgezogen, ein Zittern am Kinn ist zu bemerken. Wenn Sie als Leser dieses Muster ausprobieren, werden sie über Ihre leiblichen Eindrücke schnell in Kontakt mit der Emotion kommen. Auch beim Weinen wird dieses Muster aktiviert.

Der Kummer wurde vielfach in Zusammenahng mit sozialen Trennungs- und Trauerreaktionen untersucht (Kruse 1991). Sein erstes Auftreten wurde in das Alter von 5-8 Monaten gelegt. Im Verlauf der ersten Lebensmonate wird die Emotion Kummer zunehmend in den funktionellen Antagonismus zwischen Bindungsverhalten und Neugier einbezogen. Die beiden Emotionen scheinen eine gegenläufige Wirkung zu haben: wenn die Emotion Kummer stärker ist, wird Neugier und Explorationsverhalten blockiert; entsprechend wird die Kummerreaktion unterdrückt, wenn die Neugier stärker ist.

In der Regel tritt Kummer zusammen mit dem Gefühl des Verlassenseins und des Unglücklichseins auf; er scheint auf den Zustand einer Person zu verweisen, die Schmerz über den Verlust einer Person oder den Verlust von Umständen empfindet. Daher wurde der Kummer auch als „Bindungsemotion" bezeichnet und bedeutsam für den Aufbau sozialer Bindungen erachtet (Bowlby 1983). Bowlby beschreibt beispielsweise eine typische Reaktionssequenz des Kindes auf Trennung und Elternverlust, in der der erste Schritt im Protest liegt, ein Verhalten, das darauf abzielt, die Eltern wieder zurückzuholen. Gelingt dies nicht, tritt Verzweiflung ein. Wird die Bindung länger als eine Woche nicht wieder aufgenommen, wird eine Entkoppelung von der Bindungsperson beobachtet. Das Kind scheint die Mutter bei der Rückkehr nicht mehr zu kennen, behandelt sie wie eine Fremde und wird aggressiv ihr gegenüber.

Die stärkste Bindung an die Eltern und damit auch die intensivsten Kummerreaktionen finden wir von 6 Monaten an bis, dann langsam abnehmend, zum 4. Lebensjahr (Rutter 1981; zit.b. Kruse 1991). Von diesem Zeitpunkt an gewinnt das Kind zunehmend an Autonomie und kann größere zeitliche und räumliche Freiheiten in Anspruch nehmen, ehe das aversive Kummersignal es sich wieder der Familie zuwenden läßt. Kummer steuert Bindungsprozesse lebenslang. Schon in der Pubertät muß die Bindung an die Eltern wieder aufgelöst werden und dies bedeutet, daß die Eltern als Auslöser für diese Emotion „neutralisiert" werden müssen (Kruse 1991).

Die Emotionen Kummer und Freude wirken allgemein in Bindungsprozessen eng zusammen. Freude ist eine Grundlage interpersoneller Nähe und Vertrautheit. Diese Emotion initiiert die Bindung, während Kummer sie aufrecht erhält, indem sie durch ihr aversives Signal Trennung verhindert.

Andere affektdynamische Verbindungen sind z. B. Kummer und negatives

Selbstwertgefühl, das sich in der Depression zeigt oder Kummer und Ärger, die sich im Trotz verdichten.

Die Emotion Kummer ist Grundlage einer Reihe von psychischen Störungen, deren Ursachen bis in das erste Lebensjahr zurückreichen und eng mit der Formierung von Bindungsprozessen, vor allen Dingen zu den Eltern, zusammenhängen. Diese werden in der Regel „frühe Störungen" oder, so die Terminologie der Integrativen Therapie, „frühe Schädigungen" genannt. Die subjektive Erlebensqualität dieser Störungen läßt sich am eingängigsten mit Verlassenheits-, Verlust- und Selbstentfremdungsgefühlen beschreiben (Asper 1989). Die Störungen, die mit der Emotion Kummer zusammenhängen, lassen sich unter anderem danach unterscheiden, an welchem Punkt des Bindungsprozesses Probleme und Traumatisierungen stattgefunden haben (Kruse 1991). So greifen die Störungen, die schon den Aufbau der Elternbindung betreffen naturgemäß tiefer als diejenigen, die erst nach erfolgter Verbindung eintreten. Bei ersteren kann es zu erheblichen emotionalen Irritationen in bezug auf das Bindungsverhalten schlechthin, zu diffusem Unglücklichsein, ambivalenten und fluktuierenden Abwehrkonstellationen, unergründbarer Trauer, Depression und Mißtrauen gegen Bindungen überhaupt kommen, bei letzteren zu akuten Verlassenheitssyndromen mit eher leibnahen Symptomen wie Unruhe, Störungen der Nahrungsaufnahme, Schlafstörungen und gehäufter Anfälligkeit für Infektionskrankheiten.

Daneben gibt es natürlich auch die geläufigen Formen des Kummers in Form von Trauerreaktionen, oder auch die „verzögerte Trauerreaktion", die an anderer Stelle ausführlich beschrieben wurden (Kübler-Ross 1976; Kast 1982).

2.2.3 Freude

Ebenfalls im Zusammenhang mit der Formierung von Bindungen ist evolutionär die Emotion Freude entstanden. Ihre Ausdrucksformen sind interkulturelle Phänomene, wenngleich die Benennung nicht einheitlich ist. Im Deutschen finden sich ähnliche Begriffe wie Glück, Zufriedenheit, im Englischen happiness und delight. Freude hängt eng mit der Vertrautheit von Personen und Situationen zusammen. Kinder in einer neuen Umgebung lachen nur selten (Kruse 1991). Das Lächeln tritt gleich nach der Geburt als spontanes und, der Ausdruck scheint mir etwas unglücklich gewählt, „endogenes Lächeln" auf, das noch nicht aus der Willkür des Säugling gesteuert werden kann. Ausgelöstes Lächeln kann ab dem 2. Lebensmonat beobachtet werden (Emde/Harmon 1972; zit. b. Kruse 1991). Das eindeutige soziale Lächeln setzt zwischen dem 2. und 5. Monat ein. Ab dem 4. Monat kann das Lächeln schon selektiv werden und mit 8 Monaten ist es dann voll ausgeprägt.

Ein Spezifikum der Emotion Freude ist es, daß der Säugling mit seinem Lächeln auf eine sehr wirkungsvolle Art Freude bei seinen Pflegepersonen auslösen kann. Lächeln bekräftig beiderseits die Interaktionen und motiviert zu weiteren Zuwendungen und Vokalisierungen. Die Bedeutung der letzteren wurde an anderer Stelle schon hervorgehoben. Freude kann so eine ganze Skala von emotionalen, kognitiven, sensumotorischen Ressourcen eröffnen, wenn eine affektive Reaktionsbereitschaft vorhanden ist. Freude schafft ein Gefühl der Zugehörigkeit, der Wärme, Nähe und der Liebe. Freude ist so eine Emotion, die mehr als andere Emotionen eine „gemeinsame Erfahrung" ist, sie signalisiert Verbundenheit, ist so der Spannungsreduktion zuträglich und stellt damit einen erheblichen protektiven Entwicklungsfaktor dar. Das Fehlen oder der Mangel an freudiger Zuwendung läßt das Kind emotional, kognitiv und intentional verkümmern, wie das auch Untersuchungen an Familien mit depressiven Müttern und Pflegepersonen zeigen konnten (Petzold u. a. 1993; Stern 1992; Mentzos 1991).

Kruse (1991) macht in diesem Zusammenhang noch einmal deutlich, wie sehr die Psychoanalyse irrt, indem sie sexuelle Triebe allein motivierend für das Bindungsverhalten einsetzt. Freude hat wohl mit Nähe zu tun, diese ist aber nicht gleichzusetzen mit Intimität, wenngleich die Freude hier auch eine bedeutende Rolle spielt. Schwerste neurotische Störungen entstehen gerade dann, wenn die Schranke zwischen Nähe und Intimität nicht eingehalten wird.

Freude interagiert auf vielfältige Weise mit anderen Emotionen. Zusammen mit Neugier und Interesse unterstützt sie Explorationsverhalten und soziale Aktivität. Daneben gibt es die „freudige Überraschung", das „gute Selbstwertgefühl" aber auch andere Verbindungen, wie die „Schadenfreude", in der sich Ärger und Freude mischen.

Die Pathologie der Freude besteht im wesentlichen darin, daß ihr Empfinden getrübt ist durch Angst, Kummer und negatives Selbstwertgefühl, durch Schuldgefühle und Scham oder daß sie völlig fehlt (Wurmser 1990). Damit stellt die Freude einen wesentlichen Faktor für psychische Gesundheit dar. Das Fehlen von Freude wird als Unglücklichsein erlebt und bedeutet in aller Regel einen Mangel an Nähe und Vertrautheit zu anderen Menschen. Die Betroffenen, oftmals Depressive, haben Probleme darin, sich die Lebensbedingungen zu schaffen, in denen sie Nähe und Vertrautheit kontinuierlich leben und erleben können. Zum Teil sind auch die Bedürfnisse danach so intensiv, daß Nähe und Glück nicht real herstellbar sind, wie etwa bei den sogenannten „schweren narzißtischen Neurosen".

Mit diesen ist ein weiterer Bereich angesprochen, den Kruse (1991) „Bindungsstörungen" nennt. Sie entstehen etwa durch Verlusterlebnisse in der Kindheit, durch Deprivation, Ambivalenz der Betreuungspersonen, prolongierten Mangel oder traumatische Trennungserlebnisse. Eine weitere pathologische Form der Freude entsteht durch Störungen in der Nähe-Distanz-Regulation. Die Freude bildet, zusammen mit der Emotion Neugier/Interesse, einen Pol in der Konstituierung des Gegensatzes von Nähe und Distanz. Den anderen Pol bilden die Emotionen Scham und Ärger. Soziale Beziehungen konstituieren sich durch die feine intersubjektive Abstimmung und Balance dieser beiden Pole. Störungen dagegen sind dadurch erkennbar, daß ein Pol überwiegt oder aber eine Dispersion von beiden Polen in jedem Handlungs- und Intentionsvorgang vorliegt: zu große Bedürfnisse nach Nähe etwa sind dann gleichzeitig mit einem abwehrenden Schamgefühl oder gar Aggressionen durchsetzt. In anderen Fällen wird das Bedürfnis nach Nähe durch eine unterlegte Angst davor von vornherein mit Aggression abgewehrt. Dieses Verhältnis bestimmt zuletzt auch die innere Balance in maligner Weise. Diesen Phänomenen begegnen wir häufig bei den sogenannten „Borderline-Persönlichkeiten".

2.2.4 Ärger

„Nichts löst so sicher Ärger aus, wie eine herabsetzende Beleidigung" (Kruse 1991). Mehr als jede andere Emotion ist Ärger mit der Aktivierung und Mobilisierung von Energie verbunden. Er gibt dem Handeln Nachdruck, „produziert" Willen zur Aktion und hilft damit, den eigenen Standpunkt zu vertreten. Ärger erleichtert die Durchsetzung eigener Absichten. Er kann sowohl zum Erreichen einer Dominanzposition beitragen, als auch dazu dienen, die Dominanzposition eines Anderen zu verhindern. Ärger ist damit eine wichtige emotionale Komponente von Aggression, aber nicht identisch mit ihr, denn nicht jede Aggression beruht auf Ärger. Die Aggression als Trieb zu bezeichnen, ist vor dem Hintergrund der sich entwickelnden Selbst-Psychologie sowie neuer Forschungen zum Thema Ärger obsolet geworden. Ärger als Emotion ist in Bezug auf seine Auslöser zunächst offen; er hat keine zyklische Verlaufsform, die je nach Befriedigung verlangt.

Zum erstmaligen Auftauchen der Emotion Ärger gibt es eine Vielzahl von Untersuchungen (Kruse 1991). Die Ergebnisse differieren etwa vom 3. Lebensmonat an bis zum etwa 7. Monat, in dem Ärger signifikant festzustellen ist. In dieser Zeit beziehen sich die Auslösersituationen von Ärger hauptsächlich auf „Distreß" und Frustrationserlebnisse. Ab dem 7. Monat dann macht sich Ärger als Reaktion auf die Trennung von Mutter oder Familie bemerkbar. Diese Reaktion bleibt in Form von Protest über den gesamten Entwicklungszeitraum der Kindheit erhalten. Ärger scheint deshalb ein Mittel zu sein, dessen sich das Kind bedient, um Kontakt zu bekommen oder aber um diesen aufrecht zu erhalten. Eine leichte Abschwächung tritt ein, wenn das Kind lernt, sich eigenständig fortzubewegen. Heftige Ärgerreaktionen, die sich bis hin zu „diktatorischen Attitüden" steigerten, wurden von Wallerstein/Kelly (1976, zit. b. Kruse 1991) infolge elterlicher Scheidungen festgestellt.

Im zweiten Lebensjahr tritt Ärger dann in Form von Trotzreaktionen auf. Wenn das Kind das Essen, die Person oder das gewünschte Spielzeug nicht genau zu dem Zeitpunkt und zu den Bedingungen, die es sich wünscht, bekommt, kann es sein, daß es schreit, die Luft anhält, rot anläuft, sich auf den Boden wirft und mit Händen und Füßen heftig stößt. Es mag alles wegfegen, was nicht dem gewünschten Objekt entspricht. Einengende, verweigernde und restriktive Handlungen der Pflegepersonen können dabei als Auslöser oder verstärkend wirken. Im Allgemeinen verlaufen die Trotzphasen bei Jungen länger und intensiver als bei Mädchen.

Noch später tritt Ärger als Folge von Rivalität, Konkurrenz, Streit, Frustration und Beleidigung unter Geschwistern auf (Bank/Kahn 1990); er spielt hier eine gewichtige Rolle im Erhalt des Selbstwertgefühls. Aggressionen sind dabei nur zu einem sehr geringen Anteil feindselig-verletzender Natur (etwa 5% nach Pearl 1987; zit. b. Kruse 1991), sondern werden eingesetzt, um ein bestimmtes Ziel zu erreichen.

Gut untersucht sind die Prognosen, die in bezug auf die Stabilität aggressiven Verhaltens eine Vorhersagekraft für spätere Delinquenz oder antisoziales Verhalten haben (Olweus 1984; Loeber/Dishion 1983; zit. b. Kruse 1991).

Die Sozialisation der Emotion Ärger hat viel mit der Frage zu tun, wie dieser in

Situationen zu dosieren ist. Ob Aggressivität ein dominierendes Element im Verhalten eines Kindes wird, hängt im Wesentlichen davon ab, inwieweit das Kind durch seine Eltern Unterstützung und Alternativen zur positiv-aggressiven Durchsetzung seiner Intentionen – im besten Sinne – erhält. Negative, indifferente oder diffamierende Einstellung gegenüber der kindlichen Aggression, Bestrafung und machtorientierte Erziehung sind Faktoren, die das maligne Verhalten eher verfestigen. Gleiches gilt für das „Lernen am Vorbild", wenn in der eigenen Famlie destruktiv-aggressives Verhalten an der Tagsordnung ist, sowie die Aggressionsansteckung, die die Entwicklungsprognose verschlechtern kann.

Ärger ist ebenfalls in vielfältigen Wechselwirkungen mit anderen Emotionen. In der Feindseligkeit etwa vermengen sich Ärger, Ekel und Verachtung, im Spielkampf wirken Ärger und Freude zusammen, im Ehrgeiz Ärger und Interesse, in der Wut Ärger und Kummer und in der Moral häufig Vorstellungen von Ärger und Schuldgefühl.

Die Pathologie des Ärgers bezieht sich in erster Linie auf drei Bereiche. Die häufigste und sogar gesellschaftlich am strengsten untermauerte Form besteht in blockiertem Ärger und in gehemmter Aggressivität. Diese sind eine wichtige Komponente der Depressionen, der Zwangsneurosen aber auch der psychosomatischen Krankheiten (Hoffmann/Hochapfel 1992), bis hin zu Syndromen im Bewegungsapparat, wie Heinl (1993a, 1993b) und Petzold/Heinl (1983) zeigen konnten. Die Hyperaggressivität wurde schon kurz im Rahmen der „Borderline-Persönlichkeiten" angesprochen. Darüber hinaus spielt sie natürlich im sogenannten „antisozialen Verhalten", in Impulsstörungen, in der Kriminalität und in der Manie eine entscheidende Rolle (ICD-10; DSM-3-R).

Verliert der Ärger seine Situationsspezifität, kann er, ähnlich der Phobie oder dem Schuldkomplex, eine pathologische, objektgebundene Form erreichen oder habituell werden (Ärger als Deckemotion für alle möglichen anderen Emotionen, z. B. Trauer und Scham). Gilt der Ärger einer Person, so spricht man vom Haß. Auch Haßliebe ist eine häufige Form der Pathologie beim Ärger, genauso wie der Selbsthaß, der zu Selbstverletzungen bei schweren Persönlichkeitsstörungen und bis hin zum Suizid reichen kann. Meist ist er eine Form von unterdrücktem Ärger, hohen Ansprüchen an die eigene Person, rigiden Wert- und Leistungsvorstellungen („Über-Ich"), die vermengt sind mit schweren Schuldgefühlen.

2.2.5 Ekel

Über die Entwicklung von Ekel gibt es wenige Untersuchungen. Peiper (1963, zit.b. Kruse 1991) beobachtete Ekel schon ab dem ersten Lebenstag bei der Fütterung mit einer offensichtlich unangenehmen Substanz. Die Nase wird nach oben gezogen und gekräuselt, die Oberlippe wird nach oben gezogen, so als wolle sie die Nasenlöcher verschließen. Die Augen werden dadurch teilweise geschlossen und der Blick begrenzt. Die Zunge scheint vorgeschoben, so als wolle sie etwas ekelhaftes ausstoßen. In extremen Fällen kommt Brechreiz hinzu. Die Emotion Ekel differenziert sich langsam aus und wird etwa ab dem 2. Lebensjahr auch durch ekelerregende Anblicke ausgelöst.

Ursprünglich hat Ekel die Funktion, die körperliche Hygiene aufrecht zu erhalten und vor ungenießbaren, verdorbenen Speisen zu schützen. Er ist ein inneres Signal, das verhindern soll, daß etwas Übles in den Körper eindringt. Eng verbunden ist der Ekel auch mit der Reinlichkeitserziehung und der Kontrolle der Ausscheidungen. Ekel vor diesen setzt jedoch erst im Alter von 2-3 Jahren ein.

Später setzt Ekel auch in Bezug auf Personen, Tätigkeiten, Situationen und Ideen ein. Dabei vermischt er sich oft mit Ärger und positivem Selbstwertgefühl, was zu den Gefühlen des Abscheus, der Verachtung oder Feindseligkeit führen kann.

Mehr als jede andere Emotion wird Ekel subjektiv nicht als Gefühl oder Problem der eigenen Person, sondern als etwas erlebt, das vom auslösenden Objekt hervorgerufen wird. Die Pathologie des Ekels findet sich daher in ihrer einfachsten Form als Ausgangspunkt der Vermeidungshaltung bei phobischen Störungen. Häufig tritt Ekel im Zusammenhang mit sexuellen Störungen auf. Ekel kann sehr wirkungsvoll das sexuelle Erleben blockieren. Dabei ist es nicht einmal ausschlaggebend, ob sich der Ekel auf die eigenen Genitalien, den Körper der anderen Person oder die sexuelle Erregung allgemein richtet. Die Vermischung von Ekel und Scham, oftmals in einer völlig paradoxen Vermengung mit Schuldgefühlen, begegnet uns regelhaft, wenn sexueller Mißbrauch und Gewalterfahrungen im Kindesalter oder auch Vergewaltigung vorliegen. Zuletzt spielt der Ekel vor Speisen und der Ekel vor dem eigenen Leib bei allen Eßstörungen eine zentrale Rolle.

2.2.6 Neugier und Interesse

Kinder sind nur mit Mühe davon abzuhalten, ein Objekt, das sie interessiert, zu begutachten, es anzufassen, und auf seine „Tauglichkeit" hin zu überprüfen. Neugier und Interesse beziehen sich daher stark auf den Informationsgehalt einer Reizquelle. Krause (1989; zit.b. Kruse 1991) zählt Neugier und Interesse zu den informationsverarbeitenden Affekten, die der Steuerung des Denkens und des Handelns dienen. Darüber hinaus haben Neugier und Interesse aber auch starke soziale Valenzen, sie fördern nicht nur das Explorationsverhalten und die Motivation, gleichermaßen richtet sich die Neugier und das Interesse mit ausdifferenzierenden Abgrenzungs- und Wahrnehmungsmodi auch auf andere Personen und initiiert somit Begegnung.

Die ersten Auftretenszeitpunkte von Neugier, Interesse und Explorationsverhalten dürften mit Blick auf intrauterine Forschungen bereits pränatal angesiedelt werden (Petzold 1992b). Sicher ist jedenfalls, daß sie von Geburt an vorhanden sind. Licht- und Schallquellen sind die ersten Auslöser der Emotion, gefolgt von Kontrasten, sensorischen und visuellen Veränderungen und Farben. Ein weiteres Stadium eröffnet sich mit der Fähigkeit zu greifen und zu manipulieren.

Erst ab dem 9. Lebensmonat sei das Auftauchen einer „intrinsischen Motivation" dadurch gekennzeichnet, daß Kinder von Neuem angezogen werden (Kruse 1991). Diese ist für die Ausbildung von weiteren Handlungsschemata und der sprachlichen Entwicklung von großer Bedeutung. Die Neugier und das Interesse werden im Laufe der Entwicklung immer selektiver; sie werden zu einer spezifischen Reaktion auf das Unbekannte, Fremde, Kuriose und Abweichende, sofern sie nicht traumatisiert werden.

In enger Interaktion stehen Neugier und Interesse mit dem Selbstwertgefühl. Das positive Selbstwertgefühl ist ein autonomer Reiz zum Handeln; es bewirkt Freude auf Begegnung oder Neues und Hoffnung auf Erfolg, während negatives Selbstwertgefühl die Neugier schwächt und Furcht vor Mißerfolgen erzeugt.

Die Pathologie der Neugier und des Interesses bestehen in erster Linie darin, daß diese Impulse depriviert, für lächerlich gehalten, diffamiert, traumatisiert, entwertet, dauerhaft frustriert und anschließend konflikthaft besetzt wurden. Im Gefolge entstehen Entwicklungshemmnisse, Minderwertigkeitsgefühle und Langeweile. In der Apathie und der Depression spielt das Fehlen dieser Emotionen eine zentrale Rolle. So gesehen bilden Neugier und Interesse einen Großteil an Vitalität und Gesundheit, die auch mit „gesunden" Aggressionen einhergehen muß. Zuletzt kann das scheinbare Fehlen von Neugier und Interesse eine Abwehr- oder Vermeidungshaltung gegenüber unangenehmeren Denk- und Fühlinhalten bedeuten.

2.2.7 Überraschung und Schreck

Zu den Emotionen Überraschung und Schreck gibt es wenige gesicherte Erkenntnisse. Die Überraschung bewirkt, daß in einer laufenden Aktivität innegehalten und die kognitive Aktivität beendet wird. Überraschung und Schreck helfen beide bei der Neueinstellung auf plötzlich eintretende Veränderungen (Kruse 1991). Differenzierungen zwischen beiden Emotionen wurden verschiedentlich vorgenommen. Etwa, daß Überraschung und Schreck unterschiedliche Intensitätsgrade der gleichen Emotion seien, oder daß Überraschung eine Reaktion auf ein fehlerwartetes, Schreck die Reaktion auf ein plötzliches und intensiveres Ereignis sei.

Schreck tritt sehr früh in der individuellen Entwicklung auf; wie photographische Techniken zeigen konnten, wahrscheinlich schon pränatal. Zu Beginn tritt er gehäuft als Reaktion auf plötzliche, intensive akustische und taktile wie sensuelle Reize auf. Erst später, mit zunehmender Differenzierungsfähigkeit, können auch Bilder, Szenen, Geschmäcker zu Überraschung und Schreck führen. Die Emotionen scheinen, ähnlich dem Lächeln, auch spontan und ohne äußeren Anlaß aufzutreten. Plötzliche Zeichen von Überraschung ohne erkennbaren Auslöser wurden von Malatesta/Haviland (1982; zit. b. Kruse 1991) bei Kindern im Alter von 2–3 Monaten beobachtet.

Die Pathologie der Überraschung und des Schrecks spielt zusammen mit der Wirkung von Traumata eine entscheidende Rolle. Sie sind eine wesentliche Komponente des Schocks und werden auch als die wichtigste Komponente des posttraumatischen Zustandsbildes beschrieben (z. B. das Zusammenzucken nach Geräuschen, ungewöhnliche Orientierungsstörungen, Blaßwerden). Von Freud stammt eine Unterscheidung zwischen Schreck und Angst: Schreck nannte er einen Zustand, in den man gerät, wenn man in Gefahr kommt, ohne auf sie vorbereitet zu sein, Angst dagegen ist die Erwartung von Gefahr und die Vorbereitung auf dieselbe. Auf diese Weise kann Angst vor Schreck schützen. Dieser Mechanismus scheint wiederum für eine Reihe neurotischer Störungen, etwa der Phobie und der Zwangsneurose, bedeutsam zu sein.

2.2.8 Selbstwertgefühl

Trotz oder gerade wegen seiner großen Popularität ist der Begriff des Selbstwertgefühls unbestimmt und schillernd, vom wissenschaftlichen Standpunkt her umstritten (Ludwig-Körner 1992). Beim gegenwärtigen Stand der Forschungen kann auch nicht entschieden werden, ob er zu den elementaren Emotionen gezählt werden kann, weil unter bestimmten Gesichtspunkten alle Emotionen auch der Selbstbewertung dienen (Kruse 1991). Eine Fülle von „selbstreferentiellen Gefühlen" (Filipp 1979), die von Untersuchungen noch gar nicht genauer betrachet wurden, konstituieren das Selbstwertgefühl. Darüber hinaus ist der Begriff dazu geeignet, Verwirrungen zu stiften. Die Mittelsilbe „Wert" impliziert gewisse Wert-Maßstäbe, wobei ungewiß bleibt, wer diese aufstellt. Ist es nun das Gefühl, etwas wert zu sein, würde die Kontextbewertung schwerpunktmäßig ausschlaggebend sein. Betrifft der Begriff den Umstand, daß „man sich gut in und mit sich fühlt", würden die inneren Maßstäbe und Wertvorstellungen dominieren („Ideal-Selbst").

Tatsache bleibt bei alledem, daß der Begriff oder vielmehr das, was er bezeichnen will, eine enorme Wirksamkeit im Alltag wie auch in der Neurosenentstehung besitzt. Deswegen wird auch hier versucht, das Phänomen zunächt unter diesem Begriff zu fassen, wenngleich die Benennung möglicherweise zu späteren Zeitpunkten differenziert werden muß.

Die Psychoanalyse behandelt den Begriff Selbstwert unter dem Narzißmuskonzept (Kohut 1976). Noch Freud formulierte den „primären Narzißmus", der darin bestünde, daß der Säugling, der zu einer differenzierten Subjekt-Objekt-Beziehung noch nicht imstande ist, in absoluten Größenvorstellungen seine ganze „Libido" auf sich selbst beziehe. Diese Theorie wurde, auch innerhalb der Psychoanalyse, als obsolet betrachtet und verliert heute zunehmend an Bedeutung. Der primäre werde dann vom sekundären Narzißmus abgelöst, der eine regressive Wiederbesetzung des eigenen Ich nach einer Zurücknahme der Libido von Objekten der Außenwelt darstelle. Hierzu käme es besonders nach Libidoversagungen und Selbstwertkränkungen (Graichen 1991). Narzißstische Probleme werden hier auch als Größenvorstellungen oder Minderwertigkeitsgefühle beschrieben. Die Annahme der Psychoanalyse, die Ätiologie des Narzißmus sei immer auf die Lebensphase um die Geburt herum anzusiedeln, zeigt, wie wenig hier genauere Untersuchungen, die es schon seit den 70er Jahren gibt, nicht einmal die aus den eigenen Reihen, in die Theoriebildung einbezogen wurden (Lichtenberg 1991). Selbstwertgefühl, als selbstreferentielles Phänomen, tritt, wie neuere Untersuchungen zeigen konnten, erstmals im zweiten Lebensjahr auf (Kruse 1991).

Die Aussagen über Narzißmus sind auf verschiedenen unterschiedlichen Theorieebenen sehr variabel, wie im allgemeinen wegen seiner Widersprüchlichkeit das Narzißmuskonzept in jüngster Vergangenheit mehrfach angegriffen wird (Wahl 1985; vgl. Kernberg 1992). Deshalb soll hier dem Begriff Selbstwertgefühl der Vorzug gegeben werden.

Andere Untersuchungen schlagen eine Unterscheidung zwischen der – eher kognitiv orientierten – „Selbstevaluation" und dem – eher emotional orientierten – „Selbstgefühl" vor (Wells/Marwell 1976; zit. b. Kruse 1991). Damit wird deutlich, daß das Selbstwertgefühl als einzige Emotion eine innere Zweiteilung in Positives und Negatives beinhaltet. Auf der einen Seite finden wir Stolz, Überlegenheitsgefühl, das Gefühl der Anerkennung, Zufriedenheit oder gar Triumph, auf der anderen Minderwertigkeit, Unterlegenheit, Kränkung, Demütigung und Verletzung.

Die Funktion des Selbstwertgefühls besteht damit in einer Strukturierung des Selbst, in dem Erhalt der inneren Balance, in der Diskriminierung von aversiven und ungewünschten Inhalten und nicht zuletzt in der Leistungsmotivation, die, zumindest in unserer Kultur, in engster Verbindung mit dem Selbstwert zu definieren ist. Das Selbstwertgefühl ist ein generelles Signal für Zufriedenheit, Güte, Leistung, Qualität und Überlegenheit der eigenen Person geworden. Diese Formulierung weist darauf hin, daß das Selbstwertgefühl im Kontext der Regulation von Rang- und Dominanzstrukturen entstanden ist (Bischof-Köhler 1985; zit. b. Kruse 1991).

Das Selbstwertgefühl wurde in der Ausdrucksforschung kaum berücksichtigt. Dementsprechend schwer ist es, einen genauen Auftretenszeitpunkt zu nennen. Anfänglich ist diese Emotion von der Emotion Freude schwer abzugrenzen. Kagan (1981; zit. b. Kruse 1991) fand, daß zwischen dem 18. und dem 28. Lebensmonat zum erstenmal eine kritische Selbstbewertung auftritt. Heckhausen (1985; zit. b. Kruse 1991) beschrieb drei Phasen der Entwicklung. Die erste sei ab dem 3. Monat zu beobachten und bestünde in einem „Erleben von Ergebnissen", das der Autor als „Kontingenzerleben" beschreibt. Das Erzielen eines bestimmten Effekts sei dabei mit einem angenehmen Gefühl verbunden. Die zweite Phase bestünde darin, daß Kinder ab etwa dem 18. Lebensmonat ein Verhältnis zu ihrem „Werk" aufbauen und die Produkte ihrer Tätigkeit mit staunender Aufmerksamkeit betrachten. Das Kind erlebe sich als Initiator seiner Aktivität und nehme sowohl von Erfolg als auch von Mißerfolg Notiz. Unterstützt wird diese Annahme von Beobachtungen, daß das Kind bis dahin alle Hilfsangebote und Eingriffe der Pflegepersonen akzeptiert, ab etwa dem 18. Monat aber nicht mehr. Die dritte Phase setze ein „kategoriales Selbst mit einem rudimentären Attribut eigener Tüchtigkeit" voraus, denn in diesem Stadium bilden sich Gefühle wie die „Hoffnung auf Erfolg" aber auch die „Furcht vor Mißerfolg" schon deutlich heraus. Es sei anzunehmen, daß diese Zustände eng mit dem verbunden seien, was später ein positives oder negatives Selbstwertgefühl genannt werde. Heckhausen sieht hier den Beginn des eigentlichen Leistungshandelns und nennt diese dritte Phase den „selbstwertzentrierten Motivationszustand".

Die Determinanten zur Entwicklung eines stabilen Selbstwertgefühls werden weiter unten unter dem Thema der „protektiven Faktoren und Prozesse" noch eingehend besprochen. Bedeutsam scheint, daß zwischen dem sozialen Status der Familie und dem Selbstwertgefühl der Kinder kein signifikanter Zusammenhang bestand. Ebensowenig wie das bei der Körpergröße, der physischen Aktivität, der Schulleistung und bei verschiedenen Religionszugörigkeiten der Fall war (Coopersmith 1967; zit. b. Kruse 1991). Wesentlich bedeutsamer fand Coopersmith folgende Faktoren: Akzeptanz von den Eltern, klar definierte Grenzen und Regeln, Respekt vor den Handlungen des Einzelnen, große Freiheiten innerhalb der gesetzten Grenzen (Flexibilität). Kinder, die solche Entwicklungsbedingungen hatten, erschienen in ihren Fähigkeiten begabt, kompetent, unabhängig, kreativ, sozial, kontaktfreudig, mit niedrigem Angstniveau und mit besser ausgebildeten Fähigkeiten, mit Bedrohungen fertig zu werden. Kinder mit niedrigem Selbstwertgefühl sind unter Bedingungen der Zurückweisung, Unsicherheit und fehlendem Respekt aufgewachsen, sie haben das Gefühl, machtlos zu sein und sich nicht durchsetzen zu können. Sie sind isoliert, unbeliebt, unfähig, ihre Unzulänglichkeiten anzugehen und sich zu verteidigen. Sie tendieren zum sozialen Rückzug, wobei sie unter Ängsten leiden.

Wie keine andere Emotion, wird das Entstehen des Selbstwertgefühls intensiv und systematisch in den Sozialisationsprozeß einbezogen. Es ist anzunehmen, daß das Selbstwertgefühl eng mit den Wirkungen von Belohnung und Bestrafung zusammenhängt (Kruse 1991). Mit Lob und Tadel können Erziehungspersonen wie Eltern und Lehrer das Selbstwertgefühl des Kindes direkt ansprechen und, aufgrund der Abhängigkeit des Kindes von derartigen Identifizierungen, den angenehmen oder unangenehmen Impuls der Emotion auslösen und kontrollieren. Über derlei Zuschreibungen formieren sich Identität und Selbstkonzepte, die die „inneren Standards" konstituieren, vor denen später das Verhalten ständig nach Kongruenzen und Diskrepanzen verglichen wird. Und spätestens an dieser Stelle wird deutlich, wie sehr die Ausprägung des Selbstwertgefühls vom Wohlwollen oder der Grausamkeit von Erziehungspersonen, aber auch von ungünstigen Umständen, wie Familienstreß oder malignen Familienmythen abhängt.

Die Pathologie des Selbstwertgefühls ist in fast allen neurotischen Krankheiten zu finden, in Form von Minderwertigkeitsvorstellungen, Intentionshemmungen, Größenvorstellungen, weiter in Gefühlen der fehlenden Kohärenz und Konsistenz des Selbstsystems, wie sie bei allen Identitätsstörungen vorkommen. Weil das Selbstwertgefühl die Stimmung beeinflußt, spielt es auch bei allen affektiven Erkrankungen eine entscheidende Rolle. Gleiches gilt für die Fähigkeit zur Regulierung von Nähe und Abgrenzung: wer sich selbst nichts wert ist, kann schwer etwas Schützenswertes an sich finden.

2.2.9 Scham

Das Gefühl der Scham korrespondiert eng mit den Problemen der Selbstöffnung und Selbstaufmerksamkeit, des Zeigens von Gefühlen und Einstellungen, und der Verletzung von moralischen Normen. Wer sich schämt, glaubt sich exponiert und beobachtet, ist unsicher und befangen. Das Schamgefühl wird oft gleichgesetzt mit den Gefühlen der Peinlichkeit und Schüchternheit, wobei letztere deutlichere soziale Auslöser besitzt. Es finden sich Behauptungen, Scham sei das Gegenteil von Stolz. Tomkins (1962; zit. b. Kruse 1991) bezeichnete die Scham als „selbstreflexives Gefühl" oder als „Selbstbewertungsemotion". In neueren Arbeiten, z. B. von Wurmser (1990), wird das Schamgefühl als originäres Gefühl in der Neurosenentstehung behandelt, wobei es schon früher in verschiedenen Konzepten zum Narzißmus einen ähnlichen Niederschlag fand. Lewis (1987; zit. b. Kruse 1991) sah Scham als Wurzel des Verhaltens und der Symptome von narzißtischen und Borderline-Persönlichkeiten an. Buss (1980; zit. b. Kruse 1991) bringt Scham und Peinlichkeit mit der Selbstaufmerksamkeit in Verbindung, wobei er meint, daß die „öffentliche Selbstaufmerksamkeit" zu Scham führe, die private dagegen zu Schuldgefühlen.

Wie immer man die Definitionen wertet, bleibt die Tatsache erhalten, daß Scham eine fast allgegenwärtige Emotion ist, die im sozialen Kontext schnell verdrängt wird. Der Ablauf sozialer Interaktionen ist nicht zu verstehen, wenn man nicht das Motiv berücksichtigt, das darin besteht, das Auftreten von Scham und Peinlichkeit zu vermeiden (Kruse 1991).

Das Auftauchen des Schamgefühls setzt erst relativ spät, mit etwa dem 3. Lebensjahr, ein. Die Mehrheit der Kinder (59%) zeigen erst mit 5 Jahren Anzeichen von Scham und Peinlichkeit (Buss u. a. 1979; zit. b. Kruse 1991). Ein wichtiger Auslöser, an dem sich die Emotion festmacht, ist die Nacktheit, die in diesem Alter zunehmend in den Fokus der Aufmerksamkeit des Kindes fällt. Von diesem Zeitpunkt an fallen mit der sich entwickelnden Intimität immer mehr Dinge und Handlungen unter die Regie des Schamgefühls. Zunehmend werden auch soziale Regeln in das Schamverhalten mit einbezogen. Immer mehr reagieren Kinder nicht nur auf Handlungen und Situationen mit Scham, sondern auch auf ihre eigenen Gedanken, Phantasien und Erinnerungen. Der späte Auftretenszeitpunkt von Schamgefühlen läßt die frühe Kindheit oft als schamfreie, unschuldige Zeit erscheinen.

Man kann das Schamgefühl auch als inneres, extrem aversives Signal beschreiben, das sensibel auf die Übertretung von Distanzgrenzen, bzw. die Preisgabe von Intimem reagiert (Wurmser 1990). Im sozialen Kontext bewirkt die Scham, daß Distanz eingehalten wird. Sie rückt damit in die Nähe von moralischen Vorstellungen, wobei Kruse (1991) betont, daß Scham nicht durch Moral entsteht, sondern daß die Kausalität zumindest in beide Richtungen zu denken ist. Moral entstand auch, weil das Schamgefühl evolutionär bedingt ist. Illies (1982; zit. b. Kruse 1991) vermutet, daß es evolutionär zur Bewußtheit von den eigenen Genitalien führte und dazu motivieren sollte, diese verletzlichen Körperteile zu schützen. Ein weiterer Grund für die Auslösung von Scham sei die Kontrolle sexueller Impulse in der Familie sowie die Kontrolle bezüglich der Inzestunterdrückung.

Die Pathologie des Schamaffektes finden wir in nahezu allen neurotischen Störungen; insbesondere bei den Persönlichkeitsstörungen. Hier liegt oftmals eine Pathologie der Emotion Scham in der Form vor, daß eben die Scham- und Distanzgrenzen nicht eingehalten werden können. Auch bei Vergewaltigungen, sexuellem Mißbrauch und Viktimisierungen wie Geiselnahmen, Kriegsgefangenschaft, KZ-Erlebnissen, Folterungen und anderen Gewalterlebnissen treten massive Schamgefühle auf. Die Patienten fühlen sich erniedrigt, nackt, ihrer Würde beraubt, verletzlich und wollen über ihre Erlebnisse nicht sprechen. Das Bekanntwerden von Mißbrauchserfahrungen hat stigmatisierenden Charakter für Kinder und das Schamgefühl hat großen Anteil an der Geheimhaltung und intrapsychischen Isolierung dieser Erfahrungen.

Auch bei den Psychosen finden wir häufig einen extrem starken Schamaffekt. Patienten glauben sich beobachtet, verfolgt, oder z. B. wegen einer vermeintlichen Dsyplasie in den Mittelpunkt des Interesses Anderer gestellt. Nicht zuletzt sind viele Wahninhalte, etwa imperative und kommentierende Stimmen (Phoneme) sexuellen Inhaltes und lösen starke Schamgefühle aus.

Weniger dramatische pathologische Formen sind die Schüchternheit, soziale Ängste, Redeängste und Ängste vor Sexualität. Zuletzt kommt der Scham, wie Wurmser (1990) zeigen konnte auch eine Funktion des Widerstandes in der Psychotherapie zu, wobei abgewägt werden muß, daß Psychotherapie immer ein Eingriff in die Intimsphäre ist, daher Scham als natürliche Reaktion auftritt. Ein Psychotherapeut, der mit dieser Grenze nicht taktvoll umgehen kann, wird „technischen (iatrogenen) Widerstand" bei seinen Patienten erzeugen.

2.2.10 Schuld

Neben dem Schamgefühl ist die Emotion Schuld einer der wichtigsten und bedeutsamsten Mechanismen, durch den das Individuum sozialisiert wird. Sie ist ein Schlüsselfaktor in der Entwicklung persönlicher und sozialer Verantwortlichkeit. Die Funktion des Schuldgefühls hängt eng mit der Hemmung sozial mißbilligten, unmoralischen Verhaltens zusammen. Mehr noch als Scham ist Schuld eine „moralische Emotion". Sie befindet sich in einem antagonistischen Verhältnis zu den Emotionen Ärger und Wut, in dem beide eine gegenläufige Funktion einnehmen.

Ein intaktes Gewissen, das Verantwortlichkeiten regelt, ohne durch Rigidität pathogene Faktoren zu setzen, kann sich nur auf der Grundlage eines einsatzbereiten Schuldgefühls bilden. Schuldgefühl ist als emotionales Signal zu verstehen, das im Kern die Verletzung einer sozialen Verpflichtung oder Norm anzeigt.

In unserer Kultur allerdings wurde die Emotion Schuld völlig überstrapaziert; deutsche Normen sind streng, ganz abgesehen davon, daß jeder Deutsche spätestens seit 1945 ein schon je überforderndes Maß an Schuld in die Wiege gelegt bekommt – denkt man an die Schuld, die die Deutschen sich im Nationalsozialismus auf sich geladen haben – so daß ein wertfreies Herangehen an dieses Thema mit vielen Schwierigkeiten verbunden ist (Heinl 1994; Heimannsberg/Schmidt 1992; Eisen 1988).

Für Freud hing die Entwicklung des Schuldgefühls und die Formierung des Über-Ich mit der Kastrationsangst, bzw. mit dem Auftauchen der kindlich-sexuellen Wünsche des Kindes an den gegengeschlechtlichen Elternteil zusammen. Das Über-Ich war in seinen Vorstellungen eine Verinnerlichung elterlicher Normen und Drohungen. Diese Konzeption greift nach heutigen Erkenntnisen zu kurz. Allein, Gewissen vermittelt nicht nur Regeln und Normen, auch positive Werte sind hier abgespeichert und vermitteln, so es nicht ausschließlich durch Rigidität gekennzeichnet ist, Wohlgefühl, wenn das Individuum im Einklang mit diesen handelt. Eine zu hohe Moral kann dabei ebenso zum Problem werden wie zu niedrig angesetzte Werte, Doppelmoral kann zu Spaltungserleben und Beziehungsideen führen. Dabei weisen allerdings neuere Untersuchungen darauf hin, daß machtausübendes Erziehungsverhalten die Internalisierung von Normen eher verhindert als fördert (Montada 1987). Moral, die auf Angst vor Strafe aufgebaut ist, muß vor diesem Hintergrund immer als pathogen eingestuft werden.

Starkes Schuldgefühl wird oftmals als ichdyston erlebt und findet seinen Niederschlag in diversen neurotischen Symptomen wie Zwang, Depression und Externalisierung (Projektion). Pathologisch kann Schuld als Behauptungsproblem auftreten, wenn es sich vorwiegend in der Blockade der aggressiven Funktionen auswirkt, und die Person nur mit größten Schuldgefühlen eigene Interessen durchsetzen kann. Wir finden diese Pathologie häufig bei den schweren Persönlichkeitsstörungen, die eine abnorme Entwicklung durch prolongierte Deprivation und schwere Traumatisierungen durchlaufen haben. Leichtere Formen dieser Pathologie sind der Schuldkomplex und die Neigung zu schlechtem Gewissen.

Auch die Zwangssymptomatik steht in engem Zusammenhang mit der Emotion Schuld. Die Kranken haben fast immer die Vorstellung, daß sie entweder Schuld auf sich geladen haben und diese durch ritualisierte Ersatzhandlungen abtragen könnten (Waschzwang), oder aber daß sie durch die Zwangshandlung eine Schuld fernhalten können (etwa bei Fremd-Infizierungsideen).

Die Pathologie des Schuldgefühls findet sich auch in den Psychosen. Sowohl bei den affektiven Psychosen, etwa der „endogenen Depression", finden sich schwerste wahnhafte Schuldgedanken und Verarmungsideen aufgrund vermeintlich schuldhaften Verhaltens in der Vergangenheit. Bei den Schizophrenien finden wir Schuldgedanken aufgrund von Größenvorstellungen; Patienten glauben etwa, daß sie am Tod einer nahen Angehörigen Schuld seien, weil sie bestimmte Dinge getan oder unterlassen haben, die aber für den Beobachter keinen realen Zusammenhang ergeben (Mentzos 1993).

Nicht zuletzt treten Schuldgefühle auch auf bei Katastrophenerfahrungen oder Überlebenden aus Konzentrationslagern. Die Betroffenen erleben eine Schuld gegenüber den Toten, daß sie überlebt haben. Opfer von Mißbrauch und Gewalt erleben in einer paradoxen reziproken Form den Schuldaffekt, den eigentlich der Täter haben müßte. Dieser Mechanismus ist nicht geklärt; er hängt möglicherweise mit der Abwehr der traumatisierenden Erfahrungen durch die Identifikation mit dem Aggressor zusammen (Ramin 1993) oder damit, daß sexuell Mißbrauchte in mehr oder minder bewußten und unbewußten Anteilen schuldhaft erleben, daß sie „überhaupt bei der Tat mitgewirkt" haben.

Oftmals kommt es zu Irritationen in bezug auf das Schuld-Konzept verschiedener Anschauungsrichtungen. Während die Wortwurzel des Begriffes Schuld auf ein „Soll hinweist, das nicht erfüllt wurde" (Gruber 1983), nützt z. B. die Kirche den Schuldbegriff seit der Erfindung der Erbsünde dazu, Menschen generell als schuldig zu bezeichnen. Letztendes gibt es noch die Schuld im juristischen Sinne, die nicht mit der moralischen Schuld, nämlich der „Verantwortung" des Täters, etwa bei sexuellem Mißbrauch verwechselt werden darf.

2.3 Emotionale Stile

Derartig mobile Prozesse emotionaler Entwicklung und Sozialisation sind, wie zu sehen war, höchst störanfällig und können durch schädigende Stimulierungskonstellationen bei zeitextendierter Einwirkung erheblich beeinträchtigt werden. Auf emotionale Schädigungsebenen im perzeptiven, propriozeptiven, pathischen (Fähigkeit zu trauern und zu leiden, Schmerz zu empfinden), empathischen und expressiven Leib ist im anamnestischen Prozeß zu achten; ebenso wie auf die Einschätzung und Diagnostik „emotionaler Stile". Letztere geben mittelbar Aufschluß über die Qualität der Entwicklung des Leib-Selbst im „frühen interpersonellen Raum" der Familie und sollten daher in allen drei Phasen anamnestischen Vorgehens (Erstkontakt, Erstinterview, Anamnese-Erhebung) im Auge behalten werden. Anamnese hat hier die Aufgabe, selbstreferentielle Gefühle und Kognitionen, mit diesen verbundene Grundstimmungen und Lebensgefühl aufzufinden, ihre Formationsprozesse zu durchleuchten, damit sie in einer anschließenden Therapie einsichtig gemacht werden können. Einige emotionale Stile sollen hier, ohne den Anspruch auf Vollständigkeit, genannt werden (nach Petzold 1992a):

1) Gefühlsverwirrungen: Inkonstante oder gegenläufige Stimulierungen verhindern die Ausbildung stabiler Gefühlslagen oder die Abgrenzung einer Lage von der anderen.

2) Gefühlsarmut: Defizite an affektiver Zuwendung können Gefühlsarmut und mangelnde Gefühlstiefe im Gefolge haben. Bestimmte komplexe Gefühle werden nicht ausgebildet.

3) Alexithymie: Durch Defizite – vornehmlich im Bereich der emotionalen Sprachsozialisation – lernt das Kind, das seine Regungen zwar spüren kann, nicht, Thymosregungen differentiell zu benennen.

4) Ambivalenz: Störungen und Konflikte, zuweilen auch Traumata, können die Ausbildung von Ambivalenzen zur Folge haben. Personen, Situationen, Handlungen werden auf dem Hintergrund von negativen Erfahrungen zwiespältig besetzt.

5) Inhibierung: Durch traumatischen Streß oder tiefgreifende Gefühlskonflikte kann es zu Blockierungen emotionalen Ausdrucks und damit zu Affektstaus kommen. Emotionen können nicht gezeigt werden.

6) Anästhesierung: Traumata, aber auch schmerzlich erfahrene Defizite, bewirken, daß sich das Leibsubjekt fühllos macht, um Schmerzen oder andere belastende Affekte nicht mehr spüren zu müssen.

7) Skotomisierung: Durch Konflikte und Traumatisierungen kann das Subjekt für Gefühle, die im Ausdrucksverhalten für andere durchaus sichtbar sind, blind werden. Es blendet bei seinen Handlungen den Affekt aus, selbst wenn die Aktion spürbar ist.

8) Agitiertheit: Störungen, Traumata und Konflikte können Zustände ständiger emotionaler Alarmiertheit bewirken; überschießende Gefühlsintensitäten, die nicht wahrgenommen und/oder nicht gesteuert werden können.

9) Emotionale Einseitigkeit: Jede Form der pathogenen Stimulierungskonstellation kann Temperamentsdispositionen in negativer Weise eingleisig verstärken und zu fixierten Stimmungslagen, bzw. Grundstimmungen führen, oder sich sogar als habituiertes Lebensgefühl artikulieren. Der Patient fühlt nur noch in ganz bestimmter Weise.

10) Regressive Fixierung: Alle pathogenen Stimulierungsformen vermögen Fixierungen auf archaische Formen des Denkens, Fühlens und Handelns auszulösen; Formen, die zur

Zeit der fixierenden Ereignisse eine problembewältigende Funktion hatten, in der Gegenwart aber für eine adäquate Lebensbewältigung hinderlich sind.

11) Vernunft-Gefühl-Divergenz: Konflikte und Störungen haben oft Dissonanzen, Divergenzen, Antinomien von Vernunftsentscheidungen und Gefühlsregungen im Gefolge, die nicht gelöst werden können und Spannungszustände im Subjekt bewirken. Affekt und Kognition müssen synchronisiert werden.

3. Denken und Erinnern

Eine Therapie, die sich auf ein multifaktorielles Pathogenese-Konzept über die ganze Lebensspanne hin und auf eine chronosophische Perspektive des Menschen bezieht, die im regressionsorientierten Setting Bewußtseinsarbeit, Nachsozialisation und Erlebnisaktivierung betreibt, muß sich in besonderem Maße mit der Frage nach der longitudinalen, multimodalen und holographischen Funktion des Gedächtnisses auseinandersetzen (Petzold 1988, 1990e, 1991; Petzold/Orth 1993a). Anamnese-Erhebende müssen sich ein Bild davon machen können, von welcher Beschaffenheit autobiographisch erinnerte Daten sind (Legewie 1987). Ich möchte daher an dieser Stelle einen kurzen Überblick über Kognitionstheorien, Theorien der Gedächtnisentwicklung, über Selbstkonzepte und das Erinnern im intersubjektiven Kontext geben.

3.1 Denken und kognitive Stile

Gedächtnis bzw. der Vorgang des Erinnerns kann als eine Funktion des Denkens betrachtet werden. Dieses soll im folgenden kurz unter theoretischen Gesichtspunkten erläutert werden. Der Begriff Denken wird in der Denkforschung auf folgende Funktionen eingegrenzt (Bergius 1991a):

a) Kognition im engeren Sinne (Erkennen, Identifizieren);
b) Gedächtnisleistungen (Memoration);
c) konvergente Produktion (Finden einer logisch notwendigen Folgerung);
d) divergente Produktion (Finden verschiedener möglicher Folgerungen, holographische Funktion);
e) Bewertung und Evaluation.

Aus philosophischer Blickrichtung können drei Aspekte des Denkens unterschieden werden (Willwoll 1992b): a) diskursives Denken (nachschaffendes Verstehen einer dargebotenen Wahrheit durch Erfassen ihrer logischen Sinnstruktur); b) reproduktives Denken (die sinnhafte Verknüpfung des Dargebotenen mit anderweitig und früher erworbenen Denkinhalten) und c) das schöpferische Denken (un- oder mitbewußte Denkinhalte – Intuition, Inspiration – werden kreativ verarbeitet). Aus einer integrierenden Perspektive müssen die genannten Funktionen als eng verbunden mit emotionalen Persönlichkeitsanteilen und emotionalen Stilen gesehen werden. Das Denken rückt damit in die Nähe von Wahrnehmungsprozessen; in Abhebung zu diesen wird es als ein Sekundärprozeß beschrieben, der in Raum und Zeit beweglicher und flexibler als Wahrnehmungsprozesse ist (Bergius

1991a). Allerdings unterscheidet sich das Denken von der Sinneserkenntnis wesentlich: Es richtet sich eben nicht nur auf Sinnfälliges, sondern auch auf „Unanschauliches, auf die den Sinnen nicht faßbare ‚Washeit' einer Sache; es hat deshalb eine unbegrenzte Spannweite" (Willwoll 1992b). Denken kann als ein konsekutiver Prozeß bezeichnet werden: Neues wird stets in die Eigenart erworbener und gewohnter Denkinhalte logisch eingereiht. Denken ist heuristisch strukturiert (Klix 1972; Dörner 1976) und in augenfälliger Weise von den typischen oder zufälligen Eigenarten des „Denktemperamentes" des Individuums abhängig. Es unterliegt einem „psychologischen Apriori" und es ist ein „leibliches Geschehen" (Willwoll 1992b; Schmitz 1992; Zentner 1993). Dies unterstreicht auch Jaspers (1923): „Denken ist eben nicht nur rationales Geschehen; wenn wir Gedankeninhalte verstehen als entsprungen aus den Stimmungen, Wünschen und Befürchtungen des Denkenden, so verstehen wir erst eigentlich psychologisch".

Das Denken bzw. die verarbeitende Kognition stehen in engem Zusammenhang mit dem Arbeiten der sog. Ich-Funktionen. Im anamnestischen Vorgehen sollen daher allgemein „kognitive Stile" sowie individuelle „maligne kognitive Problemlösungsmuster" diagnostiziert werden (Dunker 1935; Klix 1972; Dörner 1976; Hussy 1993). Poincaré beschreibt einen idealtypischen Problemlösungsprozeß in fünf Schritten:

1) Präparation (Problemidentifizierung, Sachverhalte differenzieren);
2) Inkubation (ruhen lassen);
3) Illumination (Aha-Erlebnis);
4) Evaluation und
5) Ausführung, Handlung (zit.b. Bergius 1991a).

Leicht vorstellbar können in den Phasen des Problemlösens akute oder habituelle Störungen auftreten. Bei der Diagnostik von Denkstilen ist deshalb darauf zu achten, daß diese nur zum Teil Entwicklungs- oder Persönlichkeitspezifitäten unterworfen sind. Mit Blick auf gestaltpsychologische Ansätze und feldtheoretische Überlegungen (Wertheimer 1963; Lewin 1963; Köhler 1971) ist die sich entwickelnde verarbeitende Kognition nie allein eine „privative Angelegenheit", sondern immer auch in einer Feld- und Kontextabhängigkeit zu sehen (vgl. die Konzepte zu „Atmosphären" als ergreifende Gefühlsmächte; Schmitz 1992 und die Konzepte zur „amodalen Wahrnehmung" bei Stern 1992).

In dem noch unübersichtlichen Forschungsgebiet, das Verbindungen zwischen wahrnehmungs-, denk- und persönlichkeitspsychologischen Ansätzen herstellen will, wurden kognitive Stile oder formale Denkstile zunächst in Gegensatzpaaren beschrieben; diese zu erforschen, auszuarbeiten und geeignet zu benennen, wäre Aufgabe einer weiteren Arbeit. Als Beispiele könnten angeführt werden:

– Analytisches („feldunabhängiges") versus global feldabhängiges Denken (Bergius 1991a);
– Hinrichtung des Denkens mehr zum Konkreten oder zum Abstrakten (Willwoll 1992b; Zurek 1980);
– Impulsives versus reflektierendes Denken (Bergius 1991a);
– Synthetisches versus kritisch sondierendes Denken (Willwoll 1992b);
– Nivellierendes versus akzentuierendes Denken (Bergius 1991a);

– Konfliktanalytisches versus zielanalytisches Denken (Zurek 1980);
– Rigides versus flexibles Denken;
– Verdrängendes versus sensitivierendes Denken (Byrne/Griffit 1973).

3.2 Gedächtnisentwicklung

Identitätsarbeit als memorierende und antizipierende Lebensgestaltung in der Gegenwart setzt voraus, daß der Mensch reflektierend in die Vergangenheit zurückgreifen kann; die „Archive" des Gedächtnisses müssen der Person hierfür zur Verfügung stehen, das abgespeicherte bewußte, mitbewußte und unbewußte Wissen
(z. B. bei intuitiven Vorgängen) muß sowohl fungierend zur Wirkung kommen, als
auch aktiv-intentional memorierbar sein, denn Persönlichkeit ist ein sich entwickelnder Prozeß über die Zeit hin und Identität ist ohne Memoration nicht denkbar (Petzold 1990e).

In der Integrativen Therapie wurde daher – auch in Ermangelung systematisier-
ter empirischer Erkenntnisse – eine heuristische Konzeption des Gedächtnisses
entworfen, das hier in aller Kürze dargestellt werden soll.

Gedächtnis wird „… fundamental als Eigenschaft des Leibes gesehen. Autobiographische Memorationsmöglichkeiten bestehen nicht nur kognitiv-verbal,
episodisch oder semantisch, sondern werden in einem Gedächtnis-Entwicklungs-
Kontinuum zu holographischen und synergetischen Ganzheiten, zu einem integra-
len Leibgedächtnis entwickelt, das ganzheitlich und differentiell, multimodal und
intermodal abspeichert und durch spezifische reminder und retrievals abgerufen
werden kann" (Petzold 1990e).

Gedächtnisentwicklung wird hierbei als beginnend auf einem low-level im vorgeburtlichen Bereich, als

a) sensumotorisches und propriozeptives Gedächtnis angenommen. Eindrücke
werden ab der 35. Gestationswoche als motorische, vestibuläre, kinästhetische,
aber auch taktile und auditive Erfahrungen auf einem aktiv nicht memorablen Niveau gespeichert. Nach der Geburt lebt der Säugling in einer einheitlichen Welt,
die er mit seinem „Leib als totales Sinnesorgan" auf einem undifferenzierten und
globalen Niveau als „synästhetische Erfahrung" in ein

b) atmosphärisches Gedächtnis abspeichert. Monästhetische und polyästhetische
Wahrnehmungen, das heißt, Sinneswahrnehmungen in einem Bereich, z. B. des
Sehens oder Hörens, aber auch sich überlappende Sinneseindrücke, konstituieren
das

c) multimodale ikonische Gedächtnis, in dem „stehende Bilder, Lautikonen oder
Bewegungsgestalten" fungierend deponiert werden. Diese sind bis zum 8. Lebensmonat nicht aktiv memorierbar. Rekognitionen sind allenfalls an die entsprechenden Schlüssel (cues) gebunden. Ab dem 2. Lebensjahr finden wir ein

d) szenisches Gedächtnis, in dem schon ganze Handlungsabläufe und Sequenzen
festgehalten werden können. Hierbei sind sensu-motorische, atmosphärisch-affek-

tive und ikonisch-perzeptive Erfahrungen zu synästhetischen Ganzheiten verbunden. Sie bilden sogenannte „mnestische Kerne", um die herum sich „Monumente früher Erfahrung" (eben keine eindeutig kognitiv strukturierten Erinnerungen) bilden können (z. B. depressive Grundtönung, generalisierte Verlassenheitsgefühle, Verspannungen, Psychosomatosen etc.). Durch die holographische Anordnung des Gedächtnisses ist in jedem Teilstück auch Information über die ganze Szene enthalten (Pars-pro-toto-Prinzip), so daß Einzeladressen häufig ganze szenische Einheiten mit Reaktionen auf allen Leibebenen evozieren. Dieser Tatsache fällt bei der Einschätzung und Bewertung initialer szenischer und atmosphärischer Phänomene in der Anamnese große Bedeutung zu. Um die Zeit des Spracherwerbes bildet sich das

e) symbolische und verbal-semantische Gedächtnis. Beginnend mit Mehrwortsätzen entwickelt sich das Sprach- und Symbolisierungsverhalten bis hin zum Aussprechen ganzer Satzfolgen. Präverbale Gedächtnisinhalte überdauern beim Einsetzen dieses Gedächtnismodus zwar, sie werden aber auch vom Prozeß der Benennung erfaßt, ändern damit ihre Qualität und bleiben als Atmosphären im „Unbenennbaren" zurück. Als reifster Schritt bildet sich zuletzt ein

f) integrales Leibgedächtnis, das prinzipiell Synthesen aller Gedächtnisebenen erstellen kann und darüber hinaus ein Metagedächtnis konstituiert, das ein „Wissen um das eigene Memorieren" beinhaltet.

Wenn wir im anamnestischen Prozeß Erinnerungen auswerten, interessiert uns natürlich die Frage, ab wann ein intentionales Memorieren zuerst möglich ist (Gedächtniskompetenz) und wie weit die Erinnerung überhaupt zurückgehen kann (Gedächtnispermanenz). Zwar fungiert das Gedächtnis eines Babys unbewußt und automatisch beim Rekognizieren von Gegenständen, Personen und Situationen. Dies konnte auch schon Stern (1992) nachweisen. Er faßte dieses Phänomen in sein Konzept der „amodalen Wahrnehmung". Säuglinge „erkannten" etwa in einem Experiment, obwohl kognitive Fähigkeiten anhand älterer Untersuchungen noch gar nicht vorhanden sein konnten (Piaget 1957), unter zwei verschiedenen denjenigen Schnuller wieder, mit dem sie kurz vorher gespielt aber nicht zu Gesicht bekommen hatten (Einer der beiden Schnuller war eher eckig, der andere mit weichen Formen). Derlei Ergebnisse wurden in vielen verschiedenen Untersuchungsanordnungen überprüft. Was Stern hier die amodale Wahrnehmung nennt, könnte, in der Terminologie der Integrativen Therapie auch als „leiblicher Eindruck" bezeichnet werden, der weitgehend im Unbewußten bleibt. Petzold (1990e) meint hier, daß das fungierende Memorieren – abhängig von der jeweiligen neuronalen Speicherkapazität – schon im vorgeburtlichen Bereich mit der Ausreifung des Wahrnehmungssystems beginnt (ab ca. 26 Gest.-Woche) und sich postnatal bis hin zum 2. Lebensjahr weiter ausdifferenziert (olfaktorisch, visuell, Tast- und kinästhetische Sinne etc.).

Bis zur bewußten, aktiv-reproduzierenden Verwendung des Gedächtnisses, dem intentionalen Memorieren, ist indes noch ein weiter Weg. Für die Vergegenwärtigung konkreter Szenen reicht die Erinnerung auch beim Erwachsenen, bedingt durch die frühkindliche Amnesie, nicht in die Zeit vor dem 2. Lebensjahr zurück (Kruse 1991). Hier können sich allenfalls szenische Qualitäten, Atmosphären und Propriozeptionen zu Erlebniskonglomeraten verdichten, die sich durchaus auf „frühe Informationen" beziehen können. Sie widerspiegeln aber weniger historische Realitäten, sondern sind als die durch ein komplexes Langzeitgedächtnis immer wieder modifizierten und reinterpretierten Gedächtnisspuren um frühe „mnestische Kerne" zu verstehen.

3.3 Selbstkonzepte

Wenn wir also autobiographische Erinnerungsdaten als Erkenntnisgegenstand betrachten, sind wir unlösbar an gedächtnistheoretische Überlegungen gebunden (Petzold/Orth 1993a). Über temporäre, zeitübergreifend-kognitive Verknüpfungen und Verinnerlichungen formt Erinnerung Sinndimensionen zu Selbstbildern, die sich dann zu identitätsstiftenden Selbstkonzepten verdichten.

Selbstkonzepte müssen als „Elemente des Leib-Selbst" betrachtet werden. Sie beziehen sich auf die realen Eigenschaften der Person (realistisches Selbstkonzept, wie sieht die Person sich selbst) und auf erwünschte Eigenschaften (ideales Selbstkonzept); sie können aber auch imaginäre Eigenschaften (illusionäres Selbstbild) widerspiegeln (Kruse 1991; Ludwig-Körner 1992). Selbstkonzepte werden in fortschreitenden Entwicklungen an selbstreferentielle Gefühle gebunden; hauptsächlich über den Modus der identifizierenden, attribuierenden und identifikatorischen Bewertung. Sie bestehen sowohl aus der partiellen Internalisierung von Fremdbewertungen, als auch aus individuellen Modifikationen dieser und aus Selbstzuschreibungen (Filipp 1979; Epstein 1979). Sie werden im Laufe des Lebens häufig revidiert und neuen Lebensrealitäten angepaßt. Vor allem entscheidende und kritische Lebensereignisse, die mit einer Umorientierung verbunden sind, bedingen die Korrektur oder Neubildung von Selbstkonzepten. Schließlich stehen bei einem gesunden Menschen die verschiedenen Selbstkonzepte in Korrespondenz zueinander und sind in einem Bild von Gesamtpersönlichkeit integriert. Divergierende und dissensuale Selbstkonzepte oder Selbstschemata führen zu inneren Konflikten, schwankendem Selbsterleben und Handlungsunsicherheiten, weil die verschiedenen Bedürfnislagen nur schwer oder gar nicht gegeneinander ausgeglichen werden können. So erscheint das Selbstkonzept auch als eine kognitive Repräsentation des Selbst, die sehr eng mit der affektiven und emotionalen Selbstbewertung verknüpft ist.

Das Selbstkonzept ist unter diesem Blickwinkel ein Prozeß, aus dem heraus im anamnestischen Vorgehen Momentaufnahmen gemacht werden. Es ist ein „personen-inhärentes Entwicklungsprinzip", das Wahrnehmungs-, Fühl-, Denk- und Handlungsvorgänge strukturiert (Herber 1991). Wir sprechen in der Integrativen Therapie daher auch vom „narrativen Selbst", an dessen Formierung schon das Kleinkind aktiv teilnimmt (Petzold/Orth 1993a; Nelson 1993). Da „Erinnerung in der Regel auch Erinnerung an Beziehungserfahrungen und soziale Ereignisse ist, erweist sich Autobiographie als die individuell interpretierte Aufzeichnung von Beziehungsgeschichten in allen Phasen des Lebens" (Petzold/Orth 1993a; Rogers 1983).

3.4 Erinnern und Erzählen

Autobiographisches Memorieren im anamnestischen Kontext ist an das Erzählen gebunden. Dieses Erzählen ist, wie schon erwähnt, ein (so oft man es tut) immer wieder aktualisierter und neuer Entwurf von Geschichte. Erzählen selbst ist ein „Verarbeitungsvorgang, in dem sich mit jedem Erinnerungs-, Vergessens- und Verdrängungsvorgang fortschreitend bewertete Biographie formiert" (Petzold/Orth 1993a). Erzählte Erinnerung ist die Wiedergabe intersubjektiv erlebter Historie, die auf dem Boden höchstindividueller Verarbeitungsvorgänge kognitiv interpretiert und auf allen Gedächtnisebenen repräsentiert ist, und die im aktualen Kontext – subtil beeinflußt von diesem – eine ko-kreative Neuauflage erfährt. Wir sprechen daher von einem Erinnern in einem „überlagerten intersubjektiven Kontext": Intersubjektiv erinnerte Historie wird in einem gegenwärtig intersubjektiven Kontext erzählt.

Erzählen ist mythologisch, weil „das Selbst sich immer wieder aus dem phantasiert, gestaltet und erfindet, was es erinnern will (dies sollte als unbewußter Prozeß verstanden werden). Dabei wird Biographie nicht nur mental repräsentiert, sondern Erinnerung kann sich auf allen leiblichen Ebenen manifestieren und reinszenieren (in Blicken, Haltung, Mimik, Gestik, Bewegung, bis hin zur Kleidung; Strube/Weinert 1987). Die Gedächtniswirksamkeit z. B. von motorischen Vorgängen wurde von Engelkamp (1990; zit.b. Petzold 1990e) überzeugend belegt, aber auch Farben, Blicke, Mimik, Gestik, Stimmlagen und auch Gerüche haben ein hoch gedächtniswirksames Potential. Sie werden als Atmosphären im Leibgedächtnis abgespeichert und können durch evokative Techniken im anamnestischen Setting abgerufen werden (Petzold 1993b; siehe auch: Kapitel zur Panoramatechnik in diesem Buch).

Der Erzählfluß als „dialogische Narration von Rede und Gegenrede" läuft, zu unterschiedlich bewußten und unbewußten Anteilen, entlang von Narrativen, weshalb wir in der Integrativen Therapie auch von „dialogischer Anamnese" sprechen. Narrative sind „Organisationsprinzipien, Scripts, die die Geschichte strukturieren aber nicht determinieren; ist letzteres der Fall, so sprechen wir von fixierenden oder malignen Narrativen" (Petzold/Orth 1993b). Narrative befinden sich in großer Nähe zu den selbstkonstituierenden Momenten; sie repräsentieren einen gewissen Charakter, eine Eigenheit, und transportieren – so der Anamneseerhebende zwischen den Zeilen liest – ein Fülle von unausgesprochener und unbewußter Biograpie. Damit aber ist Biographie immer memorable und auch nicht memorable Lebensgeschichte.

Dem Aspekt der Ko-Memoration mit dem Therapeuten kommt im anamnestischen (wie auch therapeutischen) Kontext große Bedeutung zu, denn Erzählung ist immer bezogene, übertragene und zum Teil auch mit Widerstand durchsetzte Narration (Weiß 1989; Ludwig-Körner 1991; Jaquenoud/Rauber 1981; Petzold 1981). Dieser Aspekt wurde weiter oben schon besprochen und soll im nun folgenden unter dem Aspekt des Widerstandes und der Übertragungen noch eingehender beleuchtet werden.

4. Übertragung und Widerstand im anamnestischen Dialog

Im anamnestischen Setting des Erstkontakts, des Erstinterviews und der Anamneseerhebung kommt es zu sehr unterschiedlichen Konstellationen zwischen Therapeut und Patient, die spezifische Haltungen bezüglich des Umgangs mit Übertragung und Widerstand erfordern. Um einerseits Übertragungen und Widerstände in ihrer Entwicklungs- und Interaktionsspezifität diagnostisch nutzen zu können, und um andererseits Verzerrungen des anamnestischen Materials durch Übertragung und Widerstand möglichst zu vermeiden, müssen wir uns verschiedene Aspekte dieser Konzepte vergegenwärtigen.

4.1 Konzepte zur Übertragung

Obwohl das Konzept der Übertragung von allen Therapierichtungen anerkannt ist, wird es von verschiedenen Schulen doch unter sehr unterschiedlichen Gesichtspunkten verwendet und mit jeweils anderen Inhalten gefüllt (Freud 1912; Peters 1977; Blankenburg 1989a; Balint 1957; Kohut 1979; Perls 1980; Ludwig-Körner 1991).

Nicht nur die Psychoanalyse, auch viele andere Vetreter therapeutischer Richtungen ordnen das Übertragungsgeschehen ausschließlich dem Krankhaften zu: „wo Es war, soll Ich werden" (Freud), „wo Übertragung war, soll Beziehung werden" (Petzold). Das Übertragungsgeschehen an sich ist gleichwohl subtiler. Theoretische Trennungen von Beziehung und Übertragung sind gedanklich oder theoretisch gerade noch möglich, die praktische Realität solcher Konzeptuierungen sieht indes problematisch aus: hier stellt sich als erstes die Frage, wo die Trennungslinie zwischen Beziehung und Übertragung verläuft? Wenn Nicht-Übertragung gleich Beziehung ist, wie würde sie aussehen?

Bei der Vorstellung, es gäbe eine Beziehung ohne Übertragung, handelt es sich meines Erachtens um eine Illusion des ungetrübten Narzißmus, nämlich der Idee, man könnte irgendwie doch noch einmal in einer Totalität vom anderen als derjenige gesehen werden, der man „wirklich" ist. Selbst der Therapeut kann keineswegs für sich in Anspruch nehmen, eigene Übertragungsneigungen gänzlich vermeiden zu können (Ludwig-Körner 1991). Die Unterscheidung wäre dann eine rein quantitative, allenfalls an der Heftigkeit der Übertragung meßbare. Eine Beziehung gänzlich ohne übertragene Anteile ist theoretisch nicht denkbar (praktisch wäre sie wahrscheinlich leblos). Ziel therapeutischer Behandlung kann daher nicht die „übertragungsfreie Beziehung" sein; viel eher sollten Patienten durch Wahrnehmungsschulung und durch emotionale und kognitive Differenzierungsarbeit dahin gelangen, ihre eigenen Übertragungstendenzen erkennen zu können, bzw. erkennen zu lernen, wann Übetragungen auch bei anderen „laufen", um so, im Sinne der „unendlichen Analyse" (Freud 1912), mit den normalen und nichtneurotischen Verflechtungen von Übertragung im Alltagsleben zurecht kommen zu können.

Reales Beziehungsgeschehen ist also komplexer. Da immer nur Teile subjektiv erlebter Historie übertragen werden, spricht Wiedemann (1986) von „partiellen Re-inszenierungen". Auch Übertragungen sind immer nur partiell, sonst wären sie in psychotische Erkrankungen einzustufen. Sie bedeuten immer die „Anwesenheit unsichtbarer Dritter". In der Integrativen Therapie werden sie als unbewußte Aktualisierung historischer Atmosphären und Szenen aufgefaßt, in der Art und Weise, daß die Gegenwart, der intersubjektive Austausch im hier und heute behindert, getrübt oder verstellt wird. In der therapeutischen Beziehung dagegen „verleiblicht" der Therapeut für Patienten explizit und experimentell Gestalten der Vergangenheit oder Figuren einer gewünschten Gegenwart, ohne daß dabei seine Eigenheit gefährdet und preisgegeben würde oder verloren ginge (Petzold 1986). Der Therapeut arbeitet in der Übertragungssituation aus einer Haltung von „unterstellter Intersubjektivität" heraus (Petzold 1988), konfrontiert bei gleichzeitiger Stützung, den Kräften des Patienten gemäß, bis dieser seine Übertragung erkennen und langsam vom Therapeuten abziehen kann. Wie erwähnt, ist fraglich, inwieweit dies jemals gänzlich erfolgen kann.

Für die initiale Phase der Therapie können wir annehmen, daß Übertragung schon vor dem ersten realen Kontakt mit dem Therapeuten ihren Anfang nimmt. Spezifisch-biographische Erwartungen, Hoffnungen und Befürchtungen des Patienten prägen schon die Art der Kontaktaufnahme. Allerdings „verzahnen" sich Übertragungen von Patient und Therapeut vom ersten Moment der Begegnung an. Ludwig-Körner (1991) meint, daß schon der „erste Übertragungsentwurf des Patienten selbstverständlich die initialen Wahrnehmungen des Gegenübers mit berücksichtigt. Eine reine Übertragung (und erst recht eine reine Gegenübertragung) kann es also nicht geben".

Vor diesem Hintergrund sind Konzepte, etwa von Rahm u. a. (1993), die eine Differenzierung von a) Arbeit an der Beziehung, b) Arbeit an der Übertragung, c) Arbeit in der Beziehung, d) Arbeit in der Übertragung vorschlagen, von eher theoretischem Interesse und dazu geeignet, das theoretische Verständnis von Übertragungskonzepten zu differenzieren. In der Praxis sieht es so aus, daß wir jede Form der Arbeit mit Übertragungen in der (therapeutischen) Beziehung vollführen müssen und es so zu Überlappungen kommt; die allerdings müssen vom Therapeuten innerlich und ihren Gewichtungen nach, unterschieden werden können. In der Anamnese mit dem Patienten stellt sich diese Arbeit als ein „Handeln um Grenzen" dar, weil der Therapeut zum einen, um Übertragungen diagnostisch nutzen zu können, die Übertragungen annehmen soll, zum anderen aber für den Patienten als Person noch so prägnant bleiben soll, daß der Patient Differenzierungen von seiner Übertragung vornehmen kann. Denn nur so kann auch ein Stück realer Beziehungskontakt zum Therapeuten entstehen.

Übertragungen sind nun nicht etwa irreal oder falsch; sie haben, neben ihrer historischen Bedingtheit, eindeutigen Anspruch auf Gegenwärtigkeit. Die Übertragung allein aus dem historischen Hintergrund heraus zu deuten hieße, sie aus dem intersubjektiven Kontext herausschneiden zu wollen (Weiß 1989). Der Frage danach, ob sie falsch oder richtig seien oder beides zugleich, läßt sich mit einem Zitat von Freud (1912) nachgehen:

> „Machen wir uns klar, daß jeder Mensch durch das Zusammenwirken von mitgebrachter Anlage und von Einwirkungen auf ihn während seiner Kinderjahre eine bestimmte Eigenart erworben hat. Dies ergibt sozusagen ein Klischee (oder auch mehrere), welches im Laufe des Lebens regelmäßig wiederholt, neu abgedruckt wird, insoweit die äußeren Umstände und die Natur der zugänglichen Liebesobjekte es gestatten. Unsere Erfahrungen haben nun ergeben, daß von diesen das Liebesleben bestimmenden Regungen nur ein Teil die volle psychische Entwicklung durchgemacht hat; dieser Anteil ist der Realität zugewendet, steht der bewußten Persönlichkeit zur Verfügung und macht ein Stück von ihr aus. Ein anderer Teil dieser libidinösen Regungen ist in der Entwicklung aufgehalten worden, er ist von der bewußten Persönlichkeit wie von der Realität abgehalten worden, durfte sich entweder nur in der Phantasie ausbreiten oder ist gänzlich im Unbewußten verblieben. Wessen Liebesbedürftigkeit nun von der Realität nicht restlos befriedigt wird, der muß sich mit libidinösen Erwartungsvorstellungen jeder neu auftretenden Person zuwenden, und es ist durchaus wahrscheinlich, daß beide Portionen seiner Libido, die bewußtseinsfähige und die unbewußte, an seiner Einstellung teilhaben. Es ist also völlig normal und verständlich, wenn die erwartungsvoll bereitgehaltene Libidobesetzung des teilweise Unbefriedigten sich auch der Person des Arztes zuwendet. Unserer Voraussetzung gemäß, wird sich diese Besetzung an Vorbilder halten, an eines der Klischees anknüpfen, die bei der betreffenden Person vorhanden sind".

Um dies mit Konzepten der Selbstpsychologie vereinbar zu machen, können wir uns vorstellen, daß die enttäuschten Triebregungen, wie Freud sie nannte, auch Blockierungen des Bedürfnisses nach Selbstverwirklichung oder Mangelerfahrungen sein können. Die Triebpsychologie wurde ja vielfach modifiziert. Für Jung (1946) bestand die Übertragung z. B. auch aus Besitz-, Macht- und Angstregungen.

Darüber hinaus werden hier nun zweierlei Phänomene deutlich, denen wir in der Praxis regelhaft begegnen. Zum einen sticht uns die vorschnelle Übertriebenheit und reale Kontaktlosigkeit mancher Übertragung sofort ins Auge, zum anderen geraten wir schnell in Bedrängnis, wenn es darum geht, das Dargebotene genau nach Beziehungs- und Übertragungsaspekten zu differenzieren. In der Initialphase der Therapie kann es Kompromittierung sein, ein „übertragenes Beziehungsangebot" gleich im Kontakt mit dem Patienten zu analysieren (zu deuten); es hieße schlichtweg, es nicht anzunehmen. Ein initiales Übertragungsangebot muß vielmehr als Entwurf einer konflikthaft angelegten Beziehung betrachtet werden, von der ändernde Erfahrungen erhofft werden. Die therapeutische Bedeutung und der anthropologische Sinn der Übertragung liegt ja nicht allein in der Wiederholung der gleichen alten Geschichte, sondern darin, daß vom Unbewußten her ein Versuch unternommen wird, ihr in einer neuen Auflage, in einem gegenwärtigen Abenteuer, einen besseren Ausgang zukommen zu lassen, damit sie endlich abgeschlossen werden kann (Ludwig-Körner 1991). Im Anschluß an Weiß (1989) können wir daher sagen: „nur scheinbar erschöpft sich die Wiederholung in der Realität, die sie reproduziert. Würde sie nicht gleichzeitig eine gegenüber ihrem Ursprung veränderte Situation entstehen lassen – es wäre niemals möglich, in der Wiederholung etwas anderes zu sehen als eine reine Gegenwart". Wie auch die Regression ist die Übertragung also niemals total; dann wäre sie Psychose und somit der psychotherapeutischen Behandlung ungleich schwerer zugänglich. In der Übertragung selbst muß aber bereits ein Kern von Deutung erschlossen sein; ja, in ihrer Form zeigt sie uns ihr Angewiesensein auf Interpretation. An dieser Stelle kann man nun die Überlappung von historischer und gegenwärtiger Situation und das in der Übertragung dargebotene gegenwärtige Anliegen noch einmal deutlich erkennen. Es handelt sich beim Übertragen nicht ausschließlich um ein Wiederholen, denn erzähltes Vergangenes ist immer schon „Vergangenheit im Lichte der Gegenwart"; es setzt durch eine bereits vorhandene Exzentriertheit einen „Vorsprung" gegenüber dem Erleben in der historischen Situation voraus (Weiß 1989).

Ein anderes Phänomen begegnet uns darin, daß uns die Projektionen und Übertragungen von Patienten regelmäßig auch betreffen, beschäftigen, zumindest aber angehen. Wenn Freud sagt, daß Übertragungen an Klischees anknüpfen, die bei der betreffenden Person auch vorhanden sind, meint er damit nichts anderes als: „jedes Bild braucht seinen Haken"; und das bedeutet, daß es die Aufgabe des Therapeuten ist, die Stelle, an der er einen Aufhänger für die Übertragung des Patienten bietet, zu suchen und auch zu finden, weil er sonst selbst in die Gefahr der unbewußten Übertragung gerät. Rahm u. a. (1993) sprechen in diesem Zusammenhang von einem „Agieren in der Übertragungsverschränkung". Allerdings kann es sich hierbei auch um ein beiderseitiges Arrangement zur Vermeidung von Beziehung oder von spezifischen Beziehungsinhalten handeln; dann wäre eher von „interpersonaler Abwehr" (Mentzos 1990) oder von „Kollusionen" (Willi 1982) zu sprechen. Der „Haken" des Therapeuten bildet die Grundlage für die Annahme, daß jedes Übertragungsangebot einen real-adäquaten Anteil auch beim Therapeuten besitzt. Dieser „Haken" ist sozusagen die „Chance" des Patienten, denn der Therapeut bekommt mit ihm eine zweigeteilte Rolle: zum einen „scheint er das Problem, um das es sich dreht, zu kennen", zum anderen evoziert er durch sein „Therapeut-Sein" die Hoffnung, einen Ausweg aus ihm zu wissen oder zumindest erforschen zu können.

Auf spezifische Übertragungen vom Patienten kann der Therapeut sowohl mit bewußten empathischen Resonanzen reagieren als auch mit unbewußten Übertragungen. Erstere werden im Kontext der Integrativen Therapie „Gegenübertragungen" genannt. Gegenübertragungen sind, im Unterschied zu „Übertragungen des Therapeuten" im Ansatz der Integrativen Therapie, bewußte und bewußtseinsnahe empathische Reaktionen des Therapeuten auf das dargebotene Material des Patienten (Petzold 1986).

Seinen Gegenübertragungsgefühlen, etwa eine Stimmung, vielleicht ein Affekt wie Ärger, Traurigkeit, Verwirrung oder gar eine leibliche Regung wie Enge, Atemnot und Druck, begegnet der Therapeut in innerer Exzentrizität (Plessner 1970), er nähert sich ihr mit den Fragen: Woher kenne ich dieses Gefühl? Was löst es bei mir aus? Warum begegnet es mir hier? Könnte der Zufall, daß es hier auftaucht, etwas mit meiner oder der Geschichte des Patienten zu tun haben? usw.

Er mißt sie also an seiner eigenen biographischen Erfahrung, die ihm in seiner Lehranalyse zugänglich geworden ist. Er zeigt dabei eine Bereitschaft, sich auf die Bezüge der Lebenswelt des Patienten einzulassen (Involvierung) und achtet auf seine „seelischen Resonanzen" und Phantasien (Zentrierung und Exzentrizität). Die innere Wahrnehmung der Gegenübertragungen gibt dem Therapeuten Aufschluß darüber, in welcher Weise (psychisch) und in welchen Rollen (leiblich) er vom Patienten „angefragt" ist. Das Ergebnis dieses inneren Forschens wird kommunikativ oder intersubjektiv validiert und als Intervention sehr taktvoll eingesetzt; ohne dieses Vorgehen bleibt sie eine Vermutung oder sie wird zum Übergriff. Die Gegenübertragung ist ein zentrales Diagnostikum, dessen Inhalte in der initialen Phase zwar schon genutzt, oft jedoch erst im weiteren Prozeß verifiziert werden können.

So wird deutlich, daß wir übertragene Anteile in der gegenwärtigen Beziehung, in welchen Anteilen diese auch immer „real" oder „übertragen" ist, handhaben müssen. Für die Anamnese heißt dies nun Verschiedenes. Im ersten Teil des Erstkontakts können wir die Übertragungsangebote ruhig deutlich werden lassen, um kräftige Eindrücke unseres Gegenübers (meist am Telefon) zu bekommen und um zunächst das Beziehungsangebot des Patienten, in welcher Qualität es auch immer geformt sein mag, anzunehmen. Ein vorschnelles Deuten oder Abbremsen der initialen Übertragungen an dieser Stelle könnte ein Komplizieren oder gar Scheitern des therapeutischen Kontaktes bedeuten. Im zweiten Teil des Erstkontaktes, wenn wir von Patienten einen „reflexiven problemorientierten Überblick" über die zentralen Fragen anregen, sollten wir sie dann taktvoll eingrenzen, damit Patienten beim Schildern und Erzählen nicht zu stark involvieren. Über den reflexiven problemorientierten Überblick können wir uns Eindrücke über die zu bearbeitenden Probleme und die spontan formulierten Erwartungen an uns verschaffen. Im Erstinterview dagegen, in der unstrukturierten Gesprächssituation, kann die Übertragung weiter entfaltet werden. Von der Trag- und Konfliktfähigkeit des Therapeuten und der Stabilität des Patienten hängt es ab, wie weit er die Übertragung zulassen möchte (vgl. „emotionale Tiefung und Flachung"). Der Prozeß der detaillierten halbstrukturierten Anamneseerhebung kann, aufgrund der dort vielfältigen und dichten Situationsüberlappungen (die historische Situation wird in der gegenwärtigen erzählt) beide Anteile in ausgewogenem Maße gut vertragen. Das ausgewogene Verschränktsein von gegenwärtiger und übertragener Situation garantiert die hier optimal zu erreichende Datenvalidität. Der Therapeut hat auch die Möglichkeit, in einer Haltung des „partiellen Engagements" (Petzold 1988) einen Teil oder bestimmte, umgrenzte Aspekte der übertragenen Rollen aufzunehmen, sie dem Patienten anzubieten („die gleiche Sprache sprechen", „die Mutter", „der Vater sein" oder der „Bruder" etc.), um in der Reaktion des Patienten darauf seine Annahmen bezüglich des Übertragungsangebotes zu überprüfen.

4.2 Die Analyse des Widerstandes

Für Freud war Widerstand zunächst die „Abneigung gegen die Bewußtmachung unbewußter psychischer Inhalte und damit gegen die Besserung der Symptome der Heilung". Er formulierte (1912) die Definition: „Was immer die Fortsetzung der Arbeit stört, ist Widerstand". Obwohl Freud in dieser Definition ausschließlich die Widerstände des Patienten meinte, wurde, unter anderem durch die Auseinandersetzung mit der Psychoanalyse C. G. Jungs, deutlich, daß auch der Therapeut seinen Anteil am Widerstandsgeschehen in der therapeutischen Beziehung hat. Mit dieser Erkenntnis wurden erstmalig Forderungen nach einer Lehranalyse für Psychotherapeuten ausgesprochen (Peters 1977).

Vergegenwärtigen wir uns zunächst, daß es sich beim Widerstand nicht um ein Phänomen handelt. Selbst in Freuds Definition ist er eher ein Konzept, das versucht, bestimmten Ereignissen eine Begründung hinzuzufügen, ja sie personal zu verorten (Boss/Holzey-Kunz 1981). Die im therapeutischen Kontext auftretenden Phänomene sind einfacherer Natur und leicht zu beschreiben, worauf ich noch kommen werde. Ganz allgemein, und auch etwas vorsichtiger, könnte man z. B. von einer „Blockierung im Behandlungsverlauf" sprechen. Diese Formulierung beschreibt eher ein Phänomen (das einer oder beide erleben können) und läßt offen, wer Widerstand leistet. Auf der Patientenseite kann der Begriff Blockierung eine Stelle im Behandlungsverlauf markieren, eine Spitze im Therapieprozeß, die anzeigt, daß eine „größere Thematik" zur Bearbeitung ansteht, die die volle Aufmerksamkeit benötigt. Widerstand wäre so gesehen in formaler Hinsicht ein Hinweis auf die Annäherung einer Krise; inhaltlich gibt er durch die Situation und die szenische Qualität, mit der er in Erscheinung tritt, Hinweis auf die Krisenthemen. Auf der Therapeutenseite kann Blockierung heißen, daß der Therapeut an einer bestimmten Stelle die Entwicklungen des Patienten behindert, vielleicht, weil er eine andere Vorstellung vom Problem, ein anderes Konzept hat, eine bestimmte, therapeutisch indizierte Rolle nicht übernehmen will, ihm die Einsicht in die Psychodynamik des Patienten fehlt usw. In solchem Falle wäre es falsch, davon zu sprechen, daß ein Patient „im Widerstand" sei. Wie Bürmann (1986) richtig feststellt, sind „Patienten dazu da, behandelt zu werden, und nicht, um eine festgefügte Theorie zu bestätigen". Wenn also im folgenden von Widerstand die Rede ist, sind immer beide dieser Möglichkeiten angesprochen. Morgenthaler (1981) prägte in Analogie zum Begriff der Gegenübertragung den Begriff „Gegenwiderstand" und bei Stahl (1981) finden wir: „Der Klient ist im Widerstand: das ist eher ein Kommentar über den Therapeuten als über den Klienten". Wichtig erscheinen auch die Hinweise von Boss und Holzey-Kunz (1981), die herausstellen, „daß der Begriff Widerstand in seiner Substantivierung das Phänomen verkürzt, daß da ein Mensch ist, der widersteht", und die Aufgabe des Therapeuten mithin darin besteht, diese Grenzen zu achten (Schneider 1981b).

In weiteren Entwicklungen, vor allen Dingen in denen der Gestalttherapie von Fritz Perls (1980) sowie Perls, Hefferline und Goodman (1951), wurde die vitale und lebenserhaltende Kraft des Widerstands mehr gewürdigt (vgl. a. Schneider

1981b; Polster/Polster 1987). Verschiedene Differenzierungen von Widerständen wurden eingeführt: z. B. protektiver W., aktive/passive Anpassung/Rebellion, W. gegen Veränderung, W. gegen die Mittel, W. gegen bestimmte Interaktionsweisen (Schneider 1981b; Mittelsten-Scheid 1981; Caspar/Grawe 1981), die allerdings zur Klärung des Konzeptes wenig beitrugen. Kohut (1981) wies auf die narzißtischen Komponenten des Widerstands hin und formulierte eine sinnvolle Unterscheidung zwischen spezifischem (auf Behandlunginhalte gerichteten) und unspezifischem narzißtischen Widerstand. Bei ersterem handelt es sich um den Widerstand gegen die „Reaktivierung alter narzißtischer Bedürfnisse, letztlich um die Ängste gegen drohende Desintegration". Der Widerstand kann sich aber auch gegen ein subtiles Therapieimplikat richten, das deutlich macht, daß in der Art und Weise, wie der Patient „ist und lebt, etwas nicht in Ordnung sei, sonst wäre er ja nicht krank". Der zweite Modus, der unspezifische Widerstand, ist „gegen die Tatsache der analytischen Arbeit selbst gerichtet, die als solche insoweit eine Kränkung darstellt, als sie dem Patienten die Illusion einer selbst verfügten Freiheit nimmt, und ihm die Abhängigkeit von den Diskursen des Unbewußten deutlich macht".

Die Arbeit mit dem Widerstand, seine Analyse, wird in fast allen Schulen als ein Kernstück der Psychotherapie angesehen. In der Integrativen Therapie näherte man sich in der Widerstandsanalyse vor allem den intrapsychischen wie interpersonellen (Schneider 1981b) „Funktionen" des Widerstandes an, das heißt, dem „funktionalen Widerstand" (Schneider 1981b). Widerstand wird hier als eine vitale Gegenkraft betrachtet; „wenn sie sich uns in den Weg stellt, ärgert sie uns und wir wollen sie spontan möglicherweise erst beseitigen. Doch wer selbst Widerstand leistet, fühlt sich stark und stolz und ist unter Umständen bereit, für seine Überzeugungen ‚sein Leben zu lassen‘. Dem Widerstehenden bewahrt der Widerstand ein Gefühl eigener Würde" (Bürmann 1986).

Widerstand kann den Fluß des Prozesses hemmen, er ist „Stein des Anstoßes und zugleich Anstoß zur Neubesinnung und Neuorientierung. Im Widerstand verbindet sich die Angst vor dem Sich-Einlassen auf eine unbekannte Erfahrung, mit dem Mut und Willen zur Selbstbewahrung und Selbstbehauptung. Widerstand steht damit zwischen Wachstum, Lernen und Veränderung einerseits und Stagnation, Selbstaufgabe und Identitätsverlust andererseits". Selbst in seiner unbewußten, möglicherweise pathologischen Ausformung, weist er, auch wenn die Person sich im Widerstehen nicht stark fühlt sondern eher miserabel und schlecht, auf einen Anspruch auf Autonomie hin. Ihn nur als „Hemmnis" zu bezeichnen, das „aus dem Weg geräumt werden müsse", ist daher kurzsichtig. Vor allen Dingen würde hierin die Ich-stabilisierende Wirkung des Widerstandes unterschätzt und verfehlt: „nach innen hin schützt sich der Widerstehende gegen Unruhe, Erregung, Angst und Schmerz und die damit verknüpften Erinnerungen oder Phantasien (intrapersonaler Widerstand), nach außen hin schirmt er sich ab gegen zu große Nähe oder beunruhigende Erfahrungen (interpersonaler Widerstand)" (Schneider 1981b; Mentzos 1990). Im Widerstand als einer kritischen Situation zwischen Selbstaufgabe in der Anpassung und produktiver eigener Lösung, liegen indes die Möglich-

keiten noch in der Schwebe. Die Entscheidung, ob das alte Verhalten wiederge-
wählt wird, ein neues versucht wird oder die Aufdeckung gelingt, hängt maßgeblich vom Umgang des Therapeuten mit den Widerständen ab.

Der Widerstand ist ein zum größten Teil unbewußtes Geschehen. Im Widerstandsverhalten als einer psychodynamischen Kompromißbildung bei unverarbei-
teten Konflikten verbinden sich demnach Kräfte der Rebellion mit denen der
Tarnung (Bürmann 1986). Deswegen ist oft nicht leicht zu erkennen, wo sich Widerstand bildet und auch bei wem zuerst. Dem Widerstand kann, ähnlich wie bei
Anna Freuds (1936) Verständnis bezüglich der Abwehrmechanismen, alles dien-
lich sein („Alles kann mit Allem abgewehrt werden"). Aufseiten des Patienten
können Schweigen, Abwarten, leibliches Abwenden, Zuspät- und Zufrühkommen,
Nicht-zum-Reden-aufgelegt-sein, den Inhalt der letzten Stunde vergessen haben,
Vermeiden wichtiger Themen, Auslassen wichtiger Erinnerungsstücke, Fixierung
auf Vergangenheit, Gegenwart oder Zukunft, Reden in Floskeln und leeren Hül-
sen, Erzählen, ohne Gefühle zu zeigen, übertriebene Gefühle, motorisches Agieren, Müdigkeit und noch vieles andere mehr Zeichen des Widerstandes sein. Aufseiten des Therapeuten können sich Müdigkeit, Desinteresse, Wut, Ärger, Langeweile und Ideenlosigkeit einstellen oder eine bedrückende Stimmung, das Gefühl
der Ausweglosigkeit oder das Gefühl, alles verkehrt zu machen usw.; die Palette
der Möglichkeiten ist unbegrenzt. Einziges Kriterium, das wir bei der Widerstandsanalyse verläßlich verwenden können, ist das der Prozeßhemmung oder
-markierung. Aber erst wenn der Therapeut die Widerstandsanalyse bei sich selbst
vollzogen hat, kann er daran gehen, ein gegenwärtig vorschwebendes Verhalten
oder Phänomen beim Patienten zu analysieren (English 1985). Menschlicher
Widerstand ist nicht „normierbar"; seine Analyse daher höchst individuell und
stets unter beziehungsdynamischen Gesichtspunkten durchzuführen. Eine vermeintlich schwache „Willfährigkeit des Patienten in der Behandlung" ist in keinem Falle ein Kriterium.

Wie wir gesehen haben, besteht die einzige Möglichkeit, eine unbewußte Verhaftung in der historischen Situation zu lösen darin, sie in der Gegenwart, in die
Beziehung mit dem Therapeuten, zu übertragen. Allein dieser Vorgang war für
Freud schon Widerstand. Er formulierte in seinen späteren Schriften die Übertragung selbst als den stärksten Widerstand in der Therapie des Patienten und ver-
band die beiden Konzepte so miteinander. Wenn es durch die Auflösung der Übertragung zur Bearbeitung der Kernproblematik kommt, treten erneut Widerstände
auf. Diese allerdings korrespondieren dann deutlich mit dem Erleben in der Ori-
ginalsituation.

Im Widerstandsverhalten stellt der Einzelne nun in der Regel mehr dar, als er
beabsichtigt und ihm selbst erkennbar ist (Bürmann 1986). Dieser Umstand läßt
sich anamnestisch nutzen. Widerstand kündigt sich zumeist in Form einer uner-
warteten oder ungewöhnlichen Situation an; eine Situation, in der man regelhaft
anderes erwartet hat, als dann tatsächlich geschieht. Im anamnestischen Setting
treten Übertragung und Widerstände noch in äußerst subtiler Weise zu Tage. Daß
sie allerdings geringfügig seien, weil die Beziehung zum Therapeuten gerade erst

im Entstehen ist, ist ein Fehlschluß. Widerstände treten in der initialen Übertragung so versteckt und subtil auf, daß es eines geübten Auges und manchmal einige Zeit der Prozeßbeobachtung bedarf, um sie als solche identifizieren zu können. Ein im initialen Setting häufig vorkommendes Zeichen von Übertragungswiderstand ist z. B. die Ambivalenz. Sie kann sich im Zufrüh- und Zuspätkommen verraten oder im Termin-verpassen, Adressen vergessen, „Im-Stau-stecken", nicht wissen, wo anfangen usw. ausdrücken. In manchen Fällen bringt der Widerstand eine von Peinlichkeit, Schüchternheit oder Scham unterfangene Atmosphäre mit sich (Wurmser 1990); er kann beim Therapeuten Unsicherheit auslösen aber auch Ärger und Enttäuschung.

Auch in diesem Zusammenhang bedeutet das Auftauchen des Widerstandes die Annäherung an eine „Krise" und eine bevorstehende „Entscheidung". Es ist daher eine Frage der therapeutischen Indikation, ob und wieviel wir im anamnestischen Setting hiervon schon ansprechen können. Meist werden wir diese situativ und szenisch in Erscheinung tretenden Informationen nur für unsere Diagnostik verwenden (vgl. „privative Erkenntnis"); im Hinblick auf eine nachfolgende Therapie aber müssen wir sie bei uns behalten, im Sinne des „containing", wie Winnicott (1979) es ausdrückte.

Einer Form des Widerstandes soll im Rahmen dieser Betrachtung noch Aufmerksamkeit zukommen: dem sogenannten „technischen Widerstand" (Schneider 1981b; Rahm u. a. 1993) oder „iatrogenen Widerstand". Im Gegensatz zum Übertragungswiderstand ist der technische Widerstand durch den Therapeuten selbst induziert. Dies geschieht etwa, wenn der Therapeut, anstatt die Beziehungsangebote des Patienten zu würdigen und darauf einzugehen, eigene Ideen verfolgt und versucht, sie dem Patienten aufzudrängen; oder der Therapeut ist zu stark mit den Richtzielen des Patienten identifiziert und versucht, das Tempo zu beschleunigen. In solchem Falle wird ein Widerstand produziert, wo eigentlich kein historisch begründbarer war. Beziehungsdynamisch betrachtet kann die Induktion eines technischen Widerstandes auch Ausdruck unbewußten Widerstandes beim Therapeuten sein, den Kontakt zum Patienten oder die eigentliche Übertragung zuzulassen.

Nachdem nun entwicklungstheoretische, emotionstheoretische und kognitive Ansätze und ihr Auftreten im therapeutischen Kontext diskutiert wurden, möchte ich nun im folgenden Kaptiel zum Krankheitsbegriff der Integrativen Therapie vordringen.

5. Vorstellungen über Gesundheit und Krankheit

Anamnese wird in erster Linie betrieben, damit wir Menschen, ihre Problemlagen, die aktualen wie historischen Situationen, die sie in ihren Eigenheiten geformt haben, kennenlernen können. Dabei müssen wir als Ergebnis unserer Ermittlungen auch feststellen, was ein Mensch bekommen hat und was fehlt, welche Persönlichkeitsanteile aber auch Gefühle und Konflikte ihm bewußt sind und welche nicht, welche seiner Potentiale genutzt werden und welche brachliegen, welche Bereiche des Menschen krank oder dysfunktional und welche gesund sind. Dabei legen wir sowohl implizite als auch explizite Vorstellungen von Gesundheit und Krankheit zugrunde; von diesen soll im folgenden die Rede sein.

Persönliche und fachlich gegründete Vorstellungen über den Gegenstand der Krankheit – die Meinung über das, was als krank oder dysfunktional eingestuft werden kann oder muß – bestimmen nicht nur unsere Haltung gegenüber Patienten; sie bilden den definitorischen Charakter unseres Blickwinkels, ja sie legen Ziele, Zeit und den „qualitativen Raum" der therapeutischen Begegnung fest. Darüber hinaus kommt den Fragen, was, wann, wie lange und wie gründlich therapiert werden muß und wohin die Therapie führen soll, eine zentrale Bedeutung zu. Besonders mit Blick auf Konzepte einer „intermittierenden fokalen Psychotherapie" in Abgrenzung zu einer einmaligen Langzeittherapie, wird deutlich, daß Therapeuten in Zukunft noch mehr, gemeinsam mit Patienten, die bislang eher implizit definierten Ziele von Gesundheit explizieren müssen. Und dies bedeutet nichts Geringeres als einen Verzicht zu leisten auf die alleinige Deutungsmacht des Therapeuten (Staemmler 1993, 1994). Darüber hinaus geht es aber nicht allein um das Aushandeln von Definitionen individueller Gesundheit ohne Dominanz des Experten, sondern auch darum, Schritte in der Therapieplanung und Kontrakterstellungen mit dem Patienten gemeinsam vorzunehemen, in dem höchst zu erreichenden Maße, wie das im Einzelfalle möglich ist (Petzold 1990e, 1993a; Petzold/Schuch 1992). Therapiewege müssen als gemeinsam mit Patienten erstellte Pfadverläufe konzipiert und offengelegt werden (Petzold 1988). Und Ansätze hierfür sollten bereits im anamnestischen Vorgehen ihren Niederschlag finden.

5.1 Definition und Verständnis

Die Begriffe und das Verständnis von psychischer Gesundheit und Krankheit sind in einem hohen Maße relativ und relational. Dies macht sich schon bei der einfachen Frage bemerkbar, mit der wir uns Patienten nähern: Fragen wir: „Was hat der Patient?" oder fragen wir: „Was fehlt dem Patienten?" oder – und dies kommt der Sichtweise einer integrativen Therapie am nächsten – fragen wir: „Was fehlt ihm, bei allem, was er hat?" (Amt-Euler 1991).

Der gleiche mehrperspektivische Blickwinkel und multitheoretische Diskurs, mit welchem die Entwicklung des Menschen zwischen Pathogenese und Salutogenese in einem Kontinuum durch das ganze Leben hindurch gesehen wird, wird auch an die Beurteilung von Gesundheit und Krankheit als Möglichkeiten des Lebens angelegt. Krankheiten werden als vitale Entwicklungsblockaden (Walch 1990), inadäquate (dysfunktionale) Konfliktlösungsversuche (Mentzos 1991; Fischer/Steinlechner 1992) oder Folge von prolongierten Mangelerfahrungen (Petzold u. a. 1993) nicht als absolut voneinander abgegrenzt definiert, sondern jeweils in einem Spektrum von „mehr oder weniger" gesund und/oder krank betrachtet. Die Person selbst wird in einem screening in gesunden und dysfunktionalen Anteilen eingeschätzt. In die Definition beider Begriffe gehen, wie nun deutlich wird, sowohl eine subjektive Dimension („krank ist, wer sich so fühlt") als auch eine sozial-gesellschaftliche Dimension („krank ist, wer so definiert wird") mit ein (Petzold/Schuch 1992). Gesundheit und Krankheit sind damit nicht nur ein subjektives sondern ein psychosoziales Phänomen. Besonders in die gesellschaftliche Dimension geht stark eine Vorstellung von „Normalität mit ein, in der Gesundheit möglicherweise mit der Abwesenheit von Leid oder dem Schweigen der Organe" verwechselt wird; schließlich auch eine „Fiktion des ungetrübten, genüßlichen, wohlangepaßten Lebens, das durch die ‚Exhaustion alles Problematischen' realisiert werden könne" (Petzold/Schuch 1992; Schulze 1993). Unter Gesundsein wird in der Integrativen Therapie indes auch ein „offen sein für Krankheit" und ein gewisses Maß an „Leidensfähigkeit" verstanden sowie die Fähigkeit, Trauer zu empfinden und durchzustehen (Cottier/Rohner-Artho 1992). Vor solchem gedanklichen Hintergrund wird Gesundheit in der Integrativen Therapie nun mit folgenden, erweiterten Grundzügen skizziert:

„Gesundheit ist eine subjektiv erlebte und bewertete sowie external wahrnehmbare, genuine Qualität der Lebensprozesse im Entwicklungsgeschehen des Leib-Subjekts und seiner Lebenswelt. Gesundheit ist wesentlich dadurch gekennzeichnet, daß der Mensch sich selbst, ganzheitlich und differentiell, in leiblich-konkreter Verbundenheit mit seinem Lebenszusammenhang (Kontext-Kontinuum), wahrnimmt, und im Wechselspiel von protektiven und Risikofaktoren – entsprechend seiner Vitalität und Vulnerabilität, seinen Bewältigungspotentialen, Kompetenzen und seiner Ressourcenlage imstande ist, kritische Lebensereignisse bzw. Probleme zu handhaben und sich zu regulieren und zu erhalten vermag; schließlich, daß er auf dieser Grundlage seine körperlichen, seelischen, geistigen, sozialen und ökologischen Potentiale ko-kreativ und konstruktiv entfalten und gestalten kann und so ein Gefühl von Kohärenz, Sinnhaftigkeit, Integrität und Wohlbefinden entwickelt" (Petzold/Schuch 1992).

5.2 Zur Entstehung psychischer Krankheiten

Zur Entstehung von psychischer Krankheit und zur Ätiologie und Pathogenese psychiatrischer Erkrankungen, gibt es eine große Anzahl implizit-persönlicher und explizierter fachlicher Theorien. Sie können hier nicht umfassend diskutiert werden, sollen aber ihrer unterschiedlichen Ansätze wegen in einem Überblick als Grundlage für ein „Modell multipler Pathogenese" aufgeführt werden:

1. Krankheit als akute Exacerbation von genetisch bedingten oder vererbten Anlagen; hereditäre Ausstattung von Vitalität, disponierte Vulnerabilität (Petzold 1990e; Petzold/Schuch 1992; Rahm u. a. 1993).

2. Krankheit als biologisch begründbare Störung im zentral-nervösen System oder als Stoffwechselstörung im Gehirn (Benkert/Hippius 1992; Tölle 1991; Leonhard 1991).

3. Krankheit als Folge von fehlenden, bzw. ungenügend ausgebauten, defizitären oder geschädigten (z. B. traumatisierten) Persönlichkeitsstrukturen in Form von hoch-fluktuierenden, instabilen Abwehr- und Bewältigungslagen (Mentzos 1993; Kohut 1976, 1979; Kernberg 1978, 1992; Rohde-Dachser 1989; Wahl 1985; Asper 1989). Die Konstituenten der Persönlichkeit (Leib-Selbst, Ich, Identität) konnten sich aufgrund von Entwicklungsnoxen nicht vollständig ausbilden („Pathologie des Selbst, frühe Schädigungen").

4. Krankheit als Psychosomatosen in Folge von Schädigungen in der frühen zwischenleiblichen Kommunikation, als Folge von Alexithymie oder emotionalem Streß (Hoffmann/Hochapfel 1992; Klußmann 1992; Uexküll 1986; Petzold 1990e; Singer 1989).

5. Krankheit als Folge von defizitären und gestörten familiären Kommunikationsmustern, toxischen Familienmythen und Delegationen (Andolfi u. a. 1986; Hoffmann 1987; Palazzoli u. a. 1991).

6. Krankheit als Folge von multiplen prolongierten schädigenden Stimulierungen von der frühen Kindheit an über die ganze Lebensspanne hin in sogenannten „unglücklichen Karriereverläufen" (Petzold 1988, 1990e; Petzold/Schuch 1992).

7. Krankheit als Folge von zeitextendierten, pathogenen Konfliktkonstellationen, unter Fehlen von alters- und problem-angemessenen Kompensationsmöglichkeiten und Coping-Strategien, als Folge von aktualen Krisen, stressfull life-events, Belastungen, Lebenskrisen, die die vorhandene Bewältigungsfähigkeit und die Ressourcenlage der Person überschreiten (Petzold/Schuch 1992).

8. Krankheit als Folge des Fehlens von substitutiver Entlastung und Kompensation und der Abwesenheit von inneren (gute internalisierte Erfahrungen) und äußeren (soziales Netzwerk, Supportsystem) protektiven Faktoren. Negativkarrieren als Akkumulation von Risikofaktoren über den Entwicklungsverlauf in kranken sozialen Netzwerken und Bezügen, kontinuierlich wirkende Noxen, permanent schädigende Konstellationen (Petzold u. a. 1993; Petzold 1990e).

9. Krankheit als Folge von zeitextendierter multifaktorieller Überlastung oder beruflichem „burn-out" (Petzold/Schuch 1992).

10. Krankheit als Folge von beziehungstheoretisch begründetem Streß (Kruse 1991; Rahm u. a. 1993; Petzold/Schuch 1992).

11. Krankheit als organismische Reaktion auf unterbrochene, „unerledigte" Kontakt- und Beziehungscyclen (Perls 1980; Perls u. a. 1951; Polster/Polster 1987; Rahm u. a. 1993).

12. Krankheit als Folge von internalen kognitiven Negativkonzepten, subjektiven dysfunktionalen Krankheitstheorien, die positive Neubewertungen nicht greifen lassen; negative Selbstkonzepte und Lebensstile, zeitextendierte Erwartung und Antizipation zukünftiger realer oder imaginierter Bedrohungen (Flick 1991; Filipp 1990; Petzold 1990e, Schott 1991).

13. Krankheit als Folge von fixiertem Abwehr- und Bewältigungsverhalten sowie fehlgeleiteter oder traumatisierter Emotionsentwicklung (Mentzos 1991; Kruse 1991; Wurmser 1990).

14. Krankheit als Folge von traumatisierenden Einflüssen wie Gewalterfahrungen und Erfahrungen sexuellen Mißbrauchs (Minuchin 1988; Wirtz 1989; Kruse 1991; Ramin 1993; Backe u. a. 1986).

15. Krankheit als Folge der traumatischen Einwirkungen von Krieg, Verfolgung, Flucht, Folter und Zerstörung (Heinl 1994; Heimannsberg/Schmidt 1992; Eisen 1988; Kruse 1991).

16. Krankheitsentstehung unter dem Einfluß multipler gesellschaftlicher und ökologischer Entfremdung von Arbeit, Lebenswelt und Natur (Fischer 1973; Gehlen 1975; Graumann 1978; Israel 1972; Jaspers 1923; Marcuse 1967; Petzold 1985; Petzold/Schuch 1992; Schmitz 1992; Schulze 1993).

17. Krankheit als Folge von weiteren ungeklärten Faktoren (Drogenkonsum, ökologische Einwirkungen, Haft, Extremklimata, verdeckte Noxen etc. (Petzold 1990e).

18. Krankheit als religiöse oder magische Vorstellung von Schicksal oder „Karma". Krankheit wird hier in einer Dialektik zwischen Schuld und Sinn interpretiert und erlebt. Die Krankheit kann im volkstümlichen Sinn sowohl schuldhaft als auch unschuldhaft erlebt

werden; darüber hinaus wird Krankheit auch heute noch in vielen Bevölkerungsschichten als von außen kommend erlebt und interpretiert, z. B. von „bösen Menschen" oder sogar von „Hexen" (Buchinger 1992; Heinl 1979; Schott-Billmann 1979).

5.3 Psychosomatische Überlegungen

Der Frage, wie Seelisches oder Gefühl in somatisch anmutende Symptome verwandelt werden kann, soll hier noch einmal überblicksartig nachgegangen werden. Diese Frage, zumeist unter dem Thema „Leib-Seele-Problem" behandelt, wurde vielfach diskutiert (Uexküll 1986; Schmitz 1989; Jung 1994). An verschiedenen Stellen wurden Vergleiche der Konzepte von Leib und Unbewußtem angestellt (Frostholm 1978).

In der Integrativen Therapie wurde das Problem insofern auf ein anderes „Gleis" verschoben, als daß das zugrundeliegende „Leibkonzept" als eine Einheit von Körper, Seele und Geist definiert wurde (Petzold 1988). Obwohl mit dem Leibbegriff vor allen Dingen in phänomenologischer Hinsicht besser gearbeitet werden kann, ist die Frage nach der Beziehung zwischen Seelischem und Körperlichem auch nach heutigem Stand der Forschung und Theorienbildung nicht befriedigend geklärt. Allerdings soll uns das Problem hier auch nur insofern beschäftigen, als daß ich im folgenden in aller Kürze die gängigen Konzepte zur psychosomatischen Pathogenese kurz darstellen möchte.

Als erstes Modell zum Verständnis psychosomatischer Vorgänge wurde von Freud das Konversionsmodell beschrieben. Die Konversion ist nach Freud eine Umsetzung der Erregungssumme seelischer Konflikte (Triebenergien) in körperliche, insbesondere sensorische und motorische Innervation. Die Konversion wurde als der „Mechanismus der Hysterie" beschrieben. Die Symptombildung stellt nach Freud einen kompromißhaften Lösungsversuch eines Konfliktes dar und verfolgt psycho-ökonomisch den Zweck der Vermeidung von unangenehmen oder peinlichen, mit den Vorstellungen des Bewußtseins unverträglichen Affekten. Das Symptom wird als eine Kompromißbildung zwischen Veräußerung und Verdrängung des Konfliktes angesehen. Es stellt letztendes ein Affektäquivalent dar. Weil die Symptome einen verdeckten Konflikt explizieren, nannte Freud diese Form die „Ausdruckserkrankungen". Obwohl das Modell zunächst einleuchtend klingt, erklärt es aber nicht den eigentlichen Mechanismus, der für die psychosomatische „Umsetzung" erforderlich ist.

Eine Differenzierung dieses Konzeptes stammt von Alexander (1946; zit. b. Hoffmann/Hochapfel 1992). Er grenzte die Konversionssymptome, die über ihren symbolischen Ausdruck emotionaler Konflikte ein Affektäquivalent darstellten (Ausdruckskrankheiten) ab von den sogenannten „funktionellen Syndromen", die weniger einen internalen Konflikt im Hintergrund haben, sondern vielmehr auf chronisch unterdrückte emotionale Spannungen zurückzuführen seien, die den Organismus auf der somatischen Ebene zu einer ständigen Bereitstellung von Energien und Aktivität zwingen (z. B. die Magensaftausschüttung bei chronisch unbewußten Bedürfnissen nach Abhängigkeit). Durch diese chronische und nicht verwertete Bereitstellung würden die Organe überstrapaziert und geschädigt. Er nannte diese Form daher die „Bereitstellungskrankheiten".

Auch Mitscherlich (1975; zit. b. Hoffmann/Hochapfel 1992) modifizierte Freuds Ansatz und konstatierte ein „Konzept der zweiphasigen Verdrängung". Er wies darauf hin, daß nicht nur die bewußten Affekte ihre körperlich korrespondierenden Erregungskorrelate haben, sondern daß dies ebenso für unbewußte Prozesse und Affekte gilt. Die erste Phase der Bewältigung einer chronischen Belastung bestünde daher in der Mobilisierung psychischer Abwehrkräfte, mit dem Preis neurotischer Symptombildungen. Kann das neurotisch eingeengte Ich die anhaltende Dauerbelastung nicht mehr bewältigen, erfolge als zweite Phase der Verdrängung eine Verschiebung in körperliche Abwehrvorgänge. Mitscherlich betont aber, daß das Ausweichen ins Körperliche eine stabilisierende Funktion hat und zunächst einen prinzipiell erfolgreichen Lösungsversuch darstellt.

Eine andere Herangehensweise stammt von Schur (1955; zit. b. Hoffmann/ Hochapfel 1992). Er beschrieb die Entwicklungs- und Reifungsvorgänge des gesunden Kindes als einen fortlaufenden „Desomatisierungsprozeß". Während das Neugeborene aufgrund seiner noch unentwickelten psychischen und somatischen Strukturen auf die Störungen seiner Homöostase körperlich, unbewußt und primärprozeßhaft reagiert, erlaubt die voranschreitende Reifung des Ichs zunehmend sekundärprozeßhafte Verarbeitungsformen in Form von „emotionalen Antworten". Unter bestimmten Bedingungen, wie z. B. extremem oder prolongiertem Streß, sind diese Vorgänge umkehrbar. Der Patient reagiere dann mit einer (regressiven) „Resomatisierung".

Die französische psychosomatische Schule hat ihrerseits das sogenannte „Alexithymie-Modell" entworfen (Marty u. a. 1957; zit. b. Hoffmann/Hochapfel 1992). Wörtlich übersetzt heißt der Begriff: „Nicht-Lesen-Gefühl". Die Autoren stellen die Hypothese auf, daß Patienten mit psychosomatischen Krankheiten eine spezifische Persönlichkeitsstruktur besitzen, deren wesentliches Merkmal in der Unfähigkeit besteht, Gefühle wahrzunehmen und sie mit Worten zu bekleiden. Sie nennen vier grundlegende Persönlichkeitsmerkmale: a) eine qualitative Armut seelischer Inhalte und der Phantasietätigkeit, die in ein „operationales Denken" führen; b) unreife, rigide und brüchige Abwehrstrukturen sowie eine generelle mangelnde Symbolisierungsfähigkeit; c) eine Neigung zu psychosomatischen Regressionen und d) eine stereotype projektive Verdoppelung, in der der Patient den Anderen so sieht, wie er selbst eigentlich ist. Der Patient verneint seine eigene Originalität ebenso wie diejenige des Anderen.

Das lerntheoretische Konzept psychosomatischer Vorgänge geht von der Annahme aus, daß bei der Entstehung und beim Fortbestehen psychosomatischer Störungen unerwünschte oder fehlende Lernprozesse von entscheidender Bedeutung sind. Das affektive Verhalten beziehe weiterhin körperliche Reaktionen auf dem Gebiet des autonomen Nervensystems und im endokrinen Bereich mit ein und unter Umständen könne dies unter Dauerbelastung zu Gewebeschädigungen führen. Das Problem der Organwahl wird auf das Vorhandensein individueller Unterschiede in den Reaktionsweisen und den Spezifitäten in den „Lernfeldern" (Familie, Umfeld) zurückgeführt.

Im sogenannten Streßmodell finden wir eine Variante hiervon. Die Reaktion auf Streß wird als das Ergebnis komplexer vegetativer Steuerungen verstanden, die die Aufgabe haben, eine organismische Homöostase wieder herzustellen. Das Modell nennt drei Phasen der Streßbewältigung: a) die Alarmreaktion (der Körper zeigt Folgen der Stressoreneinwirkung, die Leistung fällt ab); b) Widerstand (der Körper beginnt, auf den Stressor zu reagieren, diese Anpassungen erhöhen die Leistungskraft) und c) Erschöpfung (nach unverändertem Einwirken des Stressors kommt es zum Zusammenbruch des Organismus). Die Organwahl erklären die Streßforscher mit dem „Brechen des hereditär schwächsten Gliedes".

Mit neueren Forschungsergebnissen spielt die Psychoimmunologie bei der Erklärung psychosomatischer Phänomene eine zunehmende Rolle. Beobachtungen belegen, daß dem zentralen Nervensystem bei der Regulation und Modulation von Abwehrmaßnahmen eine entscheidende Rolle zufällt. Als Schaltstation zwischen höheren zentralnervösen Zentren und der Peripherie hat der Hypothalamus über die Neurotransmitter und die Neurohormone Einfluß auf viele Körperfunktionen und somit auch auf das Immunsystem (Hoffmann/Hochapfel 1992).

Durch klinische Beobachtungen ist seit langem bekannt, daß die psychische Verfassung einen großen Einfluß auf die Empfänglichkeit und den Verlauf von Krankheiten haben. In Konfliktsituationen tritt häufig als Lösungsversuch eine Infektionskrankheit auf und verschwindet, sobald die Belastung vorüber zu sein scheint. Die Psychoimmunologie spielt seit einigen Jahren vor allen Dingen im Bereich der Onkologie eine große Rolle; es hat sich hier die sogenannte „Psycho-Onkologie" herausgebildet.

In der Integrativen Therapie wird von einem multimodalen Ansatz auch bei der Krankheitsentstehung von Psychosomatosen ausgegangen. Für die Psychosomatosen heben wir in unseren Konzepten zum Leib-Selbst, was Ätiologie und Pathogenese angeht, neben den oben genannten vor allen Dingen frühe fehlende und gestörte intuitive Parenting- und sensitive Caregiving-Muster hervor. Dabei spielen die Berührung, die Blickkontakte, die prosodischen Dialoge mit dem Kind, wie sie weiter unten noch, im Abschnitt über die protektiven Faktoren, behandelt werden, eine zentrale Rolle. Sie bestimmen in einem hohen Maße darüber, ob das Kind adäquate Rückmeldungen zu seinen jeweiligen affektiven Lagen bekommt und so fähig wird, die Signale und Regungen aus seinem „Leibesinneren" als Gefühle wahrzunehmen, die kommuniziert werden müssen, und nicht nur als diffuse „Störmomente". Hier wird deutlich, daß zu diesem Prozeß auch die Förderung symbolischen und sprachlichen Ausdrucks gehört, ohne die die Emotion unkommunizierbar, stumpf und ohne soziale Bedeutung bleibt. Eine benigne, differenzierte Emotionsentwicklung, wie sie schon beschrieben wurde, ist für die psychosomatische Gesundheit in einer Weise konstituierend, wie sie gar nicht deutlich genug hervorgehoben werden kann. Selbstwertgefühl, um ein komplexes Beispiel zu nennen, ist kein Gefühl, das allein „psychisch" hergestellt werden kann. Wenn der Leib durch frühe elementare Berührungskontakte – die „Vitalaffekte" sind, wie

Stern (1992) zeigen konnte – nicht vermittelt bekommen hat: „ich bin etwas, das geliebt wird", wenn der Leib der Person immer nur Gefühle der Bedrängnis und des Unwohlseins vermittelt, ist die Person im Aufbau eines Wertgefühls – für den eigenen Leib, nicht allein für die „Seele", denn dieser ist hierfür konstituierend – extrem behindert. Das Maß der wohlwollenden Aufmerksamkeit, das ein Mensch für seinen eigenen Leib aufbringen kann, ist eben das Maß, wie viel wert er sich selbst sein kann.

Gerade bei psychosomatischen Patienten finden wir aber genau hierin eine maligne Verzerrung der psychischen Ökonomie. Psychosomatische Patienten haben vielfach ihre Lebensenergie auf maligne Weise von der sie umgebenden sozialen Umwelt abgezogen („narzißtische Störungen") und verwenden diese in der alleinigen Beobachtung und Verfolgung ihrer Krankheit und ihrer Symptome, teils in akribischer Weise, wie bei der Hypochondrie. Die Krankheiten bringen als symbolische Verdichtung genau die Problemlagen zum Ausdruck, die der Patient selbst nicht wahrnehmen und spüren kann: fehlende benigne Selbstliebe, fehlendes Gespür für den eigenen Leib (das Symptom sensibilisiert den Patienten hierfür erst), die Problematik, im sozialen Gefüge Gefühle auszudrücken, sie überhaupt erst einmal wahrzunehmen und zu benennen, Wünsche nach Abhängigkeit und Versorgung (Krankenhausaufenthalte), emotionaler Hunger, unterschwellige Aggressionen (passive Aggressivität) usw. Bei den Psychosomatosen wird der Leib zum ersten und oftmals einzigen Kommunikationspartner und, hierin stimmen wir mit den oben genannten Autoren überein, es handelt sich in nahezu jedem Fall um „dekompensierte" oder „in den Leib verschobene" Bewältigungsversuche als Antwort auf prolongierte pathogene Krankheitsverläufe. Diese zu entschlüsseln ist mit sehr mühevoller und langdauernder prozeßhafter Arbeit verbunden; im anamnestischen Setting können die auslösenden „Noxen", wenn überhaupt, jeweils nur vage erfaßt werden. Eine detaillierte Bearbeitung muß dem Therapieprozeß selbst überlassen werden.

Keiner dieser Ansätze kann indes allein die Entstehung psychosomatischer Krankheiten umfassend erklären. Bei der Bewertung anamnestischer Faktoren sollten daher immer alle Ansätze mit einbezogen werden. Weil Psychosomatosen in ihrer symbolträchträchtigen Averbalität anteilig immer auf frühe, auch präverbale Schädigungen verweisen, sollte die Anamnese bei psychosomatischen Patienten begleitend immer mit nonverbalen Techniken erhoben werden. Hierzu werde ich weiter unten noch ausführlich kommen.

5.4 Das Konzept der Schädigungen

Wie zu sehen war, kann der Mensch multiplen pathogenen Einflüssen über das ganze Leben hin ausgesetzt sein. Schädigungen als Ursachen von Krankheit sind, wie die longitudinale Lebenslaufforschung zeigen konnte, eben nicht nur in der frühen Kindheit oder in der triangulären Phase zu suchen, sondern sie können über die ganze Lebensspanne hin zur Entstehung von „prävalent pathogenen Milieus" führen (Petzold u. a. 1993). Diese können aufgrund von Akkumulationseffekten,

Verstärkungen durch critical-life-events oder massive Aktualtraumatisierungen spätere Erkrankungen – auch in verschieden großem zeitlichen Abstand – im Gefolge haben. Dabei können die negativen Synergien verschiedener Milieus, besonders ungünstige Ereignis-Konstellationen, fehlende kompensatorische Einflüsse, aber auch dysfunktionale Kompensationen, subjektive Negativbewertungen etc. ein äußerst komplexes Gewebe von Einflußgrößen konstellieren, das sich erst in einem längeren Behandlungsgeschehen im Sinne einer prozessualen Diagnostik und einer differenzierten Pfadanalyse erschließen läßt (Petzold 1990e).

Mit Blick auf ein solches komplexes Pathogenese-Modell ist eine vorschnelle Festlegung von pathogenen Faktoren und Ätiologien im anamnestischen Prozeß zu vermeiden. Äußerst selten stellen einmalige Noxen (Schlüsselszenen) den ganzen Hintergrund von ausbrechenden Krankheiten dar; vielmehr müssen schädigende Einflüsse akkumulativ und chronifiziert, auf unterschiedlichen Niveaus der Biographie, als negative Ereignisketten in prolongierten Karrieren von Polytraumatisierungen auftreten, damit es zu einer Exacerbation psychischer Krankheit kommen kann. Anamnestisch erhobene Daten sollten daher zunächst zu einer – am besten und soweit möglich mit dem Patienten gemeinsam vorgenommenen – Strukturierung von Lebensläufen führen und nicht zu einem Versuch der Objektivierung. Obwohl wir eine „objektivierte Diagnose" für die Honorierung unserer Tätigkeit von Kassen benötigen, ist diese weniger therapierelevant (Bommert/Hockel 1981).

Schädigungen werden nun in der Integrativen Therapie auf vier Ebenen als Traumata (Überstimulierung), Defizite (Unterstimulierung), Störungen (inkonstante Stimulierung) und Konflikte (gegenläufige Stimulierung) definiert (Petzold 1990e). In Anlehnung an Petzolds Konzept der acht Schädigungsniveaus (1990e) können folgende Ebenen beschrieben werden:

1. Prä- und perinatale Schädigungen
2. Schädigungen im Säuglingsalter (0–18 Mon.)
3. Schädigungen im Kindesalter (18. Mon.–5. Lj.)
4. Schädigungen in der späten Kindheit (5.–11. Lj.)
5. Schädigungen in Pubertät und Adoleszenz (10.–19. Lj.)
6. Schädigungen im frühen Erwachsenenalter (18.–32. Lj.)
7. Schädigungen im Erwachsenenalter (30.–60. Lj.)
8. Späte Schädigungen (hohes Senium)

So können Traumatisierungen, Störungen und Konflikte in der frühen zwischenleiblichen Kommunikation mit ihren Konsequenzen für die leibliche Stimulierung des Säuglings (die allerdings die Ich-Entwicklung und die Identitätsbildung relativ intakt lassen können) zu Psychosomatosen führen. Frühe Störungen und Konflikte, die auf das archaische Leib-Selbst wirken und nicht zu Einbrüchen (wie beim Trauma) oder zu „Löchern" (wie bei Defiziten) führen, sondern zu einem brüchigen Leib-Selbst und damit zu einem labilen Ich und einer schwachen Identität, können im Verein mit weiteren, biographisch späteren Störungen Borderline-Erkrankungen im Gefolge haben, die zu einer zerrütteten Lebensführung, zu Unstimmigkeiten in der beruflichen Situation, in den Beziehungen und im Lebensalltag führen und hier zu hoch-fluktuierenden Abwehrkonstellationen. Zuweilen werden pathogene Stimulierungen im Frühbereich aber auch durch maligne Progressionen kompensiert, wenn hereditär genügend an vitaler Ausstattung vorhanden ist, etwa durch die Ausbildung eines genügend starken, belastungsfähigen Ich, das allerdings auf der Grundlage eines brüchigen Leib-Selbst ein „Ich ohne Resonanzkörper" wird. Das pathisch-empathische Potential, die emotionale Schwingungsfähigkeit sind deshalb beeinträchtigt und bedingen hieraus oft kalte Leistungspersönlichkeiten oder ungehemmte Machtmenschen, in psychoanalytischer Terminologie „narzißtische Neurosen", in unserer Terminologie Menschen mit „schweren Persönlichkeitsstörungen", die z. B. Größenimpulse hemmungslos leben, herzlos und ohne Beziehungsmöglichkeit und -fähigkeit zu ihren Mitmenschen existieren (Petzold 1990e).

5.5 Abwehr und Bewältigung

Auch in der Integrativen Therapie wird bei der gesunden Person von einem Gleichgewicht zwischen „kritischen Lebensereignissen" (Filipp 1990) und deren befriedigender Bewältigung durch hereditär oder psychogenetisch entstandene individuelle Verarbeitungsmodi ausgegangen. Wir sprechen hier mit der Life-event-Forschung aber nicht ausschließlich von Abwehrmechanismen, sondern von Bewältigungs- und Coping-Strategien.

Die klassischen Abwehrmechanismen, deren triebtheoretischen Grundannahmen wir kritisch gegenüberstehen, wurden erstmalig von Anna Freud (1936) beschrieben. Sie bildeten dennoch die Grundlage für die Auseinandersetzungen der Integrativen Therapie, deren Ergebnisse hier kurz angedeutet werden sollen. Eine ausführlichere Darstellung findet sich in Petzold (1980, 1988 und 1990e).

Da der Mensch ein konfliktträchtiges Wesen ist, aber auch auf Konflikt- und Problemlösung angelegt ist, ist er auch mit Möglichkeiten der Abwehr (defence) und der Bewältigung (coping) ausgestattet, um den Unbilden des Lebens Widerstand (resistance) entgegensetzen zu können. Widerstand als die Kraft zu widerstehen, ist in seiner protektiven Funktion als eine positive Fähigkeit anzusehen (Petzold 1990e). Allerdings können Bewältigungsstrategien durch einseitige oder übermäßige Beanspruchung einen dysfunktionalen Charakter gewinnen, z. B. wenn eine Strategie aus der Vielzahl von Bewältigungsmöglichkeiten stabilisiert oder fixiert wird. In solchem Falle wird die psychische Flexibilität behindert, notwendige Adaptionsleistungen können verhindert werden, so daß zum krankheitsauslösenden Phänomen nicht die Abwehr an sich, sondern eher ihre Fixierung wird (Mentzos 1991).

Abwehr- und Bewältigungsmechanismen tauchen auf verschiedenen Entwicklungsniveaus ebenso differenziert auf wie Entwicklungspotentiale, so daß in der Integrativen Therapie von einer Differenzierung der Bewältigungsstrategien in der psychischen Enwicklung ausgegangen wird. Konzepte wie die „Symbiose", die „Spaltung" und später die „projektive Identifizierung" werden eher gemieden, weil sie beim Säugling eine kognitive Repräsentationsfähigkeit voraussetzen, die

– zumindest im frühen Stadium der Entwicklung – noch nicht gegeben ist. Petzold (1990e) spricht mit Lichtenberg (1991) daher in Bezug auf die frühe Kindheit eher von „Abwehrmaßnahmen auf motorischem Niveau", von „perzeptuell-affektiven Handlungsantworten" wie a) expressiver Resistenz (abwehrende und widerstehende Mimik, Gestik, Blickverhalten, Muskelspannung); es handle sich hierbei um die früheste Form, die umschlägt in eine b) motorisch-aggressive Resistenz (Unangenehmes wird mit Händchen und Füßchen weggestoßen, Säugling wendet sich widerwillig ab, schreit oder wimmert ärgerlich oder schmerzvoll) und c) eine motorisch-evasive Resistenz (Säugling wendet sich in einer Fluchtreaktion von der Unlustquelle ab, zeigt eine kontrahierende Abwehr- und Schutzgestik). Erst später können diese Formen umschlagen in d) archaische Regression, e) archaische Retroflexion, f) archaische Anästhesierung und g) archaische Spaltung, wobei unter der letzteren mit Blick auf oben genanntes eine „passagere Affektpolarisierung mit folgender Abspaltung" verstanden wird, weil für Kinder, die ihre Affektlagen noch nicht lange stabil halten können, eine polarisierende, den Affekt betreffende, archaisch-emotionale Spaltung nur vorübergehend wirksam sein kann; sie schlägt wenig später um in eine – dann stabilere – Retroflektion oder Anästhesierung.

5.6 Indikation für Interventionsebenen

Zur herausragenden Aufgabe von Anamnese wird es also, in der dialogischen Exploration Implikate und Homologien des Erzählten aufzuspüren, auf diese Weise auch unbewußte Schädigungsebenen zu erfassen, sie biographisch einzuordnen, maligne gegenwärtige und vergangene Konfliktkonstellationen zu erkennen, prävalente pathogene Milieus zu diagnostizieren, benigne wie maligne Narrative und fixierende Negativkonzepte zu isolieren, Überlastungsmomente wahrzunehmen, multiple Pathogenese einer Kontinuumsanalyse zu unterziehen, hierbei diagnostische Erwägungen bis zum Hinzukommen weiterer Informationen nötigenfalls völlig offen zu lassen; des weiteren, „das was fehlt", die isolierten oder prolongierten Mangelerfahrungen des Patienten zwischen den Zeilen herauszulesen (Defizitanalyse) sowie die Faktoren und Prozesse salutogener Genese zu erheben, um so zu einer Indikationsstellung für multiple Heilungsprozesse zu gelangen. Von Petzold (1988) wurden mit Blick auf diese Anforderungen die „Vier Wege der Heilung" beschrieben: Bewußtseinsarbeit (die zur Sinnfindung führt), Nachsozialisation (die zu einer Stabilisierung und Restitution von Grundvertrauen führt), Erlebnisaktivierung (die eine Förderung von Entwicklungspotentialen ist und zur Persönlichkeitsentfaltung führt) und Solidaritätserfahrung (z. B. in Gruppen, die zu einer Metaperspektive und zu sozialem Engagement führt).

Darüber hinaus sollten schon in der Anamnese die Ziele einer anschließenden Therapie wenigstens annähernd festgelegt werden (Knauf 1991; Strotzka 1986; Petzold 1993d), differentiell auf die Problemlagen bezogen, individuell auf die Bedürfnisse des Patienten bezogen, und in Form von allgemeineren Richtzielen, die Grobrichtungen für Interventionsmöglichkeiten festlegen:

a) Präventive, prophylaktische und konservierende Intervention: was ist gesund und muß erhalten werden?
b) Restitutive und reparative Intervention: was ist gestört oder geschädigt und muß (durch Bewußtseins- und Trauerarbeit, Nachsozialisation, Erlebnisaktivierung) wiederhergestellt werden?
c) Substitutive Intervention: was fehlt, wurde nie erlebt, ist nicht mehr da und muß durch Nachsozialisation, Erlebnisaktivierung oder Solidaritätsarbeit bereitgestellt und (wieder) aufgebaut werden?
d) Evolutive Intervention: Welche Anteile und Möglichkeiten der Person sind noch nicht genutzt und können erschlossen, gefördert und entwickelt werden?
e) Aufbau von Coping-Strategien: was ist beeinträchtigt, gestört, geschädigt oder zerstört und kann nicht restituiert und wiederhergestellt werden? (Heinl/Petzold 1980; Petzold 1993a; Amt-Euler 1991).

6. Protektive Faktoren und die lebenslaufbezogene Perspektive

Nachdem nun Gesundheit und Krankheit aus konzeptueller Sicht besprochen wurden, soll im folgenden Abschnitt ein Spezifikum der Integrativen Therapie dargestellt werden. Psychotherapie ist natürlich in erster Linie mit dem Leiden und dem kranken Menschen konfrontiert und beschäftigt. Die klassischen Orientierungen der psychiatrischen und psychotherapeutischen Psychopathologien waren im wesentlichen damit befaßt, negative Lebenseinflüsse, Risikofaktoren, traumatische Situationen in individuellen Lebensläufen zu isolieren und sie auf ihr pathogenes Potential hin zu untersuchen, um so das Entstehen psychischer Krankheit erklären zu können. Dabei wurde aber „in der älteren psychoanalytischen Theorienbildung das in einzelnen Fallgeschichten aufgefundene und als potentiell pathogen bewertete Material in unzulässiger Weise generalisiert und typisiert" (Petzold u. a. 1993). Die Integrative Therapie hat nun unter Einbezug neuerer Longitudinalstudien zur menschlichen Entwicklung sowie Evidenzstudien zur Psychotherapie (Strupp/Binder, Rutter, Grawe, Huf, Garfield; zit. b. Petzold u. a. 1993), Konzepte zur Erhebung auch von gesundheitsfördernden, „salutogenen" Faktoren und Ereignisketten entwickelt. „Der pathologiezentrierte Diskurs der Psychoanalyse und die aus ihr hervorgegangenen Psychotherapieverfahren haben es versäumt, ein Modell der ‚gesunden' Persönlichkeit und der ‚gesunden' Entwicklung zu erarbeiten in Verkennung des grundlegenden Faktums, daß die menschliche Persönlichkeit – die gesunde wie die kranke – daß menschliches Verhalten – pathologisches wie solches im Sinne eines ‚healthy functioning' – durch die Gesamtheit aller positiven, negativen und defizitären Einflüsse des Lebenslaufes bedingt ist" (Petzold u. a. 1993).

Obwohl schon älter, wurde diese Forschungsrichtung erst durch Achenbach (1982) populär, der von einer rein auf frühkindliche Phasen bezogenen Ätiologieforschung, wie sie in der Psychoanalyse gefunden wird, auf eine „Entwicklungspsychopathologie" abhob, die, basierend weniger auf hypothetischen sondern mehr auf beobachteten Entwicklungsverläufen (Sroufe/Rutter; Rutter/Garmezy; zit. b. Petzold u. a. 1993), einen „dynamischen Entwicklungsverlauf" mit „developmental pathways" über die gesamte Lebensspanne annahm. Im Zusammenhang mit den Ergebnissen aus der Life-Event-Forschung (Filipp 1990) wurde späteren negativen Einflüssen in Lebensläufen zunehmend mehr pathogenes Potential zugesprochen als das zuvor der Fall war. So entstand die Entwicklungspsychopathologie als eine Art Gemeinschaftsunternehmen von Entwicklungspsychologie, Klinischer Psychologie, Kinderpsychiatrie und später auch der Emotionspsychologie. Im Rahmen der Integrativen Therapie sprechen wir hier mit Kruse (1991) von „klinischer Entwicklungspsychologie".

Vor dem Hintergrund neuerer Baby- und Longitudinalforschungen (Stern 1992; Petzold 1993f) muß die weit verbreitete Auffassung, daß frühe Einflüsse und Entwicklungen für die Krankheitsentstehung von größerer Bedeutung als spätere seien, und neurotische Störungen desto schwerer oder tiefer wären, je früher sie verursacht seien, zumindest relativiert werden. Gerade was die Vulnerabilität von Säuglingen angeht, wurden hier anderslautende Erkenntnisse gewonnen. Zum Beispiel reagieren Säuglinge im ersten Halbjahr nach ihrer Geburt auf Trennungen gerade nicht mit traumatischer Gefühlsstärke, sondern eher mit Indifferenz (Kruse 1991; Ernst 1992). Störungen, die in einem solchen Lebensalter ihren Ursprung haben, sind viel mehr als „eine Folge der prolongierten Deprivation von emotionalen Reizangeboten" zu sehen. Petzold u. a. (1993) führen in einem anderen Beispiel an: „Den naheliegenden Überlegungen in bezug auf die letzten Kriegsjahre und die Nachkriegsjahre, was aus all den Menschen geworden sei, die unter widrigen Umständen – Hunger, Kälte, Bombenangriffe, Flucht, Vertreibung – massiven ‚frühen Störungen' ausgesetzt waren, aber offensichtlich keine Borderline-Erkrankung, keine Psychose, keine schweren Psychosomatosen oder narzißtische Neurosen ausgebildet hatten, wurde nie nachgegangen. Ein Heer schwerstkranker Patienten hätte die Folge sein müssen, würde man die Theoreme von Freud, Spitz, Bowlby, Kernberg und anderer Vertreter des Paradigmas der ‚frühen Störungen' anwenden" (zit. b. Petzold u. a. 1993). Hier müssen also andere, unterstützende Faktoren und Prozesse wirksam gewesen sein, die Schutz oder Dämpfung von derartigen Negativeinflüssen bieten konnten. Unter diesen neuen Paradigmen kam schon Mitte der 50er Jahre eine „longitudinale Betrachtungsweise für die Aufklärung pathologischen Verhaltens auf, die zunehmend „pathways" zu krankem und gesundem Verhalten untersuchte (Rutter 1992). Psychopathologie wurde hier unter einer Betonung der „Interaktion" von Risiko- und Schutzfaktoren betrieben. Dabei war auch die Einbeziehung von Netzwerkbeziehungen und der in ihnen wirkenden Kräfte, der supportativen und entlastenden Faktoren, von Interesse. Man richtete sich in umfangreichen und differenzierten Methoden auf Untersuchungen von Kontinuitäten und Diskontinuitäten in der Entwicklung des Verhaltens, und distanzierte sich auf diese Weise von monokausalen Erklärungsmodellen immer mehr. Hier wurden Fragen nach „Problemlösungs- und Meisterungsstrategien" untersucht; weiterhin wurde auf die Störungen der Interaktion, wie generell auf psychosoziale Störfaktoren mehr Aufmerksamkeit gelegt als auf eine Individuumszentrierung, bzw. eine Zentrierung auf Phasen mit Aszendenzen und Prädominanzen, in denen relativ irreversible „Fixierungen" eintreten können, und zwar ausgehend von der „trivialen Feststellung, daß Menschen in gesunden sozialen Netzwerken, mit positiven Beziehungen und einer hohen supportativen

Valenz sich gesund entwickeln, in defizienten, gestörten und traumatisierenden indes erkranken" (Petzold u. a. 1993). Allerdings kann mit Blick auf die Entwicklung salutogener Ereignisketten eine solche Aussage eben nicht durchgängig bestätigt werden. Erst eine integrierte Sicht von pathogenen Verläufen, zusammen mit der Identifizierung von protektiven Faktoren und einer Analyse der Interaktion solcher Wirkungen, ist in der Lage, einigermaßen gesicherte Aussagen über Pathogenese zu machen. Zu einem solchen Ergebnis kamen auch Untersuchungen von Familien in „sozialen Brennpunkten" (Barker u. a.; Werner/Smith; Rutter; zit. b. Petzold u. a. 1993). Hier wurde deutlich, daß „negative events allein keine hinreichende Erklärungsgrundlage für Fehlentwicklungen bieten konnten, sondern daß hierfür transaktionale Beziehungen zwischen externalen, situativen Aspekten und internalen, individuumsspezifischen Dimensionen in den Blick genommen werden müssen, bzw. die psychobiologische Konstitution, das Temperament, die kognitive und emotionale Bewertung von Situationen und die selbstreferentiellen Repräsentanzen eine erhebliche Rolle spielen" (Zentner 1993). Auch Anthonovsky (1979; zit. b. Petzold u. a. 1993) hat den Versuch unternommen, zu erklären, warum manche Menschen trotz belastender Lebensumstände gesund bleiben und andere nicht. Dabei fand er Einstellungen, Überzeugungen und Kompetenzen ausschlaggebend, die das Gesundwerden und Gesundbleiben unter belastenden Umständen ermöglichen. Er nannte das den „Kohärenzsinn", unter dem er folgendes verstand: „Ein generalisiertes, stabilisiertes und dynamisches Gefühl der Gewißheit, daß die eigene innere und äußere Umwelt vorhersagbar ist und mit großer Wahrscheinlichkeit sich alles so entwickeln wird, wie man es sich logischerweise erwartet" (vgl. Stern 1992). Lazarus und Launier (1981) konnten bestätigend zeigen, daß es nicht einfach die Art oder Intensität eines Stressors, sondern die subjektive Bewertung einer Situation ist, die die Intensität der Streßreaktion bestimmt. Diese Untersuchungen legen die Ansicht nahe, daß „frühe Erfahrungen nur dann bleibende Spuren hinterlassen, wenn sie durch spätere gleichartige Erfahrungen immer wieder verstärkt werden. Eine gestörte psychische Entwicklung ist nicht nur Resultat von frühen, sondern von kontinuierlichen Erfahrungen" (Kruse 1991; Flick 1991). Dieser Ansicht ist auch Stern (1992): aus Beobachtungsstudien mit Säuglingen wurden hier vier „Entwicklungslinien" bestimmt, deren „Auftauchen" wohl eine sensible Phase darstellen. Nach diesem Auftauchen aber sind diese Linien nicht „abgeschlossen"; sie bleiben vielmehr über das ganze Leben hin als aktive, sich weiterentwickelnde, subjektive Prozesse und Entwicklungsmöglichkeiten bestehen. Dies leuchtet unmittelbar ein, wenn man sich vor Augen hält, daß Themen wie Oralität, Abhängigkeit, Autonomie und Vertrauen Probleme darstellen, mit denen auch Erwachsene sich noch auseinandersetzen müssen. Der tatsächliche Entstehungspunkt für psychische Krankheiten, die diese klinischen Probleme betreffen, kann nun nach Ansicht von Stern überall auf der fortlaufenden Entwicklungslinie liegen und muß nicht mehr nur unbedingt in einem Ursprungskonflikt oder Ursprungs-Trauma begründet liegen.

Neuere Ansichten tendieren zu der Position, „daß frühkindliche Einflüsse die Vulnerabilität in bezug auf bestimmte Lebensthemen erhöhen, die das Kind empfänglicher für (ähnliche) schädigende Einflüsse in späteren Lebensphasen machen" (Kruse 1991). Auf diese Weise ist aber nicht mehr nur die Intensität eines Traumas für die Entstehung der Krankheit paradigmatisch, sondern ein paralleles, lebenslaufbezogenes, wiederholtes Auftreten des Problemthemas sowie die Häufigkeit des Auftretens. „Es muß schon zu beständigen mismatches, insensitives oder Fehlempathierungen kommen, oder es muß ein weitgehender Mangel an sensiblen, empathischen Kommunikationen vorliegen, wenn, im Verein mit anderen pathogenen Faktoren es zur Entwicklung psychischer Krankheit kommen soll" (Petzold/Schuch 1992).

Die Erkenntnisse dieser Untersuchungen mündeten nun in der Annahme, daß es vorhandene und entwickelte Ressourcen zur Bewertung und Bewältigung von Streßereignissen und critical life-events (Filipp 1990) geben muß. In Anlehnung an die Konzepte des life-span-developmental-approach (Petzold 1988) haben wir den „Ketten widriger Ereignisse" daher parallel verlaufende „Ketten schützender und entwicklungsfördernder Ereignisse" gegenübergestellt, die „protektiven Faktoren und Prozesse" (Petzold u. a. 1993). Sie werden in folgender Form definiert:

„Protektive Faktoren sind einerseits – internal – Persönlichkeitsmerkmale und verinnerlichte persönliche (Beziehungs-)Erfahrungen, andererseits – external – spezifische und unspezifische Einflußgrößen, die, im Prozeß ihrer Interaktion miteinander und mit vorhandenen Risikofaktoren, Entwicklungsrisiken für das Individuum und sein soziales Netzwerk weitgehend vermindern. Sie verringern Gefühle der Ohnmacht und Wertlosigkeit und gleichen den Einfluß adversiver Ereignisse und Ereignisketten aus oder kompensieren ihn. Sie fördern und verstärken aber als salutogene Einflußgrößen auch die Selbstwert- und Kompetenzgefühle und -kognitionen sowie die Ressourcenlage und die ‚supportative Valenz‘ sozioökologischer Kontexte (Familie, Freunde, Nachbarschaft, Arbeitssituation etc.)".

Ein Menschenbild, das die erwachsene Persönlichkeit allein aus schicksalshaften Konstellationen aus der Kindheit erklären will, ist vor dem Hintergrund dieser Annahmen nicht mehr haltbar (Zimmer 1986). Eine Diagnostik, die allein auf pathologischen Konzepten aufbaut, „greift in der Regel zu kurz, sie ermöglicht keine validen und zuverlässigen Aussagen über die komplexen Prozesse der Formierung von Gesundheit und Krankheit" (Petzold u. a. 1993). Gleiches gilt für eine Psychopathologie, die allein pathogene Faktoren in Lebensläufen untersucht und so ein unvollständiges Bild vom Menschen und seiner Persönlichkeit entwirft. Eine psychotherapeutische Behandlungstechnik, die versucht, aufgrund solcher Hypothesen zu heilen, greift die Problematik des Menschen jedenfalls nicht „ganzheitlich" auf. Eine positive Bestimmung von Gesundheit sowie eine Bestimmung protektiver Faktoren, die denn auch nicht nur eine Verminderung von Schäden und Risiken bewirken sondern auch auf Entwicklungsförderung abstellen, sind mit Blick auf diese Ergebnisse für die Psychotherapie von grundsätzlicher Bedeutung. Sie können Hilfen geben, zu verstehen, wie Gesundheit im Entwicklungsprozeß entsteht und auch, wie sie in therapeutischen Prozessen gefördert werden kann. Damit werden nicht zuletzt interventive Perspektiven eröffnet. Jahoda (1958; zit. b. Petzold u. a. 1993) orientiert sich an sechs Komponenten subjektiven Erlebens von Gesundheit:

- Positive Einstellung zu sich selbst
- Selbstverwirklichung
- Integration
- Autonomie
- Korrekte Wahrnehmung der Realität
- Meisterung von Anforderungen

Hier sind wichtige Kriterien genannt, die natürlich noch ergänzt werden müssen. Zum Beispiel läßt diese Formulierung offen, ob die „positive Einstellung zu sich selbst" auch die Bezüge und die Bezogenheit auf den eigenen Leib mit einschließt. Dieser Aspekt, der auch im Begriff „Integration" enthalten ist, wird hier nicht deutlich genug hervorgehoben. Hieran krankt die Psychologie wie auch die Psychoanalyse im Allgemeinen. Integrität kann nicht allein ein psychisches Phänomen sein. Sie muß von einem integren Leib-Gefühl unterfangen sein, denn wenn der Leib, was bei „psychischen Krankheiten", nur zu oft der Fall ist, dem Menschen Gefühle der Bedrängnis, des Schmerzes, der Enge, der Demütigung und Pein vermittelt, ist es undenkbar, daß integres Wohlbefinden sich entwickelt, daß die Realität (die durch den Leib wahrgenommen und verarbeitet wird) korrekt wahrgenommen wird und Anforderungen adäquat, in engster Bezogenheit auf die erspürten Leib-Bedürfnisse, gemeistert werden. In gleicher Weise lassen die Definitionen von Jahoda den Faktor „Kreativität" aus, ein je schöpferisches Potential, das dem Menschen mit auf den Weg gegeben ist und das von pathogenen Einflüssen oft verschüttet worden ist. Es ist ein herausragendes Merkmal von Gesundheit, wenn kreative Potentiale – nicht nur im Sinne des Künstlerischen sondern auch im Sinne der alltäglichen Problembemeisterung – gelebt und vom Subjekt an sich selbst erlebt werden können. Moreno definierte die Kreativität in dieser Hinsicht so: Kreativität heißt, daß 1. neue Antworten auf alte Situationen gefunden werden und 2. passende Antworten auf neue Situationen.

Hier nun stellt sich die Frage, welche Faktoren Gesundheit begünstigen, was an einer förderlichen Umwelt im Konkreten förderlich ist und was die psychischen Eigenschaften sind, die Krankheiten verringern und schädigende Einflüsse abpuffern können (Winnicott 1979). In der Risikoforschung tauchen Begriffe wie Widerstandsfähigkeit, Elastizität, Unverwundbarkeit und Robustheit auf. Garmezy u. a. (1983; zit. b. Petzold u. a. 1993) „haben ihre Aufmerksamkeit auf konstruktive Entwicklungsprozesse, Schutzfaktoren, Streßresistenz und Spannkraft gerichtet. Ihre Longitudinaluntersuchungen setzten dabei prospektiv an bei Kindern, die schweren Belastungen ausgesetzt und die durch bestimmte biologische Prädispositionen, familiäre und mikroökologische Mangelsituationen gekennzeichnet waren, was in der Regel mit einer erhöhten Wahrscheinlichkeit für parallele oder künftige Fehlentwicklungen und Fehlanpassungen einhergeht, die sich indes bei einigen Kindern nicht einstellen, nämlich bei denen, deren Verhalten durch Kompetenz anstatt durch Anpassung gekennzeichnet war. Murphy und Moriarty (1976; zit. b. Petzold u. a. 1993) fanden zwei „Hauptrichtungen der Bewältigung: a) die Kompetenz, routinemäßige Lösungswege, die in der Belastungssituation nicht mehr greifen, zugunsten anderer Strategien zu überschreiten, und b) die Kompetenz, das innere Gleichgewicht zu regulieren, um starken Spannungen, negativen Emotionen und Störungen kognitiver Funktionen zu entgehen. Als die besten ‚Bewältiger' erwiesen sich dabei Kinder, die mit der Umwelt in und trotz der Streßsituation noch interagierten, und die Hilfe und Unterstützung suchen konnten. Auch Strategien wie Rückzug, Aufschub, Abschirmung und Regression waren, um die Möglichkeiten der Integrität zu wahren, wichtige Bewältigungsfaktoren". Diese Kinder waren durch eine hohe Verhaltenselastizität, Kreativität, Originalität und ressourcefullness gekennzeichnet. Die Bedeutung und vor allem die pathologische Bewertung regressiver Coping-Strategien muß vor diesem Hintergrund gründlich revidiert werden.

Werner und Smith (1982; zit. b. Petzold u. a. 1993) konnten aufgrund von Untersuchungen als Faktoren, die zu „Elastizität" und „Unverwüstlichkeit" beitrugen, folgende Momente herausstellen:

1. Das Alter des gegengeschlechtlichen Elternteils (jüngere Mütter für Jungen, ältere Väter für Mädchen);
2. Die Zahl der Kinder in der Familie und der Altersabstand zwischen den Kindern;
3. Die Tatsache, ob Hilfskräfte für die Mutter (den Haushalt) da waren (z. B. ältere Geschwister, Großmütter, Putzfrau);
4. Die Tatsache, ob Arbeits- und ich-stärkende Betätigungsmöglichkeiten der Mutter außerhalb der Familie möglich waren (Entlastung und Kompetenzerwerb);
5. Aufmerksamkeit und Zuwendung in der frühen Kindheit durch eine kontinuierliche Versorgungsperson;
6. Intakte Familienstrukturen während der Pubertät und Adoleszenz;
7. Das Vorhandensein eines intakten sozialen Netzwerkes (Verwandte, Freunde, Nachbarn);
8. Unterstützung und Rat in Krisenzeiten während des gesamten Entwicklungsverlaufes.

Hier wird ganz deutlich, daß protektive Faktoren zum größten Teil an Personen und Beziehungserfahrungen, an intersubjektive und individuelle Bewertungen gebunden sind, und ohne diese nicht definiert werden können. In dieser Komplexität wird deutlich, daß es in der Psychotherapie und in der Anamnese keineswegs nur um das Auffinden und Isolieren von Einzelfaktoren, sondern um das Identifizieren von komplexen, Entwicklungen beeinflussenden protektiven und adversiven Prozessen geht". Internale Faktoren müssen hierbei den externalen gegenübergestellt werden, und nicht nur das: „Die äußeren Faktoren beeinflussen natürlich aufgrund ihrer Intensität oder jeweils gegebenen Vielfalt die internale Bewältigungskompetenz" (Petzold u. a. 1993). Für die anamnestische Betrachtung heißt dies, daß wir retrospektiv deutlich werden lassen müssen, an welche historischen Bezugspersonen überlebenssichernde und salutogene „Supportleistungen" gebunden waren. Dies gilt selbstverständlich auch aspektiv für die Personen der Gegenwart und prospektiv für derzeit fehlende und möglicherweise zukünftige Beziehungen, die im Verlauf von Psychotherapien im sozialen Netzwerk aufgebaut werden müssen.

Positive retrospektive Bezüge und Beziehungen haben, weil sie, oft ohne daß dies zu Bewußtsein gelangt, internalisiert wurden, vielfach eine Qualität von „inneren Beiständen". Hier muß daran erinnert weden, daß „nach der Persönlichkeitstheorie der Integrativen Therapie die verinnerlichten Personenrepräsentanzen, neben den Selbstbildern, Teil der Persönlichkeit sind, und sie auf diese Weise die selbstreferentiellen Emotionen, etwa das Wertgefühl aber auch das Gefühl der eigenen Urheberschaft, das der Kohärenz und Stabilität und das der eigenen Geschichtlichkeit nachhaltig beeinflussen" (Petzold u. a. 1993; Stern 1992). Diese „positiven Narrationen" sind als Schutzfaktoren anzusehen („Auf die konnte man sich verlassen …", „Der hatte wenigstens mal ein gutes Wort für mich …", „in ihrer Nähe fühlte ich mich immer wohl …" etc.) und was in Untersuchungen auffällig war, sie wirken durchgängig auch in der Funktion von motivierenden und handlungsleitenden Vorbildern.

Feinanalysen vom Aufbau von Selbstbildern konnten zeigen, daß diese wesentlich durch die Internalisierung positiver Attributionen aus dem sozialen Kontext aufgebaut sind. In anamnestischer Arbeit müssen daher die Entstehungsbedingungen von selbstreferentiellen Gefühlen, von Selbstbildern und Identitätsfolien exploriert werden. In der Praxis kann man hier die Erfahrung machen, daß Patienten durch die Evokation und das Aufmerksammachen auf diese Aspekte ihrer Entwicklung erstaunlich positiv reagieren („Daran hatte ich überhaupt nicht mehr gedacht …", „Die Putzfrau hatte ich total vergessen; die war ja immer so nett zu mir …"). Hier werden biographische Potentiale und Ressourcen gehoben, es werden „hoffnungsvolle Perspektiven" aus der eigenen Biographie eröffnet, die nicht selten in die düsteren resignativen Abgründe der Vergangenheit versunken sind. Bei der therapeutischen Arbeit an konflikthaften Anteilen können sie dann hilfreich und stabilisierend zur Verfügung stehen. Bei genauer Betrachtung entsteht durch das Weglassen dieser Faktoren bei der im Individuum kognitiv und emotional repräsentierten Biographie eine ebenso pathogene Verzerrung, wie das durch direkt schädigende Einflüsse der Fall gewesen wäre. Durch eine Betrachtung von positiven Einflüssen, protektiven Faktoren und salutogenen Beziehungen, im Zusammenhang mit defizitären und konflikthaften Erfahrungen, wird der Kohärenzsinn des Patienten für sein eigenes, „durchwachsenes Gewordensein" gefördert, was aus identitätstheoretischer Sicht für das Therapieziel einer „integrierten Persönlichkeit mit differenzierter Emotionalität" von herausragender Bedeutung ist. Allein, wenn Psychotherapie in der Lage ist, ein Gefühl dafür aufzubauen, daß die eigene Geschichte auch viel Gutes zu bieten hatte, kann das Ergebnis ein unabhängiger, gesunder und vielleicht auch glücklicher Mensch werden, weil die „Ganzheit" der Repräsentation der eigenen Geschichte wieder hergestellt wurde. Niemandem hilft es, wenn die „Mutter zeitlebens die Böse bleibt" und keine Versöhnung stattfinden kann. Frieden kehrt dann ein, wenn die „schädigenden Personen und Beziehungen" in ihren jeweiligen Anteilen gesehen und bewertet werden können. Unendlich lange Psychoanalysen, die sich allein mit dem Schmerz, der Trauer und dem Mangel befassen, können indes nur – vom Therapeuten – abhängige, resignative oder depressive Patienten produzieren, die an der „Ungerechtigkeit der Welt und der eigenen Geschichte" sich den letzten Zahn ausbeißen und sich, angekommen am vermeintlichen Grund der Erde, über die geleistete Trauerarbeit mit allem abfinden.

So wird ersichtlich, daß mit dem Paradigmenwechsel zu den „protektiven Faktoren" in Zukunft ein nahezu „versteinertes" Paradigma medizinischer Heilkunde aufzulösen sein wird, das unterstellt, daß Heilung in der Hauptsache in der Betrachtung, Auseinandersetzung und Behandlung von krankhaften Anteilen geschieht. Diese Vorstellungen reichen tief hinein in die christliche Mythologie der Erbsünde und in Vorstellungen von Krankheit als Schuld und Heilung als Sühne, als „culpa" (Flick 1991; Wurmser 1990); und es wird nicht einfach werden, hieran zu rütteln.

Wie entwickeln sich nun „schützende Beziehungen", welche Faktoren liegen ihnen zugrunde, und welche Qualitäten haben protektive Ereignisse? Protektive Faktoren können von verschiedensten Seiten her wirken und definiert werden. Ich möchte sie in den folgenden Ausführungen dem Entwicklungskontinuum zur Seite stellen, um so ein Verständnis für „positive Ereignisketten" herstellen zu können.

Der Reihenfolge nach ist zu Beginn sicher die „Wichtigkeit eines guten Anfangs", die Schwangerschaft und die Geburt, zu nennen (Petzold u. a. 1993). Wie an anderer Stelle bereits erwähnt, stellt die Integrative Therapie auch hier weder auf ein pathologiezentriertes „Geburtstrauma" (Rank 1924) ab, noch auf eine Überbewertung von allgemein gültigen Risikofaktoren, wie etwa prä-, peri- oder postnatale Traumata oder Hirnläsionen mit nachfolgenden minimalen cerebralen Schädigungen. Die gut untersuchten, und in ihren Risiken sicher adäquat eingeschätzten Schädigungen, werden vielmehr in Beziehung zum anschließenden interaktionalen Entwicklungskontinuum gestellt; denn auch die Sekundärneurotisierungen sind erwiesen, die Ätiopathogenese derselben aber lange nicht befriedigend ausgearbeitet. Dabei kommt dem „Auslösen und Austauschen positiver Affekte besondere Schutzfunktion zu, die bei Risikokindern oft wegfällt, wenn sie ihre Umgebung nicht zu ‚intuitivem Beelterungsverhalten' („intuitive parenting") oder einem ‚Sensitive-Caregiving-Verhalten' triggern können wie gesunde Babys, die schon in den ersten Lebenswochen ein umfangreiches, emotionales Repertoir in differenzierter Gesichtsmimik ausweisen, welches überwiegend den Mustern ‚diskreter Emotionen' (Izard 1981; Kruse 1991) bei Erwachsenen entspricht" (Petzold u. a. 1993). Diese „Trigger-Funktionen" müssen dann von den signifikanten Bezugspersonen in besonderer Weise mit übernommen werden.

In der Folge werden die persönlichen Eigenheiten der Eltern, ihr Zugehen und ihr Umgang mit dem Kind darüber entscheiden, ob hier ein protektiver Faktor anzusiedeln ist oder nicht. Damit wird vor allen Dingen auf die Interaktion der betreuenden Personen in bezug auf die „Grundfakten im Leben des Säuglings zentriert, die in der Lage sind, eine sichere Basis bereitzustellen: Kommunikation, Berührung, Blickkontakte, vokale Spiele, emotionale Reize etc." (Petzold u. a. 1993; Stern 1992). Sichernde und stützende Beziehungen mit reichen emotionalen Austauschangeboten, im Sinne einer „multiplen Responsivität", im Rahmen eines „intuitive parenting" (Papousek/Papousek 1981) und eines „sensitive caregiving" (Petzold u. a. 1993), sind als zentraler Faktor schützender Erfahrungen zu sehen. Unter „intuitiven Parenting-Mustern" werden nun die „genetisch disponierten Kommunikationsmuster zwischen Erwachsenen und Babys" verstanden. Sie sind ein Wechselspiel des Austausches von Emotionen, wobei „Mimik, Gestik, Berührung, Blicke und Hände spielerisch eingesetzt werden. Es handelt sich sehr wahrscheinlich um transkulturell wirksame protektive Muster, insofern die betreuenden Personen hierin nicht durch eigene psychische Krankheiten gestört sind. Intuitive Parenting Muster breiten sich über die ersten beiden Lebensjahre aus und bilden die Grundlage für Beruhigung, Tröstung und Spielaktionen, die Spannungen abbauen und für beide, den Säugling und den Erwachsenen, einen ‚pleasurable state' aufbauen" (Petzold u. a. 1993). Allerdings finden wir im Widerspruch zu gängigen Theorien in dieser Zeit keine absoluten Bindungen (z. B. an die Mutter) sondern eher „selective attachments" zu verschiedenen Personen, obwohl das Baby die Mutter natürlich am leichtesten wiedererkennt (Rutter/Rutter 1992, zit. b. Petzold u. a. 1993; Chasiotis/Keller 1992). Eine differenzierte Beurteilung dieser Attachment-Prozesse ist allerding unerläßlich, weil auch in pathogenen Begegnungen, wie ganz deutlich bei sexuellem Übergriff und Mißbrauch, natürlich „attachment" stattfindet, in einer Form allerdings, die geeignet ist, die ursprünglichen Erlebensmuster völlig zu verzerren.

Papousek u. a. (1987; zit. b. Petzold u. a. 1993) stellen in ihrem Konzept des intuitive parenting folgende supportive und stimulierende Aktionen heraus:

1. Erhöhung der Stimmlage, um sich der des Babys anzunähern;
2. Gebrauch einfacher, sich wiederholender Laute;
3. Abgehen von der Erwachsenenprosodie zu repetitiven, melodischen Mustern einer Babyprosodie;
4. Adaptierung dieser Prosodie an die Interaktionen mit dem Kind, um Imitationsvorlagen zu bieten;
5. Imitation der Laute des Babys mit begleitender, imitierender Mimik, um den Kommunikationsprozeß zu fördern;
6. Modulation vokaler Kommunikation mit begleitender, emotional getönter Expression von spielerischer, freudiger Charakteristik, was zu wechselseitiger Bekräftigung intrinsischer Motivation führt;
7. Förderung kommunikativer Feinstrukturen, die letztlich den Spracherwerb vorbereiten und ermöglichen.

Ab dem zweiten Lebensjahr ändern sich diese Muster. Sie schwenken vom prädisponierten Charakter der Intuition zu einem eher empathischen Verhalten, das wir „sensitive caregiving" bezeichnen (Petzold u. a. 1993). Ausgestattet mit der gleichen protektiven Qualität, schließen sie aber nun als kulturspezifische und individuell angepaßte, kommunikative Formen an die frühen „Parenting-Muster" an. Die Eltern nuancieren diese jetzt mit Blick auf die sich langsam zeigende Persönlichkeit des Kindes. „Differentielle Parenting-Prozesse im Bereich des Entwicklungsniveaus des Kleinkindes vom zweiten bis etwa vierten Lebensjahr erfordern:

1. Einstimmung auf die emotionale Lage des Kleinkindes;
2. Austausch mimischer und vokaler affektiver Botschaften;
3. Differenzierende Benennung von Gefühlen und inneren Zuständen mit affektiver Intonation in alters- und kindgerechter Weise;
4. Umstimmungen von Affekten des Unwohlseins, der Irritation, des Schmerzes usw. in Richtung auf positivere Gefühlslagen;
5. Förderung von Kommunikationsvielfalt in komplexeren sozialen Situationen;
6. Vermitteln von Sicherheit, Reduktion von Fremdheitsgefühlen durch Gewährleisten von „schützenden Inselerfahrungen";
7. Bereitstellen von stimulierenden Angeboten durch Spiel, Experimentieren, Wahrnehmungs-, Erfahrungs- und Erlebnismöglichkeiten für alle „Sinnesbezirke";

8. Hilfen bei der kognitiven Strukturierung von Situationen;
9. Ermöglichen empathischer Verhaltensweisen vonseiten des Kindes zum Erwachsenen hin, im Sinne „mutueller Empathie";
10. Aushandeln von Grenzen in der Kommunikation mit dem Kind, damit der „potentielle persönliche Raum" (Winnicott) zugleich Freiraum und Struktur, Explorationsmöglichkeiten und Sicherheit bieten kann.

Menschen brauchen also für ein gesunde Entwicklung aktual greifbare und internalisierbare, positive Bezugspersonen und dies nicht nur in der Baby- und Kleinkindzeit. Verläßliche Beistände als Einzelbeziehungen oder in Form von stützenden Netzwerken zur Stärkung und Förderung personaler Identität, sind bei allen Statuspassagen, Veränderungen und Wachtumsübergängen, in der Kindheit und Jugend, im Erwachsenenalter und auch im Senium, erforderlich, weil Zeiten besonderer Vulnerabilität und Sensibilität in allen Lebensaltern vorkommen (Filipp 1991).

Wie aus den bisherigen Ausführungen deutlich wurde, üben Risikofaktoren und adversive Erlebnisse direkten negativen Einfluß auf das Kind und seine Verhalten aus, während protektive Faktoren, obwohl gleichfalls konkret und unmittelbar erfahren, eher indirekt wirken und im Hintergrund bleiben. In ihrer Gesamtheit, und dann auch Undiffernziertheit, ergibt das Bild von schützenden, defizitären und adversiven Erlebnissen ein Bild der Welt, eine „Welt der Anderen", ein „generalizised other" (Mead 1973). Es handelt sich hier also um ein „Interaktions-Weltbild". In dieser Weise führen beschützende, ermutigende, verständnis- und vertrauensvolle und wertschätzende Beziehungserfahrungen zu Bildern „innerer Beistände" und beschädigende, abwertende, demütigende, entwertende und feindselige Beziehungserfahrungen zu „inneren Feinden" und „feindvollen Weltsichten" (Watzlawick 1983).

Die Interaktionserfahrungen und die sie begleitenden Atmosphären finden ihren Niederschlag indes nicht nur in derartigen generalisierten Ausformungen, sondern sie ergeben innere Bilder von „Support-Figuren" und je länger oder aber auch intensiver eine solche Figur einen Einfluß haben konnte auf die Gefühls- und Lebenslagen des Kindes, desto stärker wird ihre protektive Funktion als „innerer Beistand" sein können. Schließlich verdichten diese Bilder und Personen sich, zusammen mit den zunehmenden Eigenbewertungen zu Selbstkonzepten, zu „Bildern des eigenen Daseins mit seiner Geschichtlichkeit". Selbst die Situationen, in denen schützende und förderliche Begegnungen stattgefunden haben, können protektiven Charakter annehmen. Wir nutzen dieses Phänomen etwa, wenn wir im Sinne einer Krisenintervention, auf der Suche nach „konfliktfreien Sphären im Ich" (Rhode-Dachser 1989), in der Erinnerung „schützende Inselerfahrungen" aufsuchen, um stabilisierende Momente an die Hand zu bekommen. Hier wird noch einmal deutlich, daß eine wichtige Aufgabe der Psychotherapie darin besteht, den „Einfluß innerer Feinde, ein malignes Über-Ich abzubauen, und sie durch ‚gute Geschichten' in ihrer Wirkmächtigkeit abzuschwächen" (Petzold u. a. 1993). Dies gilt insbesondere für die anamnestische Phase der Therapie, die, im Hinblick auf ein Gelingen des kurativen Ansinnens der Psychotherapie, die Möglichkeit eines „guten Anfangs" bereitstellen muß.

Die Betrachtung der Verschränkung von protektiven und adversiven Erfahrungen führt uns zurück zum Konzept der pathogenen, defizitären und salutogenen Ereignisketten. Wie aus den Ausführungen deutlich geworden sein dürfte, hat sich Anamnese nicht mit dem alleinigen Feststellen und Isolieren pathogener Einflüsse zu befassen. Ereignisketten bestehen in zeitlicher Abfolge aus „adversiven, protektiven und auch defizitären Erlebnissen. Dabei sollte die Betrachtung aber nicht summativ verkürzt erfolgen. Vielmehr müssen beachtet werden:

1. Die „Qualität" von Lebensereignissen (Situation, Atmosphäre, Zeit, Szene, Passung, Projektionen; vgl. Kap. zum Wirklichkeitsbegriff);
2. Die Interaktion von Negativ- und Positiverfahrungen und Defiziterleben als „Resonanzphänomene" auf der Zeitachse und im (Er-) Lebenskontinuum;
3. Die mnestische Archivierung dieser Erfahrungen;
4. Die emotionale, kognitive und leibliche Repräsentation dieser Erfahrungen in der Gegenwart;
5. Die lebensbestimmende oder -determinierende Wirksamkeit dieser Narrative.

Bei der Anamnese von Ereignisketten ist also eine Genauigkeit und Differenziertheit erforderlich, die immer zugleich interventive Qualität im Sinne der „emotionalen Differenzierungsarbeit" besitzt. Da es sich bei protektiven Faktoren zumeist um „Bildererfahrungen und Bildererinnerungen", also um Szenen, Atmosphären, Situationen in der Zeit, also um historische verarbeitete Projektionen handelt, deren wirksamste Anteile averbal strukturiert sind, ist die Exploration mit kreativen Medien und, noch besser, mit der „dreizügigen Panoramatechnik", besonders geeignet (Petzold/Orth 1993b). Geschichten, die zum bereits gemalten Bild erzählt werden, sind nicht nur greifbarer und evidenter, sie sind – weil eine Form der nonverbalen Explikation dann bereits erfolgt ist – auch ein Moment der Selbsterkenntnis beim Patienten, ein „Schritt persönlicher Hermeneutik, der die Auslegung der im Bild festgehaltenen Lebenszeiten mit ihren Atmosphären beinhaltet" (Petzold u. a. 1993). Ein Vorteil dieses Vorgehens besteht mithin darin, daß abgewehrte Geschehnisse und Dimensionen, die vielleicht eine noch zu bedrohliche Qualität haben, in der therapeutischen Beziehung schon „da sein" können, ohne direkt ausgesprochen oder ins Bewußtsein gehoben werden zu müssen. Der anamnestisch-explorative Aspekt ist damit erfüllt, ohne daß eine fokussierende sprachliche Exploration vorgenommen werden mußte. Genauer werde ich die Ansätze zu den kreativen Medien und zur Panoramatechnik weiter unten noch ausführen.

7. Die Lebens- und Realsituation als Ausgangspunkt

Dieser durch die Persönlichkeit, den Charakter und des Temperaments des Patienten fest gewundene „Strang" von pathogener, defizitärer und salutogener Entwicklung über die ganze Lebensspanne hin bildet sich nun in teils offenen, teils in verdeckten Narrationen in der konkreten gegenwärtigen Lebenswelt des Patienten ab. Die einzelnen Einflußgrößen historisch geformter „Gewordenheit" formieren gleichsam das „Nur-Alles-Bild" (Buber 1973), das sich uns in den ersten Begegnungen mit Patienten in der Anamnese darbietet.

Ausgangspunkt aller anamnestischen Betrachtungen ist daher immer die Lebens- und Realsituation des Patienten (Dührssen 1990). Alle Entwicklung bildet sich hier, weil in den „Archiven des Leibes" (Petzold 1993a) aufgezeichnet, in bewußten und unbewußten, in gesunden und dysfunktionalen Verschränkungen, ab: in der Partnerwahl, Liebe und Sexualität, im Berufsleben, in der Leistungsfähigkeit, in der Art, sich das Leben „einzurichten", im Dominanz- oder Geltungsstreben, im Krisenverhalten, in der Wohnsituation, in der materiell-wirtschaftlichen Situation (Umgang mit Geld), in der körperlichen Gesundheit (Umgang mit der eigenen Leiblichkeit), in den Bindungen zur Herkunftsfamilie, im Freundeskreis, in der Freizeitgestaltung, im persönlichen Wertesystem und den Lebensgewohnheiten, in den Zukunftsentwürfen und ganz besonders in den gegenwärtigen Konflikten, die in diesem Zusammenhang als das letzte Ergebnis gelebter Biographie interpretiert werden dürfen, bildet sich ein Kulminationspunkt, ein Status quo von Entwicklungsgeschichte ab, in welchem der Patient – sonst würde er die Hilfe von Psychotherapie nicht in Anspruch nehmen – in dringender Weise Unterstützung, Beratung und Begleitung sucht.

So durchschneiden wir in der Anamnese diese Kulmination und die hinter ihr liegende verdichtete geschichtliche Verwobenheit in verschiedenen Ebenen, versuchen die aktuale Situation und die Persönlichkeit von Patienten nach bestimmten, therapieorientierten Kriterien einzuschätzen, schließlich fragen wir nach entwicklungsgeschichtlichen Räumen, Zeiten, den Personen (Figuren), die darin vorkamen, sehen zu, daß wir einen Eindruck von projektiven Überlappungen historischer und aktualer Situationen erfassen können, versuchen, uns einzufühlen in die hieraus entstandenen Szenen und Atmosphären, um so die historische Metamorphose von dem Bild, das sich uns darbietet, verstehen zu können.

Dieses zu tun, ist kein einfaches sondern ein sehr komplexes Unterfangen. Diese Gesamtschau unterliegt, wie ich versucht habe zu zeigen, vielen Determinanten und auch möglichen Fehlerquellen und Täuschungen. Deshalb sollten wir versuchen, uns bedächtig, gewissenhaft und mit Methode an diese Aufgabe heranzumachen.

Im folgenden Praxisteil möchte ich nun in die bereits oben erwähnte Dreiphasenteilung der Anamnese einführen sowie ein „Shifting-Modell" vorstellen, mit dem man sich solcher komplexen Wirklichkeit in der initialen Begegnung mit dem Patienten annähern kann.

IV. Praxisteil 1: Konzepte zur stufenweisen Erfassung von initialen Phänomenen und klinischen Daten

Bei Vorträgen in psychosozialen Einrichtungen und in Seminaren konnte ich immer wieder erleben, daß der initialen Phase von Beratung und Therapie mit einer gewissen Scheu, Schüchternheit, Aufregung, Zurückhaltung oder Vorsicht begegnet wurde: ein „trockenes Thema", wie man des öfteren hört. Dies mag nun nicht weiter verwundern, wenn man bedenkt, welchen Anforderungen der Therapeut in diesem „Weichen stellenden" Stadium der Therapie ausgesetzt ist. Umgekehrt habe ich festgestellt, daß wenige Kollegen oder Einrichtungen sich hierüber gemeinsam, etwa in Arbeitsgruppen, Supervision oder ähnlichem, auf die Suche nach einem Instrumentarium gemacht haben, mit dem man der Komplexität in dieser Phase in einer Weise begegnen kann, die den Umgang mit der Dichte der Phänomene erleichtert. Oft schien es, daß der initialen Phase ihre Bedeutung ganz abgesprochen wurde, eine beliebige Form praktiziert wurde, eher aber, um den Anforderungen auszuweichen als sie zu meistern. Oder man begegnete dem Problem mit einem „Sprung ins kalte Wasser", indem man sich (projektiv) an einer beliebigen Stelle im initialen Raum mit Patienten „einhakte" (Amt-Euler 1991).

Der Dichte und dem Neubeginn zu begegnen, sie schnell ordnen zu müssen, dabei möglicherweise schon zu Probe-Interventionen und Rückmeldungen für den Patienten zu kommen, ist eine anstrengende und verantwortungsvolle Aufgabe, der man sich bedächtig und stufenweise nähern sollte. Aus diesem Grunde wurde hier die Erfassung initialer Phänomene in drei anamnestische Phasen eingeteilt, die jeweils spezifische Aufgabenstellungen zu erfüllen haben. Die Phasen sind: der Erstkontakt, das Erstinterview und die detaillierte halbstrukturierte Anamneseerhebung.

1. Die drei anamnestischen Phasen

1.0 Vorfeld

Der Therapieprozeß beginnt nicht mit der ersten Therapiestunde, auch nicht mit der Anamneseerhebung, nicht mit dem Erstinterview und nicht mit dem Erstkontakt. Weite Strecken vor einer Kontaktaufnahme beschäftigt sich ein Patient, der möglicherweise zu uns kommen wird (oder eben nicht) mit dem Gedanken daran, sich mit seinen Problemen und Fragen an jemanden zu wenden. Wahrscheinlich spricht er mit Freunden, Verwandten darüber, jemand wird ihm vielleicht das eine oder andere raten, er wird möglicherweise zu einem Arzt gehen, weitergeleitet, überwiesen werden. Dadurch geht dem Schritt der Therapieaufnahme eine lange

„innere und äußere organisierende Vorbereitung" voraus (Eckstaedt 1992). In psychosozialen Einrichtungen oder Kliniken wird es oft so sein, daß ein Therapeut oder Berater vor einer Kontaktaufnahme schon persönliche Daten über den zukünftigen Patienten erhält. Alles was in diesem Vorfeld auf beiden Seiten geschieht, beeinflußt schon weitgehend und tiefgreifend die Einstellungen, die wir einnehmen oder mit denen ein Patient – so er dahin kommt – bei uns anruft (Keil-Kuri 1993). Es ist ein großer Unterschied, ob ein Patient freiwillig kommt, mehrfach überwiesen wurde oder von Ärzten oder persönlichen Bekannten geschickt. Adler und Hemmeler (1988) haben in ihrem Werk über Anamnese sehr differenziert einige Persönlichkeitsstile in Bezug auf ihr Verhalten im Interview beschrieben. Dabei haben sie diese Faktoren und ihre Wirkweisen im Interview mit einbezogen. Weiterhin kann es sehr bedeutsam sein, zu erfahren, wer einem Patienten die Adresse des Therapeuten gegeben oder ihn möglicherweise zum Erstkontakt überredet oder „verführt" hat (durchaus mit der erotischen Komponente), in welcher Beziehung der Patient zu dieser Person steht oder ob der Therapeut diese Person sogar kennt; denn wir müssen mit mehr oder minder gefärbten Erwartungen durch solche Prozesse rechnen – sie können das Bild, das sich uns darbietet, erheblich beeinflussen. Unter dem „Vorfeld-Geschehen" verstehen wir also die Summe aller äußeren Ereignisse und inneren Organisations- und Verarbeitungsprozesse, die bis hin zur Aufnahme eines Erstkontaktes reichen.

1.1 Der Erstkontakt

Unter dem Erstkontakt möchte ich hier die erste faktische Kontaktaufnahme des Patienten verstanden wissen. Sie wird wohl in den meisten Fällen, bei freipraktizierenden Kollegen, telefonisch sein; je nach dem institutionellen Kontext kann es aber auch sein, daß der Erstkontakt schon eine kurze Begegnung mit dem Patienten ist, vielleicht auf Station oder im Wartezimmer. In diesem ersten Kontakt geschieht schon Entscheidendes. Am Telefon hört der Patient den „Klang einer Stimme, die auf ihn wirkt"; er erlebt, wie weit der Therapeut auf ihn im Moment eingeht; bei einer Begegnung erhalten Patient und Therapeut schon ganz leibliche Eindrücke voneinander (Schmitz 1992; Eckstein 1937).

Der Therapeut erfährt den die Anmeldung auslösenden Grund und ein initiales, implizites oder explizites Anliegen, den „initialen Impuls"; und wie er antwortet, sagt dem Patienten vielleicht schon viel (Blankenburg 1982; Eckstaedt 1992). Die Entscheidung, ob eine gegenseitige Einstimmung stattfinden kann, fällt möglicherweise bereits nach wenigen Sekunden; in Umrissen zeichnen sich Übertragungstendenzen, projektive Tendenzen und Gegenübertragungsmuster ab (Rahm u. a. 1993) und die Art, wie der Einstieg in das Erzählen und Zuhören geschieht, kann dem Therapeuten schon umfangreichen Aufschluß geben zum einen über die Brisanz der vorgetragenen Probleme (z. B. bei Suizidalität, Fremdgefährdung oder beginnenden Psychosen), zum anderen über Persönlichkeitsstrukturen des Patienten oder die zentralen Konfliktkonstellationen; des weiteren über die Kontakt- und Abgrenzungsfähigkeit (Prägnanz, Identitätsdistanz), den Grad der Therapiemotivation und die aktual-emotionale Situation des Patienten. Wenn der Patient darum gebeten wird, einen problemorientierten, reflexiven Überblick über den Grund seines Anrufes oder seines Begehrens zu geben („Erzählen Sie mir in zwei, drei Sätzen, worum es Ihnen hauptsächlich geht"), kann der Therapeut auf seine „inneren Antworten", seine Gegenübertragungsreaktionen achten (welche Personen aus meiner Geschichte melden sich da?, wieviel Distanz habe ich zum Patienten?), er kann seine Wahrnehmung und sein Handeln schon in diesem Erstkontakt zu einer hohen Prägnanz führen und, sollte es zu einer Vereinbarung für ein Erstinterview kommen, dann adäquat auf die initialen Phänomene und die Problemlagen des Patienten eingehen, weil er einen groben Überblick gewinnen konnte, was auf ihn zukommt (nicht nur an Geschichten des Patienten, auch an eigenen Geschichten!).

Schließlich soll es im Erstkontakt auch um die Frage gehen, welchem Zweck ein eventuelles Erstinterview dienen soll: eine Kurzberatung, eine Weiterüberweisung, eine Vorbereitung auf eine Therapie oder eine Krisenintervention. Vor der Entscheidung für ein Erstinterview und der Termin- und Absagevereinbarung muß der Patient wichtige Informationen erhalten: z. B. wozu man ein Erstinterview durchführt, welchem Zweck es dient, wieviel Zeit man hierfür hat, wie das Ergebnis aussehen soll, wie wird bezahlt, usw. In diesem Prozeß kann es parallel darum gehen, gleich zu Beginn dem intersubjektiven Prozeß mit dem Patienten nachzuspüren, seine Aufnahmefreudigkeit und Verläßlichkeit anzuspüren oder seine Eigenständigkeit (Ich-Struktur) zu erfassen (z. B. wenn Ambivalenz spürbar wird oder der Patient mehrfach ängstlich nach den Abläufen oder dem Weg fragt).

Der Erstkontakt bietet, wenn er in dieser Weise durchgeführt wird, neben den genannten Möglichkeiten, den Vorteil, daß es sich bei dieser Kontaktaufnahme um eine recht distanzierte Art der Annäherung handelt. Es sollte beachtet werden, daß, wenn der Erstkontakt nicht am Telefon stattfindet, die initiale Begegnung nicht zu lange oder zu belastend gestaltet wird – hier genügen einige Momente – des weiteren, daß, wenn irgend möglich, eine genügend lange Zeit zwischen Erstkontakt und Erstinterview gesetzt wird. So können sich Phantasien und Erwartungen ausformen (Keil-Kuri 1993); man hat Zeit, sich aufeinander einzustellen und die ersten Eindrücke können (von Patient und Therapeut) in Ruhe nicht nur in einem kognitiven und emotionalen Raum ausgewertet werden, sondern auch auf einer eher katathymen Ebene, z. B. wenn darüber „meditiert" oder „eine Nacht geschlafen" wird. Aus diesem Grunde ist es immer besser, wenn der Therapeut oder Berater den Erstkontakt tatsächlich selbst mit dem Patienten gestalten kann, obwohl das in vielen Einrichtungen nicht realisiert ist und man mit Versuchen der Umstrukturierung, etwa in Supervisionen, häufig auf große Schwierigkeiten stößt.

Die ersten Eindrücke sollten vom Therapeuten genau verfolgt, besser noch, schriftlich niedergelegt werden, denn sie beinhalten in verdichteter Form „... 75 Prozent von den Themen, mit denen wir es in einer anschließenden Therapie zu tun haben werden" (Amt-Euler 1991).

Wenn beim Erstkontakt in solcher Weise verfahren wird, gibt es im Erstinterview, das schon eine erheblich größere Belastung darstellt (mehr Zeit, mehr Nähe, mehr Beziehung etc.), schon eine große Anhäufung von Anknüpfungspunkten, die der Situation etwas an unnötiger Brisanz nehmen können.

Exkurs zu analogen Themenbereichen der initialen Phase von Therapie:

Eine „Bedeutungsträchtigkeit" wie wir sie hier für den Initialbereich der Therapie finden, regt zu Analogie-Phantasien an, denen hier etwas Raum gegeben werden soll und die zum Weiterdenken anregen sollen.

Mit der These, daß die Aufnahme einer Therapie etwas mit einem Neubeginn zu tun hat, kommt man zu dem analogen Schluß, daß hier Prozesse ablaufen, die thematisch ähnlich denen der Geburt als Beginn des Lebens sind („Therapiegeburten"). Nehmen wir den Erstkontakt als Telefongespräch in seiner Qualität als ein „noch verdecktes Ins-Dasein-Treten" wahr (der Therapeut kann den Patienten nicht sehen sondern nur hören) und das Erstinterview als ein erstes „konkret-leibliches Sichtbarwerden" des Patienten, so können wir vom Erstkontakt eine Analogie zur Empfängnis setzen, von der Zeit zwischen Erstkontakt und Erstinterview eine Analogie zur Schwangerschaft („innere Heranreifung, ... was wird da wohl kommen?", pränatale Atmosphäre) und zum Erstinterview – mit seiner Qualität des offenen leiblich Zutage-tretens – eine Analogie zur Geburt annehmen (das Sichtbar werden). Die im Anschluß hieran durchzuführende Anamneseerhebung hat dann vielfach die Qualität des Konkreten. Inhalte, Gefühle, Situationen sollen angenommen, verstanden werden, der therapeutische Kontakt soll sich aus dem kurzen Kontakt in eine Begegnung (Petzold 1986) ausweiten und hierbei ist es bedeutsam, daß Therapeut und Patient sich in ihrer Wahrnehmung verständigen, ja bestätigen können, wodurch eine Analogie mit den Prozessen der primären Identitätsmatrix (Mutter-Kind-Dyade) zu Tage tritt.

Obwohl derlei Betrachtungen die Gefahr der Überbewertung in sich bergen, können wir davon ausgehen, daß auf beiden Teilnehmerseiten, beim Therapeuten (Elternrolle) und beim Patienten (Kindrolle), diese Themenbereiche mit angesprochen sind und in spezifischer Weise auch immer mit anklingen. Dieser Blickwinkel kann uns zumindest einige Gegenübertragungsgefühle und Phantasien bezüglich der frühen Kindheit des Patienten liefern – die natürlich im weiteren Prozeßverlauf überprüft werden müssen. Der Zeit zwischen Erstkontakt und Erstinterview kommt aus dieser Sicht, neben den oben genannten Aspekten, noch deutlicher der Aspekt des inneren Reifen-lassens zu (Frühgeburt!).

1.2 Das Erstinterview

Unter dem Erstinterview verstehen wir den nach einem solchen Erstkontakt verabredeten und zustande gekommenen Termin. Hier wird, in Abgrenzung zu dem Terminus Erstgespräch, der Terminus Erstinterview verwendet, der zwar einen Aspekt der Befragung hervorhebt, dafür aber nicht die Täuschung eines beliebigen Gesprächs – mit zwar horizontaler Kommunikationsstruktur – aber ohne besondere Ausrichtung hervorruft (Althen 1991). Heinl und Petzold (1980) sprechen daher auch vom „dialogischen Interview".

Das Erstinterview als „initiale Patient-Therapeut-Beziehung", bzw. das Gelingen desselben, hat hohe Aussagekraft zum einen über die Aufnahme einer Therapie (Brähler/Brähler 1986) zum anderen über den gesamten Behandlungsverlauf und über die Prognose zur erfolgreichen Behandlung. Hierzu wurden eine Reihe von Prädiktoren genannt, an deren Spitze in Bestätigung anthropologischer Positionen der Integrativen Therapie die „Eignung und Bereitschaft zur therapeutischen Zusammenarbeit – von beiden Seiten – vor dem Hintergrund wechselseitiger persönlicher Wertschätzung" steht (Rudolf u. a. 1988).

Das Erstinterview stellt eine in sich abgeschlossene situations-diagnostische Einheit dar, an deren Ende – wenn nicht noch weitere Gespräche vereinbart werden – eine vorläufige Entscheidung bezüglich der Aufnahme einer Therapie stehen soll (Rahm u. a. 1993). Dem ist allerdings nur insoweit zuzustimmen, als daß die Aufnahme einer Therapie, wie ich zeigen möchte, in jedem Fall mit einer detaillierten Anamneseerhebung zu erfolgen hat.

Auch das Erstinterview hat eine „initiale Szene" – das Zufrüh- oder Zuspätkommen, den ersten Blickkontakt, den Händedruck, vor allen Dingen die „ersten Sätze" – die das „initiale Drama" eröffnen und oftmals schon einen großen Teil der vielschichtigen Botschaften des Patienten enthält (Friedrich 1984). Wir können davon ausgehen, daß die Übertragungs- und Inszenierungsbereitschaft des Patienten hier einen Höhepunkt hat. Für die Differentialdiagnose von Identitätsdistanz und Übertragungsphänomenen kann es z. B. von großer Bedeutung sein, ob ein Patient das Gespräch mit einer erzählten Geschichte beginnt oder schon gleich mit seiner emotionalen Reaktion auf dieselbe (Friedrich 1984). Allerdings soll auch davor gewarnt werden, die Bedeutungsträchtigkeit der initial vorgetragenen Phänomene mit übergroßen Erwartungen zu überfrachten. Es wird wohl schon davon ausgegangen, daß „der Patient im Erstinterview, in dem er sich mit seinen Beschwerden dem Therapeuten vorstellt, in verdichteter Weise die Gesamtheit seiner Problematik mit sich trägt" (Petzold 1993a). Er trägt sie aber vor allen Dingen in eine Situation, die keinesfalls als „neutral" bewertet werden darf. Es handelt sich nämlich erstens um eine Situation, in der er sich etwas erhofft, etwas will, sich also, zumindest teilweise, ausliefert und zweitens um eine intersubjektive Situation, in der die Erzähl- und Befindensinhalte nicht unbeeinflußt vom Handeln und der Person des Therapeuten sind. Das erste Kriterium zumindest macht deutlich, daß durch diese Konstellation vordergründig Themen der „Abhängigkeit" und „Autonomie" evoziert werden. So zentral diese Themen für die Individuation des Menschen sind, decken sie doch nicht die Gesamtheit möglicher Problemlagen ab. Aus dem zweiten Kriterium leiten wir ein Intersubjektivitätsparadigma ab, nach dem der Therapuet beständig versuchen muß, von den beim Patienten wahrgenommenen Phänomenen seine eigenen Beeinflussungsfaktoren „abzuziehen".

Ein mögliches Vorgehen kann darin bestehen, mit dem Patienten im Erstinterview zunächst ausschließlich auf aktuale Themen seiner Lebens- und Realsituation zu zentrieren, biographische Inhalte können auf die nachfolgende Anamneseerhebung verwiesen werden. Wie bereits oben erwähnt, soll die Übertragung des Patienten aus diagnostischen Gründen im Erstinterview zunächst möglichst vollständig angenommen werden; das heißt, der Therapeut versucht, die Qualität der ihm „angetragenen Rollen" herauszuspüren und für den Moment des Erstinterviews positive Aspekte von diesen zu verkörpern (Rahm u. a. 1993). Die spezifische Reaktionsweise des Patienten gibt dann diagnostische Hinweise darüber, welche biographischen Räume dem Therapeuten in der Behandlung zur Bearbeitung angetragen werden. Aus dieser Gegenübertragung können wir lesen, auch wenn der Patient noch gar nicht in der Lage ist, das dargestellte Problem explizit anzusprechen.

Prinzipiell wird im Erstinterview dem Patienten viel Raum zur Entfaltung seiner Eigenheiten und seiner Geschichten gegeben. Der Therapeut bleibt in kontinuierlicher Wahrnehmung sowohl beim Patienten als auch bei sich selbst. Das Erstinterview dient dem persönlichen Kennenlernen, einem behutsamen Sich-Annähern und der Entfaltung der initialen Begegnung, in der sich die „für die psychische Problematik wesentlichen Interaktionseigentümlichkeiten des Patienten" abbilden sollen, und in der der Therapeut Überblick über eine „Landkarte der Beschwerden und Anliegen" bekommen soll (Rahm u. a. 1993; Argelander 1989).

Gleichzeitig braucht der Untersuchende diesen Raum, um in Ruhe seine Wahrnehmungen auf verschiedenen Ebenen überprüfen zu können, denn die Zugangsmöglichkeiten des Erstinterviews können nur dann gefahrlos genutzt werden, wenn sie in Bezug auf alle Bereiche der szenisch-dramatischen und atmosphärischen Informationen integrierbar sind (Friedrich 1984). Vom Therapeuten wird im Erstinterview daher nur soweit strukturiert, als daß dieser versucht, eine entgleisende Szene oder Situation aufzufangen (z. B. logorrhoischer Ausbruch, Weinkrampf, völlige Regression mit autonomen Leibreaktionen, psychotisches Erleben etc.). Ansonsten ist er eher „Zeuge des Geschehens", als daß er aktiv eingreift, und nimmt eine „Zurück-Haltung mit Aufforderungscharakter" ein, wie sie oben und von verschiedenen Autoren schon ausführlich besprochen wurde. Neben der quantitativen Zeit (zumeist wohl 50 Minuten) stellt er erstrangig eine „qualitative Zeit" zur Verfügung (Luban-Plozza 1993).

Der Sinn der Erstinterviews liegt darin, einen bestimmten Charakter des Patienten selbst und seiner Erzählung aufzuspüren, vielleicht etwas über die subjektive Bewertung seiner Symptome zu erfahren, latente Sinngehalte in der Darstellung seiner Geschichte aufzuspüren, die „nicht erzählte Geschichte zwischen den Zeilen" herauszulesen, frühe Szenen und Atmosphären zu erfassen. Wir orientieren uns dabei schon in dieser abgeschlossenen Einheit an dem sich entfaltenden intersubjektiven Prozeß, dessen Analyse ich in dem Kapitel über das „Shifting" noch detaillierter aufzeigen werde. In der sukzessiven Abfolge der initialen Erscheinungen ist auch auf ein Phänomen zu achten, das Friedrich (1984) mit der „wechselseitigen Missionierung von Therapeut und Patient" beschrieben hat, denn „... auch der Patient versucht, den Arzt zu dem Sinn und Bedeutungszusammenhang seiner Krankheit zu bekehren". Das Ergebnis der anamnestischen Interaktion hänge maßgeblich davon ab, „in welcher Weise es gelingt, die Konfliktdynamik in der Verlaufsstruktur der Anamnese zu entfalten".

Wie nirgendwo anders im anamnestischen Prozeß ist der Therapeut im Erstinterview auf seine eigenen Gefühle, Anmutungen, Phantasien, seine Geistesblitze, also auf seine Intuition angewiesen. Diese wird verstanden als ein „Zusammenwirken von genetisch angelegten Kompetenzen des Organismus, vorgängigen Erfahrungen und aktueller, bewußter und unbewußter Wahrnehmung" (Petzold 1990e), und das heißt, daß er, wenn er Szenen und Bilder in ihrer geschichtlichen Tiefe verstehen will und so zu einer fortschreitend integrierenden Sichtweise abgespaltener und nicht bewußter Persönlichkeitsanteile kommen will, seine eigenen projektiven Tendenzen gut kennen muß; eine Funktion der Lehranalyse von Psychotherapeuten, zu der ich noch ausführlicher kommen werde (Walch 1990; Frühmann/Petzold 1994).

Die Situation des Erstinterviews ist meist noch gezeichnet von viel Unsicherheit und Spannung. In solcher Situation, in der ein starkes Bedürfnis nach Orientierung besteht, ist jede Regung des Gegenübers geeignet, Informationen über den Anderen zu geben. Wir sollten uns deswegen darüber im klaren sein, daß auch jede unserer Handlungen und Regungen, unser leiblicher Habitus, jede Antwort- und Frageplazierung, jede Pause, jeder Laut, jedes Schweigen und Rücken, Unterbrechen und Gewähren zu einer wenn teils auch nur unbewußt aufgenommenen Wirkung kommt, also zur Intervention und in subtiler Weise prozeßbestimmend wird (Amt-Euler 1991).

Im Unterschied zur anschließenden Anamneseerhebung kann der Therapeut zu Beginn des Erstinterviews nicht in jedem Fall davon ausgehen, daß er den Patienten noch einmal wiedersieht. Der Patient muß deswegen die Themen, die im Erstinterview bearbeitet wurden, alleine weiter verarbeiten und bewältigen können; diese Bedingung hat eine Indikatorfunktion für initiale Interventionen. Die Atmosphäre im Erstinterview wird also von Behutsamkeit, Förderlichkeit und Verständnis getragen sein müssen. Am Ende des Interviews muß – genauso wie nach dem Erstkontakt – eine Entscheidung getroffen werden, ob man die Begegnung und die Geschichte weiter überblickshaft ausbreiten will (noch nicht so sehr vertiefen!) und ob für die Entscheidung dafür oder dagegen noch Zeit benötigt wird. Es können Informationen gegeben werden, was im nächsten Schritt eine Anamneseerhebung ist, wozu sie gut sein soll, wie sie abläuft und wie ihr Ergebnis aussieht.

1.3 Die detaillierte halbstrukturierte Anamneseerhebung

Obwohl das Erstinterview schon einen Großteil an Informationen für den Therapeuten liefern kann, haben doch die erhobenen Daten eine Qualität des Erahnten, Phantasierten und daher Ungewissen. Sie sind größtenteils Hypothesen, die im weiteren Verlauf der Therapie überprüft werden müßten, denn hochindividualisierte Konfliktmuster zeigen sich erst auf der Zeitachse der gesamten Biographie – und diese läßt sich nicht in 50 Minuten explorieren (Friedrich 1984; Benz 1988). Wie schon Althen (1991) erwähnte, kann „heute mit Recht bezweifelt werden, ob die alleinigen Informationen aus dem Erstinterview in dieser Form der klinischen Praxis gerecht werden können", das heißt, ob sich „die Indikationsstellung für eine Therapierichtung und die Diagnostik unbewußter Konfliktkonstellationen so für jedes Klientel ableiten lassen" und sie fordert mit Bezugnahme auf psychoanalytische Erstinterviews, daß „die Gestaltung des Erstinterviews an die Gegebenheiten des Patienten angepaßt werden sollten und nicht umgekehrt".

Meines Erachtens reichen die durch ein einmaliges Erstinterview erhobenen Daten für eine solche Beurteilung nicht aus, in welcher Form das Erstinterview auch immer auf Patienten und deren Problemlagen eingestellt wird – allein, weil dem Interviewer in dieser Phase – durch den raumgebenden Anspruch – die Möglichkeiten einer kommunikativen Validierung (Fisseni 1987) fehlen und die Erkenntnisse aus dem Erstinterview zum größten Teil privativ und höchstens zum geringen Teil diskursiv gewonnen werden konnten. Aus diesem Grunde sollte nach einem Erstinterview zur Erhebung der noch unvollkommen dargestellten oder narrativ vermiedenen diagnostischen Bereiche in jedem Falle eine „detaillierte halbstrukturierte Anamneseerhebung" vorgenommen werden. Der Verweis auf ein solches Vorgehen führt in aller Regel dazu, daß eine Aktivierung von weiterem biographisch relevanten Material in besonderer Weise erfolgt (Petzold 1993a).

Unter einer detaillierten halbstrukturierten Anamneseerehebung verstehen wir, je nach Umfang der noch zu explorierenden Räume, eines oder mehrere (1–4) Interviews, „Gespräche", die vordergründig das gemeinsame Untersuchen, Erfassen und vorläufige Interpretieren des aktualen Zustandes oder der biographischen Ereignisse zum Gegenstand haben (Friedrich 1984). Die detaillierte halbstrukturierte Anamneseerhebung ist gekennzeichnet durch eine abwechselnd kognitiv und emotional strukturierte, allenfalls punktuell abgetiefte „Ko-respondenz" über spezifische Themenbereiche des Patienten. Es handelt sich um ein Prozedere, in dem diagnostische und therapeutische Interventionen bereits konvergieren und interagieren. Durch den allein strukturierenden Ansatz, der eine Objektivierung der dargestellten Geschichte ausschließt, wird das diagnostische Geschehen eingebettet in eine wechselseitige Begegnung, bzw. in Übertragungs- und Gegenübertragungskonfigurationen, die wiederum weiteres diagnostisches Material hervorbringen. Wir versuchen in diesem Prozeß zum einen, nach außen hin, zu einer im professionellen psychotherapeutischen Kontext kommunikablen Diagnose zu kommen (z. B. nach dem ICD-10), was allerdings für unser therapiespezifisches Ansinnen nicht das zentrale Moment ist. Nach innen hin zentrieren wir eher auf ein Wahrnehmen, Beschreiben und möglichst ganzheitliches Erfassen von Abläufen und Qualitäten im Verhalten und in der Interaktion (Petzold 1993a). Dem Therapeuten wird „zugemutet", Prozesse und Bewertungen, wo immer ihm dies möglich ist, offen zu lassen für weitere Entwicklungen und Verwandlungen.

Kognitiv strukturiertes und punktuell abgetieftes Vorgehen heißt nun nicht, daß die im Prozeßverlauf hervortretenden szenischen und atmosphärischen Informationen weniger bedeutsam wären. Der Therapeut wählt nur sehr genau aus, wann und wie er sie in sein Interview mit einbaut. Je nachdem, wie weit der Therapeut sein Vorgehen in seine Person integriert hat, die Funktion „heilender Faktoren" (Petzold 1993a) in seinen therapeutischen Handlungshabitus mit übernommen hat, kann dem Patienten die Anamneseerhebung erscheinen wie ein „gutes Gespräch", ein Dialog über seinen aktuellen Alltag und über seine Lebensgeschichte. Es werden ihm stellenweise in behutsamer und jeweils „gut verdaulicher Form" Grundzüge seiner Geschichte, seines Gewordenseins und der Zusammenhänge einzelner Episoden aus seinem Leben deutlich gemacht. Dabei sollen die Begleitaffekte und Einsichten keinen dramatischen, aber einen natürlichen Raum beanspruchen können. In der detaillierten halbstrukturierten Anamneseerhebung soll herausgestellt werden, daß es sich hierbei noch nicht um Therapie handelt, sondern um ein Verfahren, das Überblick verschaffen soll. Es bleibt weiterhin offen, ob oder bei wem eine evtl. nachfolgende Therapie gemacht werden kann.

Im Prozeß der detaillierten halbstrukturierten Anamneseerhebung soll darauf geachtet werden, daß aufkommende Übertragungsmomente sowie schwer abtiefende Emotionen geflacht werden. Bei niederdynamischen Übertragungen ist für diese Phase allenfalls eine kurze, Einblick gewährende Arbeit an der Übertragung indiziert (Ludwig-Körner 1991; Rahm u. a. 1993). Bei Übertragungen mit hoher Dynamik und Fluktuation ist nahezu jedes Aufdecken von Übertragungen kontraindiziert. Auch die Verflechtung von Lebens- und Krankheitsgeschichte sollte so wenig als möglich aufdeckend gelöst und die Beziehung zum Therapeuten nicht zu intensiv werden, sie muß Begegnung bleiben, weil Patienten unter Umständen mit den anamnestisch evozierten Inhalten auch hier noch alleine fertig werden müssen (Petzold 1986).

Wie schon erwähnt, sollen neben den pathogenen auch die salutogenen und die – historischen wie aktualen – protektiven Faktoren und Prozesse erhoben werden. Dem Patienten sollte als Ergebnis der Anamnese sein „Gewordenes Sein im Lebenskontinuum" in einer als intersubjektiv gekennzeichneten Diagnose ansatzweise deutlich geworden sein, damit er eine Vorstellung davon bekommt, an welchen Themen in einer anschließenden Therapie gearbeitet werden kann (Zielbestimmung) und er sich erst aufgrund dieser Betrachtung für oder gegen eine psychotherapeutische Behandlung entscheiden kann. Neben dem Erheben von Daten, der Erarbeitung einer intersubjektiven und multiperspektivischen Sicht der Problemlagen und der initialen Konstituierung von Sinnzusammenhängen, erhält ein solches Vorgehen in der detaillierten halbstrukturierten Anamneseerhebung die Bedeutung, daß Therapeut und Patient sich gegenseitig in ihren Möglichkeiten zum therapeutischen Dialog erproben können, um so auf einem möglichst „erwachsenen Niveau" (und nicht auf dem einer bereits angetieften Regression) eine Entscheidung darüber fällen zu können, ob sie miteinander arbeiten und die erzählte Geschichte weiter gemeinsam, und nun auf dem Boden einer beginnenden Beziehung, vertiefen wollen (Petzold 1986; Amt-Euler 1991).

Kritiker einer solchen anamnestischen Vorgehensweise mögen vielleicht einwenden, daß es nicht zumutbar sei, einem Patienten, der in psychischer Not ist, solchen Aufschub zuzumuten. In der Tat kann die detaillierte halbstrukturierte Anamneseerhebung, wenn die initiale Phase z. B. zur Krisenintervention wird, allenfalls zu einem späteren Zeitpunkt durchgeführt werden.

In allen anderen Fällen aber kann solcher Kritik entgegengehalten werden, daß im abrupten Übergang vom Erstinterview zur Therapie oder auch nur zu „probatorischen Sitzungen" (Rahm u. a. 1993; Keil-Kuri 1993) oftmals eine accelerierte und daher maligne Regression zu Tage tritt, die – neben der Kontaktvermeidung, die sie impliziert – nicht zuletzt mit unbewußten Konfluenz- und Verführungstendenzen von Therapeuten in Zusammenhang gebracht werden könnte (in die Regression, in die Biographie). Der Preis einer vorschnellen Regression ist, daß kein reeller, erwachsener Kontakt zwischen Therapeut und Patient zustande kommen kann – an der qualitativ obersten Grenze, die dem Patienten zu diesem Zeitpunkt möglich ist und das wiederum heißt, daß dieser Bereich (aktuale Ich-Stärke, Fähigkeiten der einordnenden und verarbeitenden Kognition, Bindung zum Therapeuten) so nur unzureichend erfaßt und erarbeitet wird und später – wenn es beispielsweise in regressiv abgetieften Sitzungen zu Rapportschwierigkeiten kommt – nicht auf solche Begegnungserfahrungen zurückgegriffen werden kann.

Der Methode der sogenannten „probatorischen Sitzungen" liegt meines Erachtens ein recht zweifelhaftes Konzept zugrunde: es wird hier nicht deutlich, ob in diesen Sitzungen nicht schon soweit abgetieft wird, daß Patienten die evozierten Inhalte gar nicht mehr alleine aufarbeiten können und ob sie dann Entscheidungen für oder gegen eine Therapie noch als Erwachsene fällen; neben Antiefung, Exploration, Befundklärung, Entscheidung für/gegen Therapie soll gleichzeitig doch noch so etwas wie ein biographisch-anamestischer Prozeß laufen; ob es sich schon um einen Einstieg in Therapie handelt, wird weder konzeptuell noch dem Patienten gegenüber klar genug herausgestellt – ein reichliches Durcheinander.

Man hat hier den Eindruck, daß die Integrative Therapie zwar von dem (psychoanalytischen) Dogma ablassen konnte, nach dem der Therapeut „eigentlich" ohne auch nur mit einer Frage auszukommen, möglichst schon „bevor" ein Patient auch nur den Raum betreten hat, in einer allesumfassenden Deutung (!) schon alles wissen sollte, was es im „Wesentlichen" über den Patienten zu erfahren gilt – ein Anspruch, der überwertigen Heiler- und Macht-Phantasien entspringt, und über dem (nicht aus Unfähigkeit!) viele Psychoanalytiker selbst verzweifeln – daß sie sich gleichzeitig aber zu einer besseren Haltung noch nicht durchringen konnte. Oftmals wird gegen eine detaillierte Anamneseerhebung das Argument des großen zeitlichen Aufwandes vorgehoben, das durch Forschungsergebnisse, z. B. bei Morgan und Engel (1977) schon lange ausgeräumt wurde. Ebenso wie die Integrative Therapie den Kontakt und die Beziehung zum Patienten wiederentdeckt hat (es werden nicht Krankheiten geheilt, sondern Menschen), sollte sie sich nun auch qualitativen Raum und qualitative Zeit zur gründlichen Erfassung von Problemlagen gönnen. Das wären wir Patienten eher schuldig als eine vornehme Behandlungstechnik.

Die klinische Erfahrung im Umgang mit Anamneseerhebungen über 2 bis maximal 4 Sitzungen hat gezeigt, daß die Interviews, die von Interesse, von selektiver Offenheit und partiellem Engagement getragen und eingebettet waren in das vorsichtige Gespräch einer natürlich beginnenden Beziehung (Petzold 1986), durchwegs von den Patienten (mit allen Diagnosen) als positiv, erkenntnisträchtig und bereichernd erlebt wurden. Manche hatten aus dem anamnestischen Verfahren so viele „Neuigkeiten" über sich erfahren, daß dies ihnen an diesem Punkt der Erkenntnis schon erst mal genügte; manche von diesen meldeten sich nach einiger Zeit (nach ca. einem halben Jahr) wieder, um dann weiterzuarbeiten. Es steht weiterhin nicht zu befürchten, daß das Einsetzen der Übertragung durch eine Anamneseerhebung verzerrt oder behindert würde; ebensowenig wie dies durch lange Wartezeiten – in denen der Patient ja auch um Aufschub seiner Bedürfnisse gebeten wird – der Fall ist und die im Vergleich hierzu größte Akzeptanz unter Kollegen genießen.

2. Voraussetzungen beim Therapeuten

Wie hier zu sehen ist, muß der Psychotherapeut hohen Anforderungen nicht nur im Hinblick auf seine Fachlichkeit, sondern immer auch auf seine eigene Person genügen. Anamnese hat sehr viel mit der „Wahrnehmung im bewußten Leibe" zu tun. Dieser Umstand bringt uns zu der Frage, welche Voraussetzungen der Therapeut für eine valide Datenerhebung in der Anamnese mitbringen muß. Welche Erfassungskapazitäten und welches Entwicklungsmoment braucht er, um den Anforderungen einer „intersubjektiven Anamneseerhebung" gerecht werden zu können? In der Integrativen Therapie geht es vor dem Hintergrund der oben genannten Konzepte niemals nur darum, „objektive" oder von „Intersubjektivität abgeschälte" Daten zu gewinnen. Anamnese als integrativ-therapeutisches Verfahren bedeutet, Interaktions- und Situations-Anamnese zu betreiben, und das Selbst des Therapeuten immer in den Erkenntnisakt mit einzubeziehen (Walch 1990; König 1994).

Mit dieser Forderung wird deutlich, daß eine Person in einem gut mit Bewußtsein „unterfütterten" Leib weitaus mehr und validere Sichtweisen gewinnen wird, als eine Person mit noch verbreitet anästhesierten Bewußtseins- und Leibesinseln. Für die Ausbildung zur Anamneseerhebung wäre hieraus zu fordern, daß Kandidaten einen erheblichen Teil an leiblicher Bewußtseinsarbeit zu leisten haben (Thymopraktik und Awarenessarbeit), damit ihre Wahrnehmungs- und Sinn-Erfassungskapazität in einer Weise gefördert wird, die den Anforderungen eines solchen Vorgehens angemessen ist. In der Integrativen Therapie wird daher immer auf das leibliche Gegründetsein von seelischen und psychischen Prozessen aufmerksam gemacht. Leibarbeit im Sinne von awareness-trainings, funktionaler Bewegungstherapie, Atemarbeit sowie emotional-leiblicher Differenzierungsarbeit – und eben nicht nur die „Arbeit am Körper" – sind wesentlicher Bestandteil der Ausbildung zum Integrativen Psychotherapeuten. Der Therapeut, der seine Gegenübertragungen diagnostisch einsetzen will, muß mit seinem Leib, als Mann oder Frau, vertraut sein. Im Sinne der Diagnostik, aber auch im Sinne der Nachsozialisation, Rollen zu übernehmen, sie im psychotherapeutischen Kontext konkret zu verleiblichen, erfordert ein professionelles Gewahrsein der eigenen Leiblichkeit und Geschlechtlichkeit. Vom Therapeuten wird gefordert, „daß er in der Lage ist, seine eigenen Kinderwelten zu aktivieren, um das jeweilige ‚Kinderland' (des Zweijährigen, der Vierjährigen oder des in diese Alter regressiv fixierten Erwachsenen) betreten zu können, und um regressiv fixierten Patienten zu helfen, ihre emotionalen Zustände besser erfassen und benennen zu können" (Petzold u. a. 1993).

Volle Intersubjektivität bereitzustellen, bedeutet also, daß der Therapeut den jeweils abzufragenden Bereichen in der Anamnese stets in innerlicher Auseinandersetzung mit der eigenen Lebensgeschichte folgen muß. Das heißt, wenn beim Patienten z. B. entwicklungsspezifische „Raum-Zeiten (Situationen)" exploriert werden, muß auch der Therapeut in dieser seiner eigenen biographischen Raum-Zeit anwesend sein, um adäquat einfühlen und reagieren zu können; sonst begibt er sich in die Gefahr, alte Noxen zu wiederholen und zu stabilisieren. Der Therapeut steigt damit in eine aktive Rollengestaltung in der therapeutischen Beziehung ein. Eine solche Haltung forderte schon Balint (1987), in dem er postulierte, daß der Therapeut die „Regression des Patienten mit eigener Regression begleiten" können müsse. Dies kann natürlich nur funktionieren, wenn er gleichzeitig auf der Erwachsenen und der Kinderebene ist, in Form einer jeweiligen „partiellen Teilhabe" (Petzold 1988, Haerlin 1987). Für gegengeschlechtliche Therapiesettings bedeutet diese Forderung, daß Therapeuten sowohl männliche als auch weibliche Selbstdefinitionen sowie indivduelle und gesellschaftsspezifische Entwicklungs- und Sozialisationsparadigma in ihrer Ausbildung rezipieren müssen (Orban 1986). Der männliche Therapeut muß sich in seiner Ausbildung – in Gruppen und Lehranalyse – weibliche, die weibliche Therapeutin männliche Sozialisationspezifika angeeignet haben, um diese Eigenheiten beim Patienten „beantworten" zu können.

Um das Wesen der Einfühlung begreifen zu können, müssen wir verstehen, daß Empathie eine „stimmige Projektion" ist. Wenn Menschen in einer Form von Eltern „stimmig empathiert" werden – nämlich so, daß der Empathierte das Gefühl bekommt, verstanden worden zu sein -, vermögen sie erst, sich selbst zu erkennen und im zweiten, sich besser zu verstehen; und dies heißt wiederum, Selbstempathie zu entwickeln. Erst aus einer solchen Abfolge kann sich die Einfühlung für andere Menschen entwickeln (Petzold 1993a). Nun wird deutlich: wer mit verzerrten, fehlerhaften oder gar traumatisierenden Projektionen „empathiert" wurde, „versteht sich selbst nur unzureichend" und seine Einfühlungen für andere können ähnlichen Unstimmigkeiten unterworfen sein. Die vorgängigen Erfahrungen bedingen Unschärfen oder Wahrnehmungsausblendungen und färben die aktuale Wahrnehmung maligne projektiv ein. Die Lehranalyse stellt unter diesen Gesichtspunkten im Sinne der Nachsozialisation, aber auch im Sinne selbstreferentieller Differenzierungen Felder der wechselseitigen Empathie zur Überprüfung historischer Festlegungen zur Verfügung. Der Lehrtherapeut darf nicht „abstinent" sein; er muß bereit sein, sich von seinem Ausbildungskandidaten empathieren zu lassen und emotionale Spiegelungen mit seinem Lehranalysanden auf der Ebene menschlicher Begegnung auszutauschen, um so, zusammen mit ihm Korrekturen vornehmen zu können (Frühmann/Petzold 1994). Er wird auf diese Weise zugleich Modell-, Feedback- und Sharing-Instanz.

Wie hier deutlich wird, sind einem solchen Unterfangen auch Begrenzungen gesetzt. Anamnese kann vor dem Hintergrund der angestellten Überlegungen in einem vier- oder fünfstündigen Setting nie vollständig oder abgeschlossen sein. Der Therapeut kann, wie das schon im erkenntnistheoretischen Teil dieser Arbeit dargestellt wurde, nicht immer gleichzeitig auf allen Ebenen wach und aufmerksam sein. Ganz zu schweigen davon, daß der Patient keineswegs immer die wichtigsten Stationen am richtigen Ort, zur richtigen Zeit in den therapeutischen Kontext einbringt. Allein die Übertragungsphänomene und der Widerstand setzen hier mit dem „Vergessen" oder „Weglassen" von Erzählinhalten schon Begrenzungen. In dieser Einsicht gründet letztlich die Vorstellung, daß anamnestisch erfaßte Inhalte im fortlaufenden Prozeß der Therapie immer wieder neu betrachtet, revidiert und einer „metahermeneutischen Transformation" (Petzold 1990e) unterzogen werden müssen, man also im weiteren therapeutischen Verlauf auch von prozessualer Anamnese oder prozessualer Diagnostik sprechen kann.

Machen wir uns klar, daß es sich beim Umgang mit einer solchen Komplexität um eine (selbstgewählte) Zumutung an den Therapeuten handelt. Auf welche Insel der Sicherheit kann er sich zurückziehen? Eben nur auf seine eigene Stabilität, Differenziertheit, Flexibilität und Belastbarkeit. Um hierin bestehen zu können, muß er seine „Unsicherheit in der Beziehung zum Patienten kultivieren" (Staemmler 1994) und sich in ihr professionell einrichten. Die Hauptaufgabe des Therapeuten bezüglich des „Intersubjektivitäts-Paradigmas" besteht darin, sich beständig nach seinen Empfindungen, Gefühlen, leiblichen Regungen und Übertragungen entlang den Inhalten der erzählten Geschichte zu durchleuchten, um hieraus überhaupt fähig zu werden, die Erzählinhalte „durch die Brille seines Patienten" sehen zu können (Amt-Euler 1994).

3. Annäherung an den szenisch-situativen Raum: „Shifting"

Um komplexer Wirklichkeit begegnen zu können, ohne den Überblick zu verlieren, müssen wir im anamnestischen Setting auf verschiedenen Wahrnehmungs- und Handlungsebenen gleichzeitig wach und aufmerksam sein können. Nur so wird es möglich sein, die entwicklungsspezifischen Räume und Zeiten, die prägenden Figuren darin, die „metamorphischen" Situationen, die Szenen und schließlich die Atmosphären als verdichtete Information und Entwicklungs-Synergie, die der Patient mitbringt, in einer Synoptik auszuleuchten.

Wenn wir Klienten und Patienten in der Initialphase einer Therapie dazu bewegen, uns einen Überblick über ihr Leben zu gewähren, bedeutet das nichts Geringeres, als sie gezielt in ihren tiefsten Lebenszusammenhängen und ihrem so gewordenen Selbst-Verständnis zu berühren. Darüber hinaus bestimmen wir mit unserem Vorgehen in wenigen Schritten zu einem großen Teil Inhalte, Ablauf, Möglichkeiten und Grenzen der anschließenden therapeutischen Beziehung. Durch ganz spezifisch ausgewählte Blickwinkel werden Deutungen, Fragestellungen und Akzente in einen initial noch völlig unstrukturierten „narrativen Raum" gesetzt, es werden „Viationen und Trajektorien" eingefädelt, und unter diesem Aspekt erscheint eine so konzipierte Anamnese auch als das implizite und explizite Erstellen eines therapeutischen Curriculums (Petzold 1988; Amt-Euler 1991).

Wenn wir Menschen begegnen, erfahren wir unser Gegenüber zunächst in uns selbst als ein ganzheitliches Gefühl, als einen noch unzergliederten Eindruck im Sinne des eingangs erwähnten Zitates von Martin Buber (1973). Dies mag die Dichte, das Viele und die Kompliziertheit von initialen Phänomenen etwas verdeutlichen. Die Aufgabe von Anamnese nun ist, aus diesem „Nur-Alles" einzelne Teile auszugliedern, um die Geschichte, die Komplexität in ihr zu reduzieren mit dem Ziel, Überblick zu gewinnen über bedeutsame Stationen im Leben unserer Patienten, egal in welche Richtung sich diese Bedeutsamkeit zunächst ausdehnt.

Im Erstinterview und auch in der Anamneseerhebung geben wir Patienten Raum, damit wir als Therapeuten nicht allzuviele Beeinflussungen in diese „Unberührtheit" setzen, die Fremdheit erst allmählich sich durch die Akzentsetzungen des Patienten zu einer Vertrautheit ent-wickelt und wir genügend Zeit haben, auf verschiedenen Ebenen unsere Wahrnehmung zu überprüfen.

Der Beginn einer Therapie ist immer verbunden mit heftigen Regungen auf der ganzen Breite menschlich erlebbarer Gefühle: Unsicherheit, Spannung, Aufregung, Angst, Freude, Not, Leiden, Ärger, Hoffnung, Stolz, Mißtrauen, Fröhlichkeit, Entmutigung und Verdrießlichkeit oder auch Schwung und Elan können sich zuweilen in abenteuerlichen Mischungen gepaart mit dem Bedürfnis nach Orientierung und Halt dem Therapeuten darbieten. Diese Gefühle und die mit ihnen verbundenen Emotionen sind nicht etwa wie zufällig durch die Aufregung sinnlos durcheinandergewirbelt; auf verschiedenen Ebenen haben sie jeweils Grund, Berechtigung und Bedeutung; und diese Ebenen gilt es im Auge zu behalten, um Verständnis zu bekommen und biographische und psychodynamische Zuordnungen vornehmen zu können.

Der Therapeut wird mit Blick auf diese Anforderungen mehrfach den Bezugsrahmen seines Handelns und Beobachtens wechseln, den narrativen Raum in verschiedenen Ebenen durchschneiden, um zu einer mehrperspektivischen Sicht des Dargebotenen zu gelangen (Petzold 1988). Diesen Vorgang möchte ich im folgenden das „Shifting" nennen. In diesem Shifting fokussiert der Therapeut beständig eine andere Beobachtungs-, Wahrnehmungs-, Handlungs- und Screeningebene, bewegt sich zeitweise auf mehreren gleichzeitig, sowohl in bezug auf den Patienten als auch in bezug auf sich selbst. Diese Shifting-Ebenen (shifting-levels) beziehen sich im wesentlichen auf alle drei anamnestischen Phasen (Erstkontakt, Erstinterview, Anamnese-Erhebung). Hier habe ich, ohne Anspruch auf Vollständigkeit, zunächst zehn Ebenen festgelegt, die ich im folgenden detaillierter ausführen möchte:

1. Die Ebene der therapeutischen Beziehung

   a) Vetrauen herstellen, katalysieren, begrenzen
   b) Gegenübertragung, Übertragung, Widerstand
   c) Der intersubjektive Prozeß
   d) Das Arbeitsbündnis

2. Die Ebene der Narration
3. Die Leib-Ebene
4. Die Ebene der Bewertung und Reflexion
5. Die Ebene der übergeordneten Sinnzusammenhänge
6. Die Ebene der aktualen Stabilität
7. Die Ebene der therapeutischen Ansprechbarkeit
8. Die Ebene der Psychodynamik
9. Die Ebene der entwicklungsprognostischen Faktoren
10. Die Ebene der Indikation und Prognose

3.1 Die Ebene der therapeutischen Beziehung

Da die Beziehung und Bezogenheit des Therapeuten auf die Problemlagen und Kontaktangebote des Patienten in der Psychotherapie allgemein als das zentral heilende Moment angesehen werden können, könnte an dieser Stelle viel über die Aufgaben der therapeutischen Beziehung gesagt werden (Rudolf u. a. 1988; Petzold 1980, 1988). Für die Anfangsphase von Therapie und für den anamnestischen Prozeß muß Beziehung Hochdifferenziertes leisten; bezüglich ihrer Bedeutung in dieser Phase sollen hier zunächst vier zentrale Bereiche hervorgehoben werden:

a) Vertrauen herstellen, katalysieren, begrenzen

Wer als Patient seine Probleme und seine Lebensgeschichte erzählen soll, muß von seinem Gegenüber das Gefühl haben, daß „… da jemand sitzt, der ihm vielleicht weiterhelfen kann; der ihn anhören kann und versteht". Je nachdem, wie intensiv dieses Gefühl erlebt wird, bzw. erlebt werden kann, werden die Erzählinhalte variieren (Reinecke 1986). Vertrauen entsteht durch zahlreiche Mikrofaktoren, die hier aus Platzgründen nicht weiter diskutiert werden können: von Übertragungspähnomenen, Kontaktaufnahme, Blicke, Händedruck, Zuhören ohne zu bewerten, Interesse zeigen, bis hin zur Einrichtung des Raumes, in dem das Gespräch stattfindet sowie der Umgebung der Praxis (vgl. Rahm 1986; Petzold 1988; Petzold/Orth 1990; Keil-Kuri 1993). Das Vertrauen zwischen Therapeut und Patient ist ein Prädiktor für die Validität anamnestischer Daten.

Wenn das Erzählen in Gang gekommen ist, kann es, manchmal soll es, durch spezifische Interventionen inganggehalten, katalysiert werden: Interesse zeigen, Nachfragen, selektives Zeigen von Gegenübertragungsreaktionen etc. (Petzold 1980). Bisweilen muß es auch begrenzt werden, z. B. wenn die Begleitaffekte des Erzählens beim Patienten inadäquat massiv werden, ein Patient in eine zu schnelle und zu frühe Tiefung gerät und die Situation zu entgleisen droht. Dann ist es wichtig, mit dem Patienten auf einer „erklärenden Ebene" zu verharren, bzw. ihn dorthin zurückzuholen und die emotionale Involvierung abzubremsen (Ebene der Reflexion, Petzold 1988). Als weitere Ebene wäre das

b) Beachten von Gegenübertragung, Übertragung und Widerstand

zu nennen. Zunächst werden wir auch in der Rolle des Therapeuten überprüfen, welche Gefühle ein Patient in uns auslöst, welche Phantasien und Bilder wir bekommen, woran wir durch die erzählte Erinnerung selbst erinnert sind, welche emotionalen Konnotationen sich dadurch ergeben und schließlich auch, wie sympathisch uns der Patient hierdurch erscheint (Schuch 1989).

Wir werden versuchen, herauszubekommen, welche Rolle(n) aus seinem „sozialen Atom" (Moreno 1973) uns der Patient unbewußt zuschreibt und überträgt; ob es sich um Personen aus der Vergangenheit handelt, mit der es „unerledigte Beziehungsgeschäfte" gibt, oder eine (z. B. fehlende) Person aus der Gegenwart des Patienten. Aus der Analyse der Übertragung und Gegenübertragung lassen sich zum einen unbewußte pathogene Konfliktkonstellationen in der Biographie des

Patienten und der jeweilige Umgang mit ihnen als Psychodynamik und Bewälti-
gungsstrategie, aber auch der intersubjektive Umgang in Form von aktualen „partiellen Reinszenierungen" im therapeutischen Dialog eruieren (Mentzos 1991;
Wiedemann 1986). Zum anderen kann die Rollen- und Szenenübertragung durch
den Patienten gemäß den systemischen Ordnungskriterien seiner Lebenswelt exploriert werden; ein diagnostisch wertvoller Hinweis: der Therapeut muß abwä-
gen, in welchen Anteilen er zukünftig in der Übertragung arbeiten muß (Nachsozialisation) oder ob bereits eine Arbeit an der Übertragung (Bewußtseinsarbeit)
indiziert ist (Ludwig-Körner 1991; Freud 1912; Frank 1991, Peters 1977; König
1993).

Die subtilen Phänomene des Widerstands sind sorgsam zu beachten; der Widerstand als „Kraft zu widerstehen" muß in seiner Eigenschaft als stabilisierender
Faktor der Person wertgeschätzt werden (Petzold 1981). Widerstand kann ein
Wegweiser zu narrativen Meidungsbereichen sein; wenn er gebrochen wird, kann
es zur Dekompensation von Abwehrstrategien kommen (Suizidalität, aggressive,
impulshafte und raptusartige Durchbrüche, Psychosen, Depression etc.).

Hier möchte ich noch einmal darauf hinweisen, daß Gegenübertragung im Entwurf der Integrativen Therapie als ein dem Therapeuten bewußtes Agens und als
Basis therapeutischer Wahrnehmung und Intervention definiert ist; bearbeitungs-
bedürftig, weil unbewußt, ist dagegen die „Übertragung des Therapeuten", (Petzold 1980). Diese Dynamik der Übertragungen stellt den Therapeuten vor eine
Aufgabe, in der er

c) den intersubjektiven Prozeß verfolgen

muß. Abgegrenzt von den oben genannten Einzelbetrachtungen muß der Therapeut für den Entwurf seiner psychotherapeutischen Behandlungsverläufe das – im
Moment noch imaginär-phantasierte – Ziel des unbewußten Weges, das aus den
Ansätzen des bis hierhin gemeinsamen Handelns erkennbar wird, erfassen können, um Interventionen zur Kurskorrektur vornehmen zu können. Im intersubjektiven Prozeß bilden sich mögliche Übertragungsverschränkungen ab, die die Beachtung des Therapeuten erfordern. Der Therapeut hat die Aufgabe, den gemeinsamen Prozeß so zu steuern, daß er nicht maligne abgleitet oder biographische
Wiederholungen kreiert. Man könnte hier mit Luban-Plozza (1993) auch von
„Beziehungsdiagnostik" sprechen. In der Integrativen Therapie wurden vor diesem Hintergrund Konzepte zur „prozessualen Diagnostik" sowie zur „Fokaldiagnostik" entworfen, die zur Aufgabe haben, jeweils Stationen aus dem Prozeß fest-
zuhalten (Heinl/Petzold 1980; Petzold 1993a).

Akzeptiert der Patient Korrektursetzungen und den so vom Therapeuten
zunächst unmittelbar gesetzten Rahmen für eine eventuell nachfolgende Therapie,
kann man vom beginnenden

d) Herstellen eines Arbeitsbündnisses

sprechen. Der Therapeut setzt anfangs weniger durch konkret verbale als vielmehr
durch handlungsorientierte (z.T. auch unbewußte) Explikation seine Regeln in

Form seines Selbstverständnisses in den Beziehungskontext. Im weiteren Verlauf muß er die oberste Grenze von Kooperationsfähigkeit, Motivation und Verläßlichkeit beim Patienten explorieren und sie auf taktvolle Weise auch einfordern. Regeln für eine evtl. anschließende Therapie müssen deutlich gemacht werden. Das meint z. B. den Zahlungsmodus, die Absagevereinbarungen, die methodischen Vereinbarungen usw. Unter Umständen kann das auch bis hin zum regelrechten Informieren über verschiedene Phasen der Therapie gehen, z. B., daß möglicherweise ein oder sogar mehrfach starke Trauer, Aggressionen oder Resignation auftauchen werden, vielleicht zwischendurch der Wunsch kommen wird, „am liebsten alles hinwerfen zu wollen vor Ärger, Wut und Verletztheit", daß der Patient vielleicht phasenweise auch sehr wütend auf den Therapeuten werden könnte und die Therapie auf diese Weise auch sehr anstrengend werden kann. Diese Form des Vorausgreifens muß stark an den individuellen Indikationsmöglichkeiten entlang geprüft werden. Ob ein Arbeitsbündnis und Vertrauen entstehen kann, hängt weitgehend von subtilen Prozessen der gegenseitigen Einstimmung ab, im Sinne des attunement (Stern 1992). Schmitz (1992) hat in seinen Konzepten Psychotherapie auch als „leibliche Kommunikation" dargestellt; attunement geschieht nun in diffizilen Prozessen von „Einleibung und leiblicher Kommunikation" und diese laufen – auf seiten des Patienten wie auf seiten des Therapeuten – noch zu einem großen Teil unbewußt ab. Die Termini „Vertrauen herstellen" beziehen sich daher auf den Versuch und das Angebot des Therapeuten in diese Richtung.

3.2 Die Ebene der Narration

Eine weitere Aufgabe besteht darin, dem Erzählfluß des Patienten zu folgen; und dies in mehrfacher Hinsicht: Zum einen sollen die konkreten Daten und Fakten, die erzählt werden, aufgenommen werden: was wird erzählt. Es ist hier darauf zu achten, welche Bereiche der Lebenssituation genannt werden und welche nicht. So kann es z. B. sein, daß ein Patient nur über seine Frau klagt, während er sich selbst und seine eigene Betroffenheit gänzlich ausspart; oder es kann vorkommen, daß ein Patient nur über seine Vergangenheit spricht und seine Perspektiven für die Gegenwart und die Zukunft völlig außer Betracht läßt. In mancher Erzählung kommen kaum Freunde, Interessen oder Freizeittätigkeiten vor; ein anderer Patient berichtet nur über körperliche Beschwerden und kaum über sein Gefühl usw. Wir sprechen hier von „narrativen Meidungs- oder Fehlbereichen". Gerade die Bedeutung der Zukunftsperspektiven wird in ausschließlich historie-bezogenen Therapierichtungen oftmals unterschätzt. Das Subjekt muß auch als ein „Sich-selbst-Entwerfendes" verstanden werden, wenn es emanzipatorisch in seinen Möglichkeiten unterstützt werden soll (Petzold 1993a). Antizipierte Bedrohungen oder antizipiertes Glück wirken sich selbstverständlich auf den Gegenwartszustand der Person aus und müssen daher natürlich mit erfaßt werden. Die Unfähigkeit, Perspektiven zu entwerfen, ist eine Form der – oftmals depressiven – Psychopathologie.

Ähnliches gilt für die Bedeutung sozialer Netzwerke. Die allein auf das Individuum fokussierte Sicht von Konflikten, die gewaltsame Zentrierung von Problemlagen auf die Person des Einzelnen und die auf die „einseitige Dyadisierung" abzielende Psychotherapie – diese Faktoren bringen Psychotherapie in die Gefahr, zu einer „Tyrannei der Intimität und Vereinzelung" zu verkommen (Sennet, zit.b. Petzold 1993a). Auch Schmitz (1989) hat in seiner leibbezogenen Kulturkritik auf die Tendenz der Verdinglichungsgesellschaften hingewiesen, daß sämtliche Sachverhalte und Problemlagen, die in der „kulturgegenwärtigen Vergegenständlichung keinen Platz haben, in der dem Subjekt zugeschriebenen Seele auf Halde gelegt werden" sollen.

Dabei entstehen aber schizoide; undurchlässige Schnittstellen zwischen „therapeutischer" und „realer" Welt, die dem kurativen Ansinnen von Psychotherapie gerade entgegengesetzt sind. Es ist wichtig für Therapeuten, zu realisieren: Sie arbeiten nicht mit Einzelpersonen, sondern immer mit sozialen Netzwerken. Der Einbezug und die Erfassung des gegenwärtigen Umfeldes, aber auch der „historischen sozialen Atome" in die anamnestische Betrachtung ist daher unerläßlich (Moreno 1973).

Zum anderen klingt während der Erzählung als Gesamtatmosphäre die Lebensmelodie des Patienten zwischen den Zeilen an (Schmitz 1992; Petzold 1990e). Durch die Frage, wie ein Patient die Geschichte erzählt, können organisierende Narrative, verstanden als Ordnungskriterien, die den Erzählfluß und das Er-Leben des Patienten strukturieren, erfaßt werden (Legewie 1987). Weiterhin machen sich die internalen Wertestrukturen des Patienten in einer solchen Erzählung bemerkbar; auch ihre Flexibilität oder Rigidität. Es können über die periverbale Gestik und Mimik sowie über nonverbale, inszenierte Inhalte (z. B. Atem- und Bewegungsmuster; Gegenstände, die der Patient dabei hat) unbewußte Konfliktkonstellationen, narrative Meidungs- und Fehlbereiche, die Abgrenzungs- und Differenzierungsfähigkeit und das Selbst-Verständnis der Person im Sinne ihres Identitätserlebens erfaßt werden.

Mit Combs und Holland (1992) könnte man so von der „Oberflächenstruktur der Narration" (buchstäbliche Form und der faktische Inhalt eines Satzes) und der „Tiefenstruktur der Narration" sprechen (Bedeutung, Bezugnahme und Bewertung des gesprochenen Inhaltes).

Durch die Integration beider Ebenen können wir immer auch darauf achten, in welchem Leistungsbereich eventuelle Störungen, Konflikte oder Traumatisierungen hauptsächlich angesiedelt sind: im physischen Bereich (leiblich-intentionale Blockierungen), im Bereich des Gefühls der eigenen Urheberschaft im emotional-affektiven Bereich, im kognitiven Bereich, im Bereich des Kohärenzerlebens, auf der sprachlichen Ebene, auf der Ebene der Intersubjektivität oder Verbunden- und Bezogenheit mit anderen usw. (Stern 1992). Gewöhnlich wird ein Bereich vom Patienten selbst als besonders quälend oder defizitär erlebt. Die strukturelle Betrachtung dieser Kern-Problematik, die Analyse der spezifischen Atmosphäre, die sich während des Erzählens in den Raum ergießt, kann Hinweise auf einen oder mehrere „narrative Ausgangspunkte" der Störung geben, sie ist immer eine „szenische Metapher". Allerdings kann der Therapeut „zu Anfang nicht wissen, ob dieser Bereich nun wirklich der am stärksten betroffene ist oder der vielleicht am wenigsten betroffene und daher auch von der geringsten Abwehr umgebene" (Stern 1992; Buchholz 1993).

Erzählinhalte werden immer auch verleiblicht. Diese „verleiblichten Qualitäten" geben als periverbale Kommunikationsinhalte Auskunft über die Bewertung der aktual repräsentierten und erzählten Biographie. Darüber hinaus verweisen sie auf das Gegründet-Sein des Patienten in seiner Geschichte und seinem Leib-Selbst; das meint die Frage, wie bewußt der Patient sich und auch seine Symptome in seinem Lebensganzen als „gewordenes Leben" erfahren, erfassen und verstehen kann.

Durch Beobachtungen auf der narrativen Ebene können also neben den Erzählinhalten zum einen die Art, Tiefe und der Umfang von Schädigungen, zum anderen qualitative Aspekte von Denken und Gefühl als kognitive und emotionale Stile, sowie die Handlungs- und Beziehungskompetenzen erfaßt werden (z. B. analytisches, abstraktes, impulsives, synthetisches, rigides, flexibles Denken; Gefühlsansprechbarkeit, Gefühlslebhaftigkeit, Gefühlstiefe als quantitative Aspekte der Emotion; spontanes, lebhaftes, gebremstes, maniriertes Leib-Handlungs-Verhalten und -Erleben als „Vitalitätsaffekte"; offenes, ängstliches, verschlossenes, ambivalentes Zugehen auf andere als Beziehungsverhalten usw.).

3.3 Die Leib-Ebene

Wie nun schon angesprochen, wird auf dieser Ebene zum einen in phänomenologischer Hinsicht auf die „Sprache des Körpers" (des Leibes), auf die Kongruenz und Homologie oder Diskongruenz zwischen erzählten Inhalten und ihrer Repräsentation durch den Leib geachtet (Argyle 1979; Scherer 1979; Frostholm 1978). In ganz natürlicher Weise ist „jeder Einzelne unermüdlich dabei, körpersprachliche Zeichen bewußter und unbewußter Art, körperliches Verhalten, kurz, den Körperausdruck von anderen zu entschlüsseln und mit dem, was sie sprechen, in Beziehung zu setzen oder gar es daran zu messen" (Maier 1990). Dabei wird dem Körperausdruck in der Regel sogar mehr Vertrauen geschenkt als dem gesprochenen Wort. Diesen Sachverhalt können wir aus der Phylogenese heraus verstehen. Seltsamerweise wird aber genau dieser Sachverhalt, wird er offen angesprochen und ausgelegt, oft verneint, in Abrede gestellt und als abwegig abgetan. Hier haben wir es dann mit dem Widerstand zum Unbewußten hin zun tun – mit der Angst vor Aufdeckung – und mit den Abwehrmechanismen der Verdrängung und Verleugnung.

Der Leib ist also in seinen Dimensionen der Perzeption, der Memoration und der Expression grundlegend in das anamnestische Setting einzubeziehen (Petzold 1988, 1993b). Wahrnehmungstätigkeit, Erinnerungsfähigkeit und leiblicher Ausdruck können durch biographische Schädigungen vielfältigen Störungen, Inhibierungen, Anästhesierungen oder Deprivierungen unterliegen oder aber traumatisiert und konflikthaft besetzt sein, so daß (Selbst- und Fremd-) Wahrnehmungen, Empathierungsvermögen und konkrete Erinnerungen zum Teil erheblich verzerrt sind und wenig Ausdrucksmöglichkeiten – auch im Sinne der Katharsis – vorhanden sind. Damit sind Möglichkeiten der Selbstregulation, Spannung-Entspannung, Wachheit-Müdigkeit, Bewegtheit-Ruhe blockiert und es können sich dysfunktionale Regulationen und Kompensationen wie z. B. Verspannungsmuster, Bluthochdruck oder Antriebslosigkeit ausbilden" (Petzold 1993a; Schmitz 1989). Die Wahrnehmung und die Bewußtheit gegenüber leiblichen Regungen und Empfindungen, die sich in Gefühlen entfalten, sich leiblich konkret zeigen können und dann kommuniziert werden, müssen als gesundheitsfördernde und, beim Fehlen von solchen, als krankheitsauslösende oder -perpetuierende Faktoren angesehen werden.

Der Einbezug des Leibes in die Anamnese verläuft zum einen über konkrete Beobachtung der periverbalen leiblichen Kommunikation (Schmitz 1992), zum anderen beachtet der Therapeut aber auch den Prozeß seiner ganz persönlichen Resonanzen in bezug auf dieses Geschehen; er geht seinen ganz persönlichen Regungen und Anmutungen über das, was ein Patient „leiblich-atmosphärisch mitbringt", nach.

Diese Daten, die Beobachtung der leiblich-objektivierbaren Expression und der Wahrnehmungs- und Erinnerungstätigkeit sowie auch das Ansprechen derselben im Kontakt mit dem Patienten können verdrängte oder unbewußte Konfliktkonstellationen deutlich machen, wenn der Therapeut es versteht, auf derartige Signale einzugehen, sie taktvoll anzusprechen und sie so in das Setting miteinzubeziehen.

Der Leib fungiert hier als Leib-Gedächtnis, das Strukturmuster in den kortikalen und subkortikalen Zentren als multipel vernetzte biophysikalische Engrammsysteme gespeichert hält und diese nonverbal-unbewußt kommuniziert, auch und gerade, wenn das gesprochene Wort divergenten Inhaltes ist (Petzold 1988, 1990e; Argyle 1979). In der „szenischen Aktualisierung des Selbst" werden genau diese Konstellationen mit ihrer gesamten Konflikthaftigkeit dargestellt.

Wie oben erwähnt, kann die Leiblichkeit durch biographische Noxen dissoziiert sein, erstarrt, eingekrümmt, überspannt oder resignativ ausgelassen. Die Leiblichkeit und der Umgang mit ihr spiegeln die Bewußtheit und den Grad benigner, assoziierter Integration individuell erlebter Biographie wider. Einzelne Beobachtungsfelder auf der Leib-Ebene werden im Praxisteil 2 dann noch detailliert ausgeführt.

3.4 Die Ebene der Bewertung und Reflexion

Während des Erzählprozesses des Patienten wird der Therapeut immer wieder zusehen, daß er Informationen über die Bewertung der aktual memorierten und erzählten Geschichte durch den Patienten erfährt. Dies geschieht zum großen Teil über den Einbezug von Bewegungen, Motorik, Mimik und Gestik. Zum anderen kann die Bewertung natürlich auch direkt erfagt werden: „Wenn Sie da einmal nachspüren, wie haben Sie das damals erlebt?", „Wie geht es Ihnen jetzt im Moment, während Sie mir diese Geschichte erzählen?" usw. Die Bewertung gibt Aufschluß über die momentane affektive Lage im Lebensprozeß und der Status der bereits erfolgten psychischen Verarbeitung eines dargestellten Problems. Die Differenziertheit und Integrationsfähigkeit der verarbeitenden Kognition sowie die Distanz zum eigenen Gefühl (Exzentrizität) sollen hier eingeschätzt werden. Die

emotionale Beantwortung wie auch die kognitive Bewertung von Situationen bestimmt im Wesen die Form des Erlebens. Seit der Untersuchungen von Lazarus
und Launier (1981) wird sowohl das Erleben von Streß als auch das Ausmaß der
zur Verfügung stehenden Potentiale zur Streßbewältigung (Coping) in enger Verbindung mit der kognitiven Bewertung von Situationen und Lebensereignissen
gesehen. In anderen Untersuchungen konnte nachgewiesen werden, daß Bewertungen und Einschätzungen von Situationen, insbesondere von „Krankheitssitua-
tionen" sowie die Theorien über deren Ursprung, je nachdem wie sie gefärbt sind,
einen erheblichen malignen Einfluß auf Entstehung, Fortbestand und Heilung haben können (Flick 1991).

Darüber hinaus gibt die Bewertung auch einen Blick frei auf die internalisierten
Werte-Strukturen des Patienten („Wertestruktur des Selbst"). Wie schon erwähnt
kann der Therapeut die Bewertung erfahren durch direktes Auffordern oder Nach-
fragen z. B. nach den Gefühlen und Stimmungen des Patienten an bestimmten
Stellen der Narration und/oder über den averbalen Einbezug der Leibebene, denn
„Bewegungen sind immer auch Bewertungen".

3.5 Die Ebene der übergeordneten Sinnzusammenhänge

Diese Ebene wurde in anderen Abschnitten schon ausführlich behandelt. Aus der
Beobachtung der Narration mit ihrer leiblich-aktualen Repräsentation durch den
Patienten, auch aus der Analyse des intersubjektiven Geschehens von Übertragungen, Widerständen und Bewertungen treten übergeordnete Sinnzusammenhänge in
Form von Szenen, Situationen, Atmosphären und Bedeutungen hervor. Man kann
hier etwa Wiederholungen im narrativen Verlauf erkennen, Implikate der Erzählung
aufspüren oder Ähnlichkeiten (homologe Strukturen) von Erlebensweisen in verschiedenen Episoden aufzeigen, wenn möglich sogar zu Bewußtsein bringen.

Für diese Arbeit muß der Therapeut sensibilisiert sein. Sie gibt letztendlich
averbalen Aufschluß über die Art und Weise, wie die einzelnen narrativen Episoden, die leiblichen Expressionen, die aktualen Gefühle und Bewertungen vor dem
Hintergrund des „Gewordenseins" des Patienten verarbeitet worden und zu verstehen sind (Petzold 1993b). Menschliche Biographien sind in erster Linie Aufzeichnungen von Beziehungserfahrungen, in zweiter Linie Aufzeichnungen von
Umständen und Gegebenheiten des näheren Umfeldes, zuletzt von kollektiv-kul-
tureller Geschichte. All diese räumlich-zeitlichen Zusammenhänge tauchen in der
szenischen Form der Darstellung durch den Pateinten auf; sie dürfen nicht allein
der Historie des Einzelnen aufgelastet werden. Die Kriegserlebnisse der letzten
Kriegsjahre, um nur ein Beispiel zu nennen, gehören stets in einen größeren
Zusammenhang gereiht (Heinl 1994).

3.6 Die Ebene der aktualen Stabilität

In einer Situation, in der sich Patient und Therapeut noch fremd sind, wird es für
die adäquate Einschätzung von Zugangs-, Interventions- und Indikationsmöglich-

keiten von herausragender Bedeutung sein, daß der Therapeut ein Bild von der aktualen psychischen Stabilität des Patienten bekommt. Er wird die „Insel der Vernunft im Ich" suchen, die man nicht immer unbedingt annehmen kann (Petzold 1992a). Dies geschieht zum einen anhand von konkret-erlebbaren Anhaltspunkten und Eindrücken: der Therapeut schätzt die emotionale Adäquanz selbstreferentieller Gefühle und Fremdwahrnehmungen ein, er prüft die emotionale Festigkeit und Flexibilität des Patienten, beobachtet Funktion und Differenziertheit der verarbeitenden Kognition, und registriert die ganz praktische Handlungsfähigkeit („Bißfreudigkeit") oder -unfähigkeit im Alltag des Patienten. Zum anderen gibt es für die Einschätzung aktualer Stabilität einige theoriegeleitete Hypothesen und Kriterien, die hier zu Rate gezogen werden: z. B. die Ich-Funktionen, psychische und psychosoziale Ressourcen, die Besetzung der „Säulen der Identität" (Petzold 1988; Kames 1992; Kähler 1991) und die Fähigkeit zu Regression und Progression im narrativen Erzählfluß, entlang der Betroffenheit der jeweils erzählten Inhalte (Ferenczi 1982).

3.7 Die Ebene der therapeutischen Ansprechbarkeit

Besteht ein zufriedenstellend abgesichertes Bild von der aktualen Stabilität, kann im Erstinterview und in der Anamneseerhebung (noch nicht im Erstkontakt!) die therapeutische Ansprechbarkeit des Patienten abgetastet werden. Dies kann, je nach Indikationsstellung, auf der ganzen Breite therapeutischer Interventionsmöglichkeiten geschehen: Aufmerksam machen, Assoziieren, Arbeit an sprachlichen Äußerungen, Konfrontieren, Stützen, Deuten, Erlebnisräume zur Verfügung stellen etc. (Rahm u. a. 1993; Petzold 1980). Die Intervention soll sehr taktvoll und in einem günstigen Augenblick ($\kappa\alpha\iota\rho o\zeta$) erfolgen, und hat die Aufgabe, zu prüfen, ob der Patient von den therapeutischen Angeboten profitieren kann, bzw., ob hieraus eine weiterführende Therapie sinnvoll erscheint (Schneider 1981a; Baumann 1981; Heigl 1972).

Es handelt sich hierbei um ein Handeln in „experimentierender Interaktion". Dabei ist es wichtig, sich am kognitiven und emotionalen Bezugssystem des Patienten zu orientieren und das eigene eher zurückzustellen. Natürlich wird es im Verlauf einer Therapie wichtig werden, daß der Patient seinen „frame of reference" zu überschreiten lernt (Petzold 1993a). Für das erste „psychotherapeutische Anbehandeln" muß jedoch genau geprüft werden, wieviel an „Komplexität" vom Patienten schon ausgehalten werden kann. Die Probeintervention wird daher einen solchen Rahmen allenfalls geringfügig überschreiten dürfen.

Zuletzt sollte der Therapeut auch sich selbst hinterfragen, wie er zu der dargebotenen Problematik ganz persönlich steht, das heißt, ob er gerade diesen Patienten, mit dieser Problematik, in seinen Lebenszusammenhang, zu dieser Zeit sinngerecht behandeln kann; nur so kann ein Anspruch nach Intersubjektivität erfüllt werden.

3.8 Die Ebene der Psychodynamik und Psychoreaktion

Während des Erzählflußes und der sich eröffnenden Perspektive von den Problemlagen des Patienten wird der Therapeut nun immer wieder versuchen, sich in die inneren Denk-, Fühl- und Handlungsvorgänge des Patienten einzustimmen. Er wird evtl. Hypothesen darüber erstellen, was der Patient im Moment nicht erzählt, einfach wegläßt und wie die inneren Argumente, Gefühle und Gedanken auch unbewußt miteinander interagieren und korrespondieren. Er wird das Ergebnis dieser „inneren Korrespondenz" nach seinem Gewordensein hin untersuchen und diese möglicherweise schon zusammen mit dem Patient versuchen auszuhandeln. Die Beobachtung des leiblichen Ausdrucksverhaltens, der Bewertungen, der anklingenden Situationen aus partiellen Reinszenierungen (Wiedemann 1986; Frostholm 1978), der freiwerdenden Atmosphären, Stimmungen und Bilder und der Reaktionen des Patienten auf initiale Interventionen, wird den Therapeuten dazu anregen, sich über die psychisch-strukturalen Vorgänge in seinem Gegenüber Gedanken zu machen, um so von der Diagnostik der äußeren (externalen), zur Diagnostik von inneren (internalen) Konfliktkonstellationen und Handlungsmustern (Narrativen) vordringen zu können (Petzold 1988). Eine Neurosen-Bedingungs-, Entstehungs-, Verhaltens- und Funktionsanalyse (Krankheitsgewinn) der „kranken Person in ihrem Umfeld" schließt sich an (Schröder/ Glücksmann 1993).

3.9 Die Ebene der entwicklungsprognostischen Faktoren

Bei der diagnostischen Einschätzung interessiert vor allen Dingen, welche Konstellationen der Patient in seinem Bewußtsein der erinnerten Geschichte als schädigend, defizitär, fördernd und beschützend abgespeichert und repräsentiert hat. Wie weiter oben ausführlich dargestellt, handelt es sich auf dieser Ebene um die diagnostische Einschätzung der pathogenen, defizitären, salutogenen und protektiven Faktoren. Die erzählte Geschichte ist keineswegs ein getreues Abbild „historischer Realität"; der aktuale Entwurf der Historie ist hochsensibel abhängig vom intersubjektiven Erzähl-Prozeß und kann als solcher nicht nur aktualen, sondern auch historischen pathogenen Verzerrungen unterworfen sein. Bei der Bewertung ätiologischer, salutogener und protektiver Faktoren muß daher immer ein mehrperspektivischer Blickwinkel angelegt werden; die Reichweite von solchen Einschätzungen ist mittelfristig; manchmal müssen sie bis zum Hinzukommen weiterer Daten völlig offen gelassen werden (Petzold 1988).

Wie neuere Longitudinalforschungen belegen konnten (Petzold u. a. 1993), setzen sich menschliche Lebensläufe nicht nur aus „guten" und „schädigenden" Erfahrungen zusammen; die differenzierte Beobachtung und Diagnostik „prolongierter Mangelerfahrungen" ist unerläßlich. Dies stellt sich aber gerade deswegen als sehr schwierig heraus, weil Patienten eben genau die Erfahrungen, die diagnostiziert werden sollen, nicht machen konnten und das Fehlende deswegen auch nicht differenziert benennen können: „man kann nur vermissen, was man schon gehabt hat". Hier ist der Therapeut in erster Linie auf die Analyse seiner Gegenübertragungen und Phantasien angewiesen.

3.10 Die Ebene der Indikation und Prognose

Als Resultat dieser „Informationsverarbeitung" geht eine prognostische Einschätzung der Problemlagen hervor. In diese Einschätzung gehen die Schwere der Erkrankung mit ein, das Ausmaß der Regression, die Funktionsanalyse (Krankheitsgewinn, Aufmerksamkeitsgewinn, Umfeldeinbezug, Alibi- und Ersatzfunktion der Krankheit) sowie die zu erwartende Stützung oder Hemmung der Therapie aus dem sozialen Umfeld des Patienten. Des weiteren sind für eine Indikationsstellung das Problembewußtsein und die Motivationslage des Patienten ausschlaggebend. Da Therapie ein Labilisierungsprozeß ist, müssen die Beziehungsfähigkeit, die Stabilität, die Verläßlichkeit und das trotz der Krankheit bestehende Lebensbewältigungspotential exploriert werden. Hierzu gehört ein gewisses Ausmaß an Regressions- und Progressionsfähigkeit sowie an Flexibilität, meint also Krisenfestigkeit (Ich-Funktionen).

Reichen die Potentiale und Ressourcen nicht aus, so muß eventuell eine stationäre Behandlung ins Auge gefaßt werden (bei Suizidalität, Selbst- oder Fremdgefährdung, präpsychotischen Syndromen usw.). Neben der Indikation zur Einzeltherapie, zur Langzeit- oder Kurzzeittherapie oder auch nur zur Krisenintervention, sind auch die Indikationen für eine eventuell begleitende Gruppen-, Paar- oder Familientherapie, für körper- und bewegungstherapeutische Begleitung, also für einen „bimodalen Therapieansatz" zu überprüfen (Petzold/Frühmann 1986; Petzold 1993a). Im anamnestischen Prozeß muß immer auch schon darauf geachtet werden, welche Richtziele (präventive, konservierende, restitutive, substitutive, evolutive Intervention) für Patienten in Frage kommen, welche Chancen der Heilung (vgl. vier Wege der Heilung) bestehen, welche Therapieziele inhaltlich verfolgt werden können und in welchem Umfang dies möglich sein wird; des weiteren in welcher Zeit dies allenfalls vonstatten gehen könnte (Knauf 1991; Strotzka 1986; Petzold 1993d).

4. Das Setting und die Haltung des Therapeuten

Ich möchte nun noch einmal zu den drei Phasen des anamnestischen Vorgehens zurückkehren. Hier dürfte deutlich geworden sein, daß jeder der drei anamnestischen Phasen eine spezifische Zielsetzung eignet. Demgemäß kommt es in jeder zu einem anderen Setting und auch zu differenzierten therapeutischen Haltungen.

Wohl muß der Therapeut sich in allen drei Phasen des anamnestischen Prozesses einlassen können, mit dem Ziel, ein individuelles Höchstmaß an Kontakt herzustellen und dabei Konfluenz zu vermeiden, denn Kontakt vermittelt immer eine Erfahrung von Abgrenzung und Berührung zugleich, er ist antizipierte Berührung (Althen 1991; Petzold 1986). Dabei wird der Therapeut eine Haltung von Zentrierung und Involvierung bei gleichzeitiger Exzentrizität einnehmen müssen, damit er berührbar bleibt, seine aufkommenden Gegenübertragungen diagnostisch nutzen kann, in das aktuale Geschehen zwischen ihm und dem Patienten aber nicht zu stark involviert wird (Plessner 1970; Adler/Hemmeler 1988). Gleichermaßen wird er die vorhandenen Kontaktbereitschaften eines Patienten aufgreifen und zu fördern versuchen. Die gesamte Kommunikation kann sich – je nach Indikation – in selektiver Offenheit und partiellem Engagement ausdrücken, auf einem Kontinuum zwischen (psychoanalytischer) Abstinenz und (humanistischer) „self-disclosure" (Althen 1991). Die Funktion, die die Abstinenz in der Psychoanalyse einnimmt, wird in der Integrativen Therapie hierbei eher durch eine „Prägnanz im Kontakt", eine „integre Eindeutigkeit" repräsentiert (Petzold 1993a). Der therapeutische Dialog in der initialen Phase ist ein Handeln um Grenzen auf der Basis von Akzeptanz und Wertschätzung von Unterschiedlichkeit und Andersartigkeit. Dies kann, genauso wie „volle Intersubjektivität", auf seiten des Patienten nicht immer angenommen werden; der Therapeut muß daher oft aus einer Haltung von „unterstellter Intersubjektivität" heraus handeln können (Petzold 1988).

Im Erstkontakt, diesem fragilen Moment der Beziehungsaufnahme, klappt die Schere von Zentriertheit und Exzentrizität am weitesten auseinander. Der Therapeut, der in einer beliebigen seiner Alltagssituationen mit einer Plötzlichkeit kontaktiert wird, muß sich in Sekundenschnelle auf ein völlig unbekanntes Gegenüber einstellen können. Der Patient hat da, weil er „Protagonist" ist, den Vorteil, sich lange vorher auf alle möglichen seiner Phantasien, Ängste, usw. eingestellt zu haben. Weil der Therapeut hier schon möglichst viel erfahren will, begibt er sich auf die Gratwanderung, zum einen die angebotenen Inhalte anzunehmen, zum anderen aber so deutlich abzugrenzen, daß der Kontakt noch an jedem Punkt ohne regressive und übertragene Momente wieder beendet werden könnte. Er wird (z. B. bei „Überschwemmungen") darauf beharren, daß der Patient in jedem Teil seiner Erzählung auf einer „erklärenden Ebene" bleibt.

Exkurs zur Beschreibung von emotionalen Tiefungsebenen: Petzold (1988) beschreibt vier Ebenen der Tiefung, die hier für das Verständnis kurz genannt werden sollen: (I) die Ebene der Reflexion (kognitiv-kontrollierende, erklärende Ebene), (II) die Ebene des Bilderlebens und der Affekte, die eine mäßige kontrollierbare Involvierung bedeuten, (III) die Ebene der Involvierung, die zumeist eine Regression und starke Affekte beinhaltet und (IV) die Ebene der autonomen Körperreaktionen, die heftige Involvierungen wie tiefes Atmen, Zittern, Würgen, Schreien etc. bedeutet. Im Erstkontakt sollte in keinem Fall über die Ebene I hinausgegangen werden; wenn dies vom Patienten aus, z. B. in einer schweren Krise, geschieht, sollten flachende Interventionen gesetzt werden („nun mal langsam, ich kenne Sie ja noch gar nicht …; versuchen Sie einmal, mir das nur zu beschreiben …", „talk down" etc.). Wenn das nicht greift, muß eine Krisenintervention erfolgen (fragen, wo der Patient ist, Arztzuweisung oder Klinikaufnahme einleiten).

Insofern sind im Erstkontakt alle Äußerungen, Haltungen und Interventionen kontraindiziert, die eine unkontrollierte Tiefung oder stärkere Involvierung verursachen könnten. Hierzu gehören vor allen Dingen stark emotional besetzte Worte wie: Mutter, Vater, Trauer, Schmerz, Leid, Schreck, Tod, schlimm etc., sowie längere Schweigepausen, in denen regelhaft eine Regression erfolgt; wenn irgend möglich sollten sogar die Worte JA und NEIN völlig aus dem Kontext des Ersi kontaktes ausgeblendet und durch Erläuterungen und einsichts-stiftende Erklärungen ersetzt werden, weil sie möglicherweise vorschnelle Begrenzungen und Strukturen in den initial-narrativen Raum setzen (Amt-Euler 1991).

Das Erstinterview ist vor allen Dingen durch den Aspekt des „Sichtbar-werdens" und „Sich-zeigens" gekennzeichnet. Dies beginnt mit der Wahrnehmung der Umgebung und der Wohnung, in der die Praxis liegt, mit dem ersten Blickkontakt, dem Blick auf die Leiblichkeit des anderen und den Atmosphären der Räumlichkeiten und der Anordnungen in dieser. Die Einrichtung des Raumes, der Winkel der Stühle, der Ausblick aus dem Fenster, alle Faktoren beeindrucken auf die natürliche Weise, mit der sie dem Betrachter (dem Patienten) erscheinen. Dies trifft natürlich auch auf den körperlichen Kontakt mit dem Therapeuten zu, den ersten Händedruck und den ersten Blickkontakt. Bei genauer Betrachtung sind der erste Händedruck und Blickkontakt eine Art „Revierkampf im Kleinen". Patienten bei der Art ihrer Aufnahme (oder eben Nicht-Aufnahme) dieser Kontakte und Eindrücke und ihrem Umgang damit zu beobachten, kann für das „Revierverhalten" des Patienten schon sehr aufschlußreich sein.

Wie nun an verschiedenen Stellen deutlich wurde, ist das gesamte initiale Geschehen eine Situation, in der dem Therapeuten in verdichteter Form vielfältig Informationen zugespielt werden. Wir legen hier ein szenisches und atmosphärisches Verständnis von Übertragung, Gegenübertragung und Widerstand zugrunde (Petzold 1993a, 1993e). Die Informationen können neben ganz unmittelbar erzählten Inhalten „biographische partielle Reinszenierungen" sein (Argelander 1989; Wiedemann 1986; Moreno 1973) aber auch „atmosphärische Entwürfe" und „nonverbale leibliche Figurationen".

Dabei ist zu beachten, daß die vorherrschende Dichte neben einem strukturellen Aspekt des Erstinterviews – nämlich, daß hier eine Lebensgeschichte in 50 Minuten ausgebreitet werden soll – auch einen Aspekt der Verhüllung an sich hat. Kein Mensch, und sei er auch noch so krank, würde auf die Idee kommen, sich einem Fremden in so kurzer Zeit gänzlich zeigen zu wollen. Selbst die „Hysterischen", die augenscheinlich so viel auf einmal von sich zu erzählen wissen, zeigen – gerade hierdurch – eher von ihrem Bedürnis nach Verhüllung sehr viel.

Die Verhüllung nun gelingt mit Metaphern. Metaphern sind Übersetzungen eines konkreten Inhaltes in ein Bild, ein Gefühl oder eine metaphysische Vorstellung. Dabei ist es wichtig, sich klar zu machen, daß unsere gesamte Kommunikation von Metaphern getragen ist und es sich hierbei nicht nur um nonverbale Symbolisierungen handelt. Die Sprache ist eine hoch systematisierte Metaphernwelt. Im gesamten Bereich der Psychotherapie haben wir es mit Metaphern zu tun, mit verräumlichten Sprachbildern, mit Vorstellungen vom geschichteten Seelenleben, dessen Aufbau oder Abbau, seiner Überhöhung oder Unterminierung. Fasziniert von diesen Bildern kämpfen wir zugleich mit ihnen, wollen sie auf ihren emotionalen Gehalt oder ihren kognitiven Sinn abklopfen und fragen danach, auf welche Wirklichkeit sie verweisen (Buchholz 1993). Aus dieser Sicht führen Patienten ein „Drama der Verwandlung" vor, sie sprechen zugleich eine poetische Sprache und die der Wissenschaft, sie verkleiden sich, um erkannt werden zu können (Buchholz 1993). Metaphern verdecken also nicht nur, sie zeigen in der Art wie sie angeordnet sind immer zugleich, was sie verdecken (Weiß 1989).

Auf seiten des Therapeuten verhält sich dies nicht wesentlich anders. Gerade im Erstinterview ist er herausgefordert, die Metaphern seines Gegenübers zu erkennen, sie aber noch bei sich zu belassen. Ja, es ist in vielen Situationen sogar nötig, mit gezielten Metaphern zu antworten; natürlich im Rahmen der Sprache, aber auch im Rahmen der eigenen Leiblichkeit, der Stimmlage, der Mimik, Gestik und Bewegung sowie des situationsbezogenen Handelns. Wir sprechen in diesem Zusammenhang von „szenischen Handlungsantworten" (Petzold 1988). Die „Metaphernanalyse" spielt so eine bedeutende Rolle nicht nur im Sinne der Diagnostik, sondern vor allem auch im Sinne der Kommunikationsfähigkeit (Buchholz 1993).

Szenen nun werden in aller Regel so arrangiert, daß ihr Resultat dem neurotischen und krankheitsverursachenden, historischen Szenario weitgehend entspricht. Dadurch kann der Therapeut, wenn er das szenische Angebot schon im Beginn „weiterdenkt", vorzeitig das „gewünschte" Ergebnis der Szene absehen und einschätzen. Natürlich ist das Ergebnis nicht aktiv vom Patienen „gewünscht"; meist ist das Gegenteil der Fall. Es wird im pathologischen Sinne wiederholt, bis sich in einem neuen Kontakt ein besseres Ergebnis einstellt. Das Erstinterview stellt nun den Rahmen hierfür zur Verfügung Dabei soll sich eine Szene entfalten können, die sich aber im Kontext der Therapie natürlich nicht vollständig wiederholen soll. Strupp und Binder fordern, daß es die „Aufgabe der Psychotherapie sei, 1) optimale und risikolose Voraussetzungen für die Inszenierung der Patienteninszenarios zu schaffen; 2) deren Inszenierung innerhalb gewisser Grenzen zuzulassen; 3) dazu beizutragen, daß der Patient sieht, was er tut, während er es tut, und 4) die Inszenierung komplementärer, vom Patienten zugewiesener Rollen einzuschränken, damit er dazu gebracht wird, die Annahmen, die seinen Szenarios zugrundeliegen, neu zu formulieren, zu verändern und zu korrigieren" (zit.b. Petzold 1993a). Für das Erstinterview müssen die dritte und die vierte Aufgabe allerdings relativiert werden; im initialen Kontext ist es eine Frage der Stabilität des Patienten, ob und wie weit eine Rollenübertragung schon aufgedeckt werden kann oder ob sie zunächst – im Sinne des „partiellen Engagements" – angenommen und „gespielt" (verleiblicht) wird (Petzold 1988).

Mit diesem Aspekt tritt die Bedeutung der leiblichen Kommunikation im Erstinterview (aber auch in der Psychotherapie ganz allgemein) hervor. „Das Gespräch besitzt als Kanal leiblicher (nicht körperlicher!) Kommunikation enorme Bedeutung" (Schmitz 1992, Einfg.d.Verf.); dabei kommt es neben dem, was der Therapeut sagt, ebenso darauf an, wie er es sagt oder wie er zuhört. Als Leib – im Gegensatz zum Körper – kann das Gegenstandsgebiet verstanden werden, das alles umfaßt, was ein Mensch in der Gegend seines Körpers von sich spürt, ohne sich (nur) auf Zeugnisse der sogenannten fünf Sinne zu stützen (Merleau-Ponty 1966). „Die Gestaltverläufe und synästhetischen Charaktere seiner Sprechstimme, des Rhythmus, der Stimm-Melodie, die seines Atmens sowie die seiner Haltung und seiner Gebärden, erst recht die seiner Bewährung und Führungsweise in der wechselseitigen Einleibung des Blickkontaktes können Engung und Weitung wohldosiert in den Partnerleib des Patienten übertragen. Die Pflege der Gebärden wird daher von Nutzen sein, und das Gespräch kann auf diese Weise zur ‚Leibes-übung in einem anderen Sinn‘, zur Rekonstruktion einer dissoziierten leiblichen Ökonomie werden" (Schmitz 1992). An diesem Beispiel sollten die Potentiale leiblicher Intervention (auch ohne Berührung!) aber auch die Gefahren einer sol-chen deutlich geworden sein. Der leibliche Ausdruck kann, so er dem Therapeuten nicht oder zu wenig bewußt ist, auch zu völligen Verzerrungen der anamnestisch gewonnenen Daten und „Erkenntnisse" führen, z. B. wenn der Therapeut die leib-lichen Regungen seines Gegenübers nicht erkennen und aufnehmen, daher auch nicht leiblich antworten kann oder die Blickdialoge zwischen beiden zu „mismat-ches" werden (Petzold 1990e). Dann mißglückt die leibliche Kommunikation, und dies ist besonders fatal bei Patienten, die ohnehin nur einen kleinen Teil ihrer Pro-bleme bewußt und verbal explizieren können, oder die zu Beginn ihres Lebens (Homologien) schon verzerrte projektive Empathierungen und Schädigungen in der zwischenleiblichen Kommunikation erlebt haben (Papousek/Papousek 1992).

Hier seien noch einige Worte zum Blickkontakt als Form leiblicher Kommuni-kation gesagt. Als Sprechende neigen wir dazu, Blickkontakt zu suchen, aber „kei-neswegs nur, um die Wirkung unserer Worte zu kontrollieren, sondern um in einer für uns und dem Partner leiblich spürbaren Weise bei diesem anzukommen" (Schmitz 1992). Das Blickverhalten als Suchen und Erwidern des Blickes, als Blickdialog, ist in seiner spezifischen Wechselseitigkeit (mutualité) für die Ent-wicklung der menschlichen Kommunikation und Persönlichkeit von zentraler Bedeutung. „Menschliche Augen können ‚sprechen‘, und sie vermitteln ihrem Gegenüber in einer fundamentalen Weise ein ‚Das-bist-du‘. Selbsterleben, Iden-titätssicherheit und Selbstwertgefühl sind vermittelt durch liebevolles, wertschät-zendes und identifizierendes Angeschautwerden" (Petzold 1990e). Nach (Gauda 1992) hat das Gelingen der Blickdialoge prognostische Aussagekraft: „Babies, die ‚gaze adverters‘ sind, die also aktiv soziale Blickinteraktionen vermeiden, stellen unter longitudinaler Perspektive eine Risikogruppe dar. Weil das Erstinterview ein Analogon zum frühen Entwicklungsraum darstellt, dürfen wir davon ausgehen, daß das hier aktual auftretende Blickkontaktverhalten im Verhältnis zu den „frühen Formen der Blickdialoge", der „Leib-Dialoge", der „Zwischenleiblich-keit" steht, es aber zumindest zu einer erhöhten Empfindlichkeit in diesem Bereich kommen kann und daher das Verweigern des Blickes, das Hindurch- oder Vorbei-sehen des Therapeuten" bei bestimmten Patientengruppen (z. B. bei frühen Schä-digungen) eine erhöhte Gefahr der Wiederholung von malignen narrativen Noxen darstellt („mismatches, die ein ‚Abschalten des Blickes‘ zur Folge hatten, eine ‚Anästhesierung‘ der Augen; Blicke die ‚unter die Haut‘ gingen, ‚unter denen man sich duckt‘ oder die ‚vernichtend‘ waren"; vgl. Petzold 1990e). Auf der anderen Seite bergen Blickkontakte die Möglichkeit eines wechselseitigen Erkennens auf einer fundamental menschlichen Ebene und diese Qualität gilt es für uns Thera-peuten zu beachten und anzueignen, wenn wir Patienten wirklich ganzheitlich be-gegnen wollen. G.G. Márquez (1985) hat in einem seiner Romane geschrieben: „… es gibt eine natürliche Fähigkeit, anwesend zu sein" und in Erweiterung können wir mit ihm sagen „... es gibt eine natürliche Fähigkeit, sich mit Blicken zu verständigen", und diese einzubüßen ist eine schwere Schädigung im Sinne von Pathologie. In dieser Hinsicht ist auch auf das tiefende Potential von Blicken (besonders in Zusammenhang mit Schweigepausen) hinzuweisen. Die Tiefung im Erstinterview sollte auf keinen Fall über die Ebene II hinausgehen. Auftretende Angst- und Befremdungsreaktionen sollen besprochen werden, verdeutlicht und interpretiert (Petzold 1993a). Eine Arbeit mit dem „leeren Stuhl", wie sie Althen (1991) vorschlägt, kann weitreichende Aufschlüsse über Selbst- und Fremdwahrnehmung des Patienten geben sowie über den Stand der Auseinandersetzung mit „inneren Figuren der Historie". Für Erinnerungen, denen die Sprache nicht gereicht, kann, nach strenger Indikationsstellung, die Panoramatechnik (Petzold/ Orth 1993b) eingesetzt werden. Für die Exploration des sozialen Umfeldes kann, sollte sich dies als für die Anamnese bedeutsam herausstellen, mit Jaxon-Kreide ein „soziales Atom" angefertigt werden (Moreno 1973). Hierzu mehr weiter unten im Kapitel über die „kreativen Medien".

Exkurs: Katathymes Erleben und die „stille Resonanz" der Hemisphären:

Man könnte die im anamnestischen Prozeß erforderliche Haltung des Therapeuten auch als „katathym" bezeichnen. Wenn wir versuchen, zum einen konkrete Informationen, zum anderen Szenen, Atmosphären und Bilder aufzunehmen, sind beide unserer Gehirnhälften gleichermaßen beansprucht: die logische Hemisphäre (links) und die ana-logische Hemisphäre (rechts). Dies ist ein Zustand, der in spirituellen Schulen als meditativ bezeichnet wird (Jaynes 1988). Bei Encephalogramm-Untersuchungen mit Personen, die sich in diesem meditativen Zustand befanden, stellte man fest, daß die EEG-Muster der beiden Hemisphären in Bezug auf ihre Frequenz und ihre Wellenform stark miteinander korrelierten; das heißt, daß die Aktivitäten der beiden Hirnhälften einander nahezu spiegelbildlich waren (Orme-Johnson 1989). Combs und Holland (1992) sprechen in diesem Zusammenhang von der „stillen Resonanz" der beiden Hemisphären. Dieser Bewußtseinszustand birgt mehr und etwas anderes als nur die Möglichkeit erhöhter Aufmerksamkeit; durch die „parallele Verschaltung" beider Hemisphären können „Sätze und Szenen" in ihrer bild- und strukturhaften Eigenart erfaßt und relativ rasch assoziativ mit Bedeutungsinhalten verknüpft werden. Pribram (1986) spricht von der „holographischen Gehirnfunktion", also einem ganzheitlichen (nicht nur logischen; nicht nur bildhaften) Erfassen und Verknüpfen. Dieses Resonanzphänomen kann nicht stetig im Equilibrium gehalten werden, so daß es immer wieder zu Schwankungen kommt; darüber hinaus erfordert es auch Kraft, sich in dieser Verfassung zu halten. Im anamnestischen Prozeß sollte sie jedoch immer wieder aufgesucht werden (Musiker, Tänzer, v.a. Klavierspieler oder Trommler, die mit beiden Händen arbeiten, werden diesen Zustand gut kennen: Spiel- oder Bewegungsstrukturen, die von der linken in die rechte Gehirnhälfte wechseln; für Momente scheint alles wie von selbst zu gehen.

Erfahrungsgemäß ist die Atmosphäre in der Anamneseerhebung schon weit weniger gespannt als in den beiden vorangegangenen Phasen. Hier geht es in erster Linie darum, die anamnestischen Lücken so weit als möglich zu schließen, durch das Shiften auf den zehn Ebenen weitere Erkenntnisse zu gewinnen, allenfalls, nach einer Einschätzung der aktualen Stabilität des Patienten, einige möglicherweise bewußtseinsfördernde oder erlebnisaktivierende Interventionen zu setzen, um etwas über die Ansprechbarkeit des Patienten auf den Therapeuten selbst, wie auf das Verfahren allgemein zu erfahren. Der Einsatz von kreativen Medien kann hier sehr aufschlußreich und fördernd im Sinne der Interessensevokation des Patienten an sich selbst sein. Die auch für den Patienten offene Kennzeichnung der Anamneseerhebung in Abgrenzung zum Therapiebeginn, kreiert ein anderes Setting als die Bezeichnung der probatorischen Sitzungen, die Unsicherheiten evozieren kann, weil sie konzeptuell und vom Rahmen her viel offen läßt und durch die unglückliche Benennung „probatorisch" sogar Konnotationen einer Prüfungssituation evozieren kann, was dem anamnestischen Prozeß wie auch der Validität anamnestischer Daten äußerst abträglich wäre.

Die Inhalte einer Anamneseerhebung müssen höchstindividuell zusammengestellt werden, je nach den Bereichen, die es noch zu explorieren gilt. Der Rahmen von 1–4 weiteren Sitzungen läßt viel Raum für ein persönliches Kennenlernen und sich Näher-kommen, darüber hinaus für Verständnis schaffende Gespräche im Sinne des attunement (Stern 1992) auf einer erwachsenen Ebene.

Wie im Erstinterview sollte auch in der detaillierten halbstrukturierten Anamneseerhebung nicht weiter als bis zur Ebene II abgetieft werden; die Arbeit mit dem Patienten stellt sich in erster Linie als ein kognitives Ausbreiten biographischer Inhalte mit leichterer emotionaler Involvierung dar. Übertragungen sollen nur soweit wie unbedingt nötig benannt oder bearbeitet werden.

An dieser Stelle möchte ich abschließend zu diesem Kapitel Betrachtungen bezüglich „heilender Faktoren" in der Psychotherapie anfügen, die auch schon für das anamnestische Vorgehen Relevanz besitzen. Petzold (1993a) hat in vergleichender Forschung „14 healing faktors" in der Fokaltherapie isoliert. Sie sind in Bezug auf die Anamnese eher Hintergrundsmodelle, betreffen aber Haltung und Vorgehen in allen drei anamnestischen Phasen. Als heilende Faktoren wurden in ihrer Reihenfolge der Bedeutung nach genannt:

 1. Einfühlendes Verstehen;
 2. Emotionale Annahme und Stützung;
 3. Realitätsgerechte Hilfen bei der praktischen Lebensbewältigung;
 4. Förderung des emotionalen Ausdrucks;
 5. Förderung von Einsicht, Sinnerleben und Evidenzerfahrungen;
 6. Förderung kommunikativer Kompetenz und Beziehungsfähigkeit;
 7. Förderung leiblicher Bewußtheit, Selbstregulation und psychophysische Entspannung;
 8. Förderung von Lernmöglichkeiten, Lernprozessen und Interessen;
 9. Förderung von kreativen Erlebnismöglichkeiten und der freien Gestaltungskräfte (Kreativität);
10. Erarbeitung von positiven Zukunftsplänen;
11. Förderung eines positiven persönlichen Wertebezugs;
12. Förderung eines prägnanten Selbst- und Identitätserlebens;
13. Förderung tragfähiger sozialer Netzwerke;
14. Ermöglichung von Solidaritätserfahrungen, z. B. in Gruppen und Vereinigungen (Petzold 1993a)

5. Fragen oder Deuten? – Der „evokative Impuls"

Bei der Auseinandersetzung damit, welche Informationen und Daten wir nach einem Erstinterview noch für ein vermeintlich vollständiges Bild unserer Patienten brauchen, gelangen wir unvermeidlich zu der Frage, wie diese Daten zu gewinnen sind. Die Frage als Medium kann, wie Bodenheimer (1984) es zwar in überzogener Weise, herausstellte, etwas „Entbergendes" haben, das den Befragten gleichermaßen mit dem „Zeigefinger aufspießt" und ihn auf ein „fokussiertes Minimum" beschränkt. Nach Bodenheimer errichtet sie ein Herrschaftsgefälle, das er als hämisch und obszön bezeichnet und dem er eine durchwegs destruktive Qualität zuschreibt.

Dem ist zuzustimmen, wenn die Frage nicht in einen Kontakt einbebettet wird, der von (zumindest unterstellter) Intersubjektivität und Wertschätzung gekennzeichnet ist. Für den anamnestischen Prozeß ist dem hinzuzufügen, daß der Fragende die ganze Verantwortung seines manipulativen Tuns durch das Fragen bewußt tragen muß, weil er sein Gegenüber (dessen Stabilität) noch nicht kennt. Er muß sein Gegenüber halten – im Sinne des careing and holding (Keil-Kuri 1993) – während er frägt und seine Fragen sollten von authentischem Interesse getragen sein – sonst entarten sie zur Taktlosigkeit. Der Therapeut kann eine „(pathogene) Funktion" der Person nur dann angreifen, wenn er die Person selbst dabei stützt (Minuchin 1988). Fragen kann so auch zur Beachtung, zur Wertschätzung, zur Interessensbekundung werden, wenn es weniger einem bohrenden, verletzenden, durchschauenden, sezierenden oder bloßstellenden Zweck dient, sondern dem Zwecke des gemeinsamen Erkennens und Verstehens.

Als Indikator kann die einfache selbstreflexive Frage dienen: „was wird im Moment geklärt, Befund oder Befinden des Patienten" (Luban-Plozza 1993)? Deuten ist in der initialen Phase eher selten eine Alternative, denn es beläßt den Patienten nicht bei sich selbst, es ist im Grunde ein Übergriff, der nur dann gestattet ist, wenn der Therapeut vom Patienten eingeladen wird, seine Subjektivität (mit-)zuteilen (Schmücker 1992; Rahm u. a. 1993; Staemmler 1994). Sie wird als „Überlegung des Therapeuten" deklariert, auf die eine Resonanz des Patienten erfolgen muß. Die Deutung ist eine Kommunikationsform, die der psychoanalytischen Grundregel der Abstinenz entwachsen ist (Freud 1912) und die in der Integrativen Therapie nur sehr spezifisch eingesetzt wird (z. B. als Provokation). Die Integrative Therapie pflegt vor dem Hintergrund der Konzepte der „emotionalen Eindeutigkeit", des „partiellen Engagements" und der „selektiven Offenheit" ein spezifisches Einsetzen und indikationsbestimmtes Wechseln zwischen dem „empathischen" und dem „deutenden" Ansatz.

Zwischen den beiden Polen „Fragen" und „Deuten" gibt es eine große Anzahl von Möglichkeiten, sein Gegenüber aufzufordern, über diese oder jene Inhalte zu berichten. Ich kann als humanistischer Therapeut mein Interesse bekunden, kann ermutigen, kann ein Bitte formulieren, durch ein Stutzen ausdrücken, daß ich noch nicht verstanden habe, meine Mimik, Gestik und meine Gebärden dabei einsetzen (diese Möglichkeit haben klassische Psychoanalytiker nicht!), kann durch informieren über Sachverhalte den Erzählfluß in Gang bringen (oder halten), kann mein Nicht-Wissen zum Ausdruck bringen, oder, daß mich eine Sache besonders beschäftigt, bis dahin, daß mein Nicken, mein „mhm" oder „aha" oder mein Lächeln Ermutigung und Zustimmung für weiteres Erzählen gibt. In der Tat geht es hier weniger darum, durch einen Anspruch auf alleinige Deutungsmacht eine

Scheinsicherheit aufzubauen oder abzustützen (Staemmler 1994); vielmehr soll der Therapeut seine „Unsicherheit kultivieren", wie Staemmler (1993) es ausdrückte, und sie in seine beginnende therapeutische Beziehung zum Patienten einbauen. Vorsichtiges Abtasten der Indikationsmöglichkeiten im Sinne des „partiellen Engagements" und der „selektiven Offenheit" können die Richtungsgeber für ein derartiges Vorgehen sein.

Bei Patienten, mit denen der Kontakt schwer herzustellen ist, kann der Therapeut durch sein eigenes Verhalten, das er der Indikation nach modifiziert, Modelle zur Verfügung stellen, die das vermeintlich gewünschte Verhalten auf seiner Seite zum Ausdruck bringen; er kann kleine Geschichten, Anekdoten erzählen, die das vorliegende Problem und eine Lösungsmöglichkeit beinhalten (Erickson 1986). Er kann damit den Patienten taktvoll dort berühren, wo er blockiert ist, und möglicherweise tauchen dann Aspekte auf, die der Patient bislang völlig unbeachtet ließ. Der Therapeut kann durch sein ganzes Wesen zum Ausdruck bringen, daß er interessiert ist (inter-esse [lat.]: mit-einander Sein); dann laufen kommunikative und interaktionelle Prozesse durch die so vermittelte vitale Atmosphäre ganz mühelos und von selbst. Die möglichen Weisen der Aufforderung sind sehr vielfältig, sie umspannen die ganze Palette menschlicher Ausdrucksformen, so daß wir als humanistische Psychotherapeuten uns nicht länger um die obige Polarisierung zu scharen brauchen. Ich möchte diese ganz verschiedenen Formen des Umgangs mit dem Terminus technicus „evokative Impulse" überschreiben, Impulse also, die in der Lage sind, bestimmte anamnestische Inhalte, Atmosphären, Erinnerungen, Vorstellungen und Gefühle zu erwecken. Beispiele hierfür werden im Praxisteil 2 noch ausführlich beschrieben.

6. Kreative Medien und die Panoramatechnik

In den bisherigen Ausführungen habe ich hauptsächlich auf verbal-dialogische Methoden der Anamneseerhebung zentriert, wenngleich diese im Rahmen der Integrativen Therapie immer auch averbale Ebenen wie die der Beobachtung des Leibes und die phänomenologisch-strukturale Erfassung von Szenen, Atmosphären, Implikaten, Homologien, Widerständen und Übertragungen in der Narration, von Gefühlen, Kognitionen und Bewertungen usw. mit beinhalten.

Eine andere, und in vieler Hinsicht ergänzende, anamnestische Methodik besteht im Einsatz von kreativen Medien. Zwar kann hier nicht der Ort sein, die kreativen Medien in ihrer Vielfalt, ihren Einsatzmöglichkeiten, schon gar nicht in ihrem jeweils spezifischen entwicklungsbezogenen, evokativen Potential umfassend darzustellen. Hierzu muß auf andere Quellen verwiesen werden (Petzold/Orth 1990; Petzold/Orth 1991; Petzold/Orth 1993c; Hampe 1990; Matthies 1990; Hoeps 1990; Orth/Petzold 1990; Buchholz 1993). Einige Medien, die für das anamnestische Setting von Bedeutung sind, insbesondere die Panoramatechnik, sollen hier jedoch dargestellt werden.

Beim Einsatz von Medien und von intermedialer Arbeit ist zu beachten, daß bei weitem nicht alle Materialien für das anamnestische Setting geeignet sind. Die meisten von ihnen besitzen ein für diesen Rahmen zu stark abtiefendes Potential. Die Arbeit mit Ton zum Beispiel wäre aufgrund der archaischen Emotionen, die dieses Material auslöst, völlig ungeeignet und kontraindiziert. Anders verhält es sich mit der „Arbeit mit dem leeren Stuhl" und dem „Rollentausch", die für die Exploration der Selbst- und Fremdwahrnehmung sowie für die „Beziehungsdiagnostik" besonders geeignet ist (Petzold u. a. 1993). In Fällen, in denen die Pathologie vorwiegend das Thema „Entgrenzung" enthält, sind Seile und Stöcke als grenz- und strukturgebende Medien einsetzbar (Abresch 1993; Sheleen 1993). Unterschiedlich farbige (Seiden-) Tücher sind zur Diagnostik von Emotionen und Erlebensqualitäten hervorragend geeignet. Mit Kuscheltieren, Puppen und anderen, ganz unterschiedlichen Utensilien (Heinl 1986; Winnicott 1979), können Skulpturen von Familien und anderen Beziehungskonfigurationen gestellt werden. Diese kommt zum Einsatz, wenn es für eine Verdeutlichung der erzählten Geschichte nötig wird, die Komplexität in der Vorstellung zu reduzieren und bildliche Darstellungen hinzuzuziehen, z. B. bei Patienten, die im verbal-leiblich-dialogischen Ausdruck ihrer Emotionen und in ihrer Vorstellungskraft eingeschränkt sind. Auch die Arbeit am Text, zu bestimmten, in der Anamnese hervortretenden Themen, kann ein ausgezeichnetes anamnestisches Medium sein; Beispiele hierfür wären der „Brief an den verstorbenen Vater" oder das „Gedicht des 30-jährigen an den 5-jährigen Patienten" usw. (Petzold/Orth 1993b).

Den größten Vorzug im anamnestischen Setting aber hat das „Malen mit Jaxon-Kreide". Diese weiche Wachsmalkreide verbindet in idealer Weise das Fließen von Emotionen mit der kognitiven Kontrolle des Malenden. Der Strich der Jaxon-Kreide ist weder zu „kognitiv" (wie z. B. bei spitzen Buntstiften, die die Bewegung kleiner, aus dem Handgelenk heraus, und daher kontrollierter machen), noch zu „emotional" zerfließend (wie z. B. bei Wasserfarben, die dem Malenden die Kontrolle über die Grenzen seiner Linien entziehen). Der Malende bekommt als Evokation für ausladende Malbewegungen aus dem Schultergelenk heraus in der Regel ein großes Blatt (mindestens DIN A 2) und kann sowohl durch das ständige Fließen der Kreide, wie auch durch die großen Bewegungen und die Strichstärke sein Bild den inneren Vorstellungen gemäß gestalten, ohne daß ihm, was in dieser Phase kontraindiziert wäre, diese Vorgänge zu sehr entgleiten.

Das Malen mit Jaxon-Kreide kann vielfältig eingesetzt werden, wenngleich für die initiale Phase der Therapie nur einige Methoden in Frage kommen. An bekannten Techniken wären hier zu nennen das „soziale Atom" (Moreno 1989; Petzold/Mathias 1982), die bildnerische Darstellung der „5 Säulen der Identität" (Leiblichkeit, Soziale Welt, Leistung/Beruf, Materielles, Werte), das „bodychart", in dem der Malende seinen Leib, dessen Umrisse zuvor auf ein großes Stück Paier gezeichnet wurden, projektiv ausmalt (Petzold/Orth 1991) und als wichtigste, die Panoramatechnik, die ich im folgenden ausführlich beschreiben werde.

Die Panoramatechnik wurde, ausgehend von persölichen Erfahrungen von H. Petzold, in den 70er Jahren am Fritz-Perls-Institut entworfen und weiterentwickelt (Petzold/Orth 1993b). Es handelt sich hierbei um einen (diagnostischen) Versuch, den ganzen Lebenslauf in Form einer Zeichnung in einer „Überschau" oder „Synopse" auf einen etwa 2 Meter langen und 90 Zentimeter breiten Papierstreifen zu bekommen. Die Maße sind hier nicht so sehr ausschlaggebend. Der Patient wird zur Einstimmung mit den grundsätzlichen Ideen der Technik vertraut gemacht und in spezifischer Weise für seine gesamte Lebensgeschichte, die Personen darin und für seine leiblichen Vorgänge beim Memorieren sensibilisiert. Dann wird er aufgefordert, seine Eindrücke, Gefühle und Gedanken, aber auch Teile der erinnerten Szenen und Atmosphären, in Farben und Formen auszudrücken. Dafür soll genügend Zeit und eine gute ruhevolle Atmosphäre zur Verfügung stehen (ca. 2 Stunden in störungsfreier Abgeschiedenheit). Die Form der Darstellungen soll prinzipiell offen bleiben; der Patient kann figürlich arbeiten, Beschriftungen oder aber abstrakte Symbole verwenden. Die Wahl dieser Ausdrucksformen kann Entwicklungs- und Identitätsspezifika zum Ausdruck bringen und ist daher diagnostisch auswertbar. Im Anschluß an das Malen wird das Bild vom Ausführenden betrachtet: die erste Aufgabe besteht nun darin, einen „Gesamteindruck" vom Gemalten zu bekommen, bevor dazu übergegangen wird, sich Einzelnes erläutern und beschreiben zu lassen. Eventuell kann der Patient aufgefordert werden, ein „Wort" als Synergie-Metapher, als „Überschrift" für das Gemalte zu nennen. Mit diesem Schritt geschieht schon eine individuelle Hermeneutik. Die Auswertung des Bildes geschieht dann im Gespräch, im Rahmen einer „intersubjektiven Hermeneutik" (Petzold/Orth 1993b) in der es der Therapeut unterläßt, eigenständige Deutungen zu geben und allenfalls als subjektiv gekennzeichnete Angebote in diese Richtung macht.

„Bildernde Techniken" sind prinzipiell Formen projektiver Diagnostik – und dies in mehrfacher Hinsicht. Wird ein Patient aufgefordert, zu bestimmten Themenbereichen, Gefühlen, Situationen, oder gar zu seinem ganzen Lebenslauf, ein „selbstexplikatives" Bild herzustellen, wird zunächst zu fragen sein, von welcher Art das Ergebnis eines solchen sein kann. In der Integrativen Therapie gehen wir davon aus, daß individuelle Geschichte nicht nur kognitiv repräsentiert ist, sondern daß Abspeicherungen, in Form von Ikonen, Szenen und Atmosphären, als sensumotorische, sinnliche, emotionale und kognitive Deposita, im „Leibarchiv" erfolgen und daß der „Leib die Geschichte des Menschen ist" (Petzold/Orth 1993b; Marcel 1986). Dies erlaubt uns, derartig komplexe Chroniken von identitätsbildenden pathogenen wie salutogenen Pfadverläufen im Leben des Menschen mit spezifischen Techniken zu evozieren und sie in Form von „symbolisierten Darstellungen" als Diagnostikum zu benutzen. Zur Begründung eines solchen Vorgehens dienen hier in erster Linie die vielfach beschriebenen Prozesse der Symbolbildung (Hampe 1990; Matthies 1990; Orth/Petzold 1990; Heinl 1985; Hoeps 1990; Rech 1991; Bühler 1991). „Zumeist ist das Symbol eine Repräsentation komplexer, vielschichtiger, manchmal auch widersprüchlicher Wirklichkeit, die Verdichtung vielfältiger szenischer Elemente (Gefühle, Atmosphären, Stimmungen, Wertungen, Bilder, Bedeutungen, Fakten usw.) in einem sinntragenden Zeichen, das von denjenigen, die die gleiche ‚Sinnprovinz' bewohnen, erschlossen und ‚gelesen' werden kann, und dies um so besser, je mehr das Symbol ihren Erfahrungshintergrund anspricht und aktiviert und auf diese Weise Wirkungen entfaltet" (Petzold/Orth 1993b). Symbole erhalten in der Panoramatechnik eine „Brückenfunktion": sie überspannen Zeit, Sinn, Erfahrung, Erinnerung, Erwartung, Personengrenzen, Situationsgrenzen, Zeitgeist, kollektive und individuelle Geschichte, Bewußtes und Unbewußtes jeweils in einem Zuge und zentrieren sehr stark auf das Erleben, die Qualität von Ereignissen.

Die erste „Schicht" der projektiven Technik besteht nun darin, daß nach innen gerichtete „Leibprojektionen" evoziert und ins Bewußtsein gehoben werden. Dies geschieht mit Hilfe von Verfahren, die muskulär sowie respiratorisch entspannend und imaginativ fördernd ansetzen – z. B. die progressive Relaxation nach Jacobsen (1938), die relaxative Organgymnastik nach Petzold (1988) und die aktive Imagination (z. B. Ammann 1978) – und so eine Einstimmung ermöglichen (Petzold/Orth 1993b). Der zweite Schritt besteht darin, daß diese Gefühle, Erinnerungen, Szenen, Situationen und Atmosphären auf Farben und Formen, also Symbole, weiterprojiziert und transformiert werden. Hierbei handelt es sich um eine expressive Bewegung. In der dritten Schicht wird das gemalte Material in einer Synopse und in Einzelbetrachtungen wiederum in das Bewußtsein der Betrachter aufgenommen. Hierbei handelt es sich um eine impressionistische Bewegung, bei der Deutungen und Be-deutungen wiederum projektiv erfaßt werden. Das gesamte Material wird also in mehrfachen Bewegungen auf der Achse Eindruck – Ausdruck – Eindruck hin und her bewegt, bevor es im intersubjektiven Setting interpretiert wird (Sheleen 1993). In den Gestaltungsprozeß beim Malen selbst fließen bewußte Rekonstruktionen („Diese Szene möchte ich hinmalen") aber auch unbewußte Impulse ein („Das war mir gar nicht klar, daß diese schwarze Wolke mein Vater ist"). Der Ausführende malt so immer nur zum Teil im Bewußtsein seiner ganzen Kontrolle. Das entstehende Bild, so sehr auch in der Anleitung schon auf bestimmte Themen fokussiert wird, enthält immer auch „peri-intentionale" Informationen und Ladungen, die nicht selten für den Ausführenden aber auch für den Therapeuten im Ergebnis überraschend sind.

Das Panorama erschließt eine Fülle von Material, das sorgfältiger Bearbeitung bedarf. Das Leben wird als „Ganzes erfahrbar mit seinen vielfältigen Aspekten Verwicklungen, Erlebnissen von Glück und Leid, von Erfolg und Mißerfolg, von Verfehltem und Gelungenem. So entstehen Bilderserien von Ereignisketten, Wiederholungen, Homologien werden sichtbar und lassen einen ‚Sinn' erkennen, der ‚über die Zeit hin' Zusammenhänge erhellen kann" (Petzold/Orth 1993b). Während nun die Gesamteindrücke die breitere Dimension des „Lebensgefühls" zum Ausdruck bringen, bieten Einzelbetrachtungen Möglichkeiten der fokalen Diagnostik und natürlich Möglichkeiten des Einstieges in die konkrete narrativ-konfliktzentrierte, stützende oder nachsozialisierende Arbeit mit dem Patienten.

Hier nun werden Merkmale der Indikation deutlich. Die Fülle des zu Tage geförderten Materials, das uns als Therapeuten für die Diagnstik so bedeusam ist, muß indes vom Patienten bewältigt und verdaut werden können. Hier zeigen sich Grenzen in der Anwendung. Die Fülle des symbolisierten Materials kann gerade für den Patienten nicht nur erhellend sein, sondern auch zu einer Konfrontation werden, die nicht „verkraftet wird und zu einer Verschlechterung des Befindens, zu Labilisierung und – bei mangelnder Kompetenz, mit Komplexität fertig zu werden – zu Dekompensationen führen kann" (Petzold/Orth 1993b). Bei Patienten mit schwachem Integrationsvermögen kann es deshalb empfehlenswert sein, kleinere Abschnitte der Biographie für das Bildern zu wählen oder das Setting etwas zu modifizieren. Einen Versuch in diese Richtung möchte ich hier vorstellen.

Eine weniger bekannte Methode, die die punktuelle Exploration zu bestimmten Themen- und Problembereichen ermöglicht, wurde von Amt-Euler (1994) entwickelt. Ich möchte sie hier als „Fokales Bildern" vorstellen. Hierbei werden vom Therapeuten im dialogischen anamnestischen Setting zunächt zentrale Begriffe und Themen gesammelt. Diejenigen nun, die der Therapeut nonverbal explorieren will, z. B. unter dem Blickwinkel ihres emotionalen Erlebens, werden unter einer besonderen Anleitung „fokal gebildert". Ein großes Blatt wird dabei symmetrisch so gefaltet, daß es durch die Knicke, je nach der Anzahl der zu explorierenden Themen, vier, sechs oder acht abgegrenzte Felder erhält. Nun wird das Blatt dem Patienten so vorgelegt, daß immer nur ein Feld obenauf sichtbar ist. Der Therapeut gibt eine kurze Einstimmung zu dem entsprechenden Thema, wie er es in der dialogischen Exploration vom Patienten erfahren hat (z. B. Wohnen, Kind [Namen des Kindes nennen], Mutter, Ehe, Liebe, Arbeit, Geld, Vater, Freunde usw.), und fordert den Patienten auf, zu versuchen, seine spontanen Bilder, Einfälle, Gefühle in Form von Farben, Symbolen und Figuren auf das vorliegende Feld zu malen. Danach soll der Patient das Bild noch einmal betrachten und seinen Eindruck in sich aufnehmen, bevor das Blatt wiederum so gefaltet wird, daß obenauf wieder ein weißes, unbemaltes Feld liegt und das eben gemalte nicht mehr sichtbar ist. Dann wird der Vorgang mit einem anderen, neuen Thema wiederholt. Am Ende wird das Bild auseinandergefaltet und zunächst unter dem Aspekt der Gesamtatmosphähre betrachtet. Hier fallen meist schon Homologien oder Diskrepanzen ins Auge, an denen weitergearbeitet werden kann. Vom Rahmen her erscheinen ganz verschiedene Themen, die bei Patienten möglicherweise ganz unverbunden (oder gar abgespalten) im Lebenskontext stehen, verbunden auf einem Blatt. Damit wird diese Technik zur Anregung, die Dinge miteinander zu vergleichen, sie zu verbinden, sie im Kontrast zu sehen oder sich mit den Homologien und Diskrepanzen zu befassen. Patient und Therapeut „diagnostizieren" das Bild, wie das in allen Fällen integrativer medialer Arbeit der Fall ist, im „intersubjektiven Setting" gemeinsam; es werden keine Deutungen vom Therapeuten vorgenommen.

Neben der oben genannten Indikation, ist diese Technik vor allem auch im Rahmen von fokalen Kurzzeittherapien indiziert (Petzold 1993a). Sie bietet die Möglichkeit, relativ abgegrenzt vom „Lebensganzen", einige Bereiche des Erlebens zu explorieren, ohne dabei die Fülle und Verknüpfung der Lebenserfahrungen im Setting aufkommen zu lassen. Die Eingrenzung der zu bearbeitenden Themen, und die damit verbundene Entlastung von Patient und Therapeut, kann so mit hoher Wahrscheinlichkeit gewährleistet werden.

Die Panorametechnik kann, wie das hier zu sehen war, in beliebiger Form modifiziert werden. Dies ist auch schon in vielfacher Hinsicht geschehen. Je nach Indikation und zu explorierenden Bereichen kann z. B. ein Gesundheits-Krankheits-Panorama (Petzold/Orth 1993b), ein allein auf Krankheitsverläufe und bestimmte Organe zentriertes Panorama (Heinl 1993a, b), ein Arbeitspanorama (Petzold/Heinl 1983), ein Leib-Panorama über die verschiedenen Phasen der Entwicklung oder ein prospektives Zukunfts-Panorama angefertigt werden (Petzold/Orth 1993b). Eine neu entwickelte und klinisch besonders relevante Form der Panoramatechnik ist das „dreizügige Karrierepanorama", welches auf die Erkenntnis von Longitudinalforschungen abstellt, daß die menschliche Persönlichkeit in ihren gesunden und kranken Dimensionen als zusammengesetzt aus der Interaktion von pathogenen Erfahrungsströmen, salutogenen Erlebnissen und prolongierten Mangelerfahrungen verstanden werden muß. (Petzold/Orth 1993b; Rutter 1992). Die Patienten werden aufgefordert, zum einen diese drei Erfahrungsströme aufzuzeichnen und zum anderen die Art und Weise, wie diese sich wechselseitig beeinflußt haben.

Gerade in der fokaldiagnostischen Arbeit mit psychosomatischen Patienten kann das „fokale Bildern" Aufschlüsse über die subjektive Organerfahrung und über subjektive Krankheitstheorien geben (Leitner 1991; Flick 1991). Bringt ein Panorama Themen oder Konfliktbereiche hervor, die einer näheren Betrachtung unterzogen werden sollen, kann in einer weiteren Sitzung eine „Ausschnittvergrößerung" eines bestimmten Bereiches auf dem Bild nach entsprechender Einstimmung gemacht werden (Orth/Petzold 1990). Intermediale Quergänge, wie z. B. das Anfertigen eines Gedichtes über eine bestimmte Stelle im Panorama oder sogar das gesamte Panorama können die Themen vertiefen und bringen andere Dimensionen, poetische, kognitive und narrative, hinzu. Sind auf dem Panorama besonders auffällig ausladende oder in anderer Weise prägnante Formenführungen zu erkennen, kann der Patient dazu aufgefordert werden, diese in einer bewegungstherapeutischen Sitzung durch abstrakte Bewegungsskulpturen oder Tanz weiter zu entfalten und zum Ausdruck zu bringen. Auf diese Weise kann Vertiefung, Erkenntnis und Präzisierung in mannigfaltiger Weise erfolgen.

Diese Arbeit würde dann aber über den anamnestischen Rahmen hinausgehen, weil sie erlebnisaktivierend kreative Potentiale fördert und damit den therapeutischen Prozeß im allgemeinen in Gang hält.

Zum Schluß dieses Abschnitts möchte ich noch Hinweise für die Bearbeitung von derart evoziertem Material geben. In erster Linie dient die Panoramatechnik in ihrem Aspekt der intersubjektiven Hermeneutik dem gemeinsamen Erkennen und Auslegen von Implikaten, Homologien, Pfadverläufen und Sinnzusammenhängen, also der Bewußtseinsarbeit (Schneider 1979). Wie zu sehen war, werden aber schon mit dem Setting Bedingungen für eine Entfaltung von kreativen Potentialen gesetzt. Die Panorama-Arbeit dient daher immer auch der Erlebnisaktivierung und Persönlichkeitsentfaltung. Insofern ist im Rahmen der Bearbeitung und Aufarbeitung der zu Tage geförderten Materialien in einer sehr sorgfältigen Weise Beachtung zu schenken.

Für das anamnestische Setting kann die Panorama-Arbeit, nach dem Erstinterview, möglicherweise schon in die erste oder zweite Anamnesestunde gelegt wer-

den. Bei der Bearbeitung sollte der Hauptaspekt auf der kognitiven und synoptischen Funktion des Panoramas liegen, damit die ordnende und systematisierende
Qualität der Technik erhalten bleibt. Dies wird aufgrund von emotionalen Involvierungen nicht immer ganz möglich sein. Dann aber sollte auf keinen Fall weiter
abgetieft werden, sondern mit flachenden Interventionen versucht werden, den Patienten z. B. auf positiv gefärbte Bereiche des Panoramas zu bringen, damit wieder Stabilisierung eintritt. Vertiefende, fokaltherapeutische Arbeiten müssen dann
auf das therapeutische Setting, in dem Vertrautheit und Verläßlichkeit hierfür die
Hauptkriterien sind, verlegt werden.

V. Praxisteil 2: Eine Checkliste für die Initialphase von Beratung und Therapie

Angesichts der Fülle möglich zu erhebender Daten und der bereits bestehenden Anamneseraster und -Schemata sowie anthropologischer Erwägungen erscheint aus integrativ-therapeutischer Sicht der Versuch, ein allgemeines Anamneseraster zu entwerfen, das für alle Fälle (Patienten) gleichermaßen zu verwenden wäre, nicht sinnvoll (Schmidt/Kessler 1976; Petzold 1988; Böhme 1985). Die Auswahl von zu erhebenden Daten unterliegt zumindest vier Determinanten, die es in jedem Fall erforderlich machen, das anamnestische Setting differentiell zu gestalten:

a) den Ansprüchen und Anforderungen durch das zu behandelnde Klientel;
b) den höchst-individuell festzustellenden anamnestischen Lücken, die für eine vollständige Erhebung noch zu schließen sind;
c) den Rahmenbedingungen, die die Institution oder Einrichtung für die Behandlung von Patienten festgelegt hat und
d) dem persönlichen Schwerpunkt des Anamnese-Erhebenden.

Die nachfolgende Auflistung anamnestischer Kriterien ist daher als eine Checkliste für die initiale Phase von Beratung und Therapie aufzufassen. Sie stellt, trotz ihrer Fülle, nicht den Anspruch auf Vollständigkeit. Sie soll zum Weiterdenken und Entwickeln anregen und sie ist gedacht, einen groben Überblick zu geben über das, was im anamnestischen Vorgehen alles potentiell erfragt werden könnte. Bei der Aufreihung der evokativen Bereiche habe ich darauf geachtet, daß die intimen und frühen Bereiche in der Abfolge eher später, in einer dann von wachsender Vertrautheit geprägten Atmosphäre exploriert werden. In seiner Vollständigkeit wird das Raster so eher selten zur Anwendung kommen. Die evokativen Impulse sollen beispielhaft verstanden sein. Eine Anregung kann darin bestehen, daß man, bevor man mit dem Raster arbeitet, die Fragen in ihrer ganzen Breite erst einmal sich selbst stellt.

In den anamnestischen Teil wurden zunächst sehr viele klinische Faktoren aufgenommen. Der Ansatz der Integrativen Therapie unterscheidet sich aber von einer einseitig pathologisierenden oder allein psychodynamisch ausgerichteten Methode dadurch, daß sie, wie das ausführlich dargestellt wurde, in einer dreizügigen Vorgehensweise nicht nur Belastungsfaktoren, die Ketten widriger Ereignisse, sondern in gleicher Weise Defizitmomente, die fortgesetzten Mangelerfahrungen und auch die Ent-lastungsmomente, die protektiven und salutogenen Faktoren und Prozesse des Lebensverlaufes, die Ketten positiver Erfahrungen sowie die aktuale persönliche und soziale Ressourcenlage mit ins Auge faßt (Petzold 1993a; Petzold u. a. 1993).

Aus dem Intersubjektivitätsparadigma der Integrativen Therapie geht überdies der Anspruch hervor, daß der Therapeut eben nicht nur Daten abfrägt, sondern bei jedem anamnestisch zu erhebenden Bereich seine eigene Stimmung, seine eigenen Erinnerungen mit wach werden läßt, einen Teil davon vielleicht auch zeigt, sie zumindest aber im Bewußtsein trägt, während er seiner Arbeit an diesem Punkte nachgeht, damit das Setting zu einer „Suchbewegung intersubjektiver Hermeneutik" wird (Petzold 1993a). So kann der Therapeut auch versuchen, dem Patienten zu helfen, seine eigenen Fragestellungen für die Therapie zu finden, um zu verhindern, daß sich der Patient „ohnmächtig der Bearbeitung durch einen Doktor anvertraut, der ohnehin schon alles weiß. Wird der Patient schon in der diagnostischen Phase aktiv in die Fokussierungen einbezogen, so wird überdies die Gefahr, mit forcierenden und radikalen Techniken Verletzungen zu wiederholen, maligne Regressionen zu provozieren oder unter dem Zeitdruck und aufgrund stereotyper Beobachtungsraster zu gravierenden Fehlinterpretationen eines persönlichen Schicksals zu kommen, erheblich verringert" (Petzold 1993a).

Der Therapeut ist herausgefordert, sich zum Beispiel zu fragen, welche Stimmlage er bei dem einen oder anderen anamnestischen Bereich eingenommen hat und wie dies mit seiner eigenen Person und Geschichte zusammenhängt. Die Stimmlage wird sich ändern, je nachdem, ob die gegenwärtigen Beziehungen exploriert werden oder ob ein Bereich aus der frühen Kindheit befragt wird. Weil in diese Kriterien ganz selbstverständlich die biographischen Erlebnisse des Therapeuten mit eingehen, muß das Gewahrsein der eigenen ausgestrahlten Atmosphären im Bewußtsein des Therapeuten stets verankert sein. Wie Schmitz (1992) schon deutlich machte, gehen die Stimme, die Haltung, die Blickkontakte, zu denen der Therapeut fähig (oder unfähig) ist, in die konkrete Begegnung mit dem Patienten als Engung, Weitung, Straffung und Stimulierung mit ein.

Jeder Schritt, mit dem wir anamnestisch in die Biographie des Patienten eindringen, muß also mit selbstreflexiven Fragen begleitet werden: Wie fühle ich mich im Moment? Wie bin ich gerade mit meiner Stimme umgegangen (Tischer 1993)? Welche Haltung habe ich gerade eingenommen? Warum so? Wie geht es mir? Welche Atmosphäre strahle ich im Moment aus? Wie ging es mir, an dem Punkt, den ich gerade exploriere? etc. Demgegenüber sollte der Therapeut sich seiner eigenen Leiblichkeit, Geschlechtlichkeit und Rolle sowie den Übertragungen, die er durch die Art seines Daseins in aller Regel auslöst, bewußt sein, denn die Erzählung, die er dargeboten bekommt, die Zeichnungen, die unter seiner Anleitung und in seiner Gegenwart angefertigt werden, haben auf eine ganz natürliche Weise eine „adressengerichtete Qualität und das heißt, daß die Präsentationen etwa einem älteren oder jüngeren Behandler gegenüber variieren werden" (Petzold 1993a). Hier ist also nicht das beherrschen einer Befragungstechnik von Bedeutung, sondern ein Interagieren und gegenseitiges Korrigieren zwischen Intuition, Selbstreflektion und Technik.

Um Redundanz zu vermeiden, wurden diese Fragen nicht jeweils mit in die Checkliste aufgenommen. Sie sind so grundlegend relevant, daß sie in einer eher quantitativen Aufreihung auch nicht benötigt werden.

Ebenso wurden nicht zu jedem Bereich die verschiedenen Möglichkeiten der anamnestischen Bearbeitung aufgenommen. In allen Fragen der gegenwärtigen und historischen Beziehungsexploration kann die Arbeit mit dem leeren Stuhl oder eine andere psyhodramatische Technik herangezogen werden (Bosselmann u. a. 1993), die Selbst- und Fremdwahrnehmungsfähigkeiten mit zum Ausdruck bringt und über den Stand der inneren Auseinandersetzung mit diesen Figuren informiert. Wann eine Arbeit mit kreativen Medien oder der Panoramatechnik anzuwenden ist, muß der Therapeut selbst entscheiden. Meist wird das wohl dann der Fall sein, wenn die Emotionen versiegen, die Identifikationen mit den Figuren im Rollentausch schwierig sind oder die Sprache versagt.

Die Darstellung von zu explorierenden Räumen erfolgt jeweils in vier Schritten, die sich folgendermaßen gliedern: der abzufragende Bereich wird zunächst in Form einer Überschrift mit einem Titel, einem Terminus technicus gekennzeichnet. Dies stellt einen Versuch dar, die sehr komplexen Phänomene der initialen therapeutischen Begegnung erstmalig in Begriffe zu kleiden. Danach wird in einer Dreiteilung folgendes ausgeführt:

a) Evokativer Impuls: Beispielhafte Frage, Aussage, Aufforderung, Ermutigung, Beobachtungsfeld etc.

b) Spezifizierung und Erweiterung: Die Frage kann erweitert oder spezifiziert werden. Hier sind stichpunktartig Bereiche aufgeführt, die subsumiert werden können oder die unter den Bereich der o.g. Evokation fallen. Die Formulierung in Fragen ist die einfachste Form der Eingrenzung auf Themenbereiche; Fragen können in andere Formen des evokativen Impulses umgesetzt werden.

c) Kommentar: Hier werden stichpunktartig theoretische oder Auswertungshinweise gegeben, die das Verständnis für den Bereich erweitern sollen; erscheint nur, wo dies für nötig befunden wurde.

1. Erstkontakt

1.1 Checkup des Therapeuten

a) *In welcher meiner Alltagssituationen trifft mich der Patient an?*

b) Stört oder paßt der Anruf, die Anforderung gerade? Warum? In welcher Stimmungslage, in welcher Tätigkeit und in welcher inneren und äußeren Auseinandersetzung bin ich gerade im Moment? Welche Phantasien, Erinnerungen und Konnotationen eröffnen sich durch den Anruf, die Anforderung, was meldet sich bei mir?

c) Wenn wir uns die eigene innere Befindlichkeit des Therapeuten ähnlich einer Leinwand als Projektionsfläche vorstellen, auf der sich die „Bilder und Problemlagen" des Patienten abbilden, muß der Therapeut, wenn er valide Daten erzielen will, sich nach der evtl. „Verkrümmung seiner Projektionsfläche durch seine Tagesverfassung" und seiner momentanen Stimmung hinterfragen. Dieses Ergebnis kann er sozusagen von der Fremdwahrnehmung des Patienten „subtrahieren" und erhält ein vermeintlich klares Bild seines Gegenübers.

1.2 Der initiale Impuls

a) *Wie lauten die zuallererst ausgesprochenen Worte und Sätze des Patienten und wie kommen diese bei mir an?*

b) Am besten den genauen Wortlaut der ersten Sätze und die persönlichen Eindrücke notieren. Wie wird das initiale Anliegen vorgetragen (z. B. bittend, drängend, distanzlos, aggressiv, unterwürfig, abwertend, fordernd, erpresserisch, triangulär)? Welchen Modus hat die Initialformulierung (z. B. Wunsch, Forderung, Frage, Zielvorstellung, schlichte Aussage, verdecktes Anliegen, Doppelbotschaft, verdeckte Drohung, Angstmitteilung etc.)? Welche impliziten Fragen und Anliegen (Implikate) sind darin geborgen? In welchen Raum und welche Szene wird die Initialformulierung gesetzt? Welche Personen und Situationen kommen schon darin vor? Wie ist die Atmosphäre?

c) Der erste Impuls, das zuerst vorgetragene, auch implizite Anliegen oder Thema ist eine höchst sensibel-bedeutsame Information im Sinne der szenisch-atmosphärischen Darstellung eines zugrundeliegenden Zentralthemas, einer verdeckten Hauptfrage oder eines Konflikts (Benz 1988; Friedrich 1984). Bei der Bewertung müssen auch die situativen Daten, die initialen Beziehungsaspekte zum Therapeuten und der emotionale Kontext beider Gesprächspartner berücksichtigt werden. Aus dem Charakter des Vorgetragenen lassen sich zum einen Rückschlüße zu den bevorstehenden Themen ziehen; zum anderen geben sie Aufschluß über klinisch relevante Faktoren. Diese Informationen müssen in jedem Falle durch weiter und später hinzukommende Daten verifiziert bzw. falsifiziert werden.

1.3 Das Vorfeld-Geschehen

a) *Darf ich Sie zunächst fragen, auf welchem Weg Sie jetzt zu mir gefunden haben?*

b) Von wem hat der Anrufer Namen und Telefonnummer des Therapeuten? Wurde überwiesen, empfohlen, geschickt etc.? Wie stehe ich zu dem Überweisenden? In welcher inneren und äußeren Situation nimmt der Klient die Beratung oder Therapie auf? Welche innere organisierende Vorbereitung ging der Kontaktaufnahme voraus? Auf welchen Wegen und über welche Umstände kommt der Patient zu mir? Welche Personen aus dem Umfeld des Klienten spielen hierbei eine wesentliche Rolle – entweder als direkt oder vermittelt Agierende? Wo sind hier schon Übertragungen und/oder mögliche pathogene Beziehungskonstellationen zu erkennen (Was macht mir eine „seltsame Anmutung", wie und über wen gelangt der Patient zur „übertragenen Mutter- bzw. Vaterfigur")? Wie dringend oder drängend erscheint das vom Patienten Vorgetragene?

c) Wie oben erwähnt kann über das Betrachten des Vorfeld-Geschehens schon viel über die Einstellung und die Motivation sowie über die „innere Organisation des Zu-sich-findens" beim Patienten erfaßt werden (Psychodynamik). Darüber hinaus geben die Vorfeld-Prozesse möglicherweise schon einen Blick auf Beziehungen im aktualen Kontext des Patienten frei.

1.4 Reflexiver problemorientierter Überblick

a) *Dann möchte ich Sie bitten, mir in groben Zügen zu erzählen, worum es Ihnen geht.*

b) Art, Umfang, Tiefe, Breite des Problems und die Themenbereiche sollen im Groben erfaßt, Störungsfelder erkannt und eingegrenzt werden; auf die Atmosphäre achten; welche Personen kommen hier vor (Beziehungsqualität zu diesen)?

c) Erster Bereich des attunement; Tiefung vermeiden; Ja- oder Nein-Antworten vermeiden; Antworten des Therapeuten können hier schon die Qualität eines Kontraktes erhalten. Daher besteht die Gefahr, falsche Hoffnungen und Vorstellungen zu wecken; Kontakt- und Reflexionsfähigkeit des Patienten, Identitätsdistanz, projektive Tendenzen erfassen. Möglicherweise klingt hier schon an, in welchem Umfang und welcher Dauer Hilfe gesucht wird; auf Gegenübertragungsreaktionen achten (Gefühle, Bilder, Phantasien, leibliche Regungen). Orientierung für den Therapeuten: welche Themen kommen da auf mich zu? Welche Erwartungen bestehen generell an die Therapie und an mich?

1.5 Person und Kontext

a) *Mich interessieren noch einige Dinge zu Ihrer Person, damit ich mir ein wenig vorstellen kann, wer Sie sind.*

b) Hier können viele Fragen subsumiert werden, die den Therapeuten im Vorfeld interessieren: z. B. Alter, Beruf, wo lebt der Patient (Stadt/Stadtteil), Lebensform; näheres zum oben Geschilderten etc.

c) Herstellen einer persönlichen und vertraulichen Atmosphäre; Interesse zeigen; Orientierung für den Therapeuten. Hier schon sogenannte harte Daten abzufragen, kann den Vorteil haben, daß man im Erstinterview bereits einen gemeinsamen Fundus hat und dann gleich zu den subjektiven Bewertungen derselben übergehen kann. Wenn man im Erstinterview zu oft den Fokus wechselt (Daten – Bewertungen), bringt das Konfusion mit sich und behindert die Entfaltung der initialen Szene und des initialen Raumes. Die Benennung von Problemlagen im Erstkontakt bietet die Chance, daß der Patient in der Zwischenzeit bis zum Erstinterview überprüfen kann, ob die Art, wie er seine Probleme vorgetragen hat, für ihn stimmt und ob sie so beim Therapeuten auch angekommen sind. Im Erstinterview können dann schon Korrekturen angebracht werden (Differenzierungs- und Prozeßfähigkeit, Ansprechbarkeit). Andererseits kann ein zu direktives Fragen auch als eindringlich erlebt werden, z. B. kann man mit der Frage nach dem Beruf schon mitten in einem Konfliktfeld landen. Person und Kontext sind daher in dieser Phase sehr taktvoll und indikationsspezifisch abzufragen.

1.6 Information, Rückmeldung, Entscheidung

a) *Dann möchte ich Sie gerne darüber informieren, wie ich normalerweise vorgehe.*

b) z. B.: „Ich möchte Ihnen vorschlagen, daß wir zunächst einen Termin für ein erstes Gespräch vereinbaren, um uns kennenzulernen, und damit Sie mehr Zeit und Raum haben, ihre Probleme und Fragen auszubreiten. Wir werden uns dafür etwa eine Stunde Zeit nehmen und uns danach entscheiden, ob und wie wir weiter verfahren". Honorarfragen, Termin- und Absagevereinbarung, Telefonnummer und Adresse (gegenseitig).

c) Informationen und Orientierung zu geben ist wichtig, um eine gegründete Entscheidung treffen zu können. Hier kann, je nach dem, wieviel schon erzählt wurde und wie sich der Kontakt zum Patienten anfühlt, eine (auch gegenseitige) Rückmeldung gemacht werden; z. B. kann der Therapeut eine Zusammenfassung dessen geben, was er verstanden hat. Er kann aber auch den Patienten fragen: „… und wie geht es Ihnen jetzt mit mir? Damit ist, auch wenn der Patient dies nicht immer nutzt, zumindest der Rahmen für volle Intersubjektivität bereitgestellt worden.

In der Entscheidung ist auf Prägnanz und Klarheit zu achten (einen klaren Handel anbieten), so daß beiden Beteiligten möglichst klar wird, worauf sie sich einlassen.

1.7 Auswertung des Erstkontakts – initiale Latenz

a) *Was kommt da auf mich zu?*

b) Analyse des ersten Anliegens; Art, Umfang, Tiefe der Probleme; welche Gegenübertragungen melden sich (an wen aus meiner Geschichte bin ich erinnert)? Kann ich gerade mit diesem Patienten zu dieser Zeit und diesem Thema? Will ich das? Was könnte im schlimmsten Fall passieren? Was interessiert mich besonders? Wovon bin ich angesprochen oder getroffen? Würde mir die Arbeit Freude machen (Sympathie)? Wer bin ich für den Patienten (Rollenübertragung)? Welche Haltung hat der Patient mir gegenüber als Frau oder Mann eingenommen? Welche Haltung werde ich dem Patienten gegenüber nach diesem Gespräch im Erstinterview einnehmen? Besondere Beachtung verdienen die Fälle, in denen man besonders angetan oder abgeneigt ist! Dem Unbewußten Zeit geben, sich auf das Neue einzustellen, ein inneres Bild vom Selbst des Patienten in sich entstehen lassen.

2. Erstinterview

2.1 Die initiale Szene

a) *Welche Szene entfaltet sich in den ersten Momenten zwischen mir und dem Patienten?*

b) Zufrüh-, zuspät-, akkurat-kommen, äußere Erscheinung, Auftreten und Habitus des Patienten, Kleidung, Bewegung in Zeit, Raum und Schwerkraft (Umgang mit dem eigenen Körpergewicht; am besten den Patienten etwas vor sich hergehen lassen), (Psycho-) Motorik, Gesicht, Mimik, Haare, Gepflegtheit. Hat der Patient Gegenstände dabei (was sagen die mir)? Was macht er damit? Blickkontakt, Stimme (Intonation, Färbung, Lage, Modulation, Tempo, Lautstärke), Händedruck, periverbale leibliche Expression (Kongruenz, Diskongruenz, Diskontinuitäten), Kontaktaufnahme, Blickkontakt, Präsenz. Wie orientiert sich der Patient in der neuen Umgebung? Der Leib als Ausdruck gelebter Zeit, der Leib in der Rolle der Geschlechtsidentität (was ist das für eine Frau oder für ein Mann)? Atmung, Geruch; was machen die Hände und Füße (z. B. nesteln)? Erster Eindruck von der affektiv-emotionalen Lage, Schweigen und Laute während des Gespräches (Greenson 1982).

c) In der initialen Szene ist vor allen Dingen auf übergeordnete Gestaltverläufe zu achten, also auf figurale, situative, szenische und atmosphärische Eindrücke; dabei spielen die unmittelbaren Gefühle und Phantasien, die leiblichen Regungen, die im Therapeuten ausgelöst werden und die spontane Haltung, die er dem Patienten gegenüber einnimmt, eine entscheidende diagnostische Rolle (Gegenübertragung). Hier können erste Anhaltspunkte für das Realitätsbewußtsein, die Aufmerksamkeit, das Identitätsgefühl, den Antrieb, den Affekt und die Kontaktfähigkeit, bis hin zu Ansätzen von möglichem zwanghaftem, ängstlichem oder dissoziiertem Verhalten gewonnen werden (Vordiagnostik). Die Beachtung der Expression von Händen und Füßen ist für entwicklungsdiagnostische Hinweise bedeutsam.

2.2 Warming up – Informationen – Datenergänzungen

a) *Haben Sie gleich hergefunden …?*

b) Anbieten einer vertrauensvollen Atmosphäre durch einleitende Worte; Festlegung des äußeren Rahmens (50 Minuten), Datenergänzungen nach Bedarf des Therapeuten (Geburtsdatum, -ort, Krankenkasse, Adresse etc.).

c) Die Frage, ob der Patient gleich hergefunden hat, drückt einerseits etwas von elterlicher Sorge aus (im besten Sinne); andererseits kann sie, wenn es zu Unregelmäßigkeiten (z. B. „im Stau stecken geblieben" etc.) gekommen ist, interessante und vielsagende Hinweise auf initiale Inszenierungen geben. Die Datenergänzungen sollen nur sehr wenig Zeit und Raum in Anspruch nehmen.

2.3 Die Entfaltung des initialen Raumes

a) *Dann ist jetzt Zeit und Raum für Sie und für mich, Ihre Anliegen anzuhören.*

b) Evtl. Schreibzeug weglegen, auffordernd schweigen, oder: „… wenn Sie nun erzählen wollen …" etc.; einen Impuls setzen, der deutlich macht, daß nun Zeit und Raum ist, das Problem, die Frage darzustellen und daß der Therapeut sich dem widmen wird. Diesen Schritt nennt man auch „das Herstellen einer unstrukturierten Gesprächssituation".

c) Der Entfaltung des initialen Raumes, der freien figuralen und szenischen Darstellung und Themenwahl sollte möglichst wenig im Wege stehen, obwohl die Gesprächssituation im Erstinterview natürlich nie völlig unstrukturiert ist; je deutlicher aber der Rahmen gesetzt und begrenzt ist, um so feiner können sich die strukturalen Eigenheiten des Patienten abbilden. Hier kommt das „Shiften auf den zehn Ebenen" zentral zum Einsatz.

Erste Einschätzungen im Hinblick auf Wahrnehmungsstile, emotionale und kognitive Stile sowie Handlungsstile sind vorzunehmen.

Zur vordiagnostischen Beurteilung des Patienten und im Sinne der Erkennung krisenhafter Verläufe ist darüber hinaus auf evtl. fluktuierende narrative- und Übertragungs-Dynamik, Angst- und Panikhinweise, Hinweise auf Dissoziation (z. B. bei frühen Schädigungen, Borderline-Persönlichkeiten, Angststörungen, Phobien); Somatisierungstendenzen, Alexithymie, Retroflektion und Anästhesierungen (z. B. bei Psychosomatosen); Gedanken- und Bewußtseinseinengungen, Antriebs- und Affektverflachungen aber auch riskantes Verhalten (z. B. beim präsuizidalen Syndrom); auf innere Gespanntheit (Blicke, Augen, Psychomotorik), Depersonalisations- und Derealisationserlebnisse, Zwangsgedanken (-Handlungen) und abnormes Bedeutungserleben (Wahrnehmungsstörungen, Sinnesstörungen, Ich-Störungen, Halluzinationen) im Vorfeld von entstehenden Psychosen zu achten (sog. Prodromalerscheinungen).

2.4 Rückmeldung, Information, Entscheidung

a) *Wir kommen langsam zum Ende dieser Stunde ...*

b) Behutsame Beendigung des Gesprächs; der Therapeut sollte (nach Indikation und ohne Bewertung, gekennzeichnet als seine Sicht, nicht als Deutung) eine Rückmeldung geben, wie er die dargestellten Sachverhalte gesehen, erlebt und verstanden hat. Es kann so etwas wie eine gemeinsam erstellte (intersubjektive) Diagnose und/oder Prozeßdiagnose gemacht werden. In jedem Falle ist es wichtig, daß der Therapeut auch hier den Rahmen der vollen Intersubjektivität bereitstellt, indem er wiederum frägt: „... wie geht es Ihnen nach diesem Gespräch mit mir?" Dies ist auch ein Angebot an den Patienten, ein feedback zu geben. Es fördert ihn in seinen gesunden Selbst- und Fremdwahrnehmungs-Anteilen.

Weiterhin sollten Informationen gegeben werden, wie der weitere Ablauf aussieht: die Anamneseerhebung. Wieviele Stunden dafür benötigt werden, sollte hier schon eingeschätzt werden können. Es ist wiederum auf eine klare Entscheidung zu achten, ob und wie beide jeweils weitermachen wollen.

c) Das Gespräch sollte nicht abrupt abgebrochen werden. Das Gefühl, mit dem der Patient uns verläßt, bestimmt die Qualität des weiteren inneren Auseinandersetzungsprozesses (Keil-Kuri 1993). Möglicherweise muß man, je nach Patient, schon bis zu 15 Min. vor Beendigung ein Signal setzen. Der Patient sollte wissen, daß eine eventuelle Therapie erst nach der Anamneseerhebung beginnt; er sollte aber auch wissen, daß der Prozeß der Erhebung nicht nur eine „Datenerhebung für den Therapeuten" ist, die ihm selbst gar nichts bringt, sondern daß auch er einen adäquaten Überblick über die Inhalte einer evtl. Therapie, bzw. einen Überblick über sein bisheriges „Gewordenes Sein" bekommt, was für ihn schon sehr hilfreich sein kann und außerdem aufzeigt, an welchen Themen in einer anschließenden Therapie gearbeitet wird. Möglichkeiten und Grenzen der Therapie oder Beratung sind aufzuzeigen.

2.5 Auswertung des Erstinterviews

a) Orientierung an klinischen Eckdaten.

b) Welche Wünsche, Bedürfnisse und Motivationen hat der Patient? Einschätzung der Schädigungsebenen (Defizite Konflikte, Traumata, Störungen), der prävalenten pathogenen Milieus im Lebenslauf (altersbezogen) und der salutogenen/protektiven Faktoren mit jeweiliger biographischer Orientierung (wann war was?). Leibfunktions- und Lebensweltanalyse. Zeichnen sich Ressourcenfelder ab? Interaktions- und Übertragungsanalyse (projektive Tendenzen auf beiden Seiten).

Bestimmung von möglichen Zielen und Zeit (Trajektorien; Hilfe kann hier sein, wenn man sich ein inneres Bild von dem „gesunden Patienten" vorzustellen versucht. Man bekommt dann ein Gefühl dafür, wie man den Patienten einschätzt und ob das Ziel vielleicht auch noch korrigiert werden muß).

Diagnostische und prognostische Einschätzungen, (Vor-) Wahl der Interventionsstrategien in Bezug auf die entwicklungsspezifischen Bereiche (präventive-, konservierende-, restitutive-, substitutive-, evolutive Intervention und Aufbau von Copingstrategien). Auswertung der Shifting-Ebenen, des intersubjektiven Prozesses, der Kontaktfähigkeit, der Übertragungs- und Widerstandsdynamik.

Worüber wurde überhaupt nicht gesprochen? Was wurde vermieden (narrative Fehl- und Meidungsbereiche)? Wo waren Wiederholungen, Implikate, Homologien, Kongruenzen, Divergenzen, Konflikte spürbar?

Wie war der Patient in seinem Antrieb und Affekt gelagert? War das Gespräch eher vergangenheits-, gegenwarts- oder zukunftsorientiert, gab es prospektive Entwürfe?

Einschätzung der Regressions- und Progressionsfähigkeit des Patienten, mnestische Störungen? In welchem Ausmaß konnte der Patient sein „Geworden-Sein" erfassen (Genetognosis)? Wie schätze ich die Wahrnehmungspotentiale des Patienten ein? Ich-Störungen (Depersonalisation, Derealisation etc.)? Einschätzung der Differenziertheit und Interaktion von Wahrnehmung, Kognition, Emotion, Intentionalität, Expressivität, Sprechen und Sprache. Wie fühle ich mich nach dem Gespräch? Erstellung eines individuellen Anamneserasters (welche Daten sind noch nicht prägnant genug hervorgetreten?).

3. Detaillierte halbstrukturierte Anamnese-Erhebung

3.0 Warming up

a) *Wir führen heute unser zweites Gespräch. Wie fühlen Sie sich in dieser Situation?*

b) Einerseits knüpft die Frage an das Vorhergehende an, andererseits zielt sie auf die situative Selbstwahrnehmungsfähigkeit ab. Der Therapeut kann auch fragen: „wie geht es Ihnen heute mit mir?" oder „wie ging es Ihnen noch mit den Ergebnissen der letzten Stunde?" etc. Diese Einführung kann selbstverständlich vor jeder neu beginnenen Anamnessitzung gemacht werden.

c) vgl. Petzold (1993a).

3.1 Anamnese der Lebens- und Realsituation

3.1.1 Die aktuelle Lebenssituation des Patienten

a) *Zunächst würde ich Sie bitten, mir noch ein wenig über Ihre derzeitige Lebenssituation zu erzählen.*

b) Wieviele Personen gehören zum Haushalt? Wie lebt der Patient (alleine, mit Familie, getrennt, gibt es Kinder, Liebesbeziehung, Partnerschaft)? Seit wann besteht die Partnerschaft? Wie haben Sie sich kennengelernt? Wie ist die Wohnsituation (wie groß ist die Wohnung, zufriedenstellend, beengend)? Fühlt sich der Patient wohl zu Hause? Schilderung der Beziehungen zu den einzelnen Familienmitgliedern („was machen die Familienmitglieder"?); gibt es Liebesbeziehungen? Wie ist die Macht zu Hause verteilt (wer hat das Sagen ...)? Wer verdient das Geld zum Lebensunterhalt? Wer bestimmt über das Geld? Ist es gut verteilt? Wie ist die materielle Situation im allgemeinen (Güter)? Wie sind die Bindungen und Abgrenzungen zur Herkunftsfamilie der (evtl. Ehe-) Partner oder des alleinstehenden Patienten? Was machen die Eltern der Herkunftsfamilie jetzt? Gibt es Geschwister (Geschwisterfolge)? Was machen die Geschwister jetzt (auf die Beziehungskonnotationen achten)? Wie geht es ihnen? Gibt es (außer dem Grund für die Anmeldung zur Therapie) noch andere Gegenwartskonflikte? Mit wem oder welchen Themen? Schilderung eines Tagsablaufes. Gibt es Zukunftspläne und/oder Hoffnungen, Wünsche, Befürchtungen (prospektiver Raum), wie prägnant sind diese? Gibt es öfter Streit? Mit wem? Wie oft? Um welche Themen handelt es sich dann?

c) Welche Rolle hat der Patient in seinem familiären Gefüge (generationsspezifische Rivalitäten, Transpositionen, Delegationen; vgl. „Soziales Atom" von Moreno)? Situationen, Szenen, Atmosphären schildern lassen. Mit der Frage „was mögen Sie gerne?" bekommt man Einblick in die Tagesabläufe des Patienten und die Art, wie er diese zu strukturieren pflegt. Diese Frage bringt in ihrer Erweiterung auch Aufschluß über die Möglichkeiten des Patienten, sich selbst zu „bemuttern", zu versorgen und die Dinge des Lebens zu ordnen (sich selbst zu „bevatern"). Unabgegrenztheiten, Umgang mit Nähe und Distanzierung? Inwiefern ist der familiäre Bereich protektiver oder pathogener Faktor (Gegenwarts- und Herkunftsfamilie differenzieren)? Wie ist es um die lebenspraktischen Bewältigungspotentiale und -perfomanzen bestellt? Ressourcenanalyse (Brachliegende Erlebensmöglichkeiten, Begabungen, Sehnsüchte, Wünsche, Bereitschaften, Pläne, konfliktfreie Zonen, biographische Ressourcen (Erinnerungen an „gute Zeiten", Ideale).

3.1.2 Beruf, Arbeit und Leistung

a) *Erzählen Sie mir etwas zu Ihrer derzeitigen beruflichen Situation.*

b) Erlernter Beruf, ausgeübter Beruf (Divergenz? Wie kam es dazu?); Waren Sie zur Zeit der beruflichen Ausbildung über den erlernten Beruf informiert? Derzeitige Motivation, Engagement (zuviel, zu wenig?). Wo arbeitet der Patient? Arbeitszeit, Arbeitswege, Tätigkeit, Funktion im Betrieb, Klima, Prestige, Sicherheit, Annuität (wie lange ist der Patient schon in diesem Beruf, dieser Firma)? Beziehungen zu Kollegen und Vorgesetzten? Ist die Arbeit strukturiert oder besteht immer ein Chaos? Kann Arbeit delegiert werden oder muß der Patient immer alles selbst machen? Wie hoch oder niedrig sind die (Leistungs-) Ansprüche des Patienten an sich selbst? Stimmt das Gehalt-Leistungsverhältnis (vom Gefühl her)? Wie geht es dem Patienten dort? Gibt es Probleme (Konzentration, Aufmerksamkeit, Gedächtnis etc.)? Ist der Patient ausgebrannt? Besteht Arbeitslosigkeit, wie lange schon? Umgang und Erleben damit? Gibt es Entwürfe oder Entwicklungsmöglichkeiten für die Zukunft?

c) Säule der Identität. Ist der Patient zufrieden, überfordert, unterfordert, besteht ein Ausweichverhalten, Versagensängste, (chronifizierte) Protesthaltung, Burnout-Syndrom, welches „Wissen" braucht der Patient in seiner Arbeit (ist er genügend herausgefordert)?

3.1.3 Wertestrukturen und Sinnanbindung

a) *Was ist Ihnen in Ihrem Leben wichtig?*

b) Der Patient soll ermutigt werden, in einem inneren Diskurs diejenigen Erfahrungsbereiche und Bewußtseinsinhalte zu heben, die in seiner Lebenswelt Sinnerfahrungsmöglichkeiten bereitstellen. Dies ist oftmals keine einfache Aufgabe, weil man sich eine solch allgemeine Frage im Alltag eher selten stellt. Der Patient kann bei seiner Suche vom Therapeuten unterstützt werden. Man kann z. B. fragen, welche Interessen früher einmal da waren, was immer Spaß gemacht hat, usw. Die Fragestellung kann auf Glaubensbereiche ausgedehnt werden, in dem der Therapeut beispielsweise frägt: „woran glauben Sie …?"

c) Durch die Nennung der Werte-, Sinn- und Glaubensbereiche bekommt der Therapeut eine Annäherung an die Sichtweise der Welt, wie sie für den Patienten eigentümlich ist („die Brille des Patienten"). „Wo Menschen ihren Sinn anbinden, da ist ihre Wirklichkeit" (Amt-Euler 1994).

3.1.4 Die soziale Lebenssituation des Patienten

a) *Welche Interessen haben Sie in Ihrer Freizeit?*

b) Interessensradius: Gibt es Freunde, Bekannte, Freizeitinteressen, Vereine, Lust an Unternehumngen, Auseinandersetzungsbereitschaft, Hobbys, in welchem Umfang? Welche Tätigkeiten verrichtet der Patient nach Feierabend? Was zeigt der Patient für ein Kontaktverhalten? Hat er Vertrauen in andere Menschen? Ist der Patient glücklich darin? Gibt es Ängste, Befürchtungen, Wunschphantasien? Kann der Patient sich in genügendem Maße Ruhe und Entspannung gönnen, nehmen (Relaxationsverhalten)? Wie ist der Schlaf (Schlafstörungen)?

c) Säule der Identität: Die soziale Lebenssituation ist hoch-bedeutsam für die Stabilisierung der Person (Ressourcen-Wert, sozial-support-systems; Petzold 1993a).

3.1.5 Der sozio-administrative Kontext

a) *Haben Sie (regelmäßige) Kontakte zu Einrichtungen, Ämtern, Behörden oder Gerichten?*

b) Krankenkasse, Rentenversicherung, Sozialhilfe, Arbeitsamt, andere Ämter, mit denen der Patient in Verkehr steht, Betreuungen (früher: Pflegschaft, Vormundschaft), bestehen rechtliche Streitigkeiten?

c) Dieser Bereich fragt vor allen Dingen nach der materiell-wirtschaftlichen oder juristischen Situation. Wenn z. B. Betreuungen, rechtliche Streitigkeiten etc. bestehen, kann es sein, daß diese aus Schamgefühlen nicht genannt werden, auch wenn sie eigentlich große Konfliktbereiche darstellen.

3.2 Anamnese des Krankheits- und Gesundheitsspektrums

3.2.1 Spontanangaben des Patienten zum Problem

a) *Dann möchte ich Sie bitten, daß Sie mir Ihre (Symptome, Problematik) noch einmal beschreiben.*

b) Spontane Angaben zur Problematik, Symptomatik, Spontanphantasie zur Entstehung des Problems („was hat Ihrer Meinung nach die Krankheit ausgelöst?"), Vorstellungen, Konnotationen, Begründungen. Wie körperlich gesund ist der Patient? Somatische Erkrankungen.

c) Hierbei ist darauf zu achten, ob der Patient nur von seiner Krankheit spricht, oder ob er auch gesunde Anteile erwähnt. Der Therapeut sollte immer auf adäquate Anteile hinweisen und aufmerksam machen, wenn der Patient diese untergehen läßt.

Subjektive Krankheitstheorien und subjektive ätiologische Theorien haben größte Relevanz im therapeutischen Sinne, auch wenn sie wissenschaftlich nicht haltbar sind. Es handelt sich hier um Bedeutungsverknüpfungen (subjektive Sinn-Strukturen), die bearbeitet werden sollten (Schott 1991; Flick 1991). Auch die Bedeutung „selbsterfüllender Prophezeiungen" sollte mit exploriert werden (Watzlawik 1983). Die körperliche Gesundheit ist Voraussetzung für die Psychotherapie; ist sie nicht vorhanden, sollte immer ein Arzt hinzugezogen werden (besonders bei Psychosomatosen im akuten Stadium ist die Psychotherapieindikation sehr fraglich).

3.2.2 Symptom-Dimensionen

a) *Ich würde Sie nun noch mal gerne näher zu den Symptomen befragen.*

b) Symptom-Dimensionen nach Adler und Hemmeler (1988): a) Lokalisation, b) Empfindungsqualität, c) Empfindungsintensität, d) gibt es Ausstrahlungen (z. B. von Schmerzen), e) zeitliches und situatives Auftreten (auch: Milderung/ Verschlimmerung wann/wodurch).

c) Die Exploration von Symptom-Dimensionen dient in erster Linie der Differentialdiagnose von somatoformen Erkrankungen, Psychosomatosen, Konversionssymptomen und organischen Erkrankungen (gut ausgeführt in oben genanntem Werk). Besteht Verdacht auf organische Ursachen, sollte immer ein Arzt konsultiert werden. Psychovegetative Anamnese: Schlaf- und Vigilanzstörungen (Ein-, Durchschlafstörung, Früherwachen, Müdigkeit, Verkürzung der Schlafdauer)? Appetenzstörungen (vermindert/erhöht)? Gastrointestinale Störungen (Magen, Übelkeit, Obstipation etc.)? Cardio- und respiratorische Störungen (Atem, Schwindel, Herzklopfen, -druck)? Andere (Schwitzen, Akkomodationsstörungen, Miktionsstörung, Menstruationsstörungen etc.)? Circadiane Besonderheiten (Tagesrhythmik, Morgentief, abends besser etc.; Fähndrich u. a. 1981)?

3.2.3 Frühere Erkrankungen, Primordialsymptome, Entstehung der aktualen Krankheit

a) *Hatten Sie früher schon einmal ähnliche oder auch andere Beschwerden?*

b) Angaben über frühere Erkrankungen, Symptomenkomplexe, Probleme, Krisensituationen etc. mit ähnlichen oder auch anderen Verläufen? Angaben über frühe Auffälligkeiten in der Kindheit (Primordialsymptome), über frühe Vorläufer z. B. in Kindergarten, Schule (könnte das etwas mit der gegenwärtigen Problematik zu tun haben)? Wann traten erstmalig Auffälligkeiten in Bezug auf das jetzige Symptom, Problem auf? Wurden früher Drogen genommen, Alkoholprobleme, Rauchen? Kontext der Erstmanifestation: Alter, psychosoziale Situation, Erleben der damaligen Umstände? Welche Umstände könnten möglicherweise jetzt zu der Manifestation beigetragen haben? Gibt es ein aktual-kritisches Lebensereignis oder eine aktual konflikthafte, traumatische Situation als Auslöser (Filipp 1990)?

c) Analyse und Diagnostik von Prädispositionen, von prävalenten Schädigungs-milieus, prolongierten, polytraumatisierten Karrieren, Krisenkarrieren.

Handelt es sich um ein neu entstandenes Symptom, Problem (Erstmanifesta-tion) oder um eines im Rahmen einer Restabilisierungskarriere von dauernd wech-selnden Labilisierungen, Akkumulationen, Turbulenzen, Dekompensationen mit „brüchigen Lösungsversuchen"? (z. B. ständig wechselnde Partnerschaften, Ar-beitsstellen, Wohnungen, Alkohol/Drogen?, Suizidalität?).

3.2.4 Verlauf und Status

a) *Lassen Sie uns das noch einmal zusammenfassen.*

b) Angaben über den Gesamtverlauf, über Gesamtdauer der Problematik, Sym-ptome, Dauer von evtl. Phasen und störungsfreien Intervallen. Wie wurden letzte-re erlebt? Wie wird Gesundheit im allgemeinen erlebt? Wie muß die Situation ein-geschätzt werden: handelt es sich um ein a) kritisches Ereignis, um ein b) kriti-sches Lebens-Ereignis (life-event, „Bewältigungsaufgabe") oder spielen dauernd schon c) andere Risiko-Faktoren aus dem sozialen Umfeld mit eine Rolle (Vertei-lung!)? Bestehen derzeit Alkohol-, Drogen-, Schlafprobleme, psychovegetative Störungen, Ängste, Zwänge, phobische Befürchtungen (z. B. vor Gegenständen wie Messer, vor Räumen, Gewitter), Zwangshandlungen (z. B. „ich habe Angst, daß ich mein Kind zum Fenster hinaus werfe ..."), Aufmerksamkeits- und Kon-zentrationsstörungen, Aggressivität, Impulshandlungen (z. B. Spieler, Pyroma-nen), Eß-Störungen, Sexualität? Werden derzeit irgendwelche Medikamente ein-genommen?

c) Die Zusammenfassung dient der Sicherheit, daß nichts übersehen wird; des-wegen sollten hier noch einmal alle psychopathologischen Bereiche durchgeprüft werden (Fähndrich u. a. 1981; Scharfetter 1991; Dilling u. a. 1991; Freyberger/ Dilling 1993). Wie stark ist der Patient durch seine Krankheit in seinem alltäg-lichen Lebensvollzug eingeschränkt (Cottier/Rohner-Artho 1992)?

3.2.5 Krankheitsbewältigung – Copingstrategien

a) *Wie sind Sie bislang mit diesem Problemen zurechtgekommen und umgegangen?*

b) In welcher Auseinandersetzung mit der Krankheit befindet sich der Patient (adäquat, hypochondrisch, histrionisch, narzißtisch)? Umgang im Alltag? Wie stark und in welcher Weise ist das soziale Umfeld mit involviert? Welche gesun-den, funktionalen und adäquaten Anteile sind da? Welches Arrangement hat er und sein Umfeld mit der Krankheit gefunden (welche Verluste werden einfach hinge-nommen; Kampfbereitschaft, Hoffnung)? Inwiefern ist das Umfeld ein Ressour-cenlager oder Konfliktquelle? Könnte es sich um eine konflikthafte oder bezoge-ne Symptom- oder Organwahl handeln (Cottier/Rohner-Artho 1992)? Funktions-analyse: Gibt es einen sekundären Krankheitsgewinn? Bedingungsanalyse: Modelle zur möglichen Entstehung der Symptomatik. Verhaltensanalyse: Welche (neurotischen) Kompromißbildungen sind erkennbar? Welche Hoffnungen und Illusionen gibt es bezüglich der Heilung? Wird den Symptomen, Problemen irgendein Sinn, Bedeutung zugesprochen; gibt es schicksalshafte Überlegungen oder Schuldtheorien (adäquat)?

c) Läßt Aussagen über die Persönlichkeits- und Verarbeitungsstrukturen zu; Ressourcenfelder ausgeschöpft? Umgebung überfordert (Engelhardt 1986)? Systemische Lebenswelt-Analyse (Rollenübernahme, Rollenübertragung).

3.2.6 Krisen-Screening

a) *(diverse Fragen)*

b) Bewußtsein (Wachheit, Klarheit, Konzentration, Orientierung), Angstproblematik (Befürchtungen, Phobien, Panik, Zwang), Antrieb und Affekt (Depression), Alkohol und Drogen sowie Eßverhalten (Anorexie, Fettsucht etc.) sollen exploriert werden – auch Phasen der Vergangenheit. Somatisches Screening (psychogene vs. somatische Störung), Psychose-Screening (eigenartige Erfahrungen?), Suizidalitäts-Screening (akut?).

c) Literatur: Tölle (1991), Schnyder/Sauvant (1993), Margraf (1994); Margraf u. a. (1991)

3.2.7 Bisherige Behandlungen

a) *Welche Behandlungen haben Sie bislang in Anspruch genommen?*

b) Welche Verfahren (medizinisch, psychotherapeutisch, Selbsterfahrung, Homöopathie etc.) für welche Krankheiten, Störungen? Ambulant oder stationär? Wann? Wo? Wie lange? Wieviele? Abstände zwischen den Behandlungen? Was hat Ihrer Meinung nach am ehesten geholfen? Sind Sie derzeit in Behandlung? Bei wem? Haben Sie psychosoziale Beratung in Anspruch genommen?

c) Doppelbehandlung vermeiden; aus früheren Behandlungen wird die motivationale Lage mit übernommen (man bekommt als Therapeut unweigerlich die Projektionen und Übertragungen der vorangegangenen Therapeuten); die Selbstheilungsversuche (Ernährung, Hausmittel, Medikamente, Alkohol etc.) sollen mit exploriert werden.

3.2.8 Erkrankungen in der Familie

a) *Gab es ähnliche oder andere schwere (Erkrankungen, Störungen, Probleme) in Ihrer Herkunftsfamilie?*

b) Drei Generationen explorieren (Faimberg 1987; Dührssen 1990).

3.2.9 Vordiagnostik: Abwehr- und Bewältigungsmodi, Psychodynamik

a) *Zu welchen Abwehr- und Bewältigungsmodi neigt der Patient?*

b) Psychotische Modi: Wahnbildung mit spezifischen Inhalten; Sinnestäuschungen, Halluzinationen, Ich-Störungen. Unreife Modi: Konfluenz, Symbiosetendenz, Introjektion, Retroflektion, Hypochondrie, Spaltung, Externalisierung, projektive Identifizierung, passiv-aggressives Verhalten, Regression. Neurotische Modi: Dissoziation, Ausagieren, Projektion, Verleugnung, Ungeschehen machen, Verdrängung, Verschiebung, Verkehrung ins Gegenteil, Reaktionsbildung, Affektisolierung, Intellektualisierung, Progression, Identifizierung, Konversion. Reife Modi: Antizipation, Sublimierung, Altruismus (ohne Ausformung zum Helfersyndrom; Schmidbauer 1982, 1983), Humor.

c) Die Anamnese der Abwehr- und Bewältigungsmodi wie auch die Thesenbildung zur Psychodynamik gehören eigentlich eher in die Auswertung der Anamnese. Sie wurden hier aufgenommen, weil die Validierung der Abwehrstrategien meistens schon während des anamnestischen Prozesses erfolgt.

Auswahl und Ordnung der Modi nach: Freud (1936); Mentzos (1991); Petzold (1988); Hoffmann/Hochapfel (1992); Riemann (1986); Rohde-Dachser (1989); Kohut (1979); Kernberg (1978, 1985); Rahm u. a. (1993); Ferenczi (1982).

3.2.10 Protektive Faktoren und Ressourcenfelder

a) *Wir haben uns nun viel um Ihre Erkrankungen gekümmert. Ich möchte Ihnen nun ein kleines Experiment anbieten, bei dem es sich um die „guten Erfahrungen" in Ihrem Leben handelt.*

b) Vielleicht rücken Sie sich mal so zurecht, daß Sie bequem sitzen und schließen die Augen. Lassen Sie Ihren Atem einfach so wie er ist kommen und gehen und folgen Sie den Worten und Bildern, die ich Ihnen nun geben werde: Stellen Sie sich Ihr Leben einmal als einen langen Weg vor, der von hier aus in Ihre Vergangenheit reicht – ist es ein breiter Weg, ein schmaler, ein holpriger, gewundener oder gerader? Dann möchte ich Sie bitten, sich einmal auf ein Fahrrad zu setzen und diesen Weg zurückzufahren, dabei einmal nach links und rechts zu blicken, welche Landschaften sich da zeigen und vor allem auch, welche Personen und Ereignisse Ihnen da begegnen. – Konzentrieren Sie sich dann nur auf diejenigen, von denen und mit denen Sie Gutes und Freudvolles erfahren haben, die Ihnen im jeweiligen Lebensalter wohlgesonnen waren und von denen Sie sich verstanden und in ihren Wünschen und Anliegen unterstützt fühlten. – Vielleicht achten Sie auch darauf, welche Zeiten im Leben für Sie besonders glücklich und reich waren, wo Sie sich besonders gut fühlten usw. – (Zeit geben) – Die nehmen Sie nun mit in ihr Gepäck und radeln langsam wieder hierher in die Gegenwart, in unsere Stunde.

c) Protektive Faktoren lassen sich am einfachsten durch derartige katathym-meditative Imaginationen explorieren. Nach der „Reise" werden die Erlebnisse erzählt und ausgewertet. Protektive Erlebnisse sind die Grundlage, von der aus maligne Ereignisse therapeutisch angegangen werden können. Diese Imagination kann auch bei der Krisenintervention eingesetzt werden. Sie stabilisiert die Person durch die sich eröffnenden positiven Erlebensräume.

3.3 Anamnese der Persönlichkeit

3.3.1 Identität, Selbstbild und Selbstkonzepte

a) *Ich würde Sie nun bitten, einmal zu versuchen, sich selbst als Person zu beschreiben. Was für ein Mensch sind Sie?*

b) Allgemeines Lebensgefühl, Befindlichkeit und Gestimmtheit im Alltag (Schwung, Antriebslosigkeit, siehe emotionale Stile), Vorlieben, Begabungen, Abneigungen, Humor, Leistungsbereitschaft, Konfliktfähigkeit (aggressiv oder ausweichend), Geduld, Ungeduld, Vertrauensfähigkeit und Selbstvertrauen, Weltbild, Haltungen, Gewohnheiten, fixierte Verhaltensstereotype, Überkompensationen, Ideologien, moralische Vorstellungen und Gewissen (welche Personen haben das vermittelt?). Kognitive Stile; Neigungen zu Über- oder Unterforderung (Relaxationsverhalten), Lebensphilosophie, Sinn-Fragen (innere Dialoge), Religiosität, Spiritualität, Verhältnis zu Natur und Umwelt, kreatives Verhalten. Gibt es Vorstellungen davon, „wohin dieses Leben führen soll?" Unbewußte „Leitideen" (Thomae 1988), „Bios" (Jaspers 1923), „Biosodie" und „Narrative" (Petzold 1992b, 1988). Wird der Beruf auch als Berufung erlebt? Innere Formeln der Lebensbewältigung. Nennen Sie einige positive Seiten an Ihnen und einige negative!

c) Wie kann der Patient sich selbst sehen und bewerten (Identität, Exzentrizität)? Wie sind seine Selbstkonzepte und selbstreferentiellen Gefühle beschaffen (Rogers 1983)? Hat er Sinnstrukturen aufgebaut, hat er ein Gewissen (wie ist es aufgebaut: rigide, wohlwollend, adäquat) oder fehlen tragende Sinnbereiche (= Wertestruktur des Selbst)? Wie stimmt das Vorgetragene mit meinen Gefühlen und Phantasien über den Patienten zusammen? Kann ich den Patienten so auch identifizieren? (Siegfried 1982).

3.3.2 Aggression und Besitz

a) *Wie würden Sie im allgemeinen Ihren Umgang mit anderen Menschen beschreiben?*

b) Durchsetzungsvermögen, Selbstbestimmung, Kompetenz, Sicherheit, Beharrungsvermögen (auf eigener Meinung/Haltung), Konfliktträchtigkeit, Auseinandersetzungs- und Entscheidungsfreudigkeit. Wie reagieren Sie im Streit: mit Rückzug, Vorwurf, Verständnis, Hilfsangebot? Üben Sie Einfluß auf andere aus oder ist das eher umgekehrt? Umgang mit Macht, Rivalität, Ehrgeiz, Geltungsbedürfnis, Erfolg, Ansehen, Prestige, Selbstvertrauen vs. Irritabilität. Umgang mit unpassenden Fremdattributionen (Identifizierungen) und Fremdbestimmung (z. B. im Beruf, dem Chef gegenüber, dem Ehepartner gegenüber), besteht eine (chronische) Divergenz zwischen Wollen und Handeln? Umgang mit Versagen und Krisenverhalten? Welchen Stellenwert hat Besitz in Ihrem Leben? Umgang damit, Kontinuum zwischen Geben und Nehmen (Haben und Sein), Wofür steht Geld? Machen Sie ab und an jemandem Geschenke? Sitzt der Patient starr auf seinen Gütern herum (auch im übertragenen Sinn: auf seinen Qualitäten)? Fähigkeiten zur „Selbstbemutterung und -bevaterung" Sind Sie eher geizig oder spendabel?

c) Wenn der Patient sich schwer tut, dies im allgemeinen sagen zu können, kann er aufgefordert werden, für einige Bereiche reale Beziehungsbeispiele mit Personen zu schildern. Dieser Bereich gibt Aufschluß darüber, wie flüssig, flexibel oder rigide der Patient in seiner Persönlichkeit strukturiert ist. Besonders wenig differenzierte Menschen bekommen es bei allzu großer Anforderung von Flexibilität mit der Angst zu tun, sie können Neues nur wenig oder langsam integrieren und Veränderung nur schwer zulassen (Prognose, Wahl der Interventionsstile). Welche Bereiche sind mit Angst besetzt? Vorsicht: Dekompensation!

3.3.3 Liebe, Intimität, Sexualität

a) *Wie erleben Sie sich in der Rolle als Mann oder Frau?*

b) Identifizierung oder Diffusion in der genitalen Rolle? Vorbilder? Attraktion (Anziehung) auf das andere Geschlecht? Haben Sie es eher leicht oder schwer, Partner zu finden? Hemmungen, Schwierigkeiten? In welchen Bereichen? Wie lange dauern Partnerschaften? Wie sind diese geprägt? Gibt es Wiederholungen bestimmter Themen? Werden im Allgemeinen die Bedürfnisse erfüllt (oder handelt es sich um einen chronisch unerfüllten Patienten)? Gibt es Traumbilder, Illusionen von Partnern, Partnerschaften? Überfordert sich der Patient damit? Welche Vorstellungen, Erwartungen hat der Patient von Beziehungen? Welche innere Basis braucht Beziehung in diesem Bild; wie wichtig ist sie im Leben, wie dauerhaft soll sie sein, wieviel Anpassungsleistung darf sie fordern, welche Stellung hat das soziale Umfeld (Freunde) dabei? Welche Rolle spielt die Treue (Seitensprünge)? Welche Stellung hat die Sexualität? Heterogenität, Homosexualität? Wie wichtig ist Sexualität (wieviel Verlangen, Abneigung ist da)? Wer übernimmt die Aktivität? Flirten Sie gerne? Was stimuliert Sie besonders? Welche Phantasien haben Sie, üben Sie bestimmte Praktiken aus? Welche Rolle spielt Onanie? Wer kümmert sich um die Empfängnisverhütung? Gab es im Verlauf der Biographie einen Schwangerschaftsabbruch? Gibt es Störungen im Bereich der Sexualität, Intimität?

c) Welches Arrangement, Verhalten trifft der Patient in der Partnerwahl? (Beispiele: Dominanz-Unterwerfung, Fürsorge-Abhängigkeit, Trennungsarrangement, Anklammerungsarrangement, trianguläres Arrangement, Partner als narzißtische Bestätigung, Partner als Garant für das eigene Glück, Wahl ‚unter Niveau'; vgl. Dührssen 1990). Wie fähig ist der Patient sich einzulassen? Gibt es festgefügte

Vorstellungen vom Partner, wie er zu sein hat? Wie steht der Patient zu seiner eigenen „Mittelmäßigkeit" (im besten Sinne) und der seines (wirklichen oder imaginierten) Partners? Ist Intimität möglich? Kompensiert der Patient mit Sexualität und grandiosen Erwartungen?

3.3.4 Ergänzende Fragen zu den Ich-Funktionen

a) *Die Ich-Funktionen müssen durch je spezifische Fragen exploriert werden.*

b) Ich-Funktionen: Impulswahrnehmung und -kontrolle, Erkennen der Intentionalität des Selbst (Exzentrizität und Zentrierung), Evaluation (nach innen) und Realitätsprüfung (nach außen), Unterscheidung von Phantasie und Wirklichkeit, kognitive Diskriminationsfähigkeit, Integration des Denkens, Adäquanz von Wahrnehmung und Verstehen anderer Menschen und deren Befindlichkeit (Fremdwahrnehmung, empathisches Potential, emotionaler Stil; z. B. „Wie erleben Sie mich"), Assoziieren, Imaginieren, Erinnern (Vergangenheit: Memoration), Reflektieren (Gegenwart: Kreation) und Entwerfen (Zukunft: Prospektion) von spezifischen Kommunikationsinhalten. Regressions- und Progressions-Regulation, Ambiguitätstoleranz (Fähigkeit, Ambivalenzen und -tendenzen auszuhalten und zu bewältigen), Angsttoleranz, Adaption der eigenen Bedürfnisse (Durchsetzung oder Sublimation, Verhältnisregulierung im Sinne von Allo- und Autoplastik) und der Bedürfnisse von Anderen (Akzeptieren oder Negieren, Diskriminieren). Nähe-Distanz-Regulation, adäquate Bewertung von Gefühl und Situation, Herstellen von Abgrenzungen zur Außenwelt, Frustrationsbereitschaft und -toleranz, Fähigkeit zu Trauern, zu Leiden und seelischen Schmerz zu empfinden (pathisches Potential). Rückgriff auf konfliktfreie Identitätsbereiche in Krisensituationen, Reichhaltigkeit des Rollenrepertoirs, Rollendistanz und Rollenflexibilität.

c) Die Anamnese der Ich-Funktionen kann nur teilweise im direkten Erfragen exploriert werden; weite Bereiche scheinen im Gespräch jedoch von selbst auf, so daß man ebensogut erst in der Auswertung an die Diagnostik der Ich-Funktionen gehen kann. Ich-Funktionen garantieren die Stabilität der Person und bestimmen damit die Möglichkeiten und Grenzen ihrer (therapeutischen) Labilisierung (Therapie ist Labilisierung).

3.4 Biographische Anamnese

3.4.1 Familiärer- und sozialer Entwicklungshintergrund

3.4.1.1 Frühe familiäre Atmosphären

a) *Nun werden wir uns Ihrer Lebensgeschichte zuwenden, der Familie, in der Sie groß geworden sind und Ihrer Kindheit.*

b) Wo sind Sie zur Welt gekommen und aufgewachsen (Wohnort und Umgebung und die Wohnung, das Haus, das Viertel, die Einrichtung beschreiben lassen, emotionale Konnotationen heute)? Waren Sie ein Wunschkind? Verlauf von Schwangerschaft und Geburt. In welcher (sozialen, ökonomischen, privaten) Situation waren Ihre Eltern als Sie zur Welt kamen? Wie alt waren die Eltern? Wer hat gearbeitet? Wurden Sie gestillt? Geschwisterfolge, Stellung hierzu, Rollenverteilung. Wer hat Sie als Kind versorgt? Was ist Ihre früheste Erinnerung?

c) Anamnese der psychosozialen Situation und Kultur, in die das Kind geboren wurde. Atmosphärische Evokation: der Patient sollte nach den frühen Atmosphären und äußeren Umständen von seinem Zuhause gefragt werden; diese sind oftmals sehr prägend für das Lebensgefühl des Patienten. Dabei sollte auch der jeweilige Zeitgeist, die weltpolitische und weltwirtschaftliche Lage und die ökologische Situation mit in die Einschätzungen einbezogen werden. Krieg und Verfolgung sind Faktoren, die weit in biographische Entwicklungen, oft über mehrere Generationen hinweg, ihre Wirkung tragen; diese Faktoren sollten unbedingt mit erfaßt werden (bei Familien, die hiervon betroffen waren, sollte man sich die Umstände genau schildern lassen; vgl. hierzu Heinl 1994; Heimannsberg/Schmidt 1992; Eisen 1988).

Hinweis: Mit der Anamnese von prä- und perinatalen Störungen haben sich Foresti/Berlanda (1987) und Eichenberger (1987) auseinandergesetzt.

3.4.1.2 Lebensumstände in den Kinderjahren

a) *Wer gehörte alles zur Familie?*

b) Wer hat was gemacht im Haushalt? Wer hat den Lebensunterhalt verdient? Wer hatte das Sagen und die Macht? Was waren Mutter und Vater für Menschen? Wie haben sie ausgesehen? Beschreiben Sie doch mal, wie sie gekleidet waren, wie sie aussahen! Welche Ambitionen und Vorstellungen hatten die Eltern für ihr eigenes Leben? Wurden diese erfüllt oder blieb vieles davon auf der Strecke? Konnten Sie stolz auf Vater, Mutter sein? Schildern Sie einige Beziehungen zu Menschen von damals, denen Sie besonders nah, besonders fern waren! Wen mochten Sie gerne, wer war Ihnen zuwider? Von wem fühlten Sie sich verstanden, von wem nicht? Wer hat sich am meisten mit Ihnen beschäftigt? Mit wem von den Erwachsenen konnten Sie spielen? Wurden Sie gelobt, gestreichelt, belohnt, bestätigt? Erinnern Sie sich mal an die Berührungen von verschiedenen Menschen, wie Sie die erlebt haben? Gab es Strafen, Restriktionen, Disziplinierungen? Wofür? Wie wurde mit Fehlern, die Kinder machen, umgegangen? Welche Stellung hatte der Gehorsam in der Familie? Gab es Vorbilder in der Familie? Gab es Mythen über die Familie oder einzelner Personen darin? Gab es Dinge, über die man nie sprechen durfte? Gab es Unaufrichtigkeiten? Wurden Sie eher vernachlässigt oder verwöhnt? Jeweils von wem? Wurden Sie für Dinge, die Sie damals taten entwertet? Für welche Dinge? Von wem? Mit wem konnte man Schwierigkeiten besprechen? Wofür wurde man belohnt, bestraft? Mit wem konnte man ein Geheimnis teilen (Vertrauen)? Welche Freiheiten hatten Sie? Schildern Sie eine Atmosphäre am Essenstisch zu Hause in der Familie (bei alimentaren Erkrankungen unverzichtbar!). Hatten

Sie Spielgefährten? Was wurde gespielt? Bekamen Sie Spitznamen? Welche Rolle hatten Sie in der Familie, im Freundeskreis? Erhielten Sie Taschengeld? Von wem? Welche waren ihre schönsten Zeiten, welche die schwersten, schwierigsten?

c) Vier Wege der Heilung (Petzold 1988): Was ist unbewußt? Welche pathogenen und salutogenen Bereiche müssen ins Bewußtsein gehoben werden? Welche Bereiche müssen aktiviert werden (Kreativität)? Welche Bereiche waren unterversorgt und müssen nachsozialisiert werden? Hier ist es wichtig, schon im anamnestischen Prozeß auch die protektiven Faktoren ins Bewußtsein zu rufen und sie entsprechend zu würdigen, besonders in der Krisenintervention ist dies ein zentraler Schritt.

3.4.1.3 Besonderheiten in der Kindheit

a) *Erzählen Sie mir, ob es Besonderheiten gab in Ihrer Kindheit*

b) Versagungen, Verwöhnungen, Regressive Stadien (Einnässen, Einkoten), Fortlaufen, Stehlen, Lügen, Schlafwandeln, Nägelkauen, Stottern, andere Sprechstörungen, Leistungsabfall in der Schule, Erröten, Ängste, Schwindel, Alpträume, Gewalterfahrungen (von wem?), sexueller Übergriff, Kriegserlebnisse (Verfolgung, Tötung, Inhaftierung, Gefangennahme, Flucht, Hunger, Folter), Krankheiten, Krankenhausaufenthalte, Entwicklungsrückstände, Geburt von Geschwistern, Umzüge (Ausland?), Tod von Verwandten oder Bezugspersonen, Unfälle, Reisen, Heimaufenthalte etc. Wie wurde damit umgegangen?

c) Kontinuumsanalyse, Anamnese von polytraumatisierten und prolongierten malignen Karrieren und unglücklichen Lebensläufen. Diagnostik von malignen und fixierenden Narrativen, die sich evtl. auf der Lebensachse wiederholen? Analyse der entwicklungsspezifischen Bewältigungspotentiale. Wo konnte durch innere oder äußere Supportfaktoren kompensiert werden, wo nicht mehr (Überforderung)?

3.4.2 Leistungsentwicklung

3.4.2.1 Frühe Interessens-Evokation beim Kind und der Schuleintritt

a) *Welche Einstellung hatten Ihre Eltern und Ihre Umgebung zu den Themen Arbeit, Beruf und Leistung?*

b) Bildungsstand der Eltern und der sozialen Umgebung (Milieu)? Mochten die Eltern den Beruf, den sie ausübten oder war das nur Notwendigkeit? Waren Sie ein neugieriges Kind? Haben Sie als Kind auf Ihre Fragen Antworten erhalten? Haben die Erwachsenen mit Ihnen gespielt (Winnicott 1979)? Wurden Sie gefordert, herausgefordert, überfordert (Stimulierung)? Konnten Sie sich mit sich alleine beschäftigen (mußten Sie das sogar?)? Gab es Personen, die Ihnen die Welt gezeigt und erklärt haben? Was hat Ihnen als Kind besonders Spaß gemacht (Interesse)? Waren Sie im Kindergarten? Schildern Sie die Umstände! Wie war das? Wie waren die Erzieher/innen? Wie waren die anderen Kinder, die Umgebung, die Atmosphäre? Wie lange waren Sie da? Sind Sie freiwillig dahingegangen oder unter Druck?

c) Anamnese der Entwicklung der Leistungs-Säule der Identität.

3.4.2.2 Schuleintritt und Schullaufbahn

a) *Können Sie sich noch an Ihren Schuleintritt erinnern?*

b) Erzählen Sie davon! Atmosphäre in der Schule, wie waren die Lehrer/innen? Wen mochten Sie davon? Wie waren die Schulkameraden/innen? Bekamen Sie hier auch einen Spitznamen? Mußten Sie Klassen wiederholen? Wie ging Ihnen das Lernen von der Hand? In welchen Fächern waren Sie besonders gut, in welchen schlecht? Gab es Einbrüche, Schwierigkeiten (Lese-, Schreibschwächen, Rechnen etc.)? Wann? Hatten Sie Prüfungsängste? In welche Schulen gingen Sie danach? Wer hat Sie bei der Entscheidung für eine weitere Schule oder Berufsrichtung unterstützt, gefördert, beeinflußt? Vorbilder? Haben Sie sich für einen Lehrberuf oder ein Studium entschlossen?

c) Leistungsentwicklungs-Anamnese

3.4.2.3 Berufswahl und Arbeit

a) *Wie und wann haben Sie sich für einen Beruf entschieden?*

b) Schildern Sie Ihren beruflichen Werdegang und die Hindernisse darin! Schildern Sie den Weg bis zu Ihrer Entscheidung zu diesem Beruf! Was war primär ausschlaggebend? Bei Männern: Mußten Sie zum Militär, Zivildienst? Bei Frauen: Haben Sie ein freiwilliges soziales Jahr gemacht? Erzählen Sie davon! Welche Erfahrungen konnten Sie da machen? Berufliche Identifikationen, Identifizierungen mit und von anderen (z. B. Vater, Mutter, Onkel, Freunde/innen etc.). Gab es Auseinandersetzungen bezüglich Ihrer Berufswahl? Mit wem? Wie gingen die aus? Wie gut waren Sie über den zu erlernenden Beruf vorher orientiert? Wie zentriert und motiviert waren Sie? Kam die Entscheidung eher von außen oder von innen? Hatten Sie verschiedene Jobs? Erzählen Sie davon! Wie war Ihre Ausbildungszeit, die Lehrer, Meister, Professoren? Mußten Sie den Beruf, Wohnort wechseln? Wie oft? Wie war das für Sie? Waren Sie damals und sind Sie heute zufrieden mit Ihrem Beruf?

c) Berufswahl und Arbeit sind eine der bedeutendsten Identitätsbereiche in unserer Kultur. Die Zufriedenheit in diesem Bereich bestimmt weitgehend ein gutes Selbstwertgefühl.

3.4.3 Entwicklung des Leib-Selbst, interpersonelle Entwicklung und Entwicklung der genitalen Rolle

3.4.3.1 Frühe Zwischenleiblichkeit mit den Bezugspersonen

a) *Wurde Ihnen erzählt, was für ein Kind Sie waren?*

b) Waren Sie ein Kind, das „immer nur schlafen wollte", „ständig umtriebig war", „ein aufgewecktes, interessiertes Kind", „ein schrecklicher Schreihals", „ein Kostverächter", „ein zufriedenes Kind", „ein entsetzliches Kind", „ein Hosenscheißer", „ein Frühentwickler, der alles gleich konnte", ein „Nachzügler", haben Sie „gefremdelt" (Achtmonatsangst) etc.? Erinnern Sie sich an Körperkontakt mit Mutter, Vater oder anderen Personen? Wer hat Sie als Kleinkind versorgt? Haben Sie das Gefühl, gehalten und liebkost worden zu sein oder eher wenig oder zuviel? Konnte man Sie trösten? Erinnern Sie sich an die Leiblichkeit verschiedener ihrer Bezugspersonen! Wie waren die jeweils? Beschreiben Sie die Personen! Wann haben Sie das Sprechen gelernt, wann das Laufen? Wenn Sie mal in Ihre ganz frühe Zeit hineinphantasieren: glauben Sie, daß Sie da jemand ganz für sich hatten (Empathie, Resonanz)? Wie wurde Ihnen das klar? Versuchen Sie sich an die Blickkontakte mit verschiedenen Personen zu erinnern! Haben Sie das Gefühl, daß immer jemand für Sie da war oder daß Sie öfters alleine waren?

c) Anamnese der primären Identitätsmatrix (Dyade). Wenn ein Patient hierüber nichts zu berichten weiß, sollte er aufgefordert werden, sich von seinen Eltern (so sie noch leben) etwas erzählen zu lassen oder Photos aus dieser Zeit mit in die Analysestunde zubringen. Eine andere Möglichkeit besteht darin, den Patienten ein phantasiertes projektives Panorama der frühen Atmosphären zeichnen zu lassen (nach entsprechender Einführung).

3.4.3.2 Entwicklung in der Dyade – Entdeckung der Geschlechtlichkeit

a) *Erzählen Sie mir von Ihrer frühen Kindheit!*

b) Gibt es Erinnerungen, Szenen, Bilder (Ikonen), Atmosphären? Gibt es Spielsachen, an die Sie sich heute noch erinnern (Kuscheltiere, Puppen und andere Übergangsobjekte)? Wenn es solche gab und es sie heute noch gibt, können sie mit in die Therapie gebracht werden. Ließ die Mutter Sie spielen, konnten Sie jederzeit zu ihr zurück (emotional refuelling, Wiederannäherung, Erkundungsverhalten)? Durften Sie auch NEIN sagen? Wer hat mit Ihnen die „Sauberkeitserziehung" gemacht? War/en die Person/en liebevoll, streng, rigide, lasch (Unterstimulierung)? Gab es Geschwister? Wie waren die? Wie ging das Spielen mit diesen? Wann haben Sie entdeckt, daß Sie ein Junge, Mädchen sind? Wie war das? Haben Sie Erinnerungen an frühe sexuelle Phantasien und Spiele (Doktorspiele)? Wie war das, gibt es Erinnerungen, Photographien? War ihre Mutter, Vater stolz auf Sie? Worauf genau? Haben Sie Bilder gemalt? Gibt es noch welche davon? Sind Kinder und Verwandte zu Besuch gekommen? Sind Sie nach draußen gegangen zum Spielen (soziales Umfeld vereinsamt, überflutet)?

c) Hinweis: Mit der Problematik der Geschwisterbindung haben sich Bank und Kahn (1990) auseinandergesetzt.

3.4.3.3 Die Geschlechtsrollen-Exploration

a) *Können Sie sich daran erinnern, wie sie „ein Junge" / „ein Mädchen" geworden sind?*

b) Durften oder konnten Sie mit Papa oder Mama (dem gegengeschlechtlichen Elternteil) kuscheln, flirten, schmusen (Zärtlichkeit, homoerotische Bedürfnisse)? War das in Ordnung, hatte man Spaß damit? Durfte man sich zu Hause nackt zeigen oder mußten sich alle immer ganz anziehen (verstecken; Umgang mit Leiblichkeit)? Wie war das mit Ihren Geschwistern? Haben Sie „Doktorspiele" gemacht? Mit wem? Wie war das für Sie? Haben Sie bei den Eltern durchs Schlüsselloch ins Schlafzimmer geguckt (zusammen mit anderen)? Wie verhielten sich Vater und Mutter in dieser Zeit (4.–6. Lebensjahr)? Wurden die Grenzen zwischen Kindern und Erwachsenen gewahrt? Wieviel Nähe konnten und durften Sie zu ihren Eltern haben? Welche Einstellung hatten Ihre Eltern zu ihrer Intimität und Sexualität? Haben Sie in ihrer Nähe so etwas wie Ekel erlebt? Erinnern Sie sich an Berührungen verschiedener Personen. Durften Sie wütend sein? Haben Sie in dieser Zeit einmal jemandem den Tod gewünscht? Erzählen Sie von ihren Phantasien! Haben Sie vernünftige Erklärungen für Verbote bekommen, mit denen Sie was anfangen konnten oder ging es nur darum, Gesetze (unhinterfragt) zu respektieren? Hatten Sie manchmal ein schlechtes Gewissen? Wofür?

c) Anamnese der sekundären Identitätsmatrix („Triangulierung"). Die Triangulierung geschieht, wie oben gezeigt werden konnte, auf einem projektiven Niveau der Eltern schon recht früh. Auf den Begriff wurde daher hier verzichtet (ebenso auf den Begriff der „Ödipalität"). Wichtig ist hier, daß die Eltern die Rollen mehr oder weniger bewußt verteilt und differenziert haben; z. B.: Tochter sagt: „das ist mein Papa", Mutter antwortet: „ja, der Papa gehört Dir aber der Mann gehört mir!" Die Differenzierung von Nähe und Intimität muß eingehalten werden. Ebenso wichtig ist, daß Abgrenzungen und Regeln, wenn das Kind die Geschlechterrollen exploriert, nicht zu rigide und streng (kastrierend) vorgenommen werden (Über-Ich-Bildung, Werte-Struktur des Selbst). Ergebnis dieser Entwicklungsphase ist im Normalfall die volle Geschlechts-Reflexivität und -Identität, die ohne Ambivalenz und Diffusion vom Kind akzeptiert wird und voll kognitiv repräseniert ist.

3.4.3.4 Späte Kindheit

a) *Welche Kontakte hatten Sie in der Zeit vom Schulbeginn bis zur Pubertät?*

b) Ausbildung von Regeln, Rollen und Normen in Peer-groups, Rollenidole, Rituale mit Freunden, Freundinnen. Hatten Sie eine/n Freund/in (gleichgeschlechtlich)? Ging das auch mal in die Brüche (wegen Untreue, Verrat)? Wie haben Sie die Freundschaften damals erlebt, aus heutiger Sicht? In wen waren Sie das erste

Mal verliebt? Wie reagierte ihre „Gruppe"? Waren Sie in einer Jugendgruppe (Fahrten, Zeltlager, Solidaritätserfahrungen in der peergroup) oder in „Gangs" (Punker, Popper, Pogos, extremistische Gruppen etc.)? Wie waren die Regeln in dieser Gruppe? Welche Rollen und konkrete Aufgaben hatten Sie da? Welche Funktion erfüllte das damals aus Ihrer heutigen Sicht?

c) Anamnese der tertiären Identitätsmatrix (Peer-Sozialisation). Hat sich der Patient eine Peer-group gesucht, der er gewachsen war oder war er ständig überfordert, isoliert (Außenseiter)? Welche Rollen hatte der Patient? Kompensationen? Das Ergebnis dieser Phase ist im Normalfall die Auseinandersetzung mit Regeln, Strukturen und Normen, die eine „Wertestruktur des Selbst" schafft, die nicht zu rigide, aber auch nicht zu nachlässig ist. Das Kind kann aufgrund dieser Basis zunehmend Entscheidungen treffen, die vom eigenen, voll repräsentierten Werte-Selbst unterfangen sind.

3.4.3.5 Pubertät

a) *Wie haben Sie die Veränderungen Ihres Körpers in der Pubertät wahrgenommen?*

b) Wurden Sie aufgeklärt? Von wem? Wie war das für Sie? Schambehaarung, Brustentwicklung, Umformungen des Körpers, erster Samenerguß, Menarche? Wie wurde das erlebt, verarbeitet? Wie war das, als Sie das erste Mal Ihre Liebe/ Lust gespürt haben? Gab es erwachsene Personen, die Ihnen das erklärt haben, zu denen man Vertrauen hatte? Wie wurde in der Peer-group damit umgegangen, mit dem/der (gleichgeschlechtlichen) Freund/in? Wie haben sich die Beziehungen zum anderen Geschlecht entwickelt? Wie ging das mit der „Anmache" des anderen Geschlechts? Welche Rolle spielte die Onanie (hat es Spaß gemacht oder war es eher scham- und schuldhaft)? Konnten die Eltern Sie gehen lassen, Ihre eigenen Sachen machen lassen oder hing ein (oder beide) Elternteil/e an Ihnen, behinderten Sie in Ihren Aktionen (Kontrolle)? Wie war das Vertrauensverhältnis zu den Eltern im Einzelnen?

c) In dieser Phase ist besonders wichtig, daß die Eltern fähig sind, die Jugendlichen gehen und wieder kommen lassen zu können und sich langsam mit dem Abschied vertraut zu machen. Die Jugendlichen stoßen sich an den Eltern ab, brauchen sie aber gleichzeitig noch dringend. Mit den geschlechtsspezifischen Entwicklungen haben sich in anregender Weise für Frauen Benjamin (1991) und für Männer Schnack/Neutzling (1994a, b) auseinandergesetzt.

3.4.3.6 Adoleszenz

a) *Erzählen Sie einfach, wie es weiterging ...*

b) Erste/r Freund/in, erste erotische und sexuelle Annäherungen, Disco-Besuche und Partys, Annäherung an die Rolle als Frau und Mann, Idole, Wunschvorstellungen an die eigene Person und den eigenen Körper, Veränderungen in der äußeren Erscheinung (Kleidung, Haare), Ideen, Phantasien für die Zukunft (Beruf, Studium, Liebesbeziehung, Heiraten, Kinder). Haben Sie Erfahrungen mit Drogen gemacht? Waren die Eltern unterstützend, auseinandersetzungsfreudig oder stumpf und rigide? Wie liefen die Auseinandersetzungen mit den Eltern? Wie erlebten Sie die Ablösung von den Eltern und der Familie? Gab es Bereiche, in denen Sie Verantwortung übernahmen (Schule, Gruppen, Vereine), Welche Werte waren für Sie seinerzeit ausschlaggebend? Was war Ihnen wichtig? Gab es Rückschläge, Einbrüche, Besonderheiten?

c) Ablösung vom Elternhaus und Identifizierung mit der genital-sozialen Rolle

3.4.3.7 Entwicklungen im Erwachsenenalter

a) *Welche Entwicklungen und Veränderungen gab es für Sie seither im Erwachsenenalter?*

b) Rollendifferenzierungen, Rollenausbau und -Überprüfung, Konsolidierung von Lebenskonzepten: Genitale-, Partnerschafts-, Eltern-, gesellschaftliche Rolle, Werte, Gesundheit, Materielles, Finanzielles, Auseinandersetzungen um das Thema der Familiengründung und der beruflichen Laufbahn, Zukunftsentwürfe. Wann kamen eigene Kinder? Wie war das (Veränderungen)? Wie wurde das Heranwachsen der eigenen Kinder und die Elternrolle erlebt? Erinnerungen an die eigene Geschichte? Gab es gesundheitliche Einbrüche? Welche Zeiten waren besonders gut? Wie hat sich die Beziehung zu den Geschwistern aus der Herkunftsfamilie entwickelt (Bank/Kahn 1990)? Wie wurde die berufliche Rolle differenziert? Wie hat sich der Bezug und die Auseinandersetzung mit dem gesellschaftlichen Umfeld gewandelt? Wie haben sich im Laufe des Lebens Werte verändert? Wurde die Lebenssituation (Beruf, Wohnen, Freunde, Gesundheit, Partnerschaften, Ehe) öfters verändert? Wie war das jeweils für Sie? Wo im Leben gab es schwierige und krisenhafte Zeiten? Krankheiten? Gab es außergewöhnliche Situationen (z.B Kriminalität, Gewalt, Haft, Drogen etc.)? Wie wurde die Lebensmitte erlebt? Involution, Nachlassen der körperlichen Kraft, Rollenwechsel im Generationsgefüge (Großelternschaft), Auseinandersetzung mit dem Senium, der Pension und der Endlichkeit des Lebens, Tod? Nachlassen der sexuellen Appetenz, Aktivität? Welche Interessen haben Sie heute besonders?

c) Die Anamnese dieses Bereiches ist auf das jeweilige Lebensalter des Patienten einzustellen (Faltermaier u. a. 1992).

3.5 Auswertung der Anamnese

3.5.1 Intersubjektive Kontinuums-Analyse und Fokaldiagnostik

a) *Wenn Sie nun über diese ganze Lebensgeschichte schauen, wo bleibt Ihr Gefühl im Moment am deutlichsten hängen?*

b) Der anamnestische Dialog soll einer intersubjektiv gestalteten Kontinuums-Analyse unterzogen werden; eine Überschau, in der (ebenfalls intersubjektiv-festgelegte) prävalente Bearbeitungs-Foki in die Biographie gesetzt werden. Diagnostik von sensumotorischen (Leib), emotionalen (Gefühl), kognitiven (Denken), kommunikativen (Mit-Sein), Handlungs-, Leistungs- und Bewertungsstilen (Petzold 1993a).

c) Die Anamnese muß vom Therapeuten auf allen Ebenen der klinischen wie therapeutischen Relevanz ausgewertet werden (siehe: Die schriftliche Niederlegung des Befundes). Eine entwicklungspsychologische Fokaldiagnostik soll gestellt werden: In welchen prävalenten biographischen oder lebensweltbezogenen Bereichen waren / sind Noxen mit pathogener Ausstrahlung zu finden (Heinl/Petzold 1980)? Petzold (1993a) schlägt hier ein „dreizügiges Vorgehen vor: 1) Wo sind Ketten widriger Ereignisse zu erkennen? Wie wurden die regelhaften „critical-life-events" bewältigt (Filipp 1990)? 2) Wo sind Ketten salutogener Einflüsse wirksam gewesen? Wo und wann (auch: mit wem) gab es protektive Faktoren und Prozesse? 3) Wo sind prolongierte Mangelerfahrungen zu verzeichnen? Als letzter Schritt werden individuelle therapeutische Trajektorien (Behandlungswege, mögliche therapeutische Pfadverläufe, Petzold 1988) entwickelt.

Eine psychologische Karriereuntersuchung sollte sich anschließen: welche Karrierestränge sind defizient, unterbrochen, traumatisiert etc.: Beziehungskarriere, Leistungskarriere, Leibwahrnehmungskarriere, Interaktionskarriere usw.; Aufspüren von Narrativen und Noxen.

3.5.2 Ziel-Analyse

a) *Welche Ziele sollen in der Therapie angestrebt werden?*

b) Metaziele: Bewußtseinsförderung, Aufbau des Selbst- und Werteverständnisses, Förderung des Intersubjektivitätserlebens, Förderung der Kokreativität. Persönlichkeitsziele: Selbstwert, Emotionalität, Ich-Stärke, Prägnanz, Differenzierung und Identität, Stabilität der fünf Säulen der Identität, Kontakt- und Beziehungsfähigkeit, Abgrenzung. Kontextbestimmte Ziele: Arbeitsfähigkeit, Abbau von Leistungsstörungen, soziale Integration, Förderung der Möglichkeiten zur Solidaritätserfahrung. Störungs- und krankheitsbestimmte Ziele: Verminderung von Spannung, Angst, Depression etc. (Spezifika). Methodenbestimmte Ziele: Welche Methoden können und sollen zum Einsatz kommen?

c) vgl. Petzold (1993a).

3.5.3 Prognostische Analyse

a) *Welche Heilungschancen bestehen beim Patienten und in welcher Zeit kann dies geschehen?*

b) Schwere der Erkrankung, Ausmaß der regressiven Fixierung, Motivationslage und Problembewußtsein (Krankheitseinsicht), Beziehungsfähigkeit, Schwingungsfähigkeit, Verläßlichkeit des Patienten (vgl. Arbeitsbündnis), Lebensbewältigungspotential bei Labilisierung, Regressions- und Progressionstoleranz (Flexibilität, Krisenfestigkeit), habituelle Entwicklungsmöglichkeiten des Patienten, Behandlungsfrequenz, Dauer der Behandlung.

c) vgl. Keil-Kuri (1993); Schröder/Glücksmann (1993).

VI. Praxisteil 3: Diagnose und Befund

1. Prozeß, Diagnostik und Klassifikation

Im Rahmen dieser Arbeit wird nicht Umfassendes zur Diagnostik psychischer Störungen niederzulegen sein. Mit diesem breiten und umfangreichen Fachgebiet haben sich viele Autoren befaßt; für ein intensiveres Studium muß auf andere Quellen verwiesen werden (z. B. Bommert/Hockel 1981; Ermann 1991; Hilke 1984; Heinl/Petzold 1980; Klußmann 1992; Kisker u. a. 1989; Moeller 1990; Jaspers 1923; Leonhard 1991; Dilling u. a. 1991; Fähndrich u. a. 1981).

Gleichwohl sind die Prozeßanalyse, die Diagnostik, schließlich die Klassifikation, das Ziel und Schlußstück des integrativ-anamnestischen Verfahrens. Im folgenden möchte ich diese Begriffe inhaltlich voneinander getrennt definieren, wodurch eine differenzierte Auswertung des anamnestischen Materials ermöglicht werden soll.

Wie erkenntnistheoretisch belegt werden konnte, gründet menschliche Einsicht in die Sachverhalte und Problemlagen von Patienten in der Betrachtung von Phänomenen in Situationen. Wahrnehmungsinhalte, die sich uns aus dem Verschränktsein von Phänomen und Situation erschließen, können entweder in einer Gesamtschau, der Synopse, oder in fokussierten Einzelbetrachtungen aufgehen. In beiden Fällen, und beide Fälle sind für eine auswertende Betrachtung konstituierend, werden Wahrnehmungsinhalte zu „Bewußtsein gebracht" und dies bedeutet, daß sie mit dem subjektiven Bewußtsein und dem fachlichen Wissen des Betrachters verknüpft werden. An dieser Stelle wird deutlich, in welcher Weise Wahrgenommenes mit der subjektiven Wahrnehmungstätigkeit des Betrachters verbunden ist und zusammenhängt (Priebe 1989). Dies brachte uns zu der Unterscheidung von „privativ" und „diskursiv" gewonnener Erkenntnis (s. II/5.).

Es soll zunächst der Begriff Prozeß betrachtet werden. Wodurch bestimmt sich ein Prozeß? Die Prozeßbetrachtung ist ein Vorgehen, in dem das Voranschreiten der Person von Situation zu Situation, von Inhalt zu Inhalt, von Phänomen zu Phänomen synoptisch gewürdigt wird, ohne daß dabei im Denken Abbrüche oder Unterbrechungen zugelassen würden. Es wird vielmehr versucht, die einzelnen Inhalte mit anderen Phänomenen – narrativen Wiederholungen, Homologien, Kongruenzen, Diskrepanzen und Implikaten – zu verbinden. Wo dies nicht möglich ist, werden, aufgrund von Gegenübertragungsdiagnostika und Phantasien, Arbeitshypothesen über die Verbindung erstellt. Die Bemühungen der Prozeßanalyse bestehen darin, alle Ereignisse und alle „Löcher" in ein Kontext-Kontinuum zu reihen. Mit Petzold (1993a) könnte man auch sagen, die Prozeßanalyse ist „ein Voranschreiten von Fokus zu Fokus". Die dargebotenen Phänomene werden in einem Versuch oder Experiment immer in sinnstiftende Zusammenhänge gereiht. Dabei spielen die historisch-vorgängigen Erfahrungen der Betrachter eine wesentliche Rolle, denn das Sinnhafte kann von sehr unterschiedlichen Richtungen her erschlossen werden, so daß auch hier die Unterscheidung in privative und diskursive (auch: intersubjektive) Sinnzuordnung zweckhaft ist. Situationen und deren Übergänge mit bereits Gewußtem und vorgängigen Erfahrungen zu verbinden, heißt Prozeßanalyse zu betreiben. Das anamnestische Vorgehen bringt nun viele Prozesse in Überlappung, die der getrennten Betrachtung bedürfen:

a) den real-initialen intersubjektiven Beziehungsprozeß zwischen Patient und Therapeut;
b) den Übertragungsprozeß des Patienten;
c) die dargestellten lebensbiographischen Prozesse des Patienten;
d) die vielen Prozesse, die der Patient mit den in der Biographie vorkommenden Personen durchlebt hat;
d) den inneren Prozeß des Patienten während der Anamnese;
e) den inneren Prozeß des Therapeuten während der Anamnese;
f) den diagnostisch-analytischen Prozeß des Therapeuten.

Aus der Prozeßanalyse, der Würdigung einzelner Sachverhalte und ihrer sinnverleihenden Einordnung in ein Ganzes (Biographie, Anamneseprozeß) ergibt sich die Diagnostik. Von seiner griechischen Wortwurzel her bedeutet dieses Wort: „genau erkennen, unterscheiden, beurteilen". Diagnostik ist nicht das gleiche wie Klassifikation. „Diagnostik geht vom einzelnen Patienten aus, arbeitet mehrdimensional und eher idiographisch; Klassifikation hingegen geht von allgemeineren Erfahrungen aus, arbeitet nomothetisch und reduktionistisch. Ihr Ziel ist allein die nosologische Einordnung einer Krankheit" (Tölle 1991).

Diagnostik wird nun von verschiedenen Blickwinkeln her geschehen und kann unterschiedliche Aspekte vereinen. Breiter gefaßt als die Klassifikation, kann sie neben den akut-beobachtbaren Symptomen auch Verhaltensmerkmale, biographische Daten, daseins- und lebensweltanalytische Betrachtungen, subjektive und psychodynamische (konfliktdynamische) Interpretationen (Prozeßanalyse), ätiologische Faktoren, eine Ressourcenanalyse sowie eine Bedürfnis- und Zielanalyse der Therapie mit beinhalten (Bommert/Hockel 1981; Tölle 1991; Rahm u. a. 1993). Darüber hinaus sollen aus einer solchen „deskriptven Diagnose" schon Therapieindikation und teilweise schon Interventionsmöglichkeiten abgeleitet werden können. Je nach Schwerpunkt des Diagnostikers, ergeben sich so verschiedene Varianten, die voneinander differenziert werden können.

a) Die konflikt- oder psychodynamische Diagnose

Man findet die konflikt- und psychodynamische Diagnose vor allen Dingen in analytisch orientierten Verfahren. Beschrieben werden pathologische intrapsychische Konflikte, wie sie zwischen Persönlichkeitsinstanzen auftreten (Ich-Überich-Es). Der Ursprung der Konflikte und ihre primäre Ätiologie werden entweder in die frühe Kindheit verortet (vgl. „Charakterdiagnose") oder in die peri-trianguläre Zeit (ödipale Konflikte). Aufgrund psychoanalytischer Hypothesen enthält diese Form also immer schon eine ätio-pathogenetische Theorie als Implikat. Äußere Konflikte werden hierbei meist nur als auslösend für innere betrachtet; in ätiologischer Sicht stehen sie den inneren nach (Eckstaedt 1992; Dührssen 1990; Mentzos 1991, 1993; Hoffmann/Hochapfel 1992).

Auf die Selbstpsychologie und humanistische Verfahren bezogene und erweiterte Formen der konflikt- und psychodynamischen Diagnostik beziehen sich nicht in erster Linie und auch nicht ausschließlich auf triebtheoretische Konzepte. Sie befassen sich bei der Diagnosik mit Konflikten, die zwischen mehreren divergierenden Selbstbedürfnissen entstehen, mit aversiven Konflikten, mit Konflikten zwischen Selbstverwirklichung und Fragmentierung, Distanz und Verschmelzung, mit Konflikten zwischen Autonomie und Anpassung, bzw. Abhängigkeit, aber auch mit interpersonellen und intersubjektiven Konflikten. Darüber hinaus werden in die Konfliktbetrachtung auch traumatische und defizitäre Erlebensweisen mit einbezogen.

b) Die prozessuale Diagnostik

Die prozessuale Diagnostik wurde vor allen Dingen im Kontext der Integrativen Therapie entwickelt. Wir verstehen hierunter „die Gesamtheit aller Maßnahmen, die für das Erfassen und Verstehen eines Menschen in seinem Lebenskontinuum und seinem sozialen Kontext, unter Einbeziehung seiner subjektiven Weltsicht, erforderlich sind, um einerseits zu einer klinischen Diagnose und Therapiekonzeption, andererseits in ko-respondierender Auseinandersetzung mit dem Patienten zu einem fundierten Konsens über die gemeinsame Einschätzung der Situation, der Ziele, Inhalte und Rahmenbedingungen der Therapie zu kommen, soweit dies immer möglich ist" (Petzold 1993a).

Die prozessuale Diagnostik hat vor allen Dingen die Aufgabe, die im Beziehungs- und Interaktionskontinuum beständig auftretenden Ereignisse, die der Therapeut im Sinne des „containing" (Winnicott 1979) bei sich bewahrt hat, in sinnstiftende und, bezüglich biographischer Faktoren, evidente Zusammenhänge zu reihen. Sie ist ein methodisches Vorgehen zur verlaufsorientierten Erhebung von Daten und Fakten, die ihrerseits immer wieder indikationsspezifisch in den therapeutischen Kontext eingebracht werden. Sie dient damit dem Verständnis des intersubjektiven Kontinuums mit dem Therapeuten genauso wie der Übertragungsdiagnostik.

In einem Voranschreiten von „Fokus zu Fokus" werden verschiedene Ebenen einer Analyse unterzogen. Diese sollen hier kurz genannt werden: 1) Bedürfnis- und Motivationsanalyse; 2) Problem- und Konfliktanalyse; 3) Lebensweltanalyse; 4) Leibfunktionsanalyse; 5) Lebens-Kontinuums-Analyse; 6) Ressourcen-Analyse; 7) Interaktionsanalyse (Petzold 1993a). Wie zu sehen ist, gibt es hier Überlappungen mit der konfliktdynamischen Diagnose.

c) Die phänomenologisch-strukturale Diagnose

Man findet diese Form hauptsächlich in humanistisch ausgerichteten Therapierichtungen. In der Diagnose wird versucht, aktual sichtbares Verhalten rein von den Phänomenen her zu erfassen und zu beschreiben. Im Erzählfluß werden Implikate, die auf emotionale Befindlichkeiten hinweisen, gesucht, es wird auf Homologien in der Narration geachtet, die es erlauben, wiederkehrende Elemente und Erlebensweisen als „narrative Strukturen" zu definieren. Solche werden immer intersubjektiv validiert. Im zweiten Schritt versucht man, bestenfalls wiederum intersubjektiv, von diesen regelhaft auftretenden oder sich wiederholenden Phänomenen, auf die Strukturen des Erlebens, des Verhaltens, möglicherweise der Persönlichkeit zu schließen. Die phänomenologisch-strukturale Diagnostik versucht, in Zusammenarbeit mit dem Patienten Entwicklungsdeterminanten (Noxen, Narrative) herauszuarbeiten; sie ist somit stark am Prozeß und therapiepraktisch orientiert (Bommert/Hockel 1981; Heinl/Petzold 1980; Petzold 1988, 1993a).

d) Die psychosoziale Diagnose (Kontext- und Beziehungsdiagnostik)

Der Erzählfluß in der Anamnese eröffnet immer auch Perspektiven des unmittelbaren psychosozialen Umfeldes des Patienten. Damit sind sowohl die Beziehungen im Kleinen, zur Familie, zu Freunden, zur Arbeitswelt, aber auch der Bezug zu größeren Gruppierungen in der Gesellschaft gemeint. Da die Integrative Therapie keinen individuumszentrierten Ansatz verfolgt, werden immer auch die (vorhandenen und fehlenden) supportativen Faktoren gesunder sozialer Netzwerke in die Betrachtung von Krankheitsverläufen mit einbezogen (Petzold u. a. 1993). Die Betrachtung multilateraler Übertragungen in sozialen Netzwerken gibt sehr deutlich Aufschluß über die malignen „Beziehungsnoxen", aber auch über die intakten Beziehungsressourcen von Patienten. Von diesen „protektiven Faktoren und Prozessen" ausgehend, können traumatisierende Erfahrungen oft erst gewinnbringend angegangen werden. Die pathogene Wirkung von malignen Kontexteinwirkungen, z. B. solcher am Arbeitsplatz (Petzold/Heinl 1983) oder solcher aus destruktiven Familiensystemen (Minuchin 1988; Andolfi u. a. 1986; Hoffman 1987) darf nicht unterschätzt werden; die Bearbeitung solcher Noxen im therapeutischen Setting ist ebenso unabdingbar wie die individuell-biographischen Bezüge. Das Vorhandensein oder Fehlen salutogener Beeinflussungen durch Solidaritätserfahrungen in „gesunden Netzwerken" oder in Gruppen mit gemeinsamen Zielen (z. B. Selbsthilfegruppen; Vereine, Interessengemeinschaften aller Art) soll stets Teil der diagnostischen Betrachtung sein, weil das Fehlen solcher Faktoren als pathogen zu bewerten ist.

e) Die klassifikatorisch-kategoriale Diagnose (Klassifikation)

Diese Form steht zumeist am Ende diagnostischer Prozesse und wird in dieser Form alleine am häufigsten in der Psychiatrie verwendet. In der klassifikatorisch-kategorialen Diagnose, die nur noch ein Kürzel aus Buchstaben und Zahlen ist, wird versucht, eine aktual in Erscheinung getretene Krankheit nosologischen Kategorien zuzuordnen. Aufschlüsse über mögliche Hintergründe und Entstehungsbedingungen der Krankheit bleiben bei dieser Form völlig offen, respektive implizit schulentheorie-abhängig. Der größere Sinn dieser Nosologien liegt in seiner Kommunikabilität.

Sollte das Anliegen – z. B. der WHO – gelingen, eine Nosologie aufzubauen, die rein auf beobachtbaren Phänomenen beruht, könnte diese Form der Diagnose, als eine „gemeinsame Sprache" aller Schulen und Therapierichtungen benutzt werden. Diagnostiziert wird (im Erwachsenenbereich) hauptsächlich nach dem ICD-10 der „World-Health-Organization" oder dem DSM-III-R der Amerikaner.

Wie schon erwähnt, handelt es sich bei den beiden Begriffen um eine unglückliche „Begriffsvermengung", weil die Klassifikation eigentlich schon keine Diagnostik im therapiepraktischen Sinne mehr ist. Ihr Ziel ist nicht mehr nur das Erkennen von Krankheiten und ihren Entstehungsbedingungen, sondern eben die nosologische Zuordnung psychischer Krankheit in festgefügte Kategorien. Obwohl sie auch Hinweise zu spezifischen Behandlungsformen gibt, ist ihr therapierelevanter Bezug von der praktischen Arbeit weiter entfernt als bei den vier anderen Formen.

Die Integrative Therapie versucht, diese Aspekte zu vereinigen, was kein leichtes Unterfangen ist. In der Vergangenheit scheute man sich davor, „Menschen in diagnostische Kategorien zu stecken". Vor allen Dingen die Wurzeln der Gestalttherapie von F. Perls wirkten hier lange nach. Tatsächlich ist die Klassifikation oftmals eine Stigmatisierung; man denke nur an die „Hysterie" oder die schizophrene Diagnose. Auch birgt sie die Gefahr, daß Patienten bei Überweisungen von unkritischen Kollegen nicht mehr differenziert untersucht oder wahrgenommen werden. Andererseits brauchen verschiedene Schulen, wenn sie sich verständigen wollen, auch eine gemeinsame Sprache. „Integrative Diagnostik kann auf psychiatrische Diagnostik aufgrund der Notwendigkeit professioneller Kommunikation und der Realitäten des klinischen Feldes nicht verzichten" (Petzold 1993a). Mit der Einführung der Klassifikation nach dem ICD-10 und dem DSM III-R werden die spezifischen Konzepte, insbesondere das Paradigma der Intersubjektivität (Petzold 1988; Jaquenoud/Rauber 1981) allerdings nicht aufgegeben. Klassifikation erspart dem Therapeuten nicht, seine eigene biographische Anamnese mit jedem Patienten zu erheben, um so zu einem intersubjektiven Prozeß, und hieraus möglicherweise auch zu anderen Anschauungen mit dem Patienten und zu einem anderen Konsens über die Behandlungsform zu kommen.

Wie zu sehen war, wird auch die konfliktdynamische Betrachtung unter einem erweiterten Verständnis gefaßt. Externale Konflikte als Faktoren, die über die ganze Lebensspanne hin ihr pathogenes Potential entfalten können (Noxen), stehen den internalen und früher erworbenen (latenten, fixierten etc.) Konflikten gleichwertig gegenüber. In Übereinstimmung mit dem Situationsbegriff, wie er in dieser Arbeit dargestellt wurde, spricht Petzold (1988) von pathogenen Konflikt-Situationen. Konflikte werden nicht nur als „Triebkonflikte" zwischen Ich, Über-Ich und Es, sondern im Sinne der Selbstpsychologie als Konflikte und Störungen auf dem Weg zur Selbstentfaltung betrachtet (Kohut 1979; Petzold 1988; Rogers 1983). Hierbei werden zum einen naturgemäße critical life events (Filipp 1990) durchschritten; hiervon abgegrenzt kann es zu pathogenen defizitären, konflikthaften, traumatischen oder störenden Einflüssen kommen. Pathogenes Potential wird aber erst dann entfaltet, wenn die im kritischen Ereignis aktualen Problemlösungspotentiale noch nicht vollständig ausgebildet sind oder nicht zur Verfügung stehen können, so daß es zu Überforderung und Traumatisierung kommt.

Phänomenologisch-strukturale Diagnostik kann immer nur in Zusammenarbeit mit dem Patienten selbst erfolgen. Sie entsteht im anamnestischen Prozeß fast von selbst, weswegen sie auch „prozessuale Diagnostik" genannt wird. Von den genannten Diagnoseformen hat diese die höchste therapie-praktische Relevanz. Sie kommt den anthropologischen Grundgedanken der Integrativen Therapie am nächsten und beschränkt sich auch nicht nur auf die anamnestische Betrachtung im Rahmen der Initialphase der Therapie, sondern ist ein durchgängiger Prozeß durch den gesamten Behandlungsverlauf (Böhme 1985).

2. Die Abfassung des Befundes

Für die eigene Dokumentation, aber auch für Kassenanträge, Gutachten, Weiterüberweisungen sowie Epikrisen, werden die Befunde von Patienten schriftlich abgefaßt. In neuerer Zeit haben sich vor allen Dingen Keil-Kuri (1993) und Schröder/Glücksmann (1993) mit dieser Thematik befaßt.

Ich möchte am Ende dieses Buches Strukturpläne für eine schriftliche Niederlegung des Befundes darstellen, wie sie für humanistische Verfahren geeignet sind. Um den Text nicht zu überfrachten, verzichte ich darauf, Beispiele für die direkte Abfassung des Berichtes zu geben. In der o.g. Literatur finden sich mannigfaltige Ausführungen hierzu.

Ähnlich wie im Praxisteil 2, ist es auch hier nicht in jedem Falle nötig, jede der unten genannten Rubriken übergenau auszuführen. Die aktuale Lebens- und Realsituation (Abschnitt F) und die Anamnese der Persönlichkeit (Abschnitt H) sind für Kassenberichte in dieser Ausführlichkeit nicht unbedingt erforderlich. Unverzichtbar dagegen ist (neben den allgemeinen Patientendaten) der Abschnitt Psychoreaktion/Psychodynamik (I). Insgesamt sollte der Bericht den Umfang von zwei Schreibmaschinenseiten nur in Ausnahmefällen überschreiten. Damit sind ohnehin Grenzen gesetzt. Im ersten Teil findet sich ein Raster, das für die Abfassung des Erstantrags verwendet werden kann, im zweiten Teil eines für den Antrag zur Bewilligung zur Fortführung der Therapie.

2.1 Strukturplan für die Abfassung eines Erstantrages für Psychotherapie oder für eine Epikrise

A. Patientendaten

1. Name, Vorname
2. Geburtsdatum, Geburtsort
3. Beruf, Tätigkeit
4. Kontaktaufnahmedatum, oder Behandlungsdauer

B. Diagnose

1. Klinische Symptomatik
2. Primärpersönlichkeit (Charakterdiagnose, Persönlichkeitsstruktur)

C. Beginn der Behandlung

   1. Kurzcharakterisierung des Patienten, Anlaß der Aufnahme
   2. Initiale Problemstellung (Faktoren des unmittelbaren Umfeldes)

D. Spontanangaben des Patienten

   1. Schilderung der Klagen; möglichst mit wörtlichen Zitaten
   2. Symptomatik zu Beginn der Behandlung (aus der Sicht des Therapeuten)
   3. Gründe für den Zeitpunkt der Aufnahme; welche Personen waren im Kontext der Aufnahme beteiligt (Ärzte, Personen aus dem Privatkreis des Patienten)

E. Krankheitsanamnese

   1. Frühere psychische Erkrankungen, Primordialsymptome und Behandlungen (wann, wo, wie lange, Erfolge)
   2. Aktuelle Exacerbation, Symptome (phänomenologische Beschreibung)
   3. Beginn, Auslöser, Dauer, Verlauf, Phasen, Status
   4. Bewältigungsverhalten in Vergangenheit und Gegenwart (Coping), Krankheitseinsicht, Behandlungsbereitschaft
   5. Psychopathologischer Befund (wenn nötig)
   6. Somatische Erkrankungen
   7. Erkrankungen in der Herkunftsfamilie
   8. Fremdanamnese (wenn nötig)

F. Aktuale Lebens- und Realsituation

   1. Kurz gefaßte Darstellung der Situation: Lebenssituation, Wohnen, Familie, Beruf, Arbeit, Soziales Umfeld, Gegenwartskonflikte, prospektive Themen (Zukunftsentwürfe, Befürchtungen)
   2. Ressourcen, protektive Faktoren, sozialer Support, Potentiale, Depotentiale

G. Biographische Anamnese

   1. Familiärer und sozialer Entwicklungshintergrund;
   2. Schilderung der Kindheit und deren Besonderheiten (Primordialsymptome?);
   3. Leistungsentwicklung;
   4. Entwicklung des Leib-Selbst, interpersonelle Entwicklung und Entwicklung der genitalen Rolle;
   5. Regel-Bewältigung der „critical life events" (Rückstände, Deprivation, Defizite, Fixierungen);
   6. Entwicklungen im Erwachsenenalter;

H. Anamnese der Persönlichkeit

   1. Äußere Erscheinung, Auftreten und Habitus des Patienten;
   2. Emotionale und kognitive Differenziertheit der Person (Struktur);
   3. Selbstbild und Selbstkonzepte;
   4. Aggression und Besitz;
   5. Partnerwahlverhalten, Liebe, Intimität und Sexualität;
   6. Ich-Funktionen (Stabilität);

I. Psychoreaktion, Psychodynamik und Verhaltensanalyse

   1. Darstellung der externalen (interpersonellen) und internalen Konfliktkonstellationen und Überforderungen;
   2. Darstellung der neurotischen Vorentwicklung und der intrapsychischen Dynamik;
   3. Bedingungsanalyse: Modelle zur Entstehung der Symptomatik;
   4. Verhaltensanalyse: Kompromiß- und Symptombildungen, fixierte Abwehr- und Bewältigungsmodi;

    5. Funktionsanalyse: Krankheitsgewinn, Aufmerksamkeit, Umfeldeinbezug, Alibi- und Ersatzfunktion;

    6. Neurosen-psychologische Diagnostik;

K. Therapieziele und Behandlungsplan

    1. Bestimmung der Grob- und Feinziele, Nah- und Fernziele;

    2. Interventionsstrategien: Krisenintervention, Restitution, Prävention, Substitution, Evolution, Coping;

L. Prognose

    1. Schwere der Erkrankung, Ausmaß der Fixierung;

    2. Motivationslage und Problembewußtsein des Patienten;

    3. Beziehungsfähigkeit, Verläßlichkeit, Lebensbewältigungspotential;

    4. Regressions- und Progressionstoleranz, Krisenfestigkeit, Flexibilität (Ich-Funktionen);

2.2 Strukturplan für die Abfassung eines Weiterbewilligungsantrages

A. Wichtige Ergänzungen zu den Angaben in den Abschnitten D – H (2.1)

    1. Veränderungen in den Spontanangaben und der Symptomatik;

    2. Weiter hinzugekommene krankheitsanamnestische und lebensbiographische Angaben;

    3. Aktuelle und hinzugekommene Befunde z. B. aus intermittierender stationärer Therapie oder Gruppentherapie;

    4. Veränderungen in der aktualen Lebens- und Realsituation;

    5. Veränderungen bezüglich der Persönlichkeit;

B. Zusammenfassung des bisherigen Therapieverlaufes

    1. Prozessuale Diagnostik (Situations- und Prozeßanalyse);

    2. Motivation und Mitarbeit des Patienten;

    3. Regressions- und Progressionsfähigkeit, Flexibilität;

    4. Interpersonelle Dynamik zwischen Patient und Therapeut (Übertragung, Gegenübertragung, Widerstand). WICHTIG: Fehlen Hinweise zur interpersonellen Dynamik, muß angenommen werden, daß entweder ein tiefenpsychologisch fundiertes Verfahren kontraindiziert ist oder sich ein therapeutischer Übertragungsprozeß nicht entwickelt hat. In beiden Fällen ist die Weiterbewilligung fraglich;

    5. Angewandte Methoden;

    6. Bislang erzielte Effekte;

C. Entwicklungen in der Psychodynamik der Erkrankung

    1. Siehe Abschnitt I (2.1);

D. Neue diagnostische Einschätzungen

    1. Neurosen-psychologische Diagnostik;

    2. Änderungen in der Klassifikation;

E. Modifizierung des Therapieplanes und der Therapieziele

    1. Siehe Abschnitt K (2.1);

F. Prognose nach bisherigem Behandlungsverlauf

    1. Siehe Abschnitt L (2.1);

    2. Wahrscheinlich notwendige Behandlungsfrequenz und -dauer;

    3. Entwicklungsmöglichkeiten des Patienten, bezogen auch auf sein Umfeld;

VII. Ausblick

Die hier vorgelegten Modelle zur Anamneseerhebung beziehen sich in erster Linie auf die Anamnese durch einen Dialog im intersubjektiven Raum. Wie zu sehen war, geht ein so konzipiertes Gespräch jedoch weit über den Rahmen von Verbalität hinaus. Dennoch bildet es nicht die einzige Möglichkeit, anamnestisch zu arbeiten. Mit bestimmten Patientengruppen, z. B. bei Patienten mit schweren frühen Schädigungen und Psychosomatosen, wird man sogar auf andere Methoden zurückgreifen müssen, weil diese Menschen die für uns wichtigsten Daten gar nicht oder nur sehr schwer in der beginnenden Beziehung zum Therapeuten sprachlich explizieren können, ja ihre Störung genau hierin besteht (z. B. bei Alexithymie und Beziehungsstörungen). Hier werden wir die Anamnese begleitend mit kreativen Medien erheben müssen (Petzold/Orth 1990), bewegungsdiagnostische Blickwinkel einsetzen (Kirchmann 1979; Höhmann-Kost 1991), mit nonverbalen Interventionen (Heinl 1985, 1993a; Petzold 1992a) arbeiten, auf wechselnden Ebenen von Eindruck – Ausdruck – Eindruck (Sheleen 1983) uns erst langsam an die Wiederherstellung von Introspektion herantasten können. Dies auszuarbeiten, die Medien (Wachsmalkreide, Wasserfarben, Stöcke, Seile, Bälle, Puppen, Kuscheltiere etc.) in ihrer Entwicklungs-Spezifität zu hierarchisieren, entsprechende anamnestische- und Interventionsbereiche einzugrenzen – das wird die Aufgabe einer anderen Arbeit sein.

In gleichem Maß wird die Ausarbeitung von Konzepten für die Anamnese als Krisenintervention an Bedeutung gewinnen (James u. a. 1987; Schnyder/Sauvant 1993). Die Anamnese vor dem Hintergrund von bedeutsamen Lebensereignissen, wie sie in dieser Arbeit aufgezeigt wurde, hat immer eine heuristische Struktur; vor dem Hintergrund der sich ausdifferenzierenden life-event- und Selbstkonzeptforschung (Filipp 1979, 1990) können anamnestische Konzepte immer mehr verfeinert werden. Da Theorie sich aber aus dem Spüren und Erleben der praktischen Arbeit mit Patienten rekrutiert und nicht umgekehrt, wird die Differenzierung anamnestischer Konzepte weiterem Forschen hintangestellt bleiben. Anamnestische Arbeit besteht eben nur zu einem Teil aus dem Sammeln und Ordnen der Dinge, die uns begegnen; zum anderen Teil überläßt sie uns die Arbeit, die Dinge „hinter den Dingen" herauszuspüren, um sie nach und nach in die therapeutische Beziehung und das Erleben des Patienten einzubauen.

An dieser Stelle möchte ich mit einem Zitat von Lao Tse enden, das diesen Sachverhalt auf einfache Weise zum Ausdruck bringt:

„... daher läßt sich der Weise von dem leiten, was er spürt,
nicht von dem, was er sieht.
Jenes läßt er los, dieses erwählt er"

(Aus: Tao Te King)

Literatur

Abresch, J. (1988): Stimmstörung als Krisenvertonung. Integrative Therapie, Jg. 14, S. 40–62.

Abresch, J. (1993): Anregungen zur Arbeit mit Seilen in der Integrativen Therapie. Integrative Therapie, Jg. 19, S. 423–432.

Achenbach, T. M. (1982): Development Psychopathology. New York: Wiley.

Adler, R., Hemmeler, W. (1988): Praxis und Theorie der Anamnese. Stuttgart: Fischer.

Althen, U. (1991): Das Erstinterview in der Integrativen Therapie. Integrative Therapie, Jg. 17, S. 421–449.

Ammann, A. N. (1978): Aktive Imagination. Darstellung einer Methode. Olten: Walter, 2. Aufl. 1984.

Amt-Euler, D. (1991): Anamneseerhebung als Integrativ-Therapeutisches Verfahren. Seminarmitschrift (unveröffentlicht).

Amt-Euler, D. (1994): Mündliche Mitteilungen bei einem Diskurs über Integrative Anamneseerhebung (unveröffentlicht).

Andolfi, M., Angelo, C., Menghi, P., Nicolo-Corigliano, A.-M. (1986): Das Spiel in der Maske. Therapeutischer Wandel in rigiden Familiensystemen. Stuttgart: Klett-Cotta.

Apel, K.-O. (1985): Das Leibapriori der Erkenntnis. Eine erkenntnisanthropologische Betrachtung im Anschluß an Leibnizens Monadenlehre. In: Petzold, H. (Hg.): Leiblichkeit. Philosophische, gesellschaftliche und therapeutische Perspektiven. Paderborn: Junfermann, S. 47–70.

Argelander, H. (1970): Die szenische Funktion des Ich und ihr Anteil an der Symptom- und Charakterbildung. Psyche, Jg. 24, S. 325–345.

Argelander, H. (1989): Das Erstinterview in der Psychotherapie. Darmstadt: Wissenschaftliche Buchgesellschaft.

Argyle, M. (1979): Körpersprache und Kommunikation. Paderborn: Junfermann.

Asper, K. (1989): Verlassenheit und Selbstentfremdung. Neue Zugänge zum Verständnis. Olten: Walter.

Backe, L., Leick, N., Merrick, J., Michelsen, N. (1986): Sexueller Mißbrauch von Kindern in Familien. Köln: Deutscher Ärzteverlag.

Balint, E., Norell, J. S. (1975): Fünf Minuten pro Patient. Frankfurt a. M.: Suhrkamp.

Balint, M. (1957): Der Arzt, sein Patient und die Krankheit. Stuttgart: Klett.

Balint, M. (1965): Die Urformen der Liebe und die Technik der Psychoanalyse. Stuttgart: Klett.

Balint, M. (1987): Regression. München: dtv.

Balint, M., Balint, E. (1962): Psychotherapeutische Techniken in der Medizin. Bern: Huber.

Ballstaedt, S. P. (1987): Zur Dokumentenanalyse in der biographischen Forschung. In: Jüttemann, G., Thomae, H. (Hg.): Biographie und Psychologie. Berlin: Springer, S. 203–216.

Bank, St. P., Kahn, M. D. (1990): Geschwisterbindung. Paderborn: Junfermann.

Baumann, U. (1981): Indikation zur Psychotherapie. München: Urban & Schwarzenberg.

Benjamin, J. (1991): Die Fesseln der Liebe. Psychoanalyse, Feminismus und das Problem der Macht. Basel: Stroemfeld.

Benkert, O., Hippius, H. (1992): Psychiatrische Pharmakologie. Berlin: Springer.

Benz, A. (1988): Augenblicke verändern mehr als die Zeit. Das psychoanalytische Interview als erster Eindruck von Therapeut und Gesprächspartner. Psyche, Jg. 42, S. 577–601.

Bergius, R. (1991a): Denken und Denkforschung. In: Dorsch, F. (Hg.): Psychologisches Wörterbuch. Bern: Huber, S. 130–133.

Bergius, R. (1991b): Gefühl. In: Dorsch, F. (Hg.): Psychologisches Wörterbuch. Bern: Huber, S. 236–237.

Bergius, R. (1991c): Empfindung. In: Dorsch, F. (Hg.): Psychologisches Wörterbuch. Bern: Huber, S. 169f.

Bergius, R. (1991d): Bewußtsein. In: Dorsch, F. (Hg.): Psychologisches Wörterbuch. Bern: Huber, S. 98f.

Blankenburg, W. (1982): Der Leidensdruck des Patienten in seiner Bedeutung für Psychotherapie und Psychopathologie. Der Nervenarzt, Jg. 52, S. 635–642.

Blankenburg, W. (1989a): Biographie und Krankheit. Stuttgart: Thieme.

Blankenburg, W. (1989b): Der Krankheitsbegriff in der Psychiatrie. In: Kisker, K. P. u. a. (Hg.): Psychiatrie der Gegenwart, Band 9. Berlin: Springer, S. 119–145.

Blankenburg, W. (1989c): Lebensgeschichte und Krankengeschichte. Zur Bedeutung der Biographie für die Psychiatrie. In: Blankenburg, W. (Hg.): Biographie und Krankheit. Stuttgart: Thieme, S. 1–10.

Bodenheimer, A. R. (1984): Warum? Von der Obszönität des Fragens. Stuttgart: Philip Reclam jun.

Boerner, K. (1982): Das psychologische Gutachten. Weinheim: Beltz.

Bohm, D. (1985): Die implizite Ordnung. München: Goldmann.

Böhme, G. (1985): Anthropologie in pragmatischer Hinsicht. Frankfurt a. M.: Suhrkamp.

Bommert, H., Hockel, M. (1981): Therapieorientierte Diagnostik. Stuttgart: Kohlhammer.

Bosselmann, R., Lüffe-Leonhardt, E., Gellert, M. (1993): Variationen des Psychodramas. Ein Praxisbuch nicht nur für Psychodramatiker. Meezen: Limmer.

Boss, M., Holzey-Kunz, A. (1981): Das Phänomen des Widerstandes in der Daseinsanalyse. In: Petzold, H. (Hg.): Widerstand. Ein strittiges Konzept in der Psychotherapie. Paderborn: Junfermann, S. 173–190.

Bottenberg, E. H. (1991): Neuer Umgang mit Gefühlen. Ein anthropologisch-integrativer Ansatz der Psychologie: Originäres Gefühl, Affektozept, Meta-Emotion und Authentizierung der Gefühle. Integrative Therapie, Jg. 17, S. 393–420.

Bowlby, J. (1983): Verlust, Trauer und Depression. Frankfurt a. M.: Fischer.

Brähler, Ch., Brähler, E. (1986): Der Einfluß von Patientenmerkmalen und Interviewverlauf auf die Therapieaufnahme. Eine katamnestische Untersuchung zum psychotherapeutischen Erstinterview. Zeitschrift für Psychosomatische Medizin und Psychoanalyse, 32, S. 140–160.

Brennan, B. A. (1987): Licht-Arbeit. Das große Handbuch der Heilung mit körpereigenen Energiefeldern. München: Goldmann, 5. Aufl. 1993.

Brickenkamp, R. (1975): Handbuch psychologischer und pädagogischer Tests. Göttingen: Hogrefe.

Brüderl, L. (1988): Theorien und Methoden der Bewältigungsforschung. Weinheim: Juventa.

Brugger, W., Fisseni, H. J. (1992): Person. In: Brugger, W. (Hg.): Philosophisches Wörterbuch. Freiburg: Herder, S. 287–289.

Buber, M. (1973): Das dialogische Prinzip. Heidelberg: Lambert-Schneider.

Buchheim, P., Cierpka, M., Scheibe, G. (1988): Das Verhältnis von Psychoanalyse und Psychiatrie. Dargestellt am Beispiel von Konzepten für das psychiatrisch-psychodynamische Erstinterview. In: Klußmann, R. u. a. (Hg.): Aktuelle Themen der Psychoanalyse. Berlin: Springer, S. 57–71.

Buchholz, M. B. (1993): Metaphernanalyse. Göttingen: Vandenhoeck & Ruprecht.

Buchinger, K. (1992): Zur Geschichte des Krankheitsbegriffes: Über das Verhältnis von Krankheit und Schuld. In: Pritz, A., Petzold, H. (Hg.): Der Krankheitsbegriff in der modernen Psychotherapie. Paderborn: Junfermann, S. 15–27.

Buck, R. (1984): The communication of emotion. New York: Gilford Press.

Bühler, Ch. (1959): Der menschliche Lebenslauf als psychologisches Problem. Göttingen: Vandenhoeck & Ruprecht.

Bühler, K. E. (1989): Methodologische Aspekte wissenschaftlicher Biographik. In: Blankenburg, W. (Hg.): Biographie und Krankheit. Stuttgart: Thieme, S. 29–46.

Bühler, K. E. (1991): Der Leib – ein Zeichen. Integrative Therapie, Jg. 17, S. 9–28.

Burian, W. (1983): Das Erstinterview. Die Verwendung des Erstinterviews für Diagnose und Prognose. Wiener Zeitschrift für Suchtforschung, Jg. 6, S. 45–53.

Bürmann, J. (1986): Die Bedeutung des psychotherapeutischen Konzepts des Widerstands für die Pädagogik. Integrative Therapie, Jg. 12, S. 303–319.

Byrne, D., Griffit, W. (1973): Interpersonal attraction. Ann. Rev. Psychol., Jg. 24, S. 317–336.

Capra, F. (1983): Wendezeit. München: Scherz.

Caspar, F. M., Grawe, K. (1981): Widerstand in der Verhaltenstherapie. In: Petzold, H. (Hg.): Widerstand. Ein strittiges Konzept in der Psychotherapie. Paderborn: Junfermann, S. 349–384.

Chasiotis, A., Keller, H. (1992): Zur Relevanz evolutionsbiologischer Überlegungen für die klinische Psychologie. Psychoanalytische und interaktionistische Ansätze im Lichte der Kleinkindforschung. Integrative Therapie, Jg. 18, S. 74–100.

Ciompi, L. (1982): Affektlogik. Stuttgart: Klett-Cotta.

Clauser, G. (1963): Lehrbuch der biographischen Analyse. Stuttgart: Thieme.

Coenen, H. (1986): Leiblichkeit und Sozialität. Ein Grundproblem der phänomenologischen Soziologie. In: Petzold, H. (Hg.): Leiblichkeit. Philosophische, gesellschaftliche und therapeutische Perspektiven. Paderborn: Junfermann, S. 197–228.

Combs, A., Holland, M. (1992): Die Magie des Zufalls. Synchronizität. Reinbek: Rowohlt

Cottier, S. C., Rohner-Artho, E. (1992): Der Krankheitsbegriff in der Daseins-Analyse. In: Pritz, A., Petzold, H. (Hg.): Der Krankheitsbegriff in der modernen Psychotherapie. Paderborn: Junfermann, S. 171–195.

Cremerius, J. (1968): Die psychoanalytische Abstinenzregel. Von regelhaften zum operationalen Gebrauch. Psyche Jg. 38, S. 769–800.

Dahmer, J. (1973): Anamnese und Befund. Stuttgart: Thieme.

Daily, C. (1971): Assessment of lives. San Francisco: Jossex & Boss.

Dilling, H. (1986): Anamnesemosaik. Nervenarzt 57, S. 374–377.

Dilling, H., Mombour, W., Schmidt, M.H. (1991): Internationale Klassifikation psychischer Störungen, ICD-10, Kapitel V (F). Klinisch-diagnostische Leitlinien. Bern: Huber.

Dilling, H., Reimer, Ch. (1990): Psychiatrie. Berlin: Springer.

Dörner, D. (1976): Problemlösen als Informationsverarbeitung. Stuttgart: Enke.

Dorsch, F. (1991): Psychologisches Wörterbuch. Bern: Huber.

Dührssen, A. (1990): Die biographische Anamnese unter tiefenpsychologischem Aspekt. Göttingen: Vandenhoeck & Ruprecht.

Dunker, K. (1935): Zur Psychologie des produktiven Denkens. Berlin: Springer.

Eckstaedt, A. (1992): Die Kunst des Anfangs. Psychoanalytische Erstgespräche, Frankfurt a. M.: Suhrkamp.

Eckstein, L. (1937): Psychologie des ersten Eindrucks. Leipzig: Barth.

Eichenberger, E. (1987): Hinweise auf prä- und perinatale Störungen im anamnestischen Gespräch. In: Fedor-Freyberg, P.G. (Hg.): Pränatale und perinatale Psychologie und Medizin. Begegnung mit dem Ungeborenen. Berlin: Rotation Verlag 1987, S. 151–157.

Eisen, G. (1988): Spielen im Schatten des Holocaust. Kinder und Holocaust. München: Piper.

Eisler, P. (1991): Berühren aus Berührtsein in der Integrativen Therapie. Integrative Therapie, Jg. 17, S. 85–116.

Engelhardt, D. v. (1986): Mit der Krankheit leben: Grundlagen und Perspektiven der Copingstruktur des Patienten. Heidelberg: Fischer.

Englert, E. H. (1987): Gefühl. In: Grubitzsch, S., Rexilius, G. (Hg.): Psychologische Grundbegriffe. Reinbek: Rowohlt, S. 370–376.

English, F. (1985): Der Widerstand in der Transaktionsanalyse und in der Existentiellen Verhaltensmusteranalyse. Integrative Therapie, Jg. 11, S. 273–281.

Epstein, S. (1979): Entwurf einer integrativen Persönlichkeitstheorie. In: Filipp, S.H. (Hg.): Selbstkonzept-Forschung. Stuttgart: Klett-Cotta, S. 15–46.

Erickson, M. H. (1986): Meine Stimme begleitet Sie überall hin. Eine Lehrseminar mit Milton H. Erickson. Herausgegeben von Jeffrey-K. Zeig. Stuttgart: Klett-Cotta, 2. Aufl. 1990.

Erikson, E. H. (1988): Der vollständige Lebenszyklus. Frankfurt a. M.: Suhrkamp.

Ermann, M. (1991): Psychoanalytische Diagnostik und das psychoanalytische Erstinterview. Praxis der Psychotherapie und Psychosomatik 36, S. 97–103.

Ernst, C. (1992): Sind Säuglinge psychisch besonders verletzlich? Argumente für eine hohe Umweltresistenz in der frühen Kindheit. Integrative Therapie, Jg. 18., S. 45–57.

Esser, U. (1982): Zur Entwicklung des Fokalinterviews. In: Specht, F.S. (Hg.): Wie Berater helfen. Integration und Kombination von Methoden in der Erziehungsberatung. Göttingen: Vandenhoeck & Ruprecht, 1982, S. 60–69.

Fähndrich, E. u. a. (1981): Das AMDP-System: Manual zur Dokumentation Psychiatrischer Befunde (Arbeitsgemeinschaft für Methodik und Dokumentation in der Psychiatrie). Berlin: Springer.

Fahrenberg, J. u. a. (1978): Das Freiburger Persönlichkeitsinventar (FPI). Göttingen: Hogrefe.

Faimberg, H. (1987): Die Ineinanderrückung der Generationen. Zur Genealogie bestimmter Identifizierungen. Jahrbuch der Psychoanalyse, 20, S. 115–142.

Faltermaier, T., Mayring, Ph., Saup, W., Strehmel, P. (1992): Entwicklungspsychologie des Erwachsenenalters. Stuttgart: Kohlhammer.

Fehr, M., Köllner, V. (1986): Peerlearning. Die Anamnesegruppe als Möglichkeit zur Auseinandersetzung mit der Arzt-Patient-Beziehung im Medizinstudium. Zeitschrift für patientenorientierte Medizin 4, S. 51–56.

Ferenczi, S. (1982): Schriften zur Psychoanalyse. Bde. I. und II., Frankfurt a. M.: Fischer.

Filipp, S. H. (1979): Selbstkonzept-Forschung. Stuttgart: Klett-Cotta.

Filipp. S. H. (1990): Kritische Lebensereignisse. München: Psychologie-Verlags-Union.

Finke, W. (1955): Untersuchungen über den Situationsbegriff. Universität Göttingen: Dissertationsarbeit.

Fischer, Ch., Steinlechner, M. (1992): Der Krankheitsbegriff in der Psychoanalyse. In: Pritz, A., Petzold, H. (Hg.): Der Krankheitsbegriff in der modernen Psychotherapie. Paderborn: Junfermann, S. 69–97.

Fischer, D. (1973): Psychischer Zusammenbruch und Arbeitssituation. Zeitschrift für Soziologie 25, S. 449–453.

Fisseni, H. J. (1987): Exploration und Fragebogen im Vergleich. In: Jüttemann, G., Thomae, H. (Hg.): Biographie und Psychologie. Berlin: Springer, S. 168–177.

Flick, U. (1991): Alltagswissen über Gesundheit und Krankheit. Subjektive Theorien und soziale Repräsentationen. Heidelberg: Asanger.

Foresti, G., Berlanda, C. (1987): Die Anamnese der prä- und perinatalen Periode in der Psychotherapie. In: Fedor-Freybergh, P.G. (Hg.): Pränatale und perinatale Psychologie und Medizin. Begegnung mit dem Ungeborenen. Berlin: Rotation-Verlag, S. 279–287.

Frank, A. (1991): Psychische Veränderung und der Analytiker als Biograph. Übertragung und Rekonstruktion. Zeitschrift für psychoanalytische Theorie und Praxis, Sonderheft, S. 54.61.

Frankl, V. E. (1972): Der Wille zum Sinn. Bern: Huber.

Freud, A. (1936): Das Ich und die Abwehrmechanismen. Taschenbuchausgabe 1977. München: Kindler.

Freud, S. (1912): Ratschläge für den Arzt bei der psychoanalytischen Behandlung. In: Freud, S. (1992): Zur Dynamik der Übertragung. Behandlungstheoretische Schriften, S. 49–60. Frankfurt a. M.: Fischer.

Freyberger, H.J., Dilling, H. (1993): Fallbuch Psychiatrie. Kasuistiken zum Kapitel V (F) der ICD-10. Bern: Hans Huber.

Friedrich, H. (1984): Anamnese als Drama. Die ersten Sätze. Zeitschrift für psychosomatische Medizin und Psychoanalyse, Jg. 30, S. 314–322.

Fröbes, J. (1992): Empfindung. In: Brugger, W. (Hg.): Philosophisches Wörterbuch. Freiburg: Herder.

Frostholm, B. (1978): Leib und Unbewußtes. Bonn: Bouvier.

Frühmann, R., Petzold, H. (1994): Lehrjahre der Seele. Lehranalyse, Selbsterfahrung, Eigentherapie in den psychotherapeutischen Schulen. Paderborn: Junfermann.

Gauda, G. (1992): Blickkontaktvermeidung in den ersten Lebensmonaten und Elternidentität. Ursachen, Folgen, Prävention. Integrative Therapie, Jg. 18, S. 58–73.

Gehlen, A. (1975): Über die Geburt der Freiheit aus der Entfremdung. In: Schrey. H.H. (Hg.): Entfremdung. Darmstadt: Wissenschaftliche Buchgesellschaft, S. 41–58.

Geyer, M. (1990): Das ärztliche Gespräch. Berlin: Verlag Gesundheit.

Goergen, K. (1975): Psychiatrisches Standardinterview (PSI). Grenzach: Hoffmann-La-Roche.

Goldberg, D. u. a. (1987): Psychiatry in Medical Practice. London: Tavistock.

Graichen, J. (1991): Narzißmus. In: Dorsch, F. (Hg.): Psychologisches Wörterbuch. Bern: Huber, S. 438.

Graumann, C. F. (1975): Person und Situation. In: Lehr, U.M., Weinert, F.E. (Hg.): Entwicklung und Persönlichkeit. Stuttgart: Kohlhammer, S. 15–24.

Graumann, C. F. (1978): Ökologische Perspektiven in der Psychologie. Bern: Huber.

Grawe, K. (1988): Heuristische Psychotherapie. Eine schematheoretisch fundierte Konzeption des Psychotherapieprozesses. Integrative Therapie, Jg. 14, S. 309–324.

Gray, J. (1971): Angst und Streß. München: Kindler.

Greenson, R. R. (1982): Über Schweigen und Laute in der Analysestunde. Psychoanalytische Erkundungen. Stuttgart: Klett-Cotta, S. 118–123.

Greenstone, J. L., Sharon, B. L. (1987): Krisenmanagement. In: Corsini, R.J. (Hg.): Handbuch der Psychotherapie Bd. I, Weinheim: Beltz, S. 587–600.

Gruber, E. (1983): Im Himmel und auf Erden. Betrachtungen zum „Vater Unser". München: Don Bosco.

Grund, G. (1947): Die Anamnese. Leipzig: Barth.

Habermas, J. (1973): Erkenntnis und Interesse. Frankfurt a. M. : Suhrkamp, 11. Aufl. 1994.

Häcker, H. (1991): Anamnese. In: Dorsch, F. (Hg.): Psychologisches Wörterbuch. Bern: Huber, S. 32.

Haerlin, P. (1987): Wie von Selbst. Vom Leistungszwang zur Mühelosigkeit. Berlin: Quadriga.

Halsig, N. (1988): Erfassungsmöglichkeiten von Bewältigungsversuchen. Interview, Exploration und Fragebogenverfahren. In: Brüderl, L. (Hg.): Theorien und Methoden der Bewältigungsforschung. Weinheim: Juventa, 1988, S. 162–191.

Hampe, R. (1990): Sybolisierung und Desymbolisierung in der kusttherapeutischen Arbeit. Integrative Therapie, Jg. 16, S. 3–15.

Hawking, St. (1988): Eine kurze Geschichte der Zeit. Reinbek: Rowohlt.

Heidegger, M. (1967): Sein und Zeit. Thübingen: Mohr.

Heigl, F. (1972): Indikation und Prognose in Psychoanalyse und Psychotherapie. Göttingen: Vandenhoeck & Ruprecht.

Heimannsberg, B., Schmidt, Ch. J. (1992): Das kollektive Schweigen. Nationalsozialistische Vergangenheit und gebrochene Identität in der Psychotherapie. Köln: EHP.

Heinl, H. (1979): Editorial, in: Integrative Therapie, Jg. 5, Heft 4, S. 275–277.

Heinl, H. (1985): Körper und Symbolisierung. Integrative Therapie, Jg. 11, S. 227–231.

Heinl, H. (1993a): Therapie vom Leibe her. Körperbezogene Behandlung in der Praxis. In: Petzold, H., Sieper, J. (Hg.): Integration und Kreation. Modelle und Konzepte der Integrativen Therapie, Agogik und Arbeit mit kreativen Medien, Bd. I. Paderborn: Junfermann, S. 341–530.

Heinl, H. (1993b): Das Krankheitspanorama in Diagnostik und Therapie von Patienten mit Wirbelsäulenbeschwerden (in Vorbereitung).

Heinl, H., Petzold, H. (1980): Gestalttherapeutische Fokaldiagnose und Fokalintervention in der Behandlung von Störungen aus der Arbeitswelt. Integrative Therapie, Jg. 6, S. 56–78.

Heinl, P. (1986): Die Interaktionsskulptur. Integrative Therapie, Jg. 12, S. 77–109.

Heinl, P. (1994): Maikäfer flieg, dein Vater ist im Krieg. Seelische Wunden aus der Kriegskindheit. München: Kösel.

Heller, A. (1980): Theorie der Gefühle. Hamburg: Felix-Meiner.

Herber, H.-J. (1991): Das Selbst. In: Dorsch, F. (Hg.): Psychologisches Wörterbuch. Bern: Huber, S. 599.

Herzog, M., Graumann, C. (1989): Sinn und Erfahrung. Heidelberg: Asanger.

Hicklin, A. (1987): Die Bedeutung der Lebensgeschichte in der daseinsanalytischen Psychotherapie. Daseinsanalyse, Jg. 4, S. 1–6.

Hilke, R. (1984): Handlungstheoretisch orientierte psychologische Diagnostik. Ausweg aus der Krise der psychologischen Diagnostik. In: Jüttemann, G. (Hg.): Neue Aspekte klinisch-psychologischer Diagnostik. Göttingen: Hogrefe, S. 10–34.

Hoefert, H.-W. (1982): Person und Situation. Interaktionspsychologische Untersuchungen. Göttingen: Hogrefe.

Hoeps, R. (1990): Symbol und Bild. Zur Deutung von Symbolen und von Werken in der bildenden Kunst. Integrative Therapie, Jg. 16, S. 45–52.

Hoffmann, L. (1987): Grundlagen der Familientherapie. Konzepte für die Entwicklung von Systemen. Hamburg: ISKO-Press.

Hoffmann, S. O., Hochapfel, G. (1992): Einführung in die Neurosenlehre und psychosomatische Medizin. Stuttgart: Schattauer, 4. Aufl.

Hohage, R., Kächele, H., Hoessle, I. (1981): Über die diagnostisch-therapeutische Funktion von Erstgesprächen in einer psychotherapeutischen Ambulanz. Psyche, Jg. 35, S. 544–556.

Höhmann-Kost, A. (1991): Bewegung ist Leben. Einführung in Theorie und Praxis der Integrativen Bewegungstherapie. Junfermann: Paderborn.

Hubig, C. (1987): Idiographische und nomothetische Forschung in wissenschaftstheoretischer Sicht. In: Jüttemann/Thomae (Hg.): Biographie und Psychologie. Berlin: Springer, S. 64–72.

Hussy, W. (1993): Denken und Problemlösen. Stuttgart: Kohlhammer.

Hutterer-Jonas, V. (1990): Das Erstgespräch mit Alkoholkranken. Suchtgefahren 36 (5), S. 332–334.

Israel, J. (1972): Der Begriff Entfremdung. Reinbek: Rowohlt.

Izard, C. E. (1981): Die Emotionen des Menschen. Weinheim: Beltz.

Jacobson, E. (1938): Progressive Relaxation. Chicago: University Press.

Jäger, R. u. a. (1976): Biographisches Inventar zur Diagnose von Verhaltensstörungen. Göttingen: Hogrefe.

James, L., Greenstone, J. L., Levinton, S. B. (1987): Krisenmanagement. In: Corsini, R.J. (Hg.): Handbuch der Psychotherapie, Bd. I, München: PVU, S. 587–600.

Jaquenoud, R., Rauber, A. (1981): Intersubjektivität und Beziehungserfahrung als Grundlage der therapeutischen Arbeit in der Gestalttherapie. Integrative Therapie, Beiheft 4, Paderborn: Junfermann.

Jaspers, K. (1923): Allgemeine Psychopathologie. Berlin: Springer, 9. unv. Auflage 1973.

Jaynes, J. (1988): Der Ursprung des Bewußtseins durch den Zusammenbruch der bikameralen Psyche. Reinbek: Rowohlt.

Jung, C. G. (1946): Die Psychologie der Übertragung. GW XVI, S. 173–397. Zürich: Rascher.

Jung, C. G. (1976): Die Archetypen und das kollektive Unbewußte, GW IX/1. Olten: Walter.

Jung, M. (1994): Im Leib sein heißt: in der Welt sein. Eine philosophische Deutung der Leiblichkeit. Integrative Therapie, Jg. 20, S. 254–271.

Junk, N., Brugger, W. (1992): Zeit. In: Brugger, W. (Hg.): Philosophisches Wörterbuch. Freiburg: Herder, S. 479–481.

Jüttemann, G, Thomae, H. (1987): Biographie und Psychologie. Berlin: Springer.

Jüttemann, G. (1991): Individuelle und soziale Regeln des Handelns. Beiträge zur Weiterentwicklung geisteswissenschaftlicher Ansätze in der Psychologie. Heidelberg: Asanger.

Kähler, H. D. (1991): Erstgespräche in der sozialen Einzelfallhilfe. Freiburg: Lambertus.

Kames, H. (1992): Ein Fragebogen zur Erfassung der „Fünf Säulen der Identität" (FESI). Integrative Therapie, Jg. 18, S. 363–386.

Kaplan, L. J. (1988): Abschied von der Kindheit. Eine Studie über die Adoleszenz. Stuttgart: Klett-Cotta.

Kast, V. (1982): Trauern. Phasen und Chancen des psychischen Prozesses. Stuttgart: Bonz.

Kegan, R. (1986): Die Entwicklungsstufen des Selbst. München: Kindt.

Keil-Kuri, E. (1993): Vom Erstinterview zum Kassenantrag. Stuttgart: Jungjohann Verlag.

Kemmler, L., Schelp, T. (1987): Anamnestische und biographische Fragebögen. In: Jüttemann, G., Thomae, H. (Hg.): Biographie und Psychologie. Berlin. Springer, S. 194–202.

Kernberg, O. (1978): Borderline-Störungen und pathologischer Narzißmus. Frankfurt a. M.: Suhrkamp.

Kernberg, O. (1985): Schwere Persönlichkeitsstörungen. Theorie, Diagnose und Behandlungsstrategien. Stuttgart: Klett-Cotta, 4. Aufl. 1992.

Kind, H. (1989): Das psychiatrische Interview. In: Kisker, K.P. et al. (Hg.): Psychiatrie der Gegenwart, Bd. 9: Brennpunkte der Psychiatrie. Diagnostik, Datenerhebung, Krankenversorgung. Berlin. Springer, 1989, S. 1–11.

Kirchmann, E. (1979): Moderne Verfahren der Bewegungstherapie. Integrative Bewegungstherapie, Konzentrative Bewegungstherapie, Rhythmische Bewegungstherapie. Integrative Therapie, Beiheft 2, Paderborn: Junfermann.

Kisker, K. P. u. a. (1989): Psychiatrie der Gegenwart, Bd. 9: Brennpunkte der Psychiatrie. Diagnostik, Datenerhebung, Krankenversorgung. Berlin. Springer.

Klix, F. (1972): Information und Verhalten. Bern: Huber.

Klöckner, D. (1994): Einige theoretische und praktische Anmerkungen zum Figur-Grund-Konzept der Gestalttherapie. Gestalttherapie, Jg. 8/1, S. 53–68.

Klußmann, R. (1992): Psychosomatische Medizin, Berlin: Springer.

Knauf, W. (1991): Ziele und Zeit bei individueller Therapieplanung. Ein Integratives Modell. Integrative Therapie, Jg. 17, S. 450–465.

Köhler, W. (1971): Die Aufgabe der Gestaltpsychologie. Berlin: de Gruyter.

Kohut, H. (1976): Narzißmus. Eine Theorie der psychoanalytischen Behandlung narzistischer Persönlichkeitsstörungen. Frankfurt a. M.: Suhrkamp.

Kohut, H. (1979): Die Heilung des Selbst. Frankfurt a. M.: Suhrkamp.

Kohut, H. (1981): Narzißmus als Widerstand und als treibende Kraft in der Psychoanalyse. In: Petzold, H. (Hg.): Widerstand. Ein strittiges Konzept in der Psychotherapie. Paderborn: Junfermann., S. 95–108.

König, K. (1993): Gegenübertragungsanalyse. Göttingen: Vandenhoeck & Ruprecht.

König, K. (1994): Indikation. Entscheidungen vor und während einer psychoanalytischen Therapie. Göttingen: Vandenhoeck & Ruprecht.

Kopp, Sh. B. (1983): Triffst Du Buddha unterwegs. Psychotherapie und Selbsterfahrung. Frankfurt a. M.: Fischer.

Kruse, A. (1987): Biographische Methode und Exploration. In: Jüttemann, G., Thomae, H. (Hg.): Biographie und Psychologie. Berlin: Springer, S. 119–137.

Kruse, L. (1974): Räumliche Umwelt. Berlin: de Gruyter.

Kruse, O. (1991): Emotionsentwicklung und Neurosenentstehung. Perspektiven einer klinischen Entwicklungspsychologie. Stuttgart: Enke.

Kübler-Ross, E. (1976): Reif werden zum Tode. Stuttgart: Kreuz.

Kutter, P. (1989): Das psychoanalytische Interview. In: Kutter, P. (Hg.): Moderne Psychoanalyse. München: Verlag Internationale Psychoanalyse, S. 241–266.

Lantermann, E. D. (1980): Interaktionen. Person, Situation und Handlung. München: Urban & Schwarzenberg.

Lazarus, R. S., Launier, R. (1981): Streßbezogene Transaktionen zwischen Person und Umwelt. In: Nitsch, J. R. (Hg.): Streß. Bern: Huber, S. 213–260.

Lebovici, S. (1990): Der Säugling, die Mutter und der Psychoanalytiker. Stuttgart: Klett-Cotta.

Lechler, P. (1982): Kommunikative Validierung. In: Huber, G., Mandl, H. (Hg.): Verbale Daten. Weinheim: Beltz.

Legewie, H. (1987): Interpretation und Validierung biographischer Interviews. In. Jüttemann, G., Thomae, H. (Hg.): Biographie und Psychologie. Berlin: Springer, S. 138–150.

232 Literatur

Leitner, A. (1991): Fokaldiagnostik und -Intervention bei psychosomatischen Patienten. Integrative Therapie, Jg. 17, S. 147–155.

Leonhard, K. (1991): Differenzierte Diagnostik der endogenen Psychosen, abnormen Persönlichkeitsstrukturen und neurotischen Entwicklungen. Berlin: Verlag Gesundheit, 4. Aufl.

Lersch, P., Thomae, H. (1968): Persönlichkeitsforschung und Persönlichkeitstheorie. Handbuch der Psychologie, Band 4. Berlin: Springer.

Lewin, K. (1963): Feldtheorie in den Sozialwissenschaften. Ausgewählte theoretische Schriften, hrsg. von D. Cartwright. Bern: Huber.

Lichtenberg, J. D. (1991): Psychoanalyse und Säuglingsforschung. Berlin: Springer.

Lorenzer, A. (1970): Sprachzerstörung und Rekonstruktion. Frankfurt a. M.: Suhrkamp.

Lowen, A. (1981): Körperausdruck und Persönlichkeit. München: Kösel.

Luban-Plozza, B. (1993): Therapie als Begegnung – eine Illusion? Mitschrift eines Vortrages an der Psychiatrischen Universitätsklinik München am 15.10.93 (unveröffentlicht).

Ludwig-Körner, Ch. (1991): Übertragung und Gegenübertragung in der Psychoanalyse, Gestalttherapie und Integrativen Therapie. Integrative Therapie, Jg. 17, S. 466–488.

Ludwig-Körner, Ch. (1992): Der Selbstbegriff in Psychologie und Psychotherapie. Wiesbaden: Deutscher Universitäts-Verlag.

Lugt-Tappeser, H., Tappeser, L.P. (1993): Anamnestischer Erhebungsbogen. Ein strukturierter Interview-Leitfaden. Heidelberg: Asanger.

Mahler, M. S., Pine, F., Bergmann, A. (1978): Die psychische Geburt des Menschen. Symbiose und Individuation. Reinbek: Rowohlt.

Maier, H. (1990): Körper. In: Grubitzsch, S., Rexilius, G. (1990): Psychologische Grundbegriffe. Reinbek: Rowohlt, S. 558–572.

Marcel, G. (1986): Leibliche Begegnung. Notizen aus einem gemeinsamen Gedankengang. In: Petzold, H. (Hg.): Leiblichkeit. Philosophische, gesellschaftliche und therapeutische Perspektiven. Paderborn: Junfermann, S. 15–46.

Marcuse, H. (1967): Der eindimensionale Mensch. Neuwied: Sammlung Luchterhand.

Margraf, J. (1994): Mini-DIPS. Diagnostisches Kurz-Interview bei psychischen Störungen.

Margraf, J., Schneider, S., Ehlers, A. (1991): DIPS. Diagnostisches Interview bei psychischen Störungen. Handbuch, Interviewleitfaden, Protokollbogen. Berlin: Springer, 2. Aufl. 1994.

Márquez, G. G. (1985): Die Liebe in den Zeiten der Cholera. Köln: Kiepenheuer & Witsch.

Matthies, K. (1990): Sybolisches Verstehen als Zielsetzung sinnlich-sinnhaften Lernens in den Künsten. Integrative Therapie, Jg. 16, S. 25–44.

Mead, G. H. (1973): Geist, Identität und Gesellschaft aus der Sicht des Sozialbehaviorismus. Frankfurt a. M.: Suhrkamp.

Mecheril, P, Kemmler, L. (1992): Vergleich des sprachlichen Umgangs mit Emotionen in Gestalttherapie und Psychoanalyse. Ergebnisse einer empirischen Untersuchung. Integrative Therapie, Jg. 18, S. 346–362.

Mentzos, St. (1990): Interpersonale und institutionelle Abwehr. Frankfurt a. M.: Suhrkamp, 2. Aufl.

Mentzos, St. (1991): Neurotische Konfliktverarbeitung. Einführung in die psychoanalytische Neurosenlehre unter Berücksichtigung neuer Perspektiven. Frankfurt a. M.: Fischer.

Mentzos, St. (1993): Psychodynamische Modelle in der Psychiatrie. Göttingen: Vandenhoeck & Ruprecht.

Merleau-Ponty, M. (1966): Phänomenologie der Wahrnehmung. Berlin: De Gruyter.

Merleau-Ponty, M. (1984): Das Auge und der Geist. Hamburg: Felix Meiner.

Minuchin, S. (1988): Familienkaleidoskop. Bilder von Gewalt und Heilung. Reinbek: Rowohlt.

Mittelsten-Scheid, D. (1981): Gedanken zum Widerstand. Beobachtungen aus der Primärtherapie. In: Petzold, H. (Hg.): Widerstand. Ein strittiges Konzept in der Psychotherapie. Paderborn: Junfermann, S. 283–300.

Mladek, G. (1991): Tätigkeitstheoretische Vorstellungen zur individuellen Psychodynamik und Ableitungen zu einem Regelansatz für Interventionen. In: Jüttemann, G. (Hg.): Individuelle und soziale Regeln des Handelns. Beiträge zur Weiterentwicklung geisteswissenschaftlicher Ansätze in der Psychologie. Heidelberg: Asanger, S. 239–247.

Moeller, H. J. (1989): Standardisierte psychiatrische Befunderhebung. In: Kisker, K. P. u. a. (Hg.): Psychiatrie der Gegenwart. Band 9: Brennpunkte der Psychiatrie. Berlin: Springer, S. 13–45.

Moeller, H. J. (1990): Probleme der Klassifikation und Diagnostik. In: Reinecker, H. (Hg.): Lehrbuch der Klinischen Psychologie. Modelle psychischer Störungen, Göttingen: Hogrefe, S. 3–24.

Moeller, M. L. (1977): Zur Theorie der Gegenübertragung. Psyche, Jg. 31, S. 142–166.

Montada, L. (1987): Entwicklung der Moral. In: Oerter, R., Montada, L. (Hg.): Entwicklungspsychologie. München: PVU, S. 738–768.

Moreno, J. L. (1924): Das Stegreiftheater. Berlin: Kiepenheuer.

Moreno, J. L. (1973): Gruppenpsychotherapie und Psychodrama. Stuttgart: Thieme, 2. Aufl.

Moreon, J. L. (1989): Psychodrama und Soziometrie. Köln: EHP.

Morgan, W. L., Engel, G.L. (1977): Der klinische Zugang zum Patienten. Anamnese und Körperuntersuchung. Bern: Huber.

Morgenthaler, H. (1981): Das Konzept des Widerstandes in der Tiefenpsychologie C.G. Jungs. In: Petzold, H. (Hg.): Widerstand. Ein strittiges Konzept in der Psychotherapie. Paderborn: Junfermann, S. 141–158.

Moser, G. u. a. (1989): Die Bedeutung psychosozialer Beschwerden in der Erstanamnese. Psychotherapie, Psychosomatik, Medizinische Psychologie, Jg. 39, S. 161–167.

Murch, G. M., Woodworth, G. L. (1977): Wahrnehmung. Stuttgart: Kohlhammer.

Nelson, K. (1993): Erinnern und Erzählen: Eine Entwicklungsgeschichte. Integrative Therapie, Jg. 19, S. 73–94.

Nestmann, F. (1990): Diagnostik. In: Grubitzsch, S., Rexilius, G. (Hg.): Psychologische Grundbegriffe. Reinbek: Rowohlt, S. 205–211.

Oerter, R., Montada, L. (1987): Entwicklungspsychologie. München: PVU.

Orban, P. (1986): Menschwerdung. Über den Prozeß der Sozialisation. Frankfurt a. M.: Fischer.

Orme-Johnson, D.W. (1989): Higher states of Consciousness: EEG Coherence, Creativity and Experience of the Siddhis. Elektroencephalography and Clinical Neurophysiology, Jg. 4, S. 123–135.

Orth, I., Petzold, H. (1990): Metamorphosen – Prozesse der Wandlung. Integrative Therapie, Jg. 16, S. 53–97.

Palazzoli, S., Boscolo, L., Lecchin, G., Prata, G. (1991): Paradoxon und Gegenparadoxon. Ein neues Therapiemodell für die Familie mit schizophrener Störung. Stuttgart: Klett-Cotta.

Papousek, H., Papousek, M. (1981): Intuitives elterliches Verhalten und Verhaltensmikroanalyse. Sozialpädiatrie in Praxis und Klinik 3, S. 229–238.

Papousek, H., Papousek, M. (1992): Vorsprachliche Kommunikation. Anfänge, Formen, Störungen und psychotherapeutische Ansätze. Integrative Therapie, Jg. 18, S. 139–155.

Perls, F. S. (1980): Gestalt, Wachstum, Integration. Aufsätze, Vorträge, Therapiesitzungen. Paderborn: Junfermann.

Perls, F. S., Hefferline, R. F., Goodman, P. (1951): Gestalttherapie. Grundlagen. München: dtv.

Peters, U. H. (1977): Übertragung und Gegenübertragung. Geschichte und Formen der Beziehungen zwischen Psychotherapeut und Patient. München: Kindler.

Peters, U. H. (1990): Wörterbuch der Psychiatrie und medizinischen Psychologie. München: Urban & Schwarzenberg.

Petzold, H. (1980): Die Rolle des Therapeuten und die therapeutische Beziehung. Paderborn: Junfermann.

Petzold, H. (1981): Widerstand. Ein strittiges Konzept in der Psychotherapie. Paderborn: Junfermann.

Petzold, H. (1984): Vorüberlegungen und Konzepte zu einer Integrativen Persönlichkeitstheorie. Integrative Therapie, Jg. 10, S. 73–115.

Petzold, H. (1985): Neue Körpertherapien für den bedrohten Körper – Überlegungen zu Leiblichkeit, Zeitlichkeit und Entfremdung. In: Petzold, H., Scharfe, H. (Hg.): Kreative Aggression. Festschrift für George Bach, Integrative Therapie, Beiheft 9, S. 131–158.

Petzold, H. (1986): Konfluenz, Kontakt, Begegnung und Beziehung als Dimensionen therapeutischer Korrespondenz in der Integrativen Therapie. Integrative Therapie, Jg. 14, S. 320–341.

Petzold, H. (1988): Integrative Bewegungs- und Leibtherapie. Ein ganzheitlicher Weg leibbezogener Psychotherapie. Bde. I. und II., Paderborn: Junfermann.

Petzold, H. (1990): Form und Metamorphose als fundierende Konzepte für die Integrative Therapie mit kreativen Medien. In: Petzold, H., Orth, I. (Hg.): Die neuen Kreativitätstherapien. Handbuch der Kunsttherapie. Bd. II. Paderborn: Junfermann, S. 639–720.

Petzold, H. (1990e): Integrative Therapie in der Lebensspanne. Zur entwicklungspsychologischen und gedächtnistheoretischen Fundierung aktiver und leibzentrierter Interventionen bei frühen Schädigungen und negativen Ereignisketten in unglücklichen Lebenskarrieren. Düsseldorf: In: Petzold, H. (1993): Integrative Therapie. Modelle, Theorien und Methoden für eine schulenübergreifende Psychotherapie, Bd. II. Paderborn: Junfermann, S. 649–788.

Petzold, H. (1991): Bemerkungen zur Bedeutung frühkindlicher Gedächtnisentwicklung für die Theorie der Pathogenese und die Praxis regressionsorientierter Leib- und Psychotherapie. Gestalt und Integration 2/91–1/92, S. 100–109.

Petzold, H. (1992a): Konzepte zu einer Integrativen Emotionstheorie und zur emotionalen Differenzierungsarbeit als Thymopraktik. In: Petzold, H. (1993): Integrative Therapie. Modelle, Theorien und Methoden für eine schulenübergreifende Psychotherapie, Bd. II. Paderborn: Junfermann, S. 789–870.

Petzold, H. (1992b): Ein Integratives Modell früher Persönlichkeitsentwicklung als Beitrag klinischer Entwicklungspsychologie zur Psychotherapie. Integrative Therapie, Jg. 18, S. 156–199.

Petzold, H. (1993a): Integrative fokale Kurzzeittherapie und Fokaldiagnostik. Prinzipien, Methoden, Techniken. In: Petzold, H., Sieper, J. (Hg.): Integration und Kreation. Modelle und Konzepte der Integrativen Therapie, Agogik und Arbeit mit kreativen Medien, Bd. 1. Paderborn: Junfermann, S. 267–340.

Petzold, H. (1993b): Konzepte zu einer mehrperspektivischen Hermeneutik leiblicher Erfahrung und nicht-sprachlichen Ausdrucks in der Integrativen Therapie. In: Petzold, H.: Integrative Therapie. Modelle, Theorien und Methoden für eine schulenübergreifende Psychotherapie, Bd. I. Paderborn: Junfermann, S. 91–152.

Petzold, H. (1993c): Integrative Therapie als intersubjektive Hermeneutik bewußter und unbewußter Lebenswirklichkeit. In: Petzold, H.: Integrative Therapie. Modelle, Theorien und Methoden für eine schulenübergreifende Psychotherapie, Bd. I. Paderborn: Junfermann, S. 153–332.

Petzold, H. (1993d): Zeit, Zeitqualitäten Identitätsarbeit und biographische Narration. Chronosophische Überlegungen. In: Petzold, H.: Integrative Therapie. Modelle, Theorien und Methoden für eine schulenübergreifende Psychotherapie, Bd. I. Paderborn: Junfermann, S. 333–396.

Petzold, H. (1993e): Integrative Dramatherapie und Szenentheorie. Überlegungen und Konzepte zur Verwendung dramatherapeutischer Methoden in der Integrativen Therapie. In: Petzold, H.: Integrative Therapie. Modelle, Theorien und Methoden für eine schulenübergreifende Psychotherapie, Bd. II. Paderborn: Junfermann, S. 897–926.

Petzold, H. (1993f): Frühe Schädigungen – späte Folgen? Psychotherapie und Babyforschung, Bd. I.: Die Herausforderung der Längsschnittforschung. Junfermann: Paderborn.

Petzold, H., Frühmann, R. (1986): Modelle der Gruppe in der Psychotherapie und psychosozialen Arbeit, Bde. I und II. Paderborn: Junfermann.

Petzold, H., Goffin, J., Oudhof, J. (1993): Protektive Faktoren und Prozesse – Die positive Perspektive in der longitudinalen klinischen Entwicklungspsychologie und ihre Umsetzung in der Praxis in der Integrativen Therapie. In: Petzold, H., Sieper, J. (Hg.): Integration und Kreation. Modelle und Konzepte der Integrativen Therapie, Agogik und Arbeit mit kreativen Medien, Bd. I. Paderborn: Junfermann, S. 173–267.

Petzold, H., Heinermann, B. (1991): Tree of Science. Ein Erklärungsmodell für Theorie und Praxis der Integrativen Therapie. Düsseldorf: ZAK-Theorie.

Petzold, H., Heinl, H. (1983): Psychotherapie und Arbeitswelt. Paderborn: Junfermann.

Petzold, H., Mathias, U. (1982): Rollenentwicklung und Identität. Von den Anfängen der Rollentheorie zum sozialpsychiatrischen Rollenkonzept Morenos. Paderborn: Junfermann.

Petzold, H., Orth, I. (1990): Die neuen Kreativitätstherapien. Handbuch der Kunsttherapie. Bde. I. und II., Paderborn: Junfermann.

Petzold, H., Orth, I. (1991): Körperbilder in der Integrativen Therapie. Darstellungen des phantasmatischen Leibes durch „body charts" als Technik projektiver Diagnostik und kreativer Therapeutik. Integrative Therapie, Jg. 17, S. 117–146.

Petzold, H., Orth, I. (1993a): Autobiographisches Memorieren im therapeutischen Kontext. Integrative Therapie, Jg. 19, S. 95–153.

Petzold, H., Orth, I. (1993b): Therapietagebücher, Lebenspanorama, Gesundheit- und Krankheitspanorama als Instrumente der Symbolisierung und karrierebezogenen Arbeit in der Integrativen Therapie. In: Petzold, H., Sieper, J. (Hg.): Integration und Kreation. Modelle und Konzepte der Integrativen Therapie, Agogik und Arbeit mit kreativen Medien, Bd. I. Paderborn: Junfermann, S. 125–172.

Petzold, H., Orth, I. (1993c): Integrative Kunstpsychotherapie und therapeutische Arbeit mit kreativen Medien an der EAG. In: Petzold, H., Sieper, J. (Hg.): Integration und Kreation. Modelle und Konzepte der Integrativen Therapie, Agogik und Arbeit mit kreativen Medien, Bd. II. Paderborn: Junfermann, S. 559–574.

Petzold, H., Schuch, W. (1992): Grundzüge des Krankheitsbegriffes im Entwurf der Integrativen Therapie. In: Pritz, A., Petzold, H. (Hg.): Der Krankheitsbegriff in der modernen Psychotherapie. Paderborn: Junfermann, S. 371–486.

Petzold, H., Sieper, J. (1988): Die Spirale – Das Symbol des „Heraklitischen Weges" in der Integrativen Therapie. Gestalttherapie und Integration 2/88–1/89. Düsseldorf: FPI.

Piaget, J. (1957): Gesammelte Werke. Studienausgabe in 10 Bänden. Stuttgart: Klett.

Plessner, H. (1970): Philosophische Anthropologie. Frankfurt a. M.: Fischer.

Plessner, H. (1975): Anthropologie der Sinne. In: Gadamer, H.G., Vogler, P. (Hg.): Neue Anthropologie, Bd. 7, Stuttgart: Thieme, S. 3–61.

Plügge, H. (1986): Über das Verhältnis des Ichs zum eigenen Leib. In: Petzold, H. (Hg.): Leiblichkeit. Philosophische, gesellschaftliche und therapeutische Perspektiven. Paderborn: Junfermann, S. 107–132.

Polster, E., Polster M. (1987): Gestalttherapie. Theorie und Praxis der integrativen Gestalttherapie. Frankfurt a. M.: Fischer.

Pöppel, E. (1985): Grenzen des Bewußtseins. Über Wirklichkeit und Welterfahrung. Stuttgart: DVA.

Pratsch, K., Ronge, V. (1984): Das Interview als soziale Situation und die Sozialisation von Interviewern, Teil I und II. Planung und Analyse, Jg. 11 (6/7, 8), S. 253–257 und S. 319–321.

Pribram, K. H. (1979): Hologramme im Gehirn. Psychologie Heute, Jg. 10, S. 33–42.

Pribram, K. H. (1986): Die holographische Hypothese über die Gehirnfunktionen. In: Grof, St. (Hg.): Alte Weisheit und modernes Wissen. München: Kösel.

Priebe, S. (1989): Über die Subjektivität der psychiatrischen Diagnose. Psychiatrische Praxis, Jg. 16, S. 86–89.

Pritz, A., Petzold, H. (1992): Der Krankheitsbegriff in der modernen Psychotherapie. Paderborn: Junfermann.

Rahm, D. (1986): Gestaltberatung. Grundlagen und Praxis Integrativer Beratungsarbeit. Paderborn: Junfermann, 4. Aufl.

Rahm, D., Otte, H., Bosse, S., Ruhe-Hollenbach, H. (1993): Einführung in die Integrative Therapie. Grundlagen und Praxis. Paderborn: Junfermann.

Ramin, G. (1993): Inzest und sexueller Mißbrauch. Beratung und Therapie. Paderborn: Junfermann.

Rank, O. (1924): Das Trauma der Geburt. Leipzig: Psychoanalyse-Verlag.

Rech, P. (1991): Akt und Selbstdarstellung des Körpers. Integrative Therapie, Jg. 17, S. 164–175.

Reich, W. (1973): Charakteranalyse. Frankfurt a. M.: Fischer.

Reinecke, J. (1986): Sozial erwünschtes Antwortverhalten: Gewiß kein fiktives Forschungsproblem. Diagnostika, Jg. 32, S. 193–196.

Ricoeur, P. (1974): Die Interpretation. Ein Versuch über Freud. Frankfurt a.m.: Suhrkamp.

Ricoeur, P. (1978): Der Text als Modell: Hermeneutisches Verstehen. In: Boehm, G. (Hg.): Die Hermeneutik und die Wissenschaften. Frankfurt a. M.: Suhrkamp.

Ricoeur, P. (1986): Die lebendige Metapher. München: Wilhelm Fink.

Riemann, F. (1986): Grundformen der Angst. Eine tiefenpsychologische Studie. München: Reinhardt.

Ries, H. (1991): Wahrnehmung. In: Dorsch, F. (Hg.): Psychologisches Wörterbuch. Bern: Huber, S. 743.

Rogers, C.R. (1983): Entwicklung der Persönlichkeit. Stuttgart: Klett-Cotta.

Rohde-Dachser, Ch. (1989): Das Borderline-Syndrom. Bern: Huber.

Rudolf, G., Grande, T., Porsch, U. (1988): Die initiale Patient-Therapeut-Beziehung als Prädiktor des Behandlungsverlaufs. Zeitschrift für Psychosomatische Medizin und Psychoanalyse, Jg. 34, S. 32–49.

Rutter, M. (1992): Wege von der Kindheit zum Erwachsenenalter. Integrative Therapie, Jg. 18, S. 11–44.

Scharfetter, Ch. (1991): Allgemeine Psychopathologie. Stuttgart: Thieme, 3. Aufl.

Schelling, W. A. (1989): Über heilsame Wirkungen einer erinnernden Vergegenwärtigung der Lebensgeschichte. In: Blankenburg, W. (Hg.): Biographie und Krankheit, Stuttgart: Thieme, S. 96–100.

Scherer, K. R. (1979): Nonverbale Kommunikation. Weinheim: Beltz.

Schmidt, L. R., Keßler, B.H. (1976): Anamnese. Methodische Probleme, Erhebungsstrategien und Schemata. Weinheim: Beltz.

Schmidtbauer, W. (1982): Die hilflosen Helfer. Über die seelische Problematik der helfenden Berufe. Reinbek: Rowohlt, 12. Aufl.

Schmidtbauer, W. (1983): Helfen als Beruf. Die Ware Nächstenliebe. Reinbek: Rowohlt, 3. Aufl.

Schmitz, H. (1985): Phänomenologie der Leiblichkeit. In: Petzold, H. (Hg.): Leiblichkeit. Philosophische, gesellschaftliche und therapeutische Perspektiven. Paderborn: Junfermann, S. 71–106.

Schmitz, H. (1989): Leib und Gefühl. Materialien zu einer philosophischen Therapeutik. Paderborn: Junfermann.

Schmitz, H. (1992): Psychotherapie als leibliche Kommunikation. Integrative Therapie, Jg. 18, S. 292–313.

Schmücker, A. (1992): Wie obszön ist das Fragen? Auseinandersetzung mit A.R. Bodenheimers Polemik. Integrative Therapie, Jg. 18, S. 261–269.

Schnack, D., Neutzling, R. (1994a): Die Prinzenrolle. Über die männliche Sexualität. Reinbek: Rowohlt.

Schnack, D., Neutzling, R. (1994b): Kleine Helden in Not. Jungen auf der Suche nach Männlichkeit. Reinbek: Rowohlt.

Schneider, K. (1979): Das Experiment in der Gestalttherapie. Integrative Therapie, Jg. 5, S. 192–207.

Schneider, K. (1981a): Skillfull Frustration. Konfrontation und Support als Interventionsstile in der Gestalttherapie. Integrative Therapie, Jg. 1, S. 47–64.

Schneider, K. (1981b): Widerstand in der Gestalttherapie. In: Petzold, H. (Hg.): Widerstand. Ein strittiges Konzept in der Psychotherapie. Paderborn: Junfermann, S. 227–254.

Schnyder, U., Sauvant, D. (1993): Krisenintervention. Bern: Huber.

Schott, E. (1991): Psychologie der Situation. Humanwissenschaftliche Vergleiche. Heidelberg: Asanger.

Schott-Billmann, F. (1979): Körper und Besessenheint als Medien in der Psychotherapie in primitiven Gesellschaften. Integrative Therapie, Jg. 5, S. 278–296.

Schraml, W. (1968): Die Ebenen des klinischen Interviews. In: Schraml, W. (Hg.): Person als Prozeß. Bern: Huber.

Schraml, W., Baumann, U. (1975): Klinische Psychologie. Bd. I. und II. Bern: Huber.

Schröder, E., Glücksmann, R. (1993): Das Kassengutachten in der psychotherapeutischen Praxis. Technik und beispielhafte Fälle. Hamburg: Birga-Glücksmann-Verlag.

Schuch, H.-W. (1989): Ohne Sympathie keine Heilung. In: Kleinmann, B., Kollak, M. (Hg.): Lebensgestalt und Zeitgeschichte, Reader zum FPI-Kongress 1989 in Hamburg, S. 126–149.

Schuch, H.-W. (1991): Alles Übertragung? Integrative Therapie, Jg. 17, S. 489–507.

Schulze, G. (1993): Erlebnisgesellschaft. Kultursoziologie der Gegenwart. Frankfurt a. M.: Campus.

Schuster, J., Ricken, F. (1992): Platonismus. In: Brugger, W. (Hg.): Philosophisches Wörterbuch. Freiburg: Herder, S. 297–298.

Seiler, T. B., (1987): Engagiertes Plädoyer für ein erweitertes Empirieverständnis in der Psychologie. In. Jüttemann, G., Thomae, H. (Hg.): Biographie und Psychologie. Berlin: Springer, S. 138–150.

Sheldrake, R. (1985): Das schöpferische Universum. München: Scherz.

Sheldrake, R. (1990): Das Gedächtnis der Natur. München: Scherz.

Sheleen, L. (1983): Bewegung in Raum und Zeit. Integrative Therapie, Jg. 9, S. 62–72.

Sheleen, L. (1993): Expression Corporelle. Seminarmitschrift (unveröffentlicht).

Shostrom, E. L., Montgomery, D. (1987): Die Aktualisierungstherapie. In: Corsini, R.J. (Hg.): Handbuch der Psychotherapie, Bd. I, S. 1–22.

Siegfried, K. (1982): Gesetzmäßigkeiten bei der Anamnese selbstrelevanter Ereignisse. Zeitschrift für Differentielle und Diagnostische Psychologie, Jg. 3, S. 223–229.

Singer, K. (1989): Kränkung und Kranksein. Psychosomatik als Weg zur Selbsterkenntnis. München: Piper.

Smuts, J. (1926): Holism and evolution. New York: MacMillan.

Spieler, K. (1988): Das psychoanalytische Erstinterview. In: Zielke, M. u. a. (Hg.): Die Entzauberung des Zauberbergs. Dortmund: Modernes Lernen, S. 151–166.

Spreen, O. (1963): MMPI-Saarbrücken. Deutsche Bearbeitung des Minnesota Mulitphasic Personality Inventory nach Hathaway & McKinley. Bern: Huber.

Staemmler, F.-M. (1993): Therapeutische Beziehung und Diagnose. Gestalttherapeutische Antworten. München: Pfeiffer.

Staemmler, F.-M. (1994): Kultivierte Unsicherheit. Gedanken zu einer gestalttherapeutischen Haltung. Integrative Therapie, Jg. 20, S. 272–288.

Stahl, Th. (1981): Das Konzept Widerstand in der Psychotherapie Milton Ericksons, in der Kommunikationstherapie und im Neuroliguistischen Programmieren. In: Petzold, H. (Hg.): Widerstand. Ein strittiges Konzept in der Psychotherapie. Paderborn: Junfermann; 427–466.

Stern, D. N. (1992): Die Lebenserfahrung des Säuglings. Stuttgart: Klett-Cotta.

Strotzka, H. (1986): Psychoanalyse und Zeit. Integrative Therapie, Jg. 12, S. 163–174.

Strube, G., Weinert, F. E. (1987): Autobiographisches Gedächtnis: Mentale Repräsentation der individuellen Biographie. In: Jüttemann, G., Thomae, H. (Hg.): Biographie und Psychologie. Berlin: Springer, 151–167.

Sulz, S. K. D. (1986): Verständnis und Therapie der Depression. München. Ernst Reinhardt.

Thomae, H. (1988): Das Individuum und seine Welt. Göttingen: Hogrefe.

Tischer, B. (1993): Die vokale Kommunikation von Gefühlen. Weiheim: Beltz.

Tölle, R. (1991): Psychiatrie. Berlin: Springer, 9. Aufl.

Tse, L. (1981): Tao Te King. Berabeitet von Feng, G.-F. und English, J., Haldenwang: Irisiana-Verlag.

Uexküll, Th. v. (1986): Psychosomatische Medizin. München: Urban & Schwarzenberg.

Ulich, D. (1987): Krise und Entwicklung. Zur Psychologie der seelischen Gesundheit. München: Urban & Schwarzenberg.

Ulich, D. (1992): Sozialisation und Entwicklung von Emotionen. Gestalt und Integration 2/91–1/92. Paderborn: Junfermann, S. 7–17.

Wahl, H. (1985): Narzißmus? Stuttgart: Kohlhammer.

Walch, S. (1990): Einige Überlegungen zur Phänomenologie und Psychotherapie. Gestalt und Integration 1/90, S. 123–139.

Waldenfels, B. (1976): Die Verschränkung von Innen und Außen im Verhalten. Phänomenologische Forschungen 2/76.

Walter, H.-J. (1977): Gestalttheorie und Psychotherapie. Darmstadt: UTB.

Watzlawick, P. (1983): Anleitung zum Ünglücklich sein. München: Piper, 5. Aufl.

Watzlawick, P., Beavin, J.-H., Jackson, D.-D. (1969): Menschliche Kommunikation. Formen, Störungen Paradóxien. Bern: Huber.

Wechsler, D. (1964): Der Hamburg-Wechsler-Intelligenz-Test für Erwachsene. Deutsche Bearbeitung des Wechsler-Bellevue-Adult-Intelligence-Scale durch A. Hardesty und H. Lauber. Bern: Huber.

Weiß, H. (1989): Übertragung, Lebensgeschichte und therapeutischer Dialog. In: Blankenburg, W. (Hg.): Biographie und Krankheit. Stuttgart: Thieme, S. 85–95.

Wertheimer, M. (1963): Drei Abhandlungen zur Gestalttheorie. Darmstadt: UTB.

Wesiak, W. (1986): Psychoanalyse und psychoanalytisch orientierte Therapieverfahren. In: Uexküll, Th. v. (Hg.): Psychosomatische Medizin. München: Urban & Schwarzenberg.

Wiedemann, P.M. (1986): Erzählte Wirklichkeit. Zur Theorie und Auswertung narrativer Interviews. Weinheim: Beltz.

Willi, J. (1982): Die Zweierbeziehung. Spannungsursachen, Störungsmuster, Klärungsprozesse. Lösungsmodelle. Hamburg: Rowohlt, 14. Aufl.

Willwoll, A. (1992a): Gefühl. In: Brugger, W. (Hg.): Philosophisches Wörterbuch. Freiburg: Herder, S. 119–121.

Willwoll, A. (1992b): Denken. In: Brugger, W. (Hg.): Philosophisches Wörterbuch. Freiburg: Herder, S. 59f.

Willwoll, A. (1992c): Wahrnehmung. In: Brugger, W. (Hg.): Philosophisches Wörterbuch. Freiburg: Herder, S. 451.

Windelband, W. (1911): Präludien, Bd. II. Tübingen: Mohr.

Winnicott, D. W. (1979): Vom Spiel zur Kreativität. Stuttgart: Klett-Cotta.

Wirtz, U. (1989): Seelenmord. Inzest und Therapie. Zürich: Kreuz.

Wolf, M. (1983): Das szenische Interview. Psychoanalytisch orientierte Gesprächsführung als Mittel qualitativer Sozialforschung. Gruppendynamik, Jg. 14, S. 85–94.

Wurmser, L. (1990): Die Maske der Scham. Die Psychoanalyse von Schamaffekten und Schamkonflikten. Berlin: Springer.

Wyss, D. (1973): Beziehung und Gestalt. Göttingen: Vandenhoeck & Ruprecht.

Wyss, D. (1984): Biographie als Sinngebung des Sinnlosen? Zeitschrift für Klinische Psychologie, Psychopathologie und Psychotherapie, Jg. 32, S. 100–111.

Zentner, M. R. (1993): Die Wiederentdeckung des Temperaments. Die Entwicklung des Kindes in Licht moderner Temperamentforschung und ihrer Anwendung. Paderborn: Junfermann.

Zimmer, D. (1986): Tiefenschwindel. Reinbek: Rowohlt

Zurek, A. (1980): Zwei Arten zu leben – zwei Arten zu Denken. Psychologie Heute, Jg. 7, S. 43–50.

Zurhorst, G. (1987): Die Dimension der Subjektivität in der Biographieforschung. In: Jüttemann, G., Thomae, H. (Hg.): Biographie und Psychologie. Berlin: Springer, S. 97–107.

Heinz-Rolf und Inge Lückert

Einführung in die Kognitive Verhaltenstherapie
Allgemeine Grundlagen
Die Modelle von Beck, Ellis, Lazarus, Lückert, Mahoney, und Meichenbaum

330 Seiten. (UTB Große Reihe) (3-8252-8087-X) Kart. DM 49,80

Dieses Lehrbuch stellt die Grundlagen und die wichtigsten Modelle der Kognitiven Verhaltenstherapie in klarer, verständlicher Sprache dar. Unter den verbreiteten psychotherapeutischen Verfahren kommt der Kognitiven Verhaltenstherapie steigende Bedeutung zu. Sie setzt bei den gegenwärtigen Problemen an und zielt auf eine Veränderung des Verhaltens und Erlebens, indem destruktive Denkgewohnheiten geändert und eingeübte Handlungsschemata überwunden werden. Anwendungsgebiete der Kognitiven Verhaltenstherapie sind in erster Linie die Angst- und Streßbewältigung, die Heilung von Depressionen, die Behandlung von Zwangserkrankungen sowie der Aufbau von Selbstsicherheit und sozialer Kompetenz.

Aus dem Inhalt

Die kognitive Wende in der Psychologie
Komplexität. Alltagsrealität. Rehabilitation der Introspektion. Regulationstheorie. Linguistik, Informationstheorie

Die Ablösung vom behavioristischen Modell
Vom Black-box-Modell zum Vermittlungsmodell. Verdecktes Konditionieren in der Therapie. Informationsverarbeitung.

Die Struktur und Dynamik des Bewußtseins
Arbeitsweise des Gehirns. Erlebnisprozeß. Kognitive Strukturiertheit und Komplexität.

Das Verhalten und die Bedeutung
Symbolischer Interaktionismus. Einstellung und Überzeugung. Attribution. Antizipation und Imagination.

Die rational-emotive Therapie (Ellis)
Funktion der Überzeugungen. Klärung durch Disput. Bedeutung der Selbstbejahung. Vorgehen des Therapeuten

Die kognitive Verhaltensmodifikation
(Meichenbaum)
Selbstanweisungen. Prinzip Streßimmunisierung. Kognitive Rekonstruktion. Innere Dialoge. Diagnoseansatz.

Die kognitive Verhaltenstherapie (Mahoney)
Kognitive Umstrukturierung. Selbstinstruktion. Training der Bewältigungsfertigkeit. Attribution. Therapeutisches Paradigma

Die kognitive Therapie der Depression
(Beck)
Gedanken, Gefühle, Grundannahmen. Befürchtungen und Ängste. Reale Konsequenzen der Einbildung.

Die multimodale Verhaltenstherapie
(Lazarus)
Wahrnehmung und Befinden. Vorstellung und Imagination. Affekte und Gefühle. Verhalten und Interaktion

Aktivationstherapie (Lückert)

Ernst Reinhardt Verlag München Basel